天空的城

THE CITY
of the sky

超级大坦克
科比
—— 著 ——

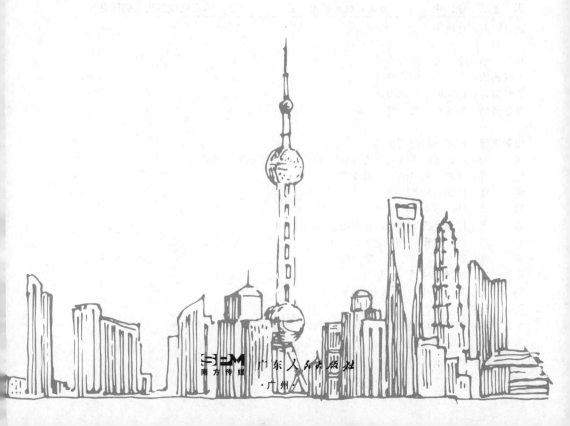

南方传媒　广东人民出版社
· 广州

图书在版编目（CIP）数据

天空的城. 4 / 超级大坦克科比著. —广州：广东人民出版
社，2024.4（2025.10 重印）
ISBN 978-7-218-17448-8

Ⅰ. ①天… Ⅱ. ①超… Ⅲ. ①言情小说—中国—当代
Ⅳ. ①I247.5

中国国家版本馆 CIP 数据核字（2024）第 058623 号

Tiankong de Cheng 4

天 空 的 城 4　　　超级大坦克科比　著

出 版 人：肖风华

策　　划：李　敏　温玲玲
责任编辑：李　敏　温玲玲
装帧设计：仙　境　广知园
责任技编：吴彦斌　马　健

出版发行：广东人民出版社
地　　址：广州市越秀区大沙头四马路 10 号（邮政编码：510199）
电　　话：(020) 85716809（总编室）
传　　真：(020) 83289585
网　　址：https://www.gdpph.com
印　　刷：广东鹏腾宇文化创新有限公司
开　　本：787 毫米×1092 毫米　1/16
印　　张：23　　字　　数：390 千
版　　次：2024 年 4 月第 1 版
印　　次：2025 年 10 月第 4 次印刷
定　　价：48.00 元

如发现印装质量问题，影响阅读，请与出版社（020 - 85716849）联系调换。
售书热线：(020) 87716172

目录

第 326 章

你
混账！

蔚然忽然的约见让我很是意外，而从我们见的第一面开始，就注定不会友好，因为过去的数十年，我不知道有这个人存在，所以我们从来没有成为过朋友，可他却与我爱上了同一个女人。

我并没有沉默太久，对他说道："时间、地点。"

"明天早上九点，卓美楼下的海景咖啡。"

"没问题。"

蔚然应了一声之后，便挂掉了电话。我愣了好一会儿，才想起与米彩的电话还没有挂断，又切换到与她的通话上，解释道："刚刚接了个电话。"

"谁的呀？"

"以前你不会这么问的。"

"那是以前，现在当然不一样。"

这是一个没有必要争执的话题，于是我对她说道："一个很无聊的电话。"

米彩没有追问，叮嘱了我几句之后，便挂掉了电话，继续忙自己的工作去了，而我的世界短暂地静了下来，可我深深地感觉到，这只是暴风雨来临前的平静，我甚至可以想象得到明天的蔚然会和我聊些什么。

我点上一支烟，什么也不愿意再去想，然后将自己扔在无边的夜色中，晃荡着寻找那随遇而安的惬意。

次日早晨，我八点起床，给自己预留了充足的洗漱和吃饭的时间。大约八点四十，我驱车向与蔚然约定的海景咖啡驶去。

我是一个很守时的人，蔚然也是，所以我们在海景咖啡的停车场前便遇上了。停好车后，我们各自摘掉墨镜，却没有说上一句话，一前一后地向咖啡店内走去。

在咖啡店内落座之后，蔚然点了一壶青茶，服务员帮我们各倒了一杯。我们谁都没有端起喝上一口，而我们也没有什么心思坐在一起喝茶，于是我

直切主题地对他说道："说吧，要和我谈些什么？"

蔚然端起杯子喝了一口茶，然后眼神凌厉地看向我，问道："我找你就是想确认，你和 Betsy（米彩）要结婚了吗？"

我能感觉到他语气中的不甘和不善，但依旧保持着平静回道："没错，我们的确有结婚的打算。"

他眉头紧锁："什么时候？"

"你不应该从我这里要答案，等日子确定了，米彩一定会通知你的。"

蔚然的表情十分痛苦，他低沉着声音对我说道："我们 22 岁时就相识了，只是见她的第一眼，我就发誓此生非她不娶，现在五年过去了，她依然不是我的妻子，可我依然深爱着她，这种无法得到的痛苦，你懂吗？"

我沉默许久，终于对他说道："我当然懂，但是我不能为你做些什么，更不理解你今天找我的用意。"

蔚然决然地说道："我要你离开她……"

尽管之前我已经有充分的心理准备，但是真的听到蔚然说出时，我心中还是涌上了一阵阵汹涌的愤怒，我克制着自己，笑道："按照言情剧里的情节，这个时候你是不是还得给我一张支票？"

"只要你肯离开她，条件随便你开……而且，我要提醒你，你没有能力给她真正的幸福，也没有能力帮她守住卓美。"

我顿时变得警觉，问道："你扯上卓美是什么意思？"

蔚然端起自己面前的杯子又喝了一口茶，半晌回道："我的意思你应该很明白……我有能力彻底改变卓美的命运，你应该知道，在 Betsy 的心目中，没有什么比卓美更加重要的。"

"你混账……"

蔚然闭上眼睛，满脸的痛苦之色，说道："我也不想这么做……哪怕她和你在一起，哪怕她总是告诉我与你在一起有多开心，我都愿意默默地做个听众，可是……我不能忍受她和你结婚，因为这一生我都没有机会和她在一起了，我对爱情的信仰会崩塌，我没有办法去承受这种崩塌。"

"所以你情愿让她不好过，也要阻止她嫁给我……"

蔚然愤怒了，他声色俱厉地说道："不要在我面前说她嫁给你，你配不上她……你永远只能从她身上索取，却从来没有付出！"

看着眼前蔚然狰狞的模样，我不禁问自己：我对米彩真的从来没有付出过吗？

我忽然有些弄不懂索取和付出的界定，现在的我确实开着米彩的车子，和她借了150万，更没有能力去为她牢牢掌控住卓美，可是我心里却是希望她好的，只是真的无法付出太多，因为直到现在我依然挣扎在创业的初期阶段……但这些是我离开米彩、放弃这段爱情的理由吗？

我终于对怒视自己的蔚然说道："话说到这个份上，我们就没有继续聊下去的必要了，因为我觉得你能给米彩的，未来我也能给。当然，如果米彩觉得和我昭阳在一起是负担，想离开了，我什么话也不说，肯定会第一时间自觉地从她身边离开……所以，我觉得你应该找米彩聊聊，而不是我。"

我已经起身准备离开，蔚然冲着我的背影喊道："昭阳，你真的要眼睁睁看着 Betsy 失去卓美吗？"

我愣在原地，想起米彩对卓美无法割舍的感情，我的心一阵阵抽痛，依然咬着牙回道："我情愿相信你是在和我开玩笑，如果她丢掉了卓美，等于丢掉了她的亡父给她最大的依托，她会崩溃的……"

蔚然没有言语，因为这对他而言也是一种煎熬，我绝对相信他是不愿意伤害米彩的，可是……如果那失去的痛苦不断去挤压他、刺激他，那么没人能保证，他还会保持着理智……

这对我而言，便是一种赌博，可是我真的不愿意放弃这段来之不易的感情，哪怕这是一种自私，可爱情始终是无辜的！

离开海景咖啡，我一直心不在焉地开着车，心里却仍被一种痛苦的情绪拉扯着。

我害怕做选择，因为每次选择都可能使自己的人生陷入低谷中，比如那一次将米仲德的阴谋告知米彩，再比如为了乐瑶回到苏州，我的人生都因此发生剧变，经历着痛苦，可那时候始终有米彩，似对头、似朋友、似情人般地陪伴着我……而这次选择过后呢？

恐怕我将会永远失去米彩，没有人再会一个人分饰多角，安慰着我选择之后的生活，陪伴我的只剩下无尽的孤独和痛苦，我发自内心地感到害怕，害怕做出那个选择！

第 327 章

罗本的

告诫

　　车子飞快地从市区驶到了郊外，此时的我好似被两种无形的力量挤压着，我甚至能感觉到自己那在不堪重负中渐渐变形的意识，我无比渴望解放，哪怕很短暂，也要解放此时的自己。我又来到了那条熟悉的护城河边，刚停稳车，便逃亡似的向河堤下跑去，然后对着河面一阵嘶吼，直到筋疲力尽，才带着残留的不甘和愤怒坐到草坪上。

　　我喘息着，然后平躺，怔怔地望着那蔚蓝的天空，好似看到了两幅画面，一幅是我与米彩结婚时的喜气洋洋，另一幅则是米彩失去卓美后的失魂落魄……于是，我的内心更加煎熬了，拷问自己到底要不要继续自私着，而一个不断向米彩索取的自己是否真的可以媲美卓美在她心中的地位？

　　时间在我痛苦的煎熬中一点点流逝……我从口袋里掏出手机，拨给了CC，我想让她带些啤酒来，已是中午时分，我真的有些饿了。

　　很快，CC便在护城河边找到了我，可惜她并没有带多少啤酒，区区两罐而已，吃的东西倒带了不少。

　　我撕开一罐啤酒，喝了一口，随即向她抱怨道："怎么才带了两罐？"

　　"你不是说自己饿了吗？我当然是替你把午饭带过来了，两罐啤酒开开胃就好了，喝那么多做什么？"

　　我将手中的啤酒一饮而尽，然后又平躺在草地上，却已经被正午的阳光刺得睁不开眼睛，再也不敢看向那蔚蓝色的天空。

　　CC拍了拍我的肩，关切地问道："你怎么了？一个人跑到护城河边。"

　　"没事儿。"

　　"什么没事儿！每次来到护城河边都这副死样子，想想几年前你和简薇分手后，我多少次来这里接回喝得烂醉如泥的你……现在好些了，还知道在没喝酒前给我打个电话。"

　　我神经质似的从地上忽然坐起，然后问道："如果有一天我和米彩不在一起了，你会觉得意外吗？"

CC 并没有回答我，却问道："你到底怎么了？"

如果我告诉 CC 真相，她必然会转告给米彩，而现在的我还没有把这个事情想明白，当然不愿意让米彩知道蔚然找过我，因为担心自己在想得不够透彻的情况下贸然说出，会引发一场深刻的错误。

于是我咬紧牙关对 CC 说道："那我不问就是了。"

CC 追问道："你都把我喊来了，还有什么事情不能和我说吗？"

"喊你来是因为我想喝点儿酒，还有，你不觉得这春末河边的风景很美吗？我不愿意一个人独享……"

"你不愿意说就算了，反正你这人总是废话一堆，正儿八经的事情，却总是憋在心里想了一遍又一遍，最后还想不明白！"

我没有言语，撕开了另一罐啤酒，小口小口地喝着，然后果然像 CC 说的那样，我把这件暂时一定要憋在心里的事情想了一遍又一遍……喝完两罐啤酒之后，我又吃了 CC 带来的午饭，躺着休息了好一会儿，还是不愿离开这条被自己当作避风港湾的护城河，直到手机铃声响起……

我翻了个身，从口袋里拿出手机，却惊异地发现是罗本打来的，我接通了电话，问道："有些日子不联系了，在大山里过得怎样？"

"我们马上到西塘了，你赶紧到车站接一下。"

"啥，到西塘？还我们？还有韦蔓雯？"

罗本只回答了我一个"嗯"字，却给了我前所未有的冲击，想来我们解决卓美的公关危机就花了三个多星期的时间，而韦蔓雯与罗本约定的日期也到了，此时他带回了韦蔓雯，这意味着什么？疑惑中我不禁压低了声音问道："你们复合了？"

罗本却用另一种方式回答了我："她没有和周航结婚。"

我看了看身边还一无所知的 CC，心情顿时变得复杂，许久才对罗本说道："我现在人在苏州，你们来苏州吧。"

"行，那我们直接从西塘转车去苏州，你差不多过一个小时到车站来接我们，今天你非得陪我喝高了！"

结束了和罗本的对话，我又一次望着 CC，久久不知道怎么开口……

CC 却笑了笑向我问道："是罗本给你的电话吧？他和韦蔓雯复合了吗？"

我沉默了许久，才向她点了点头，然后有些不忍心去看她的表情。

CC 笑中含泪："挺好的，多好啊！这是他一直梦寐以求的！作为这么多年的朋友，我们都应该为他和韦蔓雯感到高兴，有情人终成眷属了！"

我不知道该说些什么，但却明白此时的 CC 说得越多，越伤痛，只不过想借此掩饰，让自己看上去坚强一些罢了。

CC 又说道："你喝酒了，待会儿就别去接他们了，我开车去接。"

"让他们打的，你就在这儿陪我坐上一个下午吧，看看黄昏的风景！"

CC 已经起了身，眼眸中却已经没有泪水，笑着说道："其实我不难过，真的为他开心，我现在就去车站，第一时间给他们送上我的祝福，我想罗本最需要的也是我的祝福和释怀！"

CC 已经快走到河岸边，我终于也坐起了身子，向她喊道："待会儿接到罗本后，让他来护城河边找我，我们约好一起喝酒了。"

"知道了……"

CC 的声音随着她的远去渐渐微弱，可是我却在她的背影中看到了一种叫作无私的东西。相比于她，我对米彩的爱似乎有点自私，明明知道她最在乎的是卓美，却依然不肯放手，也许有一天她真的会恨我！

我一个人在护城河边从下午躺到了黄昏，而姗姗来迟的罗本却没有让我失望，他手中提着一个编织袋，里面装满了罐装的啤酒。

罗本在我身边坐下，将编织袋放在了我们中间，拿出一罐啤酒扔给了我，自己也撕开了一罐，与我碰了碰说道："喝尽兴！"

我点了点头，一口气喝掉了半罐啤酒，才向他问道："韦蔓雯呢？"

"CC 陪着她去商场买衣服了，你知道的，她在大山里待得太久了！"

"可是你有没有想过，在 CC 帮韦蔓雯挑衣服的时候，她会是什么心情呢？告诉你，这个世界上没有比强颜欢笑更痛苦的笑容了！"

罗本沉默了很久才说道："我当然知道她的心情，可是她的不回避，恰恰是为了让自己好过一些，因为把自己置身其中去经历，她会痛，等痛够了，也就麻木了，最后对她来说，所有的痛苦只是一个个散乱的片段罢了！"

"你对不起 CC，当初你们不该盲目地开始！"

罗本起身，从地上捡起一片石子扔进了河里，石子在河面跳跃着向对岸奔去，可终究还是未能上岸，没入了护城河里。罗本失神地看着沉没的地方，许久才说道："是啊……一个决定往往只在分秒间，可影响的却可能是两个人的一辈子。"

"你后悔吗？"

"后悔也没有用，毕竟蔓雯她受了三年委屈，要不是当初那个错误的选择，也不会有 CC 今天的痛苦……我们都被这选择逗弄了一遍又一遍！"

我也从草坪上坐了起来，随即又扔了一罐啤酒给罗本，碰了一个之后，说道："现在我正被选择给逗弄着，却没什么把握能选择正确的答案……"

"那你惨了！"

"是啊，看到你曾经这么惨，我更不知道怎么去选了！"

罗本看着我，终于正色说道："说说看，是什么难题让你去选了？"

罗本的关系和米彩算不上亲近，他不会和米彩说，于是我便将今天早上和蔚然见面的事说给他听，等待他用过来人的经验，给我指一条明路。

沉默了半晌，罗本终于对我说道："如果只是你自己觉得她最看重的是卓美，选择了放弃，那和我当初选择放弃蔓雯是一个性质，然后彼此误会了三年，还连带着伤了原本无辜的CC……所以为了避免类似我那愚蠢的选择，你应该和米彩开诚布公地聊聊，如果她自己觉得卓美无可替代，你再选择放弃，还能落个伟大、豁达的名声；相反，米彩如果最在乎的是你们这一段感情，你还自作主张地放弃，那你不是和以前的我一样吗？你得找个机会和米彩聊聊，去了解她的真实想法……别把错误弄得太深刻！"

我重重地呼出一口气，在罗本的前车之鉴下，我确实该和米彩聊聊了，而这也是我做出选择的基础……可是她真的会把我们的感情看得比卓美更重吗？除了她，谁知道！

第 328 章

过分

凌乱

一编织袋的啤酒，就这么被我和罗本喝完，而时间也从黄昏来到了夜晚，护城河边的路灯不知道什么时候亮了起来，和上次一样，灯杆在河面落下一个个平行的影子，还有一片微弱的光亮。

我摸着自己有些饱胀的肚子，向罗本问道："是不是该回去了？"

他望了望四周，说道："还早，可是没酒了！"

我躺回到已经有了些许露水的草坪上，似乎自己已经很久没有在护城河

边待上这么久了，今天是个例外，从中午到黄昏，又到夜晚。

我向罗本问道："这次把韦蔓雯带出来有什么打算，她不会回去了吧？"

"不回了，也许会在苏州找一份工作吧，这对她来说不是什么难事。"

"她舍得那大山里的生活和那些孩子吗？"

"舍不得，也担心以后没有好的支教去教育他们。"

"她又一次为你妥协了！"

罗本点了点头，随即给自己点上一支烟，悠悠地吸了好几口，然后转身伏在护栏上，望着被路灯映射的河面。

"那你有什么打算呢？还会在酒吧里驻唱吗？"

罗本摇头道："某卫视台开了一档原创音乐选秀节目，我收到邀请了，准备去试试，或许会有机会。"

我没有接罗本的话，但却明白他同样为韦蔓雯做了很大的妥协，从前的他是不屑去参加这样的节目的，这些年一直以自由音乐人的身份默默混迹在民谣圈，好歌却写了一首又一首，但愿这次他会和乐瑶一样一举成名，不给自己也要给韦蔓雯一个舒适的物质生活。

河岸边传来汽车关门的声音，我下意识地转身仰望，便看到了手抱一沓文件向河堤走来的简薇。她已经习惯在这个时间出没在这里，于是就这么和一直逗留在这里的我碰了面。她见到我和罗本很是意外，但也只是轻描淡写地打了个招呼，然后坐在离我们不远不近的路灯下，看起了那沓厚厚的文件，手中的笔不停地在文件上画画点点。

我不愿打扰正在工作状态中的她，于是招呼罗本离去，罗本却不愿意走，感叹道："难怪你总会在这里把自己弄成醉鬼，没想到苏州的郊外还有这么一个买醉的好地方。"

一直话不多的简薇，出乎意料地抬头接过了罗本的话，问道："这个地方存在很久了，可是昭阳在这里醉过很多次吗？"

罗本看了看我，答道："差不多两三年前，CC 几乎每个星期都会在这里把他这个醉鬼弄回去……昭阳，这事儿我没记错吧？"

简薇看着我，等待着我的回答，我却避开了简薇的目光，看着河面说道："每个星期实在是有点夸张了，只是偶尔会来喝喝酒、吹吹风。"

罗本疑惑地看着我，他不懂，现在的我是不愿意让简薇知道这些的，因为在所有人事已非的景色里，我最喜欢的人已经不是她，而是后来出现的那个女人……可是，我们之间似乎也不像自己所期待的那么完美，有太多悬而未决的麻烦事情等待着我们去解决，而我却没有足够的把握去应对。

正当我不知道怎么回应罗本时，河岸边又驶来了一辆出租车，然后便看到了前来寻找罗本的韦蔓雯。这是离开那个山村后，我第二次见到韦蔓雯，但是她和上次相比已经"质变"了——仅仅一套时尚的衣服、一次美容，便让她彻底没有了乡村的气息。她本就不属于那里，她的根一直在这繁华的都市中。

韦蔓雯来到罗本的身边，两人十指紧扣，似乎再也不愿意分开。我似乎从来没有体会过这种失而复得的心情。我冲韦蔓雯笑了笑，算是打招呼，她轻轻地点头回应。而简薇却有些不解地看着韦蔓雯，她们并不认识。

罗本将韦蔓雯介绍给了简薇，简薇笑了笑，对罗本说道："如果我没有猜错，她应该就是那个你朝思暮想的女人吧？"

罗本点了点头。

"恭喜你们有情人终成眷属！"

韦蔓雯礼貌地对简薇说了声"谢谢"，然后又等待罗本将简薇介绍给她，这也是她第一次见简薇。罗本和简薇并不熟，称呼为朋友实在是有些勉强，他有些为难地看了看我，总不能介绍说是我的前女友吧？

我终于开了口，替罗本解了围，对韦蔓雯说道："她叫简薇，上海姑娘，我们是朋友，今天纯粹是偶遇。"

简薇忽然瞪着我……我却不知道哪句话说错了，以至于很无辜地和她对视着。简薇终于不再瞪着我，拿起身边摆放的文件，转而向韦蔓雯和罗本告别，随即再也没说什么，向河堤上走去，直至驱车消失在我们的视线中……

我有些回不过神，许久才向罗本问道："我说错什么了吗？把她弄得这么莫名其妙！"

罗本往简薇离去的方向看了看，对我说道："恐怕她心里还有你，你刚才却把她当作了一个偶遇的过客……"

我这才有些茫然地追随罗本的目光看向简薇离去的方向，可已经看不到那辆凯迪拉克了。

罗本拍了拍我的肩，说道："你最好弄清楚她当初和你提出分手的原因，否则这可能是一个缠住你一生的心结，对简薇而言也一样！"

我在这一波未平一波又起中更加凌乱了，不仅要在未来等待米彩在我与卓美之间做出选择，还要弄清楚当初简薇与我分手的真相……我习惯性地为自己点上一支烟，直到抽完才向罗本问道："还有这个必要吗？"

罗本很郑重地说道:"没有什么会比失而复得更让人感到快乐的……也许米彩并不是你的最终归宿!"

罗本的话,好似点燃了我心中的一团火焰,我想起了自己会像从前那样与简薇拥抱、亲吻,无所顾忌地聊起生活和未来,于是我真的在想象中体会到了那种失而复得的喜悦,而过去那些快要被遗忘的快乐忽然变得清晰起来,让我忍不住回头张望……

回到住处,夜色是那么深邃,于是我坐在床上向窗外眺望着,渴望冲破深邃让自己变得简单一些。这时米彩给我发来一条微信,她告诉我:一个星期后她将回国,而美国之行也将暂时告一段落。但这即将久别重逢的喜悦却是那么平淡,而夜色却更加深邃了,我深知:再平静一个星期,我的生活即将发生剧变……

第 329 章

米彩

回国后

全面接手了第五个季节酒吧和 CC 的空城里音乐餐厅之后,我稍稍在之前的基础之上做了些改造,而是否保留原来的经营模式,成了我这些天一直在思考的难题。于是,我在一个下午去找了即将去尼泊尔旅行的 CC,想听听她的意见,我们约在了空城里音乐餐厅见面。

CC 落座后,笑着向我问道:"昭阳,以前一直是我请你喝啤酒,这次该你请我了吧?"

我招呼服务员给 CC 拿来一杯扎啤,她一口气便喝了半杯,和以前一般爽朗,似乎与罗本的感情并没有给她留下多少阴影。

等她喝完了一整杯扎啤,我又从她的烟盒里拿出一支女士烟,帮她点上,然后说道:"有个事情我想和你商量一下。"

"你说。"

"主要是关于这间餐厅以后的经营,我想征求你的意见,是否应该继续保留现在这种让顾客凭自主意愿去付费的模式?"

"餐厅现在的经营模式，应该和你未来的规划有所冲突吧?"

"是啊，毕竟现有的经营模式是不可能大面积去实施的，而在我的发展规划中，会在大型的旅游城市都布上音乐餐厅的点。"

"我知道你特别想保留这间餐厅一直以来坚持的人与人之间的信任，也担心一旦改变后，我会接受不了，实际上从决定将餐厅转交给你经营后，我就不想再过问了，你自己做决定吧，无论怎样我都支持你!"

CC 的回答让我更加不忍去改变这家餐厅，心中已经倾向于以现有的模式继续经营下去。短暂的沉默后，我向 CC 问道："你打算什么时候动身去尼泊尔?"

"三天后。"

"你不等米彩回国了吗? 也就还剩下五天而已。"

"我不知道她提前回来，机票什么的已经订好了，反正这次回来后她暂时也不去美国了，等我从尼泊尔回来不就又能见上面了嘛。"

我点了点头，随后又让服务员给我们拿来了两杯扎啤。

CC 向我面前凑了凑，笑着问道："昭阳，等我从尼泊尔回来，你和米儿会不会给我什么好消息啊?"

"用我们的婚讯，当作给你的好消息吗?"

"这是当然!"

看着 CC 喜上眉梢的模样，我心中说不出的感伤。谁知到时给她的是婚讯，还是我们爱情结束的噩耗? 但我还是向她点了点头，我实在不愿意让自己和米彩之间的事情去打扰还在情伤中煎熬的她，所以暂且给她一个好消息。

又喝完了一杯扎啤，CC 向我问道："昭阳，罗本和韦蔓雯去西塘了吗?"

"嗯，罗本准备潜心创作，参加一个月后某卫视台举办的原创音乐选秀，韦蔓雯等他参加完选秀之后，可能会在苏州找一份和教育有关的工作。"

"那挺好的……对了，听说这次的原创音乐选秀修改了参赛规则，创作人可以只提供创作歌曲，请其他专业的歌手或者业内的朋友去帮唱。"

"嗯，毕竟不是每个创作人都有一副好嗓子能够完美演绎自己创作的歌曲，我觉得这是一种进步，更显人性化，而且娱乐性也更强了!"

CC 似开玩笑又似认真地说道："你说罗本会不会邀请我去帮唱呢?"

"应该不会吧，而且你还愿意这么反复折磨自己吗? 毕竟你们……"

CC却打断了我，说道："没有人比我更懂他的歌曲，也没有人比我更能完美地去演绎他创作的每一首歌曲。"

我一点也不否认CC现在所说的，可是却真的不愿意再看到她这么无休止地去为罗本付出，因为付出背后的痛，只能她自己默默咬牙承受。我对她说道："你这又是何必呢？"

CC注视着我，回道："有些女人天生就是为了付出而活的，是否拥有爱情并不是她们最在意的，你身边也有这样的女人，只是你一直没注意。"

我下意识地问道："你是在说乐瑶？"

CC摇了摇头，说道："不一定！"

我追问道："那是谁？"

CC却不肯再说些什么，将手中没有吸完的女士烟掐灭在烟灰缸内，抬起手看了看表后，便和我告别，说是有些私人的事情要处理。我则凝视着她离去的背影，心中除了为她这个挚友感到惋惜，也疑惑她到底指的是谁，而与我有关系的女人也就那么几个。

CC打开了餐厅的门，在要走出去之前，又回过头对我说道："昭阳，好好和米彩在一起，等你们的婚讯！"

我愣了一愣，才向她点了点头。她留下一个祝福的笑容后，在黄昏的余晖中带着一个孤独的背影走向餐厅前那个小巷子，最终消失在我的视线中。

时间转眼来到五天后，这一天是米彩回国的日子，也是正式进入夏天的第三天，可我的心却在冰与火中煎熬着。我无比渴望见到米彩，可是又不愿意看到她因我给她的选择而痛苦，准确地说是蔚然给她的选择，但这并不重要，因为不管是谁给她的选择，她总归要因为选择而痛苦。

我就这么带着复杂的情绪来到了上海的浦东机场，然后在旅客出口处等待着米彩，却意外地发现蔚然竟然在我之前到了，而他也在同一时间发现了我，于是走到了我的身边。我和他没什么可说的，所以没有言语。他一阵沉默后，终于开口问道："你想好了吗？"

"没什么可想的，我已经和你说过，这件事情我没有选择权，米彩的态度才是最重要的，而且我尊重她的任何选择，所以你该和她谈谈，而不是一直像个苍蝇似的将注意力集中在我的身上！"

蔚然将拳头攥得咯吱作响，我却没有理会，转身看着出口处。

几分钟后，我便看到了推着行李车的米彩，她戴着墨镜，身穿一袭白色的长裙。美到极致的她顿时吸引了众多目光，纷纷猜测是不是某位明星，更有甚者拿出了手机，将她的模样定格在了镜头里。

我和蔚然同时迎着她走去，蔚然先向她张开了双臂，她面带喜悦地松开行李车，接受了蔚然这个欢迎的拥抱，语气很是愉悦地说道："没想到你会来，记得你和我说过今天会去深圳参加 ZH 分公司的开业仪式。"

"没有什么比迎接你回国更重要的，不过你真会挑日子，竟然与 ZH 分公司开业的日子撞到一起了！"

"我只是想早点回国。"米彩说着又看向了被晾在一边的我。

我冲她笑了笑，她打算离开蔚然的怀抱，蔚然却忽然将她抱紧。尽管她戴着墨镜，但看得出她的表情十分诧异，她问道："Abner，你怎么了？"

蔚然神情落寞，松开了米彩，笑道："抱紧些，看看你瘦了没有。"

米彩笑了笑，说道："应该瘦了一点点。"说完后便来到我身边，然后摘掉墨镜将自己的手与我的手紧扣在一起。

蔚然又强颜欢笑，说道："Betsy，我已经在苏州给你准备好了洗尘的酒会，待会儿你和我一起去参加吧。"

米彩面露为难之色，说道："我有些累，今晚打算好好休息一下。"

蔚然又说道："这次酒会我邀请的都是苏州商界的名流，还有商务局的领导和卓美的董事会成员，怎么能少了你这个主角呢！"

米彩又看了看我，似乎在征求我的意见。

我心中当然不愿意她去参加蔚然的酒会，但总不能让她驳了这些商界名流和商务局领导的面子，只能强颜欢笑地说道："去吧，都是一个圈子的朋友和领导，抬头不见低头见的，不去不好。"

米彩终于冲蔚然点了点头，又转而对我说道："昭阳，晚上的酒会你和我一起去吧。"

我笑着摇了摇头："你去就好了。"

米彩有点失望，但还是回了我一个笑容，附在我耳边轻声说道："知道你不喜欢那样的场合，我就不勉强你了，不过你回家后，记得做好晚饭，等我参加完酒会回来一起吃，好吗？"

"当然没有问题！"

一行三人来到了机场外的停车场，米彩那辆一直被我使用的 CC 与蔚然的那辆法拉利 458 仅隔着三辆车。蔚然将米彩的行李放进了他的车内，而米彩却已经坐进了自己的车里，按下车窗告诉蔚然，到苏州后再电话联系，然后又招呼我赶紧上车，完全忽略了蔚然的感受。也许她认为蔚然已经完全释怀

了对她的感情，可事实却恰恰相反……她在感情上终究是单纯的，所以才误判了此刻蔚然对她抱有的不愿放弃的执着情感。

第 330 章

告知

真相

回到苏州，我将米彩送到了举行酒会的酒店，又从蔚然的车里拿回了她的行李，然后独自离开，之后又去购物超市买了些米和菜。回到老屋子后，我将那些很久没有用过的餐具统统洗了一遍，然后开始煮饭、炒菜、煲汤，最后又将屋子的里里外外都打扫了一遍。

窗外的天色已暗，我有些寂寞，便找来了吉他，坐在电视机前弹唱着。我边弹唱边想着心事，却仍没有把自己正在烦恼的事情想出头绪来，于是连歌也懒得唱了，将吉他放在了一边，对着电视机发呆。我完全不在意电视里到底在播放些什么，直到出现一条与乐瑶有关的娱乐新闻，我才回过神，从口袋里摸出一支烟点燃，认真看着电视。

娱乐新闻里，乐瑶又转战大银幕，接了某导演的一部文艺类型的电影，她也将此电影定义为自己的转型之作，表达渴望挑战这个充满文艺气质的女性角色。娱乐新闻的最后又插播了上个月她在某权威颁奖典礼上获得最快进步女演员奖的片段，我这才知道，她最近是如此忙碌，难怪这一个多月中，我们基本没有联系过，但这些忙碌换来的是她明显的进步，便也值了，她的人生正在按照她曾经所期待的样子发展着，并且会越来越好……

一段长长的烟灰从我的手指间掉落在衣服上，我这才回过神，看了看时间，已经是晚上九点钟。我估摸着米彩快回来了，便去厨房将饭菜又热了一遍，全部端到桌子上，想找来蜡烛弄出浪漫的气氛，却又被一直缠绕自己的烦心事弄得没有了情绪，于是更加烦躁起来……

一支烟快要抽完时，屋外传来了钥匙插入锁孔的声音，米彩终于回来了，我顺手掐灭烟蒂，迎了出去。

她的脸上有些红晕，看样子不胜酒力的她，还是不可避免地在酒会上喝了酒，我向她问道："你怎么不打个电话让我去接你？"

"你做饭已经很辛苦了，还没犒赏你呢，怎么敢劳烦你去接我？"

"见外了，你见外了！"

米彩放下自己的手提包，微笑着向我走来，随即双手环抱着我的腰，轻声在我耳边问道："我不在的这段日子有没有想我啊？"

"想啊，当然想，总是想你是瘦了，还是胖了！"

米彩用手托住我的下巴，让我看着她，问道："那你好好看看！"

我注视着她，此刻自己的视线与她脸颊的距离仅仅20公分，如此近的距离，仍不能在她的脸颊上发现一丝瑕疵，她真的太美了！美到我害怕未来的日子里不能再这么近距离地看着她，感受她轻盈的呼吸……于是我低头吻向了她，另一只手放在了她胸襟前的衣扣上，手指一动便解开了一粒衣扣，然后是第二粒、第三粒……

她忽然握住我的手，气息很乱地问道："你真的……想要吗？"

我气息更乱地回道："嗯……"

"你会……娶我吗？然后守着我这一个女人……过上一辈子！"

"嗯……"

米彩终于闭上了眼睛，我的手又开始动了起来，在快要解开所有的衣扣时，一些片段却忽然闪现在我的脑海中，然后支配着我的神经，让我的手停止了抚摸。我怔怔地看着窗户上正在随风摆动的窗帘，好似看到了人生的飘摇……我凭什么如此不端正地给出一个会守着她过一辈子的承诺？在那些悬而未决的事情没有解决前，这不是彻底的欺骗吗？

这是我们自恋爱以来，我第二次解开她的衣扣，但又放弃了，因为我不能用自己的没把握去欺骗她。于是我深深地呼吸着，渐渐消退了自己的生理欲望，坐回到沙发上，然后沉溺在自己的情绪中煎熬着……

她表情复杂地看着我，等待我给她一个忽然放弃的理由。

我从茶几上拿起烟盒，手指颤抖地抽出一支烟，放进嘴里，拿起打火机反复按了几次才点燃……

米彩将自己的衣扣一粒粒扣上，但视线却没有从我的身上离开过。

我猛吸了一口烟，闭上眼睛重重地吐出，直到烟雾消散殆尽，终于睁开眼睛，说道："蔚然找过我了……"

"为什么要找你？"

"因为他爱你……他希望我离开你，否则……"

"否则什么？"

我胸口忽然好似被千斤巨石压住，无力抗拒的沉闷中，我迟迟未能开口，下意识地去摸摆放在身边的烟，却被米彩给阻止了，她追问道："告诉我，否则会怎样？"

我与她对视着，一种对结果的渴望，终于让我开了口："否则他很可能会影响你对卓美的控制……他是有这个能力的，对吗？"

米彩陷入沉默中，眼睛里充满了难以置信，许久才好似自言自语地说道："不会的，我们在美国就已经说好，会将这样的朋友关系一直延续下去，我们认识快五年了，他从来没有欺骗过我，他不会有这种无理要求的。"

"我也没有欺骗你。"

米彩的表情变得痛苦，她似乎已经意识到自己正置身于一个痛苦的选择局面中……

许久，我终于又对她说道："这样的事情我觉得有必要告诉你，让你去做出选择……无论你做出什么决定，我都一定会选择尊重，因为我不希望你失去生命中最珍贵、最在乎的东西。"

我苦苦地等待着她的选择，可是她却一直沉默不语，而我渐渐看到了她那颗在沉默中受伤的心，于是更加厌恨蔚然的威胁，可并不是所有人都会像CC那般去默默付出和祝福，更多的人习惯被自己该死的占有欲支配着，然后在疯狂中丧失理智，比如蔚然。

第 331 章

我在西塘

等你

时间忽然好似变得静止，"嘀嗒"的钟声却总是不间断地在我们耳边响起，而米彩仍然沉默着，这让我陷入忐忑中，但我也没有催促她，耐心地等待着她将这件必须要面对的事情想明白。

　　足足过去了十分钟，她依旧没有开口，却从自己的手提包里拿出了手机，随后一个电话拨了出去，我不用想也知道她这个电话是拨给蔚然的。

　　电话接通后，米彩开口质问道："你为什么要这么做？我们是有过约定的，你也明确说过希望我会过得幸福，现在这样到底又算什么？"

　　我不知道电话那头的蔚然是怎么回答的，只听米彩又说道："你听不明白？我说你去找过昭阳，还说了一些乱七八糟的话！"

　　米彩的语气忽然变得激动："你没有找过他？如果你没有找过他，他为什么凭空和我说这些？"

　　我好似有点明白他们在说些什么，果然米彩将手机递给了我，说道："蔚然要和你说话。"

　　我心头一紧，但自己并没有做过亏心事，也不怕接这个电话，于是接过了已经被米彩调成功放的手机，当即向蔚然问道："你要和我说什么？"

　　蔚然一副不解的语气说道："Betsy说我找过你，有这回事儿吗？"

　　我霎时就怔住了，回过神便质问道："你这是什么意思？有没有找过我，你心里不清楚吗？"

　　"这句话应该是我问你的，你在Betsy面前中伤我，到底是什么意思？"

　　"你还能更无耻一点吗？"

　　蔚然不为所动地回道："我明白了，从我们第一次见面你就不待见我，恐怕一直等着机会在Betsy面前对我落井下石吧？我很好奇，你到底编造了一些什么谎言，让Betsy这么愤怒地打电话质问我，她一向很冷静的……"

　　我的愤怒再也不能抑制，将手中的电话捏得咯吱作响。米彩用极大的力气才从我的手中将电话抽了过去，对蔚然说道："事情我已经大概了解了，今天酒会你喝了不少酒，早点休息吧。"说完后便挂断了电话。

　　我的情绪依旧在愤怒中激荡，沉默了很久之后，我用手指着自己的胸口对米彩说道："你相信我的话吗？这次我真的没有欺骗你！"

　　米彩注视着我，只是说道："吃饭吧，饭菜快凉了。"

　　"你觉得我还吃得下去吗？你现在就给我一个说法，你到底信不信我？"

　　米彩摇头说道："无论我相信你们其中的谁，对我来说都是痛苦的……所以在你没有证据证明他找过你之前，我谁都不相信。"

　　遭受这不白之冤，我无比恼火，声音提高了好几分贝，冲米彩说道："我去找证据？你怎么不让他去找证据？我是你的男人，为什么你什么事情都偏袒着他？就因为他和你在美国朝夕相处了四年吗？"

"昭阳，你先冷静一下，好吗？你这毛躁的样子让我真的不知道该怎么和你沟通！"

我极力去平息自己的怒火，直到确定够冷静了，才说道："好，你要证据是吧，准备好蔚然的照片，我们现在就去那个当天他和我见面的咖啡店，总会有服务员见过我们吧。"

米彩似乎也很想弄清楚事情的真相，不顾深夜，与我一起驱车向市区的海景咖啡赶去。

车刚停稳，我就拉着米彩向咖啡店走去。进入店内，我从米彩手机里找到一张蔚然的照片，递给正在值班的服务员，问道："在 5 月 13 日那天早上九点，你在店内见到过我和照片上的这个人了吗？"

服务员拿起手机仔细端详了一阵后回道："当天早上确实是我值班的，不过我真的没有什么印象了。"

我当即又说道："请你再帮忙问问其他当天值班的服务员。"

服务员点了点头，又喊来了其他两个服务员来辨认，我则揣着希望等待着，等待她们其中的某个人能够帮我拆穿蔚然这个伪君子，还我一个清白。

两个服务员仔细地看着照片，最后也摇了摇头，说道："不好意思先生，时间过去太久了，真的没有印象了！"

我不死心，语气激动地说道："透过橱窗就能看到你们店外的停车场，那天早上他可是开着法拉利来的，那么一个高富帅，你们这么多人怎么可能一个都没有印象？"

一直沉默的米彩终于开了口："是啊，如果他真的来了，为什么这些服务员却没有一个对开着豪车、气质不凡的他有印象呢？"

我好似掉进了一个洗不白的无底黑洞中，不知道再怎么替自己去辩解，只是眼睁睁地看着那三个服务员，期待着她们中有人会突然想起当天我和蔚然在这里见面的场景……只是，我失望了，她们谁都没有再开口，各自忙碌去了……服务台前，只剩下和我并肩站立的米彩，我彻底蒙了，只是在嘴里自言自语地念叨着："我是冤枉的。"而米彩已经于我之前离开了咖啡店，我知道，此时她信任的天平已经开始倾斜。

回到住处，米彩不言不语地进了自己的房间，那一桌原本还有温度的饭菜渐渐冰凉，而我终于觉得有些讽刺，为什么我就忽然变成了那个"道貌岸然"的伪君子？明明蔚然才是……

我愤怒，我不甘，可又不知道怎么去说服米彩相信我。我想起，从我们相识以来，我就一直自作聪明地用一些小手段戏耍着她，而蔚然在和她相识的五年中，总是扮演着一个药罐子的角色，时时给予她治愈的温暖，就算刚刚没有发生咖啡店求证的事情，米彩也是更相信他的吧？毕竟曾经的我是那么品行不端，而她没有当面拆穿我，已经是顾及我的面子了……可是……我极其厌恶这种百口莫辩的感觉！我感觉自己快疯了……

深夜，我与米彩各睡一个房间，心也好似离彼此越来越远，这让我充满了危机感，数次想去敲开她的房门，和她聊聊，但都放弃了，因为在没有绝对的证据前，所有的解释都是乏力的。可是恐慌之中的我，真的很想和她说说话，于是选择给她发短信，因为这种沟通方式相对简单一些，也许适合此时需要冷静的我们。

"你睡了吗？我们聊会儿吧。"

信息从发出去的那刻开始便好像石头沉入大海，我没有得到米彩的回应，也许她看到了不愿意回，也许经历了漫长行程的她已经陷入睡眠中。得不到回应的我，彻底陷入无尽的孤寂中，苦苦地煎熬……

第二天清晨，我便接到了西塘阿峰的电话，他告诉我，在景区外有一个地理位置相对不错的酒楼要转让，极力推荐我去接手，而在我的计划里，确实需要在西塘拥有一间餐厅，于是便应了下来，约了中午时分一起去看看，所以我该回西塘了。

起床洗漱后，我为米彩做了早餐，自己却没有什么胃口，只喝了一碗稀饭，在离去前来到她的房门前，犹豫了半晌还是敲了门，问道："你醒了吗？"

"嗯。"

"我给你做了早餐，你待会儿起床后记得吃。"

米彩没有回应我。

我心中一阵失落，许久才又对她说道："我马上要回西塘了，最近一段时间不会来苏州，你要有空的话就去找我吧，我会一直在西塘等你！"

米彩依旧不言语，我也不想打开她的房门去打扰她，最后对她说道："如果你还愿意相信我的话，记得我在西塘等你，要来找我……"

说完后，我将米彩的车钥匙放在了客厅的茶几上，背着自己的行李袋，情绪低落地离开了这间曾经记录了我们喜怒哀乐的老屋子。

快中午时分，我终于回到了西塘，阿峰开车来车站接了我。一路上他一直在向我介绍那间酒楼的基本情况，而我始终有些心不在焉，我实在不知道此时的米彩在想些什么，会不会最近的某一天她就会来西塘找我，又或许等

来的只是她提出分手的电话？

　　路过一家银行，我让阿峰停下了车，从里面取出了 5 万元的现金，用来支付员工们这个月的工资，又查询了卡中的余额，竟然还有 36 万，这过去的一个多月，我赚了比曾经几年工资还要多的钱，可是我却一点也高兴不起来……也许我最爱的并不是事业或是金钱，而是她！所谓事业和金钱只是充当了自己想好好爱她的基础，可是她会明白吗？我不知道……

第 332 章

军师

罗本

　　回到客栈后，我便将 5 万块钱交给了客栈新来的一个管财务的姑娘，然后马不停蹄地与阿峰去了那个打算转让的酒楼。经过一个多小时的长谈，双方初步达成了合作的意向。一旦接手，我在西塘的布点也将基本完成，接下来在苏州再开一间客栈，便会让两地的产业形成对接，初步打造出"文艺之路"的雏形。

　　回去的路上我与阿峰又聊了起来，对于阿峰我是充满感激的，因为在西塘他真的帮了我很多，只是他自己在事业上并没有太强烈的欲望，经营一个"我在西塘等你"的酒吧便足矣，而实际上我很想邀请他一起参与打造这条"文艺之路"。

　　聊着聊着，他又与我说起那个红衣女子，想想她真的兑现了自己的承诺，自上次离去后，再也没有出现在西塘。可我觉得我们可能还会在哪里遇上，不过这只是我的直觉，而是否可以再次遇上也并不重要，就算遇上了，两人也只是无聊地斗斗嘴而已，谁都不会真正帮对方解决掉生活上的难题。

　　再次回到客栈，罗本正在阳台上练嗓子，想来是为即将举行的原创歌曲选秀做准备。看到我回来，他老远便冲我"嗷"了一嗓子，这不着调的举动，恰恰证明他最近的心情真是很不错，可多少衬托出了我的惆怅和无奈。

　　进了客栈，与前台的服务员交流了一会儿之后我便去了阳台，而罗本已经练完了嗓子，正在一张白纸上写着曲，嘴里不时哼出不太完整的音符。

我拍了拍他的肩，说道："陪哥们儿聊会天，成吗？"

罗本没有抬头，也没有言语，显然已经进入状态，我只能点上一支烟，坐在不远处等待着，而大脑里的想法也没有停下来。我总觉得米彩在处理这个事件上显得有些异常，以她的智慧难道真的判断不出我是冤枉的吗？毕竟我连自己都想不到，到底有什么理由能让自己在她面前去诋毁蔚然？

大约过了一个小时，罗本终于面露兴奋之色，看样子已经完成了一首歌的初步创作，他将手中写着曲子的纸张放在了一边，向我问道："怎么了，又崩溃了？"

"离崩溃不远了！"

"正常……毕竟你这家伙最近过得也太顺了些，生活是该给你添点乱子了，要不然不科学、不规律！"

我想想还真是，点头说道："是啊！"

罗本从烟盒里抽出一支烟扔进嘴里，猛吸了一口，很享受地吐出之后向我问道："说吧，什么事儿又让你崩溃了？"

我越想起昨天晚上的事情，心中越是窝火，于是带着情绪将事件的始末说给了罗本听，末了又补充了一句："你说他这不是孙子吗？偏偏米彩还相信他，我真是一点招也没有！"

罗本掐灭手中的烟蒂，表情忽然变得严肃，说道："这事儿我是旁观者，我现在就站在米彩的立场和你聊聊。"

我好似忽然看到点希望，赶忙点了点头。

罗本换了个坐姿，对我说道："即便她怀疑那孙子在栽赃陷害你，但出于卓美的利益，她也不能撕破了脸皮和那孙子说，你不是人，我看错你了！"

我点头："你继续分析！"

罗本继续说道："那么现在最好的做法是什么？肯定是先稳住那孙子，一切等卓美上市、扳倒米仲德后再说，这个事情从发生到现在，她没和你闹过吧，也没有明确和你表明，她怀疑你吧？"

细细想来，好似米彩除了不太愿意理会我，似乎一直很平静，所谓怀疑，也只是我自己在愤怒的情况下臆想出来的，她的确没有明确表示过，除了在咖啡店时以反问的语气说了一句"如果他真的来了，为什么这么多服务员却没有一个对开着豪车、气质不凡的他有印象呢？"

但问题就出在这仅有的一句上，这和明确怀疑也没有什么两样了！于是

我又说给罗本听，让他继续分析。

罗本单手托着下巴，一脸沉思之色，半晌恍然道："为什么咖啡店里那些服务员对当天的事没有一点印象？会不会有这么一个可能性，她们都被蔚然收买了？所以米彩总要在她们面前表一下态，然后让她们将这个态度反馈给那孙子，从而暂时安抚住那孙子的情绪……你想想，即便服务员都没有印象，但还可以调咖啡店当天的监控录像看啊，对不对？你当时因为愤怒想不起来调监控看，但她一个集团的 CEO 心思极其细腻，她会想不起来吗？所以……"罗本说到此处，用手指重重一敲桌子，又说道："所以，这就验证了我刚刚的结论，她是做给那孙子看的！"

我想了半晌，感叹道："你是说书的吧？这事儿有这么复杂吗？"

被我这么一否定，罗本很挂不住面子，又说道："你要觉得这个说法不靠谱，咱们再从情感的角度去分析分析……"

"愿闻其详！"

罗本又是一脸严肃地说道："你说过她和那孙子在美国朝夕相处了四年，感情肯定不一般吧？"

"那是肯定的，那段时间她正承受着丧父之痛，是她人生中最灰暗的日子！"

罗本点头道："这么说那孙子可没少在那段时间照顾她，她对那孙子的感情应该就像你对 CC 那样。"

我想想还真是，在那个几乎平行的时间里，我正承受着与简薇的失恋之痛，一直是 CC 在身边照顾着我。

罗本继续说道："如果有人某一天告诉你，CC 其实很不行、做人很有问题，你能接受吗？"

我当即就怒了，说道："谁敢这么说 CC，我削不死他！"

罗本重重一拍桌子，说道："这就对了，潜意识里米彩肯定是不能接受这个事实的，哪怕是通过你的口告诉她，毕竟这是好几年的感情啊，而人向来是被感情支配的动物，要是你一说，她就相信，那她是不是也太无情了？"

我承认罗本这次的逻辑很对，但还是质疑道："CC 才不会像那孙子那么虚伪呢！"

"在米彩的主观想法里，那孙子也是个正直、靠得住的人，所以每个人看待问题都会因为曾经的经历而产生局限性，你那聪明的彩妹也不例外……"

经过罗本的这番分析，我不禁感叹道："你真是很懂啊！"

　　罗本向我伸出两根手指，示意我给他点上烟，我赶忙从烟盒里抽出烟，当老爷供着似的帮他点上，毕竟经过他这么一分析，我现在的心情好多了。

　　罗本闭上眼睛在正午的阳光下吸了半支烟，又对我说道："说吧，还有什么想不通的，我都帮你分析分析。"

　　难得他今天愿意说这么多，我将心中最后一个疑惑说了出来："你说那孙子的智商也不低吧，怎么敢冒险做出这么一件很容易被拆穿的傻事儿呢？以后米彩会怎么看他？"

　　罗本摇头道："昭阳，你错了，这件事情他其实做得很聪明……"

　　"你继续。"

　　罗本悠悠吐出口中的烟，说道："其实他这么做的目的很明显，一来是阻止你和米彩的感情继续升温，给自己争取时间，这点他已经做到了；另外，他还想通过这种方式试试米彩的态度，看看米彩到底有多在乎卓美。如果米彩没有与他撕破脸皮，就证明他手中的筹码足够动摇米彩的选择，如果真的可以动摇，米彩最后怎么看他也就不那么重要了，而且把这个屎盆子扣到你头上之后，他也就不必直接与米彩撕破脸皮，然后大家心照不宣地玩着拖延战术……所以这是他和你的彩妹玩的一出高智商的较量，你的彩妹为了赢得卓美，选择拖延战术，她一拖延，也就给那孙子争取到了时间，只要你们一天不结婚，他就可以准备后手，然后在这场感情的战役中翻盘……所以，你就耐心等待着这场高智商博弈的结果吧！"

　　我从来没有发现罗本的心思是这么细腻，第一次发自内心地佩服他的智商，拍着他的肩说道："哥们儿这次真是要对你刮目相看，你唱歌实在是大材小用，不去做侦探真心浪费了！"

　　罗本掐灭手中的烟蒂，笑了笑，语气很平淡地说道："那是，毕竟我在那大山里无聊了一个多月，几百集的名侦探柯南可不是白看的！"

　　我忽然有一种想打死他的冲动……

　　实际上，我是有些相信他的分析的，至少相信一部分，比如米彩不愿意与蔚然撕破脸皮，所以选择不表态……而且，她也不是真的将这件龌龊事定义为是我做的，所以此时的我相信，她一定会来西塘的，或早或晚……

第 333 章

和我
谈恋爱吧

在我与罗本短暂的沉默间，韦蔓雯给我们送来了一个果盘。这些天她一直在我们的客栈充当服务员，甚至还连带着解决了我们的吃饭问题，她做饭的手艺很好，的确担得起"知书达理、温柔贤淑"这八个字，所以，罗本一直忘不掉她是有道理的，而 CC 终究与他过于类似了，想来一直厌恶自己的他，又怎会爱上另一个自己呢？

罗本从果盘里拿出一片苹果递给我，我却没什么吃的心思，只是接在手里，向他问道："你去参加那个原创歌曲比赛，准备自己唱，还是找帮唱？"

"其中一首参赛歌曲，必须要女人唱，我唱不了。"

"那你准备找谁帮唱？CC 和我说过想去为你帮唱，你觉得这合适吗？"

罗本思索一阵后，回道："我找其他人吧，毕竟在这个圈子里待了这么久，小有名气的女歌手还是认识不少的。"

我点了点头，不禁遥想此时远在尼泊尔的 CC，也不知道现在的她正在经历着什么样的风景，快乐或是悲伤？很希望这次旅行会让她快乐，只是不知道她什么时候回来，她不在，我和米彩似乎连简单的沟通都不会了！

这个傍晚，久未与我产生交集的乐瑶终于和我联系了，她说公司给她在苏州和南京安排了两场商业活动和小型的影迷见面会，今天正好是苏州的活动，让我喊上罗本一起小聚一下。

罗本正在疯狂的创作中，不愿意离开，便提出让乐瑶来西塘，乐瑶则不肯，说自己做活动累得半死，于是两个大腕儿就这么杠上了，谁也不见谁。最后我只得孤身去了苏州，又从银行里取了些钱，存在另一张银行卡上，打算将客栈刚开业时借的钱还给她，虽然她不缺，但也着实拖欠很久了！

我与阿峰借了他那辆三菱翼神，在夜晚快要来临时向苏州赶去，路上却想着米彩会不会来西塘找我，但又觉得自己多虑了，她不会那么快来西塘找我的，尤其是在形势越来越不明朗的情况下，她更不会。大约晚上八点钟，我回到了苏州，然后直接去了与乐瑶约定的酒楼，只是我到的时候乐瑶还没有到，她发信息让我再耐心地等待一个小时，她那边活动的时间延长了。

我第一次发觉独自等候竟然是那么难熬，便忽然想去那个老屋子看看，如果房间里有光亮，我就不上去；如果米彩还没有回来，我就上去看看早上给她做的早餐有没有吃。这个念头在萌发了之后便不可收拾，我告诉自己：如果没有那些意外，两个人都已经决定在一起过一辈子了，那还有什么是不能迁就和包容的？有时候为了爱情犯点儿贱也没什么大不了的，于是我从桌上拿起车钥匙，生平第一次以犯贱的姿态去关心一个女人的生活。

花了十几分钟，我来到了那个老屋子的楼下，绕到米彩房间的那边，确定没有光亮，才向楼上走去。我从口袋里掏出钥匙打开了屋门，屋子里漆黑一片，但我还是在第一时间找到了灯的开关，按下后，屋子顿时明亮起来……

我下意识地看向餐桌，桌子上已经没有了早上摆放的早餐，又去厨房看了看，连碗筷都已经洗刷过了，想来她是吃掉了我为她做的早餐，我心里宽慰了一些。看了看表，与乐瑶约定见面的时间还有半个小时，我也不急着离开，于是给自己泡了一杯浓茶，坐在沙发上漫无目的地张望着……

实在无聊，我又进了米彩的房间，拿起自己送给她的那把吉他把玩着，直到过去20多分钟，才终于离开老屋子返回酒楼，而时间已经是晚上九点。也就是说，直到现在米彩可能还没有结束工作，其实有时候想想她也挺不容易的，而她父亲米仲信的在天之灵是否又希望她如此劳累地活着？但是站在我的立场，我真的希望她可以放弃卓美，从此生活在自由和芬芳中！

当我再次回到酒楼时，乐瑶正一个人坐在包厢里喝着茶水，见我来了，语气很是不悦地问道："我来时连人影都没有见到，你去哪儿了？"

"你应该没有等太久吧，九点才过几分钟，再说，也是你不守时在先，我等得实在不耐烦了，才出去转了一圈。"

乐瑶似乎意识到自己理亏，给了我一个很无辜的笑容，企图蒙混过关。我也懒得计较，直接在她的对面坐了下来，又喊来服务员上菜。

吃饭的过程中，乐瑶一直盯着我看，向我问道："昭阳，我怎么觉得你有些不对劲啊？以前那贫嘴的劲儿呢？"

"碰上烦心事儿了，谁还顾得上贫嘴啊！"

"你是不是又和米彩闹矛盾了？"

我下意识地感叹道："要真是闹矛盾倒好了！"

乐瑶摇头道："你们的恋爱谈得太累了！"

我没有言语，有时也觉得累，但又有什么办法？谁让自己真的在乎这段感情呢？总不能别人说些什么或是觉得累就放弃吧！总之，现在的我，坚定一个信念，只要米彩不放弃，我是一定不会放弃的，哪怕前面是刀山火海。

这时，乐瑶不知道是玩笑还是认真，对沉默的我说道："昭阳，还记得我以前和你说过，等我成了女明星，只爱你一个人吗？要不你和我谈恋爱吧？"

"开玩笑的吧，你！"

"没有啊，毕竟我都为你怀过孩子了！"

我皱眉道："还提这事儿有意思吗？你当初怀的要真是我的，我肯定认，你这纯粹胡扯，就让人很不爽了！"

"我在你心中就是那种会随便和男人上床的女人吗？"

我一时不知道怎么回答，实际上我对乐瑶的私生活是一无所知，毕竟我不可能在每个躁动的夜晚都了解她的动向，许久才答道："我怎么知道？"

乐瑶忽然笑了出来："行了，逗你玩的，你有必要一副纠结的表情吗？"

"你就是欠……欠教育吧！干吗没事儿总逗我玩？"

我总觉得她在刻意逗我玩，终于不苟言笑地从口袋里拿出准备好的银行卡，说道："这是以前开客栈时借你的钱，最近手头松了，就还给你吧。"

乐瑶并没有第一时间从我手中接过银行卡，摆手说道："不在饭桌上提钱的事儿，待会儿吃完饭，咱们去看看火车，到时候你再还给我。"

我抱怨道："你这不是多此一举吗？"

乐瑶瞪着我，不耐烦地说道："吃饭！"

"真是腕大了，脾气也长了……"

乐瑶直接夹起一块肥腻的肉塞进了我的嘴里，把我弄得恶心了半天，才发现她原来就是这副爱撩人玩的脾气，和腕儿大不大并没有什么关系。

吃完饭后，两个无所事事的人来到了火车站附近的一段铁轨处。记得上次我们来时，似乎下了雨，乐瑶还只是一个默默无闻的小演员，而我时常面临着被米彩这个"房客"赶出去的危机，想来那流逝的时间真的可以改变太多。

我点上一支烟，向乐瑶问道："为什么你总喜欢来这儿看火车？"

乐瑶不假思索地答道："每次看着火车匆匆从眼前驶过，总觉得它会带着我这个孤独的人去那海的彼岸，找到那个没有世俗羁绊的海岛！"

"这是火车，不是轮船。"

"巫婆的扫把还能在天上飞呢，为什么在想象的世界里，火车就不能带我去找到那座海岛呢？"

"你还挺会强词夺理的啊！"

乐瑶没有理会我，只是出神地看着从我们面前化作一条虚影驶过的火车，而我抬头看了看天空，一片阴晦，似乎又要下雨了……

我拍了拍乐瑶的肩，指向天空说道："快下雨了。"

乐瑶抬头看了看，问道："为什么我们每次来这里都会下雨？"

我开玩笑道："下雨是为了让你清醒一点，告诉你这个世界上没有一列火车可以隔着海开到对面的海岛上去。"

"你是想告诉我，爱情也一样吗？一个只有火车的女人，永远也不会走进那个隔海相望的男人心里，而那个抱着船帆的女人，只是一阵轻微的风，便上了海岛，让男人爱得死去活来！"

我不能确定乐瑶这番话在影射着谁，所以不敢贸然回答。在极长的沉默中，天空终于飘起了小雨，而我的电话也响了起来，这次是罗本打来的，他告诉我，米彩到西塘了，问我还要不要连夜赶回去见她。

第 334 章

我和
我先生

我此刻想见米彩的心情是毋庸置疑的，所以根本不在乎什么连夜或是待会儿有雨，当即告诉罗本，我这就回西塘，并让他安排米彩先住下。

我将手机放回自己随身携带的公文包里，再次拿出了那张银行卡，向乐瑶递了递，说道："这卡你收着，我得赶回西塘了。"

乐瑶从我手中接过了卡，却连带着拉住我的手不肯松，看着我说道："这里是我在苏州最爱待的地方，你就不能多陪我坐一会儿吗？"

"雨要下大了。"

"借口……"话音刚落，毛毛小雨就变成淅淅沥沥的雨滴。

乐瑶有些泄气，许久低声说道："在苏州的这些年，很多个夜晚，当别人都以为我在外面鬼混的时候，实际上是这些一直延绵而去的铁轨陪着我，可是每次和你一起坐在这里都会下雨，所以我不甘心，我想让你陪着我等雨停、等天晴……"

我最怕乐瑶用排比的句式和我说话，除了想起那缠绵悱恻的琼瑶剧，更能感受她心中的孤独，就像她自己说的那样，当别人以为她逍遥快活时，她总是望着这段看不到尽头的铁轨黯然神伤。

可此刻，我想见米彩的心情很急切，于是说道："乌云这么厚，这场雨怕是要下到明天吧！"

"下到明天又怎样？这初夏的天气又冻不死人，大不了坐进你的车子里，明天早上说不定还能看到刚升起的朝阳呢！"

我想象着，次日早晨，刚睁开眼，就是雨后清新的空气和暖风，还有远处升起的朝阳，这确实够美好的，可我顾不上这些，心一横，拉起赖着不肯走的乐瑶，说道："别逗了，你明天不是还要去南京做活动吗？在这儿弄出一双熊猫眼来，对得起你的千万影迷吗？"

雨中，乐瑶一边随我走，一边用脚踢着我，我则很享受地告诉她："继续踢，正好刚刚腿坐麻了，爽得很！"

乐瑶恨不能给我一巴掌，终究只是用双手狠狠地撕着我的嘴巴，然后负气似的连我的车子都不肯坐，拦了一辆出租车，从我的视线中消失。我自言自语道："多大点事儿啊，你又不是不来苏州了，下次说不定就不下雨了！"

离开火车站后，我驾驶着阿峰的那辆三菱翼神，飞快地向西塘赶去，而雨却越下越大，这增加了我行车的难度。车窗上总是因为我的呼吸而蒙上一层雾气，让我看不清外面的世界，我只得将车暂时停靠在路边，想等雨小些再走，但雨丝毫没有停下来的意思。处在焦虑中的我，给自己点上了一支烟，下意识地往车窗外张望着，竟发现上次我和米彩住过的那间公路旅社就在前方200多米远的地方，于是又回忆起了那个夜晚……也许，没有米彩的坚持，那个夜晚后，我们就已经形同陌路了，而现在的我又是以什么样的状态生活着呢？又是否有另外一个女人陪伴着我？如果有，这个女人会是谁？

一支烟快要抽完时，我才发现自己想得有点多，可是生活却真的很奇妙，总会用不同的选择，给予人无限的遐想，而手无缚鸡之力的我们，只能在这些遐想中随波逐流，或痛、或喜、或悲……

车窗外的雨泄愤似的越下越大，不堪等待的我终于决定再次出发，想着反正只剩下几十公里的车程，雨这么大，路上的车肯定也不多，只要开慢点不会有什么问题的。我擦掉了车窗上的雾气，再次启动了车子。挂上挡后，一松离合，我便猛踩了一脚油门，瞬间便上了四挡，早就将所谓的慢慢开扔在了脑后。

行驶了大约一公里，手机忽然响了起来，我便放慢了车速，拿起手机看了一眼，精神随之一振，这个电话是米彩打来的。我再次靠边停车，接通了米彩的电话，心跳加快了些，却没有先开口说话，只是等待着……

电话那头的米彩终于开了口，她轻声问道："你在路上吗？"

"嗯。"

"到哪里了？"

车上也没导航，我四处看了看，确定不了自己准确的位置，便说道："还记得我们上次住的那个公路旅馆吗？刚过了一公里左右。"

"你现在折回头，我还有20公里左右就到那个公路旅馆了，雨太大，别开车了！"

"你也在路上？"

米彩没有多言，只是"嗯"了一声，但我已明白她担心我的心情，这足够让我的心在这滂沱大雨中再次沸腾！许久我才轻声向她叮嘱道："你开慢一点，我在路边等你，碰上了一起去那个公路旅馆！"

"也行！"

雨实在太大，我没敢和她多说，生怕影响她开车，挂掉电话后，便将雨刷器调到最快，透过车窗玻璃，望眼欲穿地等待着那辆白色的CC轿车。

仅仅20多分钟，对向便看到了米彩的车，这就意味着在这倾盆大雨中她仍保持着60公里的时速行驶着，这让我一阵后怕，赶忙向她鸣笛示意。她发现我后终于将车速放慢，我立刻调转车头，跟在她的车后行驶着。很快，我们便又到了那间公路旅馆。我在她之前停好车，头顶自己的外套帮她打开了车门，来不及与她说上一句话，便搂着她，顶着狂风暴雨向旅馆的屋檐下跑去。

不算大的屋檐下，我依旧将她搂在怀里，看着屋檐处不断落下的雨，感叹道："这场雨真大啊……等雨停了我们再回西塘吧。"

米彩往漆黑一片的天空看了看："不知道要下到什么时候呢！"

"你要困了，我们就在这里住下，不过条件真的差了些。"

"不碍的，我们聊聊天就好。"

我点了点头，随即与她向旅馆里走去。接待我们的依然是上次那个微胖的中年妇女，她显然还记得我们，放下了手中正在嗑的瓜子，冲我们笑问道："你俩咋又来了？"

我答道："外面雨太大，被困住了，今天还有房吗？有的话找个环境好些的。"

中年妇女低头在抽屉里翻着钥匙牌，半晌抬头说道："还真有一个双人的标准间，300一夜。"

我一愣，当即讥讽道："没看出你这是几星级的酒店啊，这都几点了，还300一夜！"

中年妇女语气不悦地回道："我们这是公路旅馆，赚的就是这下大雨的钱，和西塘那些开客栈的赚周末的钱是一个道理！"

我被她的引用论证弄得哑口无言，但仍不想花这冤枉钱，往大厅的沙发上一坐，冲她说道："一破旅馆，还真当是金镶玉了，我就坐这儿等雨停，你甭指望坑小爷我！"

中年妇女眼看就要发作，一直没说话的米彩终于开了口，她笑着对中年妇女说道："大姐，人艰不拆，我们真的挺惨的，你就别让我们雪上加霜了！"

妇女瞪了我一眼，转而向米彩问道："什么叫人艰不拆？"

我有些好奇地看着米彩，没想到她也懂这个网络流行词。

米彩想了想答道："应该是人生已经够艰难，有些事情就不要拆穿的意思……我们是真的没钱呐！拜托你就手下留情吧！"

中年妇女打量着米彩，撇了撇嘴，说道："你不像没钱的人，要不然我也不能和你们要300块钱，一般的卡车司机，标准间100块钱我就给了！"

中年妇女摆明了就要宰客的"坦诚"让米彩有些无语，我当即将话接了过去："哟，你这还真是变相的劫富济贫啊，真有业界良心！"

中年妇女根本不理会我，又拣米彩这个软柿子捏，说道："你们还住不住？不住就赶紧走，别影响我做生意！"

我懒得再和她废话，起身拉住米彩的手就想往外面走，却不想米彩对中年妇女说道："大姐，外面这雨太大，我们开车也不安全，你就让我们住下吧，而且你不觉得我们很有缘分吗？每次艰难的时候都碰上你这间旅馆，看到你往这旅馆里一坐，我和我先生就特别踏实，真的有一种得救的感觉！"

中年妇女经米彩这么一恭维，脸上顿时有了笑容，说道："看你把我说得像活菩萨似的，我不给你们便宜些，我自己都不好意思了！"

米彩有些小得意地看着我，又对中年妇女说道："那您就给我们便宜些吧。"

"行吧，80块钱一晚上，这个价格可比给那些熟客的还要低！钥匙你们拿去，房间在三楼，我就不带你们上去了！"

米彩从中年妇女手中接过钥匙，然后和我要过了身份证，连带着自己的身份证一起给了中年妇女，让她登记。

我附在她耳边小声问道："刚刚你说，我和我先生，我没听错吧？"

米彩看着我，点了点头，没有否认。

"我都是你先生了，为什么昨天晚上都不搭理我？回头你得给我解释解释，我这都郁闷一天了！"

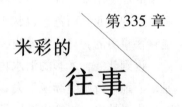

第335章

米彩的

往事

微胖的中年妇女终于给我们开好了房间，我从服务台拎了一壶热水，与米彩一起沿着狭窄的楼道向客房走去。

我用钥匙打开了门，借助手机的光才找到了开关，当屋子的灯光亮起，我们意外地发现，这间客房比预想的要干净很多，且宽敞，往床上重重一躺，席梦思顿时晃了两晃，对于疲惫了一天的我而言，实在是意外之喜。

米彩对床似乎没有那么重的渴望，拉开了窗帘，让屋子通通自然风，水雾也飘了进来，她也不关窗，站在窗户边往外看着。

"看什么呢？"

"昭阳，你来看，屋子的后面有一片小竹林！"

我立刻起身来到米彩身边，俯身望去，真的有一片小竹林。此时正值初夏，是竹叶最茂盛的时候，顿时将这个简陋的公路旅馆衬托得有了生气。而那顺着竹叶落下的雨水，好似一道道帘幕，让小竹林充满了情趣，以至于我

和米彩盯着看了好一会儿，这次入住的体验真的要比上次好上太多了！

我忍不住从口袋里掏出一支烟点上，将烟雾吐出之后，转身向米彩问道："其实我真的很想知道，昨天晚上你是怎么过的，又想了些什么？"

米彩坐回到床上，情绪瞬间低落下去，她的眼角有些湿润，许久才对我说道："其实我辨得清是非，只是心里真的很难去相信……我不知道该怎么办。"

"你有什么顾虑可以和我说，无论怎样，我都会想办法帮你解决。"

米彩终于看着我，一声轻叹后说道："你介意我和你谈谈我的爸爸以及与蔚然在美国的这些年吗？"

我点了点头，下意识地想为自己点上一支烟，却发现手上的烟还没有抽完……

米彩开始回忆往事，足足过了一分钟才说道："当年我在中国传媒大学毕业之后，并没有打算去美国留学，也从来没有想过要接手卓美，我不喜欢商场里的那些尔虞我诈，所以在大学主修的是摄影——一个与商业经营完全没有关系的专业，而爸爸也从来没有要求我去涉猎商场，但他心里却是希望我能接手卓美的，只是太爱我……"

说到此处，米彩的泪水再也不能抑制地落了下来……我心中一痛，但还是耐心地等待她继续说下去。

米彩抽出一张纸巾擦掉了泪水，声音却已经哽咽："那一年，正当我在佛罗伦萨旅行时，传来了一个不幸的消息，爸爸他因为长期的过度劳累和饮食不规律而患上了早期胃癌，这让我很痛苦……他这一生的心血全部花在了卓美和我身上，这种情况下我不能弃他的心血于不顾……我不可以再自私下去，终于选择了去美国留学，主修工商管理，目的就是为了接手卓美，让爸爸轻松一些……在我去了美国后，爸爸的心情好了很多，降低了工作强度，也积极配合治疗，那段时间他和我说得最多的，便是等我从美国回来后，他就放手卓美，安度晚年……可是，一场……无情的车祸还是夺走了他的生命！"

米彩的泪水已经决了堤，我心中从未如此疼痛，好似代替米彩经历了那个不幸的事件。我将她紧紧搂在怀中，给予微薄的安慰……

"昭阳，接手卓美是我和爸爸的约定……他的一生都献给了这座商场，你可以明白卓美对我的意义吗？我无论如何也不能失去卓美！"

"我明白……我明白卓美在你心中的分量，没有人可以从你手中拿走卓美！"

    米彩抬起头看着我，久久不再言语，或许我说的这句没有人可以从她手中拿走卓美的话，对她而言是不现实的，因为如果蔚然倒向米仲德，就会让她失去卓美。

    许久之后，我终于向她问出了我心中一直以来最大的一个疑问："你的妈妈呢，为什么从来没有听你提起过？"

    米彩的表情忽然更加痛苦，以至于嘴唇都在微颤，我的好奇似乎触及了她内心最大的隐伤……

    我不忍再看她痛苦下去，轻声在她耳边说道："你不愿意说也没关系……聊聊你和蔚然在美国的这些年吧。"

    米彩点了点头，花了很长时间才平复了情绪，对我说道："后来，我只身一人到了美国这个陌生的国家，那个时候的生活是黑暗的，每天必须承受着各种各样的精神压力，我的体质也不太好，总是生病。直到后来我遇到了蔚然，他总是无微不至地照顾着我，带我去他美国的家，将他的爸爸妈妈介绍给我，让我融入他的家庭，这让我感到很温暖……在生活中他也给了我很多保护，为了不让我被异性骚扰，他甚至去学了搏击，哪怕练到伤痕累累！这份感情，我真的不能忘怀，更不能否定，甚至很长一段时间，我都以为他就是那个我要嫁的男人……直到遇见了你……我才渐渐明白，爱情是没有道理的，而那个看上去我必须要嫁的男人，却不是我爱的人……"

    这一次，我彻底沉默了。

    如今发生的这一切，只源于一次偶然的相遇，假设没有我的存在，没有一种叫爱情的东西成为羁绊，也许现在的米彩已经嫁给了蔚然，何至于像现在这般必须去作痛苦的抉择？

    但爱情就是没有道理的，既然已经被命运编排在一起，那就该坚定不移地走下去，所谓用放弃来成全，那只是言情剧的套路，而罗本便是误信了这该死的套路，让自己和韦蔓雯在满身的伤痕中各自生活了三年。

    窗外的雨声渐渐小了，这场不期而至的阵雨好似要停了，于是屋子里变得更静了，我们好似听到了彼此的呼吸声。米彩的表情越来越无助，握紧了我的手，轻声地重复着："我该怎么办……"

    如果不是雨小了，我根本听不清楚她在说些什么！

第336章

向我

求婚

窗外的雨渐渐停了，风却丝毫没有停歇，从那打开的窗户吹进了屋里，绕了一圈之后，便带走了仅存的温度，屋子里再也没有了初夏的气息。

这是我生平第二次与一个女人上演男默女泪的桥段，上次是乐瑶，这次是米彩，可这一次却让我感觉是那么力不从心，我不知道自己能为米彩做些什么，只是这么怔怔地望着她，直到她停止了哭泣。

我点上了一支烟，有些烦闷地抽着，然后将自己假想成米彩，去思索着解决办法，可是根本没有一丝头绪，因为米彩所有的运筹都是基于蔚然这个依仗进行的，事情发展到这个地步，她已经没有了退路，而前路却随时可能被蔚然给堵死。如果要说有错的话，便是她太信任蔚然了，此时的蔚然在卓美已经有了话语权，如果他联合米仲德，哪怕有新的投资方想注资卓美都是不可能的，除非米彩联合米仲德以绝对的控制权强行终止与蔚然的合作，引入新的投资方，才有希望摆脱蔚然对卓美的影响力，但这可能吗？

一直沉默的米彩终于开了口："昭阳，明天早晨你陪我去见见爸爸吧。"

我点了点头，我知道人在最无助的时候总会本能地想起那个曾经给予自己最多保护的人，所以此时的米彩尤为想念米仲信。

这个夜晚，我们一直被愁云惨雾笼罩着，几乎没有休息，只是坐在窗户边的沙发上望着窗外的那片竹林发呆，直到快天亮时才迷糊了一会儿。

早晨，天空依旧阴晦，我和米彩简单地洗漱之后，便驱车赶往苏州。在市区买好了花束，我们便去了墓园，而天空又飘起了小雨，渲染着我们低沉的心情。米彩手捧鲜花，我撑着雨伞在她身边走着，走过一条条冷清的小道，我们终于来到了米仲信的墓碑前。米彩弯腰放下了手中的花束，又用手心轻轻抹掉了墓碑上的泥点，然后出神地望着米仲信的照片，不哭泣也不说话，也许在心里已经说了很多。

许久之后，米彩终于看了看我，然后跪在了米仲信的墓碑前，低声说道："爸爸，你看到我身边的这个男人了吗？从他出现在我生命中的那一刻起，我就充满了为难，我不愿意他出现在那个老屋子里，可是最后还是收留了他。我厌恶他的玩世不恭、游戏人间，却又不知道在什么时候离不开他了，再后来，我们便在一起了……原本以为从叔叔那里拿回卓美，我们便可以简简单单地在一起，可我还是错了……我们这一路充满曲折，我不是没有累过，可是真的舍不得放弃，因为他不羁的外表下，真的有一颗想与我一起走下去的决心……我到底该怎么办？怎么选择？爸爸，你能告诉我吗？"

米彩说完后，便依偎在了米仲信的墓碑旁，却自始至终没有掉一滴眼泪，但这无关坚强或冷漠，因为她必须要做决定了，而从来没有一个认真的决定是在哭哭啼啼中做出的。

我的心忽然平静下来，想起昨晚她在公路旅馆里称呼我为先生的画面，无论我们之间最后的结局如何，我都会将这一段刻在自己心里，一生不忘。

雨水淅淅沥沥地打在雨伞上，米彩注视着我，轻声问道："昭阳，你相信命运吗？"

我不知道她为什么突然这么问，但还是遵从内心地点了点头，说道："信，我们一直都活在一个被设计好的命运中，所以彼此才如此凑巧地在茫茫人海中碰上面。"

米彩点了点头，她看着我的眼神变得坚决，拉住我的手，一起面对着米仲信的墓碑，低声说道："我们结婚吧。"

我的心中已经翻起了滔天巨浪，但还是平静地问道："这是你最后的选择吗？"

"嗯……选一个漂亮的戒指，向我求婚！"

"卓美呢？你真的放得下吗？"

"放不下……也许蔚然会释怀的，放过卓美……也放过我们。"

"好，那我们就结婚，我会带着漂亮的戒指向你求婚的。"

"会在哪一天？"

"等帮你彻底守住卓美的那一天。"

米彩不解地看着我……

我握紧了她的手，笑着说道："我怎么忍心让你这么为难呢！虽然我的力量很有限，但是我想试试，我希望我们的婚姻是自然而然的，而不是靠别人的放过，在夹缝里活着……最重要的是你曾经说过，我是你爸爸派来守护你的，那么我怎么可以不帮你守住卓美这个在生命中最重要的部分呢！"

米彩的脸上再也没有了曾经的云淡风轻，她在风雨中目光灼热地看着我，紧握着我的手问道："为什么会有这样的改变？"

"是你给了我信心，你生命中最想守护的东西，便是我的责任，我一定会尽力的！"

此刻的米彩好似找到了一棵可以遮风避雨的大树，她在伞下紧紧地抱着我，再也不愿意松开自己的双臂。

离开墓园，我和米彩坐在她的车里。雨落在车窗上，滴答滴答地响，而我在这有节奏的雨声中陷入沉思中，我在寻找着这个事件的切入口，此时如果拉下蔚然，重新选取投资方，或许还有一线生机，可这现实吗？且不说能否顺利拉下蔚然，恐怕找到那有实力的投资商也是不容易的，而没有充沛的资金做支撑，恐怕之前所做的上市努力也将化为乌有，难怪米彩会如此无助，此时卓美所面临的是一个解不开的死结，至少对米彩而言是这样的！

我终于向米彩问道："现在留给你的时间还有多少？"

"现在上市工作已经进行到第三阶段了，没有大的意外，三个月内会有结果。"

我心中终于松了一口气，毕竟时间还有一些，但这也不完全是好事，因为相对留给米仲德和蔚然的时间也有三个月，这三个月足够产生巨大的变动，而米彩因为选择，已经将自己逼近了悬崖的边缘……

第 337 章

我们的
战靴与战袍

车窗外的雨依旧未停，似乎还大了些，雨水附在玻璃窗上，让外面的世界变得扭曲起来，而严重缺乏睡眠的我和米彩，都放下了座椅，仰躺在车内，听着雨水的滴答声，闭上眼睛养神。

因为心思太多，我不太有睡意，无意识地用手指扒拉着座椅旁的安全带扣，发出"嗒嗒"的声音。一直平躺着的米彩，侧过身与我面对面，小声地问道："你怎么不休息一会儿？待会儿还要开车去西塘呢！"

我用手抚摸着她柔顺的秀发，笑了笑，答道："睡不着，要不你唱首歌给我听听吧。"

米彩摇了摇头，示意没有唱歌的心情。

我也不勉强她，从口袋里拿出一张银行卡，对她说道："要不我陪你去购物吧？听说香奈儿今年新出的最有可能成为经典款的双色皮鞋，苏州已经开始铺货了，我送给你！"

"别乱花钱。"

我晃了晃手中的银行卡，说道："我现在有钱了，而且特别'款'！"

米彩笑了笑，问道："有多'款'？"

我将卡塞到米彩手里，说道："当然是款爷级别的，你掂量掂量，是不是特别沉？里面装的都是人民币，分分钟买一堆奢侈品！"

米彩将卡又放回我的手里，轻声问道："你是不是特别害怕，有一天我失去了卓美，失去了现在的物质生活，会不习惯？"

"嗯，所以我一直在努力，现在快要成功了，苏州和西塘的几个店铺很快就会对接起来，然后去冲击经营的规模化。"

米彩拨了拨我的发梢，有些抱怨地说道："你呀，做了款爷，也应该多想想板爹和你妈，给他们买些礼物吧……我还记得我们刚见面时，他给你钱让你去缴水电费的情景呢！"

米彩的话让我回忆起那天的画面，心中不免感叹：只是小一年的时间，便已经有了这样翻天覆地的变化，当初那个对我厌恶至极的女人，也已经打算与我相守着过一生，这一切都好像是生活赐予我的一场眩晕，而我还在这场眩晕中未回过神来，可信念已经坚定，所以一定有那么一天，我们会陪着彼此走出这场眩晕。

我从椅子上坐了起来，心血来潮地说道："我们现在就去买礼物，然后回徐州，看看板爹和老妈，怎样？"

米彩想了想，问道："现在去是早了，还是晚了？"

"不早不晚。"

"那准备两天的时间回徐州够吗？"

我点了点头，此刻的我和米彩都有这样的心思，无论明天是怎样的狂风暴雨，至少这两天要在这阴雨绵绵中找到只属于我们两人的阳光灿烂。

说走就走，我们当即驱车赶向了卓美，先给板爹买了一套顶级的钓具和一副偏光眼镜，又给老妈买了各种衣服，总之没过多久，两人的手中就拎满了手提袋。

将这些手提袋寄存在服务台之后，我又拉着米彩回到三楼的香奈儿专柜。米彩有些拒绝，站在店门外不肯进去，我怂恿道："快点，鞋子等着它的模特儿呢！"

我拖着米彩进了店内，她似乎是常客，服务员当即认出了她，很恭敬地说道："米总，欢迎光临 Chanel，最近出来的双色款女式皮鞋，苏州已经有货了，您要试试吗？"

米彩没有言语，我便对服务员说道："拿出来试试。"

服务员甚至没有询问米彩的尺码，便从货柜里拿出了一双鞋，打开包装后递给了米彩。米彩从她手中接过，坐在换鞋椅上，脱掉了自己的鞋子，换上了那双更漂亮的 Chanel，自己看了看后向我问道："好看吗？"

我细细打量，米彩的芊芊细足完美地呈现了这双鞋子的精美，我不禁连连称赞道："很赞，真的很赞！"

服务员笑着对我说道："米总无论穿什么鞋都很漂亮，我们店里好几期新品海报都是她帮忙拍的呢！"

我感叹道："在卓美设柜还有这样的福利呢，连模特儿都省了！"

服务员语气很认真地回道："专业的模特儿也不一定能拍出米总的效果呢，她的脚真的太漂亮了，我们 Chanel 的产品被她赋予了新的气质！"

"有那么夸张吗？"

服务员点了点头，说道："这话是我们 Chanel 的中国区市场总监说的，只可惜米总日理万机，否则一定聘请她做 Chanel 的专业模特！"

我的虚荣心得到了极大的满足，当即又看了看米彩，只觉得能和她相伴一生是自己莫大的幸运，这不仅仅源于她的美貌，还有她对我的情意！

米彩将鞋子脱了下来，我示意服务员包装好，然后又从自己的钱包里拿出银行卡递给服务员，示意她去刷卡。这一次米彩没有再阻止，穿好自己的鞋后，便挽住我的胳膊，依偎在我的身边，静静地等待服务员。

片刻之后，我将买好的鞋子递给米彩，说道："这是送给你的战靴，请收好。"

"战靴？"

"对，希望你以后穿着这双鞋子，在商场中所向披靡！"

米彩从我手中接过鞋子，笑着说道："你怎么有那么多的说法呢？"

"生活如此艰难，总要想些法子给自己找些乐子，而且你不觉得现阶段的我们需要保持这种旺盛的战斗意识吗？"

米彩想了想，答道："有道理，那我是不是也要送你一套战袍？"

"不错的提议，要不咱们再去隔壁的宝丽百货看看？我想要的战袍，你们卓美没有设专柜卖……"

米彩笑了笑，算是默认了我的要求，与我一起走出 Chanel 的专柜，向下楼的电梯处走去。而几乎同一时间，米仲德和蔚然以及卓美的董事会成员，恰巧从四楼走了下来，我们回避不及，仅片刻间便与他们打了照面，哪怕在这充满人气的商场内，气氛也在一瞬间冰冻了起来，尤其是蔚然看向我和米彩的眼神，更冰！

他在一行人之前向我和米彩走来，而米仲德也紧随其后地走了过来……

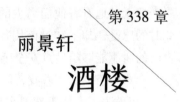

第 338 章

丽景轩

酒楼

在蔚然走向我们时，与我并肩站在一起的米彩，虽然表情没有太大的变化，但却下意识地与我贴紧了身子，手也与我握得更紧了！

蔚然在距离我们一米远的地方停了下来，表情早已没有了刚刚的阴郁，面露微笑，对米彩说道："Betsy，陪男朋友逛商场呢！"

米彩点了点头，而我没有言语，想先看看他葫芦里到底卖的是什么药。

蔚然依旧面带微笑，说道："今天卓美董事会的成员都在，中午一起吃个饭吧？"

"今天没时间了，改天吧，改天我请大家。"

在米彩拒绝之后，站在蔚然身边的米仲德也笑着对米彩说道："小彩，你在美国为了卓美上市的工作忙碌了这么久，我这个做叔叔的还没有正式向你

表示感谢，中午就和我们一起吃饭吧。"

米彩看了看身边的我，稍稍沉默后，还是拒绝道："我要和昭阳回徐州，回来后我请董事会的所有成员一起吃个饭，可以吗？"

米仲德看向了我，最后轻轻拍了拍米彩的肩膀说道："也可以，那叔叔就等你通知了。"

"嗯。"

米仲德点头说道："叔叔真的很感谢你，要不是你牵线卓美与蔚总的 ZH 投资公司合作，卓美不会有这么长足的进步，更不会有机会冲击上市！"

米彩微微一皱眉，随即看向了蔚然，蔚然面色平静地回了她一个笑容，而透露的信息却已经很明显，此时的他可能已经初步与米仲德达成了某种共识，否则米仲德一定没有底气对米彩说出这番话。

"是我应该感谢叔叔，这些年你为卓美付出了很多，辛苦了！"

米彩这番话的意思已经很明显，她虽向米仲德表示了感谢，但也以卓美主人的姿态提醒米仲德不要鸠占鹊巢。

短暂的言语较量之后，米仲德和蔚然便带领董事会成员先行离去，而米彩表情无助地看着他们离去的背影，许久也没有说上一句话。我虽能体会她此时的感受，却不知道该用什么言语去安慰她，只是将她搂紧了一些，希望自己的身躯能够给她点安全感。

米彩终于抬头看着我，问道："你的战袍还去不去买了？"

"当然去了，要不然怎么和你的战靴配套？"

米彩笑了笑，随即拉着我的手回到服务台，取走买给板爹和我妈的礼物，将它们放到车里。然后我和米彩一起去了宝丽百货，米彩买了一件造型很霸气的 T 恤送给我，随后我俩便直接驾车向徐州驶去。

经历六个小时的行程之后，我们终于到达了徐州。因为没有事先通知，为我们打开屋门的板爹很是意外，而老妈则坐在客厅里打麻将，让我意外的是，与她一起打牌的人中竟然还有许久未见的李小允，而李小允乍然见到我，也是一脸的意外之色。

板爹和米彩聊着些什么，我则来到老妈和李小允的牌桌边上，不解地问道："小允，你也有兴致打麻将呢？"

李小允笑道："今天不是周末嘛，我妈临时有事儿，让我代她打几圈。"

我点了点头。

李小允摸了一张牌后，又向我问道："你怎么有空回来了？"

"回来看看我爸妈，再顺便散散心！"

这时老妈打了一张牌，李小允顿时面露喜悦之色，将自己的牌推倒，随即说了一声："胡了！"

另外两个牌友不知是有意还是无意，向老妈感叹道："刚刚小允打了一张让你胡，你现在又打给她胡，默契真不一般，难怪差点成为婆媳呢！"又转而对我说道："昭阳，你处对象了吗？要是没处，我看你和小允就挺合适的。"

李小允面露尴尬之色地看着我，我则望向米彩，她似乎没有听见这边在说些什么，依旧和板爹聊着天，好似说着和钓鱼有关的事儿。

李小允终于对老妈的那个牌友说道："阿姨，你别乱说，昭阳已经有女朋友了，正在门外与叔叔聊着天呢！"

牌友阿姨探着身子往门口瞅了瞅，果然发现了米彩，当即自我埋怨道："瞧我这张嘴，我以为是隔壁谁家在聊天呢！昭阳啊，你把女朋友带来了，也不给阿姨们见见吗？"

我当即招呼米彩来与众人打个招呼。米彩来到我身边，笑了笑，对众人说道："各位阿姨好。"

两个阿姨顿时看着我问道："昭阳，你是从哪儿找来的这么俊的毛妮（徐州方言，姑娘的意思）？"问完又互相感叹道："咱们徐州的毛妮还真没见过这么俊的！"

米彩显然不太会应付这样的场面，她看上去有些不好意思，我则开玩笑地回道："闭着眼睛撞上的呗……"

阿姨冲我笑道："人比人气死人，我们家小三子，今年也27了，到现在睁着眼睛也没能撞上个毛妮，改天你得好好向他传授经验，我们家小三子要求不高，撞上个五官端正的毛妮就心满意足了！"

说话间，摆放好礼物的板爹也来到了牌桌前，对老妈说道："昭阳和小米好不容易回来一次，你这牌也就别打了，待会儿去超市买点菜，我来做晚饭！"

老妈对牌桌似乎颇为留恋，说道："这会儿时间还早，等我把这圈牌打完，要不咱们去饭店吃也行！"

两个牌友阿姨又附和："去饭店吃好，昭阳妈妈今天可赢了不少钱，我们也跟着沾沾光。"

一直专注于打牌的李小允也开了口，说道："那就去饭店吃呗，今天市中心有一家酒楼开业，正好与我们广告公司有合作，送了我 VIP 卡，我去还能打折呢，今天这顿饭我替阿姨请大家！"

我有些好奇地问道："这是主打什么菜系的酒楼？"

"淮扬菜啊，酒楼的名字叫丽景轩，在江浙沪这一带很出名的，你在苏州待了这么久，淮扬菜系和苏州那边的口味还是比较接近的，你和米彩应该吃得惯的。"

我看了看米彩，征求她的意见，米彩又看了看众人，似乎盛情难却，终于点了点头，于是晚上一起去丽景轩吃饭的事情就这么被确定了下来。

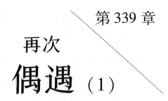

第 339 章

再次

偶遇（1）

老妈和李小允的牌局还在继续，我和米彩也不急着吃饭，加上身体有些疲劳，便各自回房间休息。而躺到床上的那一刻，我又没了困意，只是用手把玩着打火机，大脑却在思考着怎么解决米彩现在所面临的问题，可越想越不着边际，而这种不着边际，完全与自己现在的能力不够有关。实际上我很明白，在那种商业级别的较量中，智慧所能起的作用会很小，而雄厚的资金和广阔的人脉关系才是关键，可这些却是我目前最欠缺的。

拿出手机翻来覆去地看着通讯簿，最后目光在周兆坤的名字上定格，目前在我所认识的人中，似乎只有他有这样的经济实力，可是他对这个类型的投资感兴趣吗？不管他是否感兴趣，我觉得都有必要和他聊一聊，此刻哪怕只是一线生机，我都应该去积极争取。

窗外的天色渐渐暗了下去，片刻之后听到李小允的敲门声，她们的牌局已经结束，让我准备一下，一起去事先约好的丽景轩酒楼吃饭。

我情绪不太高地起了床，准备去卫生间洗把脸，推开门却发现米彩正在卫生间洗脸，我见她脸上满是洁面乳的泡沫，便恶作剧地将她转了一个圈，然后挡在洗脸池前。

米彩当即便认出了我，不悦道："昭阳，你能不能别和我闹?"

"很久没和你惹事儿，我都快不习惯了!"

"你先让开好不好，我把脸洗干净，泡沫在脸上很难受的!"

我大笑道："不让，就喜欢看你着急的样子!"

话音刚落，米彩便将自己脸上的泡沫抹在了我的脸上。不甘示弱的我，又将那些泡沫悉数还给了她，于是两个沉闷了很久的人，就这么在狭小的卫生间闹腾了起来。直到板爹进来，对我一顿训斥，我和米彩这才像两个犯了错的孩子，相视一笑，又并肩站在洗脸池边洗掉了脸上的泡沫。这种带着些无聊的快乐，或许就是我们从见面之初便一直追求着并支撑着我们走到一起的东西，而有时候爱情就是这么简单地发生了，不需要刻骨铭心，也不需要数年的经营……

晚间，一行人来到了丽景轩酒楼。可能因为是开业的第一天，生意比想象中火爆太多，所以我们费了很大的劲才在停车场找到一个停车位。

下了车后，我习惯性地查看车子四周的空间大小，却意外地发现旁边停了一辆红色的奥迪R8，当即想起了同样开R8的米斓，看了看车牌，是一辆扬州牌照的车子，便没有再想太多，跟随众人的脚步向酒楼内走去。

进了酒楼后，宽敞的就餐大厅并不似想象中那么嘈杂，客人们大多安静地吃着饭，哪怕聊天也是用很平常的声音，并没有那种让人烦躁的喧哗，这确实是一家定位高端的酒楼。

落座之后不久，服务员便在规定的时间内将饭菜送了上来，一点也没有因为生意的火爆而耽误。不用多想，这一定是一家经营成熟、管理规范的连锁酒楼，否则提供不了这么优质的服务，这让我产生了一些好奇，因为其在经营上有很多值得我去学习的地方。

饭局进行到一半，我烟瘾有些犯了，便拿着烟盒独自离去，然后在服务员的带领下走到了二楼专门设置的一个吸烟区。

推开门进去，我找个没人的角落坐了下来，随即四处张望，发现自己的头顶上有一个大屏幕的液晶电视，电视上正在播放着某台的一档娱乐节目，这让我觉得这个酒楼在服务上已经做到了极致，毕竟单独设置吸烟区的酒楼本身就很少，而有吸烟区还能提供娱乐服务的就更少了。这时，服务员又给我端来了一杯凉茶，简直是星级的享受。

烟雾袅袅中，我忽然看到一个熟悉的身影，但又不敢确认，当即掐灭手中的烟头，推开吸烟室的门，尾随她而去，可是她却走进了对面的女洗手间，只留下一个背影给我。

我自言自语道："不会这么邪乎吧？在徐州都能碰见，肯定是看错了！"

如此一想，我便打算回吸烟室，却又觉得像她，于是说服自己不差这一会儿时间，等她从洗手间出来，不就可以确认自己是否看错了嘛！我倚在一根立柱上，耐着性子等待着。几分钟后她从洗手间走了出来，然后我们便对视着，不是我在西塘遇见的那个红衣女子还有谁！我惊恐了半天，才用手指着她，惊讶地说道："真的是你……没想到在徐州都能碰上！"

她也是一惊，随即和以前一样不耐烦地回道："你怎么不说你自己阴魂不散？真是活见鬼了！"

我已经习惯了她恶劣的态度，也不计较，问道："你怎么来徐州了？"

"你又怎么来徐州了？"

"我就是徐州人啊，出现在这里不是很正常吗？难不成你也是徐州人？"没等她回答，我便自我肯定道，"肯定是徐州人了，要不然咱俩也没这几率在这儿碰上……没想到我们徐州还有这么俊的毛妮儿！"

她瞪了我一眼，看了看表，说道："没空和你啰唆，我得走了！"

"哟，你怎么这么忙！难不成刚刚上洗手间的时间也是挤出来的？"

"就是挤出来的怎么了？你要时间多的话，自己去洗手间慢慢待个够吧！"

我是真的被她给呛着了，无言了许久才说道："你可真没劲儿，赶紧走你的吧……明天早上出门，非得烧炷香，可别再碰上了！"

"你瞎嘀咕什么？"

"撞上鬼了，在胡说八道呢！"

她又瞪了我一眼，再不和我废话，拎着自己的手提包快步向楼梯处走去，然后我便透过落地窗看到她上了那辆红色的 R8，暴力地启动了车子，很快随着大街上的车流消失在了我的视线中……回过神，我想起她的车牌号，原来还真不是我们徐州的毛妮儿，而是一个扬州的姑娘……可扬州的姑娘不都是温婉可人的吗？怎么会有这么一个凶巴巴的异类，偏偏还长得贼漂亮？

胡思乱想了一会儿，我又提醒自己明天出门前得烧上一炷香，真别再碰上了，毕竟我也不是受虐狂，谁愿意这么没完没了地被人呛？

第 340 章

再次

偶遇（2）

回到我们就餐的大厅，李小允和老妈等人依旧对那已经结束的牌局意犹未尽，仍在激烈地讨论着，而与她们不太有共同话题的米彩看上去有些沉默，我在她身边坐下，轻声问道："是不是很无聊啊？"

"没有，刚刚一直在和叔叔聊天，他说明天让你带我去钓鱼呢！"

"你会钓吗？"

"不会可以学的呀，难不成钓鱼是很难的事情吗？"

"难倒不难，关键是要有耐心，像我这种耐心不够的，完全做不了钓鱼这事儿，你就不一样了，反正你也不怕闷。"

"没耐心你也要陪着我。"

我瞪大眼睛看着米彩，这才发现有时候她也挺黏人的，但这正合我意，要是每一天她都是那副云淡风轻的模样，我们的生活也会少了很多乐趣。

吃完晚饭，来到停车场，却发现米彩的那辆 CC 被一辆雪佛兰给堵死了，我便让李小允开车送老妈和米彩回住处，而板爹则送那两个牌友阿姨回家，我点上一支烟，有些苦恼地等待着雪佛兰车主前来挪车。

好在没让我等上太久，一支烟刚抽完，车主便过来了，不住地和我说着抱歉，我倒不好意思计较了，说了声"没事儿"之后，便开着车离开了。我开着车穿行在这座久违的城市中，路过三环北路时，骤然在路边看到了那辆惹眼的红色奥迪 R8，我放慢了车速，只见那个红衣女子正急躁地坐在车里拨打着电话……

我将车停在路边，随即向她的车走去，敲了敲她的车窗。她转头看着我，先是一惊，随即挂掉了电话，按下车窗对我说道："我车被扎了，你赶紧帮我换上备胎，我有急事儿！"

我抹了抹脑门子上的汗，问道："这车是你的吗？"

她疑惑地看了我一眼，说道："当然！"

"你难道不知道 R8 这车是没有备胎的吗？"

"谁管那些，能开就行……这该死的救援怎么还没来！"她说着用手指狠狠敲着车子的中控台，又向后张望，看样子真的是有什么急事。

我又一次感觉脑门子淌了汗，哭笑不得地对她说道："大姐，这车虽然没有备胎，但车里是有应急补胎工具的，自己动手也可以解决的。"

"我不会用。"

"你先下车，我帮你补……"

她打开车门走了下来，疑惑地看着我，问道："你不是开客栈的吗，怎么修车的活儿也会？"

"这是常识好吗？"

我说着打开了车子的行李箱，掀开盖板，在里面找到了应急的补胎工具，大致看了一下使用说明之后，便准备帮她补胎，她却等不及了，看着米彩的车，问道："那车是你的吗？"

"嗯。"

"先借我开，我等不及了，这车你修好了，我们明天再换回来。"

我感觉她真的有急事，便没有多说什么，从口袋里掏出车钥匙递给了她。她接过车钥匙，快步向米彩的车走去，忽然又折回头，从钱包里抽出好几百块钱递给我，说道："这是劳务费！"

"我有那么乘人之危吗，要你这劳务费做什么？有急事你就赶紧走吧，可别耽误了！"

"你这人除了废话有点多，惹人讨厌之外，其实还蛮不错的……明天中午你来丽景轩，我请你吃饭，正好把车换回来。"

我点了点头，手却没有闲下来，依旧帮她的车补着胎，而她也不再多言，向米彩的车小跑而去，很快便驾着车向北面驶去，不过却少了些暴力，可能刚刚行驶途中车胎被扎了，把她吓得不轻。以她开车的习惯，那么快的车速，在车胎被扎的情况下，还能把车安全停稳，实在是够不容易的！

花了一刻钟，我终于暂时补好了胎，怕有安全隐患，又开着她的车去了修理厂，帮她换了新的胎。这么一折腾，时间便过去了一个多小时，回到家已经是晚上十一点了，可米彩一直在楼下等我，在这过去的一个多小时里，她因为担心已经给我打了两个电话。

我将红衣女子的 R8 停在了一块空地上，从车里出来后便迎着米彩走了过去，她颇为好奇地问道："你这开的是谁的车呀？"

"一朋友的，路上她的车胎被扎了，又遇上急事，我就把你的车先借给她了，然后开回了她的车。"

米彩疑惑地看着那辆车，这也难怪她疑惑，毕竟我的朋友圈子里可没谁开得起这样的车，我又笑了笑，解释道："还记得我们上次在西塘遇到的那个身穿红色衣服的女人吗？这车就是她的……"

米彩不语，也不看着我。

我笑问道："你是不是怕我对她有什么想法啊？"

"你这是不打自招了吗？"

"得了吧，就她那火暴脾气，我要对她有想法，我就是有受虐倾向……放心吧，她绝对不是我喜欢的类型，虽然长得真没话说！"

米彩醋意颇浓地回道："你这人一向肤浅，长得漂亮，就足够让你迷失了！"

"就算你说的是真的，也不见得还有女人会比你漂亮吧，何况我真没你说的那么肤浅！"

米彩挽住我的胳膊，笑道："就许你和我开玩笑，不许我和你开玩笑吗？"

"这玩笑开得真大……"我说着便拉着米彩向楼道口走去，"明天我去和她换车，她说请我吃饭，你也一起去吧！"

米彩摇了摇头，说道："不行，明天我都和你们家板爹约好去市郊钓鱼，你自己去吧，不过下午要记得陪我，这是我们之前就说好的。"

"当然会去陪你，可你真的放心我单独去见她？"

"就算不放心，我跟着去也没有用啊，何必自找烦恼呢？郊外的空气那么好，还不如趁着这好时光去钓鱼呢。"

我笑了笑，实际上她哪有自己描述的那么豁达，只是我的约会对象是那个红衣女子而已，如果是乐瑶或是简薇，她还能像现在这般若无其事吗？

上楼梯时，我的手机又响了起来，我从口袋里掏出手机，发现是方圆打来的。我的心莫名一紧，因为这段日子，我们很少因为私事而联系，所以这一次他找我，多半还是聊卓美的事情，可能他又了解到一些内幕消息，才会在这个时间点给我电话。

第 341 章

方圆的
建议

我在楼道里停下了脚步，随即接通了方圆的电话，在忐忑不安中问道："这么晚来电话，发生什么事儿了？"

"你现在人在哪儿？"

"回徐州了。"

"米总也和你在一起吗？"

"嗯，我们一起回的徐州，打算散散心，你有事情就说吧。"

方圆稍稍沉默后说道："最近有风声传出，蔚然作为最大的投资方，可能会在上市的关键时刻倒向米仲德这一边，这事儿我不方便问米总，就是想和你确认一下，到底是不是米仲德在这个时候放出的烟幕弹，故意混淆视听？"

我实在无法将其中的内幕告诉方圆，许久才对他说道："这个事情确实有变故，我也正在想办法介入，可是我的力量实在有限……慢慢解决吧。"

方圆是个明白人，他没有追问产生变故的原因，只是叹息道："事情发展成现在这个样子真的很难办，米总现在应该很头疼吧……这真是商场版的引狼入室了！"

"是啊，她现在很被动，除非米仲德愿意与她联合，以绝对的控制权终止与蔚然的合作，重新引入投资方，可这现实吗？米仲德怎么会为了米彩而放弃这反败为胜的机会？"

方圆想了想，说道："我看未必，只要找到正确的切入点。"

"你说说看……"

"我们做个假设，如果蔚然真的倒向了米仲德这一边，在卓美上市成功之后，资金雄厚的他会有更多的机会去控制卓美的股权，以他现在所表现出的狼性，难保哪一天不会反过来对米仲德动手，而米总和米仲德不管怎么斗，不管谁输谁赢，卓美终究还是姓米，是不是？所以这个时候如果米总能够做出适当的妥协，未必没有机会与米仲德联合，从而终止与蔚然的合作。"

"这……"

方圆又继续对我说道："反正这是最后的办法了，不管有没有成功的可能性，我觉得都要尝试一下。另外这个时候也应该为找新的投资方做准备了，一旦米总和米仲德达成共识，终止与蔚然的合作，必须要有其他投资方顶上来，因为卓美可能会面临着对蔚然的巨额赔偿，而且资金缺乏之下，很可能最终影响卓美的上市。"

我沉吟了许久，才答道："你的想法我会转告给米彩，最后做什么选择还得让她决定。"

"嗯……如果有需要我帮忙的地方，尽管开口！"

"哥们儿真的挺谢谢你的。"

方圆笑了笑，说道："这么多年的兄弟了，说谢谢就太见外了，我是真心希望米总这次可以绝处逢生！"

结束了和方圆的对话，我当即将他刚刚的建议转告给米彩，米彩却出乎意料地摇了摇头，说道："在徐州的这两天，我们不谈工作上的事情，他的建议回苏州后我会认真考虑的。"

我理解此时米彩的心情，便没有继续与她探讨，心中却寻思着：如果真的可以与米仲德联合终止与蔚然的合作，谁可以作为新的投资方顶上去？

次日，米彩早早便起了床，与早已经准备好钓鱼工具的板爹驱车去市郊钓鱼。无所事事的我一直睡到小中午时分才起床，让我意外的是，李小允也正在我们家，她似乎是来约老妈下午去她家打麻将的。

我洗漱完之后，便很老套地向她问道："最近过得怎样？"

李小允笑道："老样子啊，还在原来的广告公司上班，不过受我老妈的影响，爱上了打麻将。"

我点了点头，向来很善言谈的自己却忽然找不到聊下去的话题，鉴于我们之间曾经有过一段，我似乎不太合适问她目前的感情问题。

李小允似乎看穿了我的无话可说，又向我问道："你呢，最近工作怎样？"

"客栈现在已经走上了正轨，这多亏了你当初的力挺，现在表示感谢，还来得及吧？"

"当然来得及，下次再回徐州时记得请我吃饭。"

我点了点头，又陷入沉默之中，倒是李小允很坦然地对我说道："昭阳，你现在已经有了女朋友，倒是圆满了，就不关心一下我的感情问题吗？"

"我是想关心来着，就是不知道怎么开口……怎么，你有男朋友了？"

李小允叹息道："唉！还在艰苦的相亲道路上奋斗着，最近是疲乏了，所以打算培养一点其他的爱好来转移自己的注意力，比如打麻将。"

"这事儿赖你自己要求过高了吧？怎么说也是一个都市白领，还是一美女，找一男性对象有那么困难吗？"

面对质疑，李小允用埋怨的目光看着我，说道："这事儿不赖我，赖你，自从和你处过以后，我现在看任何男人都觉得不靠谱，就和你似的！"

"你开玩笑的吧？我虽然算不上靠谱，但也不至于给你留下阴影吧！"

李小允半晌回道："算了，人这一生难免遇到一两个王八蛋，倒一两次霉，总有一天我会克服阴影，找到一个靠谱的男人！"

我一点也分不清李小允是认真的，还是开玩笑的，但心里或多或少有些内疚，只是过去做错的事情，已经不能用现在去弥补，只能在心中祝愿她可以早点找到那个靠谱的男人，与她相伴一生。

又和李小允闲聊了一会儿后，时间已近中午时分，也快到我与红衣女子约定见面的时间了，我告诉老妈中午不用等我吃饭后，便开着那辆 R8 向目的地赶去。

大约花了一刻钟的时间，我再次来到了丽景轩酒楼。我刚停稳车子，酒楼的大堂经理便站在了车边，帮我打开了车门，很有礼貌地向我问道："你是昭阳先生吗？"

我有些意外地点了点头，不知道她是怎么知道我姓名的。

大堂经理好似看穿了我的疑惑，带着职业的微笑又说道："你现在开的这辆车，是我们安总的，她让我在停车场迎接您这位贵客！"

我点了点头，下意识地往酒楼里看了看，原来红衣女子姓安，是这家酒楼的老板，而且她竟然还记得我的名字，看样子真是够讨厌我的，要不然能对我的名字念念不忘吗？

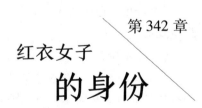

第 342 章

红衣女子
的身份

我在服务员的带领下走进了酒楼，随即又上了二楼，在一间包厢的门口停下了脚步。大堂经理敲了敲门，语气很恭敬地说道："安总，您等的贵客我已经带到了，可以进去吗？"

"请进。"

大堂经理推开了包厢的门，随即对我做了一个请的手势。我向她表示感谢之后，走进了包厢，只见红衣女子端坐在沙发上，手中拿着一份文件，正认真地看着。直到我站在她的面前，她才抬起头看着我。我笑了笑，向她问道："你们工作人员一直贵客贵客地称呼我，我真有那么尊贵吗？"

红衣女子终于笑了笑，却没有接我的话，而那张微笑着的脸，却是这般倾国倾城，也许只有米彩才能与她媲美。只是她的性格实在是让人不敢恭维，每次与人对话，不把对方弄得千疮百孔，她便不甘心似的。相比之下，米彩这种云淡风轻又有点童真的女人就有魅力多了！

见她正忙，我便自行坐在了餐桌旁，然后把玩着手中的车钥匙。终于，她放下了手中的文件，来到我身边，将米彩的车钥匙递给我，言语间带着谢意说道："昨天多亏遇见了你，要不然就耽误正事了。"

"啥正事儿？"

我下意识地问出这句话后就后悔了，以她的性格多半又会骂我"多管闲事"，却不想她破天荒地保持耐心答道："昨天晚上约了市招商办的主任谈项目，差点就迟到了！"

"现在项目都是晚上谈的吗？"

她当即又暴露了本性，冲我抱怨道："为什么你的废话就这么没完没了的？"

"这包厢里就咱俩，总不能大眼瞪小眼吧？而且不说话你不觉得很闷吗？"

红衣女子在我的对面坐了下来，针锋相对地说道："我不觉得闷，你这种话多的，闷死了纯属活该！"

我有些无语，索性不说话，可实在是有些无聊，终于又按捺不住向她问道："你是姓安吧？全名叫啥？"

红衣女子一副受不了我的表情，半晌说道："我只是请你吃一顿饭，你有必要弄得像调查户口的吗？"

"你以为我稀罕知道你姓名，但总要说点儿什么吧！有你这样的待客之道吗？"我越想越来气，语调都提高了几分，"这么干巴巴地坐着我嫌难受，不吃了，走人！"说着便将她的车钥匙扔在了桌上，起身准备离开。

她出言讽刺道："在我一个女人面前说走就走，真是有徐州爷们的风

范啊!"

我又转过了身，趴在桌子上对她说道："你还真是高级黑，把我们一个徐州都给黑了，告诉你，扬州姑娘我见得多了，就没见过你这么凶巴巴，还难以沟通的，真是把扬州姑娘的这块金字招牌都给砸了！"

正当我们将争吵级别上升到地域攻击时，服务员终于将饭菜送进了包厢。看着满桌色香味俱全的菜品，我忽然又没有了离开的欲望，也懒得再和她继续吵下去，拿起筷子便吃了起来，要不然可真对不起自己昨天晚上的折腾。

在我吃饭时，她似乎良心发现，终于以正常的语调向我问道："今天怎么没带你的女朋友一起来？"

"她没空，去郊外钓鱼了。"

红衣女子笑了笑，感叹道："想不到卓美集团的总经理还有这样一个偏男性化的爱好呢！"

"她那哪是爱好，就是心血来潮的瞎凑热闹而已！"话音刚落，我便充满疑惑地问道，"你怎么知道她是卓美的CEO？"

"最近卓美上市的事情闹得沸沸扬扬的，整个江苏的商圈也就这么大，多少会有耳闻的，而且卓美在南京和上海的商场，就是我朋友的建筑公司承建的，你说我知不知道？"

我叹息道："唉，这么家门不幸的事情还是传到你们这些外人的耳朵里了！"

红衣女子耸了耸肩，说道："商场不就这个样子吗？永恒的是利益，在这个圈子里谈亲情、谈友情，都太虚幻！"

"你好像很有经历的样子啊！"

"上了规模的集团，有几个会没有权力争夺？在这个圈子里待得久了，类似的事情也就看多了！"

我又对她的身份好奇起来，问道："能以诚相待吗，你到底是做什么的？"

这一次，红衣女子终于爽快了些，回道："天扬集团听过吗？"

"有印象，具体是做什么产业的不太清楚。"

红衣女子笑了笑，说道："回去问你的女朋友吧，她一定知道。"

我又疑惑地问道："你们那时候不是在西塘有过一面之缘吗？怎么没见你们认出对方？"

"很稀奇吗？我也是最近听了些圈子里的传闻，才了解她的。"

我没再说废话，却感觉眼前的这个女人来头不小，回去后真得问问米彩，天扬集团到底是从事什么产业的，到时这个女人的身份也就水落石出了。

一顿饭很快吃完，在准备离去前，我向红衣女子问道："以后还会去西塘吗？"

她摇了摇头，答道："没什么时间去了，不过，以后你要有上次那种公益性质的活动，可以邀请我去参加。"

"求之不得，那留个联系方式吧，到时候有活动我通知你。"

"加我微信吧。"

我点了点头，从口袋里拿出了手机，她随即将自己的微信号给了我，至此我们也算初步有了对方的联系方式。而人与人之间的关系就是这么微妙，如果没有徐州的这次偶然相遇，可能我们一辈子再也不会有交集，但命运偏偏用如此巧合的方式让我们再次碰见，所以这一定有它的含义，至于是什么含义，现在的我还不清楚。

告别了红衣女子之后，我当即驱车向市郊赶去，我想看看这过去的半天，米彩是否在钓鱼中有所斩获，另外再向她打听打听红衣女子口中的天扬集团以及她的身份。大约花了 20 分钟，我终于来到市郊的一处水库边上，今天是周末，钓鱼的人非常之多，但我还是很快在一个角落里发现了戴着遮阳帽的米彩，她正坐在小板凳上，出神地盯着河面，表现出来的耐性，还真让她有一些钓鱼高手的风范。

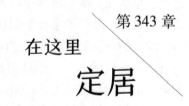

第 343 章

在这里

定居

米彩因为戴着遮阳帽，再加上过于专注，并没有发现悄悄走到她身边的我。我对她这一上午的收获很是好奇，便掀开了她的鱼篓，里面除了清水和几根飘着的水草，简直干净得不能再干净。

我拿掉她的遮阳帽，问道："你钓的鱼呢？"

米彩回头看着我，有些泄气地答道："没有钓到呢！"

"别人也没钓到吗，还是今天就你一个人倒霉？"

"应该都钓到了吧，你们家板爹钓得最多！"米彩说着又带着些羡慕比画道，"刚刚见他钓了一条这么大的鱼！"

我感叹道："那可真够大的，可是你一条也没钓到，坐在这里不闷吗？要我早就回家了。"

"不闷。"米彩说着又专心地看着河面。

我找了一张报纸摊在地上当坐垫，点上一支烟后坐在她的身边陪伴着，过了许久才正色向她问道："你听过扬州的天扬集团吗？"

"听过。"

"这是个从事什么产业的集团？"

米彩想了想，答道："主要是饮食和商业地产，在江苏来说是个很有实力的综合性上市集团，你怎么突然问起这个了？"

"那个红衣女子貌似和天扬集团很有渊源。"

"如果我没有猜错的话，她应该就是天扬集团的 CEO 安琪……"

我语气兴奋地打断道："对、对、对，她就是姓安，没想到这么有来头！竟然是一个上市集团的 CEO。"

米彩的表情却有些黯然，许久她才轻声说道："天扬集团也就最近这几年才取得了突飞猛进的发展，如果爸爸不遭遇意外，叔叔不因为战略失误带领卓美走了弯路，卓美不会比现在的天扬集团差的！"

从米彩的语气中我体会到了她深深的无能为力，曾经我确实听陈景明说起过，卓美在前些年出现了很严重的资金危机，也就是那个时候蔚然注资卓美的，可已经耽误了卓美的最佳发展时机，要不然按照米彩的商业战略去发展，现在的卓美绝对是 O2O 商业模式的领航者。所以米仲德是个谋臣，却不具备战略发展眼光，对于卓美来说，他是过大于功的，可即便这样，这些年他依然牢牢控制着卓美，压制着米彩对卓美的种种改革。

说话间，河里的鱼漂突然动了，我赶忙提醒米彩："快提竿、提竿，有鱼上钩了！"

"啊！"米彩一声惊叹，好似用尽全身的力气将鱼竿提了起来，同时因为惯性而从小板凳上摔倒了，狼狈地坐在了地上，可手依然牢牢握住鱼竿。而鱼被拎出了水面，挣扎了一下后，又落进了水里。

米彩几乎要哭了："昭阳……鱼跑了！"

"你提竿提迟了，已经过了鱼咬死鱼钩的最佳时期，所以滑掉了。"

"那怎么办？"

"你先到一边歇着，我来钓。"

"不行、不行，我一定要钓一条上来。"米彩说着扶起了小板凳，执着地装上了鱼饵，又将鱼竿伸向了水里……一阵微风吹来，她身上迷人的淡香便弥漫在空气中，于是，连她那倒映在河面的身影都是那么曼妙。我情难自禁地带着些轻佻吻了她的脸颊，她有些脸红，又一言不语，世界都好似因为她的羞涩而忽然变得美好起来。这一刹那我不禁想：如果我们远离商场的硝烟弥漫，选择在徐州定居，会不会活得更有意义呢？这是一个很无力的空想，因为我们早就做出了选择，哪怕在商场不安地沉浮，也不能贴近寻常生活，平静地过完这一生。

这个下午，米彩最终也没有任何渔获，倒是板爹钓了一篓的鱼，这让米彩颇为惭愧，但她钓鱼的兴致却更浓厚了，在我和板爹面前信誓旦旦地保证会卷土重来。这个时候我相信她是快乐的，所以才会在昨天如此排斥我与她说起工作上的事情。她是真的累了，于是选择了暂时躲避，可那一场正在酝酿着的风暴，却一直在我们身边伺机而动，而能不能冲破，只能被动地等待着时间给我们答案。

夜晚很快来临，明天我们将离开徐州。吃完饭后，板爹又将那些已经煮好的鱼用饭盒装了起来，让我到苏州后放进冰箱，想吃的时候热热就行，老妈又给我们准备了一些米和乡下亲戚们送来的蔬菜，让我有空做饭给米彩吃。这个时候我深深体会到了亲情的温暖，更留恋这样的家庭生活……如果可以，我真的希望与米彩在徐州生活一辈子。我相信，板爹和老妈一定会把失去亲人的她当作自己的女儿去看待。

收拾好行李之后，我与米彩手牵着手在小区旁的一条小河边散步。她带着些不舍对我说道："昭阳，两天的时间过得真快！"

"是不是喜欢上这里了？"

"我喜欢的是这里的生活……板爹对我很好！"

"难道我老妈对你不好？"

米彩笑了笑，说道："她有些严肃……其实我知道，她心里儿媳妇的标准，就是李小允那样的吧。"

"她可能有点先入为主，以后会慢慢改观的，毕竟能娶到你是她儿子的福气，她懂的！"

米彩笑了笑，随即松开了我的手，面对着小河，双手放在嘴边大喊道："……我喜欢这里的生活……如果……如果有一天我不幸失去了卓美……昭阳，你带我在这里定居吧……我们优哉游哉地过上一辈子！"

看着她宣泄自己的样子，我心中有些难过，为什么上天不能慷慨地给我们一个完美的生活呢？于是在质问中，我更加坚定了要帮她守住卓美的决心，如果她真的可以坦然接受失去卓美的命运，就不会如此宣泄着说要过那种优游的生活，所以，这只是极度害怕失去而给自己的心理补偿罢了！

次日下午，我们回到了苏州，将米彩送往卓美后，我当即约了方圆，此时的我对他有莫名的信任，我希望与他探讨，如何从米仲德这边找到挽救卓美的突破口。

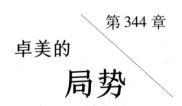

第 344 章

卓美的

局势

傍晚时分，我一个人坐在卓美附近的一个茶楼里等待方圆，看着橱窗外那些为了生活而奔忙的人群，我有些失神，甚至记不起自己是从什么时候过上了现在这样的生活，而曾经那靠着一把吉他陪伴的简单却又放纵的生活早已经一去不复返。时间好似沙漏一般从这个世界溜走，在天色微暗时，方圆终于提着公文包出现在我的面前。他看上去有些疲倦，刚坐下就喝掉了一整杯的茶水，然后抱歉地对我说道："公司的事情太多，晚下班了一会儿。"

"没事儿，米彩还在公司吗？"

方圆摇了摇头，说道："米总刚刚与米仲德、蔚然，还有公司的一群董事，出去参加宴会了。"

我点点头。方圆又说道："现在卓美的局势很复杂，各方皆处于试探阶段，不敢轻易动手，但总体看来，蔚然正掌握着主动权。"

我示意方圆继续说。

"事情要从当年卓美那场资金危机说起，当时的股权分配是这样的：米总接手了亡父米仲信 45% 的股份，米仲德有 30% 的股份，剩下的股东共占 25% 的股份，这时的米总对卓美有着近乎绝对的控制权，而问题便出在那场由于米仲德战略失误而导致的资金危机上。当时卓美在天津和重庆开设的两家商场皆面临着严重的亏损局面，这种亏损已经动摇了卓美的根基，且没有任何投资公司看好卓美的未来，卓美面临着破产的危局。当时还在美国留学的米总便找来了蔚然的 ZH 投资公司，ZH 公司向卓美注入了一笔巨额资金，拯救了濒临倒闭的卓美，但米仲德并没有为 ZH 投资公司的注资付出任何代价，而是米总拿出了自己 20% 的股份作为报酬，给了 ZH 投资公司。"

我皱着眉说道："米仲德搞臭了卓美，凭什么最后付出代价的人是米彩，他却坐享 ZH 注资后的成果？"

"没有办法，谁让米总更在乎卓美的命运呢！而且她也过于相信蔚然这个人，觉得自己那 20% 的股份给了他，在需要的时候，依然可以发挥作用。可现在这 20% 的股份却成了掌控卓美局势的关键，蔚然无论倒向米总还是米仲德，都可以帮助其中一个控制住卓美，而米总和米仲德因为激烈的立场冲突，根本不可能产生合作来抑制蔚然，所以蔚然现在就成了主宰卓美的关键，至少在外人看来是这样的！"

在方圆表述完后，我一阵沉吟，按照目前的局势来看，蔚然的一举一动确实可以改变卓美的命运，而这点在卓美上市后会更加明显。

方圆又向我问道："昭阳，以米仲德的为人，你觉得他会完全信任蔚然吗？"

"当然不会。"

"对，因为蔚然随时可能会倒回米总那一边，对米仲德而言也是一颗充满不确定因素的定时炸弹，所以这就是米总找米仲德谈合作的基础，但是米总一定要有牺牲，否则米仲德不会放弃现在这有利于他的局面。"

"他需要米彩做什么样的牺牲？"

方圆稍稍一愣，随即说道："到底做什么样的牺牲，就看米总和米仲德怎么去谈了，但是现在的主动权在米仲德手中，米总可能会很被动……如果有可能，我个人还是建议米总尽力去挽回蔚然这个投资方！"

我问道："你觉得蔚然这个投资方对现在的米彩而言，还可靠吗？"

"那只剩下与米仲德合作这一条路可以走了。"

我又一次在脑海中分析了卓美当前的局势，也终于认同了方圆的说法，

至少现阶段应该找米仲德谈谈，先看看他到底会提什么要求，再做决定。

　　与方圆分别后，我便回到了老屋子等米彩。等待中，我又习惯性地拿起手机，然后在自己的微信好友名单里发现了新添加的红衣女子——天扬集团的安琪。假设米彩和米仲德联合，强行终止与蔚然的合作，就必须要有新的投资方介入，那么资金同样雄厚的天扬集团是否对百货零售行业感兴趣呢？至少近一年里，卓美一直处于上升态势，还是很有投资价值的。

　　此刻，只要有一丝希望，我都想尝试一下，于是给她发了一条信息："你的父亲是天扬集团的董事长，你是 CEO 吧？"

　　小片刻后她便回了信息："你和你女朋友聊起过天扬集团了？"

　　"是的……你个人对高端百货行业感兴趣吗？"

　　"怎么？"

　　我如实回答："卓美目前的局势比较复杂，可能需要新的投资方。"

　　"我们集团现在的主营项目便是商业地产，对高端百货行业当然有兴趣，只是目前还没有值得我们去投资的零售百货，当然，卓美是一个还算不错的投资选择，但现在这个集团的水太深，不是投资的最佳时期！"

　　她的回答是谨慎的，同时也是坦诚的，毕竟这不是小数额的投资，而且卓美如果单方面终止与前投资方的合作，也会让新的投资方产生顾虑，同时新的投资方还可能要承担卓美对之前投资方的巨额赔偿……

　　我为自己点上了一支烟，陷入烦闷的沉思中，如果没有新的投资方，那与米仲德联合的想法也就不成立，难道最后真的要寄希望于蔚然吗？

　　这不可能，哪怕这次他回心转意了，恐怕以后也会继续绑架卓美和米彩，所以他这个埋伏在米彩身边的定时炸弹必须要拆除，于是我又给安琪回了一条信息："如果天扬集团真的对高端百货行业有兴趣，请不要完全拒绝投资，可以考察之后再下定论。"

　　"我并没有完全拒绝，只是现在不是投资的最佳时期，我会代表天扬集团持续关注事态的发展，如果有考察的需求，我会直接和米总联系的！"

　　她的回复让我心中略微松了一口气，而此时米彩也终于回来了，她那美丽的面容上充满了应付之后的疲倦，也许在这刚刚结束的宴会上，她又经历了一番智慧的较量……

第 345 章

米彩的

决定

米彩将自己的手提包挂在了门后的衣帽架上，面色带着些红晕，看样子是在宴会上喝了酒，我挪了挪位置，示意她在我身边坐下，然后向她问道："晚上喝了不少酒吧？"

"嗯，喝了些。"

稍稍沉默之后，我对她说道："有件事情我想和你商量一下。"

"是关于卓美的吗？"

我点头道："嗯，前天在徐州时我就和你说起过……现在局势的主动权被蔚然控制着，完全是因为你和米仲德过于对立而引起的，你看是否有可能与米仲德联合，先抑制住蔚然这个投资方，然后再引入新的投资方呢？"

米彩的表情变了变，她似乎依然排斥这个话题，说道："昭阳，我真的不想轻易否定掉一个信任了快五年的人。"

"我知道你曾经和蔚然有着深刻的友谊，但人是会改变的，这个时候你真的不应该感情用事，对蔚然这个投资方还抱有期待。"

米彩摇了摇头，说道："事情没有你想的这么简单，在上市前如果贸然更换投资商，便是很严重的事故，到时候会面临与投资方没完没了的官司，只要投资方找公关公司炒作强行解约事件，一定会影响最终上市的。"

"选择一个可靠的投资方我觉得比贸然上市更加重要，上市的事情可以暂缓两年进行，而卓美也可以利用这两年继续发展，以更好的状态上市融资。"

"卓美等不起两年又两年了……你难道不知道近些年的百货行业正面临着行业大洗牌吗？今年是卓美甩开其他竞争对手、稳固行业地位的最佳时期！"

米彩的坚持让我不知道该怎么继续和她沟通，而且她说的确实是事实，曾经遭受重创的卓美，需要突破式的成长，来应对这瞬息万变的市场环境！

在我的沉默中，米彩终于放缓了语气，对我说道："昭阳，攘外先安内的道理我不是不懂，也更明白你是为了我和卓美考虑，但你毕竟不是局内人，有些事情你想得过于简单了，哪怕现在更换投资方，卓美遗留的历史问题也

不会得到根本解决，倒不如等公司上市之后再对集团进行洗牌。"

我并不放弃，又说道："假如蔚然现在联合米仲德，在上市之前就将你排除在卓美之外，那后面你说的这些还成立吗？那时候是否上市，与你都没有关系了。"

"无论怎么选择都是赌，这一次我选蔚然，我相信他会念及旧情的，而叔叔真的不是一个可靠之人！"

米彩的回答让我心中感到莫名压抑，且不说卓美，从情感角度出发，我也不希望米彩因为利益而被蔚然捆绑住，如果不能彻底撇清关系，未来我们可能会面临更多意想不到的冲击。可是，我已经不能说服拿定了主意的米彩，更没有办法站在她的角度去审视蔚然这个身上充满不确定性的男人。

我有些烦闷地回到了自己的屋子，更感觉此时的自己已经被米彩排除在这个事件之外，我除了无能为力地空担心，完全帮不上忙，难道真的要拿上一把利刃，警告蔚然不要对米彩图谋不轨吗？这简直就是扯淡……

夜深了，我一个人躺在床上抽烟，久久不能入眠，而这时我又接到了方圆的电话。

"昭阳，与米仲德合作的事情你和米总聊过了吗？"

"嗯，刚刚聊了很久。"

"她做决定了吗？"

我猛吸了一口烟，才答道："做决定了，她现在依然对蔚然这个投资方抱着期待，直接否定了与米仲德联合的可能性！"

方圆一阵沉默之后才回道："米总做这个选择我也能理解，实在是米仲德之前的种种作为让她太失望了，只是……"

我代替方圆说了出来："只是蔚然也不是什么好东西，合着这些年米彩尽和一群泯灭人性的狼共舞了！"

方圆一声叹息，说道："米总难啊！真的难！你现在打算怎么办？"

我懊恼地回道："她不配合，我能有什么办法？我本来就是一个局外人！"

"你看这样行不行，要不然你先代替米总和米仲德谈上一次，看看他会提出什么样的联合条件，如果过分的话，你就当没找他谈过，如果他真的还念及卓美的生死存亡，提出合理的、能接受的要求，你再反馈给米总，让米总做决定……怎么说，卓美也是他们米家的产业，总不能真的让一个外姓人掌控吧，这传出去不是笑话吗？"

"我代替米彩去找米仲德，这合适吗？"

"这事儿发展成现在这样的局面，还有什么合适不合适的呢？"

"让我想想……"

结束了和方圆的对话之后，我又陷入权衡中。实际上为了米彩，我抹掉面子去找米仲德谈也没什么大不了的，但总感觉哪里不对劲，可又说不上来，于是我陷入迟疑中，生怕自己一个错误的决定影响事件发展的走势，让米彩越来越被动。许久也没有头绪的我关掉灯，打算明天先回西塘一趟，毕竟现在的我也插不上手，而西塘还有一堆事务等着自己去处理，包括与那个打算转让酒楼的老板签订合同。这个时候，我的事业也正处在高速发展的时期，容不得我有一丝松懈。

次日一早，我为米彩准备好早餐之后，便驱车赶回西塘，与酒楼老板签订了转让合同。至此，我在西塘也有了客栈和餐厅搭配的商业店铺组合，下一步便是在苏州打造出一间个性客栈，然后将西塘和苏州两地的店铺进行对接，形成经营上的互动，而我所设想的"文艺之路"便有了一个大致的雏形。

这个傍晚，在我处理完西塘的事务、准备回苏州时，许久不见的周兆坤又开着他的兰博基尼找到了我。我这才暗叹自己健忘，之前确实答应过等乐瑶回苏州时约他一起吃个饭的，可上次乐瑶回苏州参加商业活动时，自己却将这个事情给忘记了。

第 346 章

风雨交加
的夜

周兆坤打开车门，从车内走了出来。我向他做了一个稍等的手势之后，便从阳台上走到他面前，有些抱歉地说道："前几天乐瑶是回了一次苏州，我因为事情多给忙忘了，不好意思啊！"

周兆坤笑了笑，说道："没事儿，可以理解。"

他的好脾气让我更是歉疚，又问道："今天怎么有空来西塘了？"

"毕竟在这边待了好些年了，有空就回来看看。"

"你的西塘情结还真是挺重的啊！"

"人在一个地方待久了，总会有感情的。今天晚上有空吗？咱们喝几杯。"

"当然没问题，找个地方往高了喝呗！"

周兆坤拍了拍我的肩膀，随即两人勾肩搭背地向对面不远处的一个烧烤馆走去。我俩点了些烤串，又要了一桶扎啤，开始喝了起来。

我举起杯子与他碰了个，保证道："下次乐瑶再回苏州，我一定请你们一起吃个饭。"

"其实上次她在南京参加商业活动时我也去了。"

我有些意外地问道："你们碰上面了？"

"嗯，还有幸与她一起吃了个饭，不过吃饭间所有话题都是围绕你进行的，这点让我很无奈。"

我有点不知道怎么去应答，以至于喝完了一整杯扎啤才说道："肯定是在你面前说我这个人怎么怎么不靠谱吧？"

周兆坤很实在地回答："还真被你说中了，她说好不容易在苏州做一场活动，有机会与你一起吃个饭，结果别人一个电话就把你给招呼走了，她一个人傻了吧唧地乘着出租车在苏州城里绕了一整圈。"

我一听还真是乐瑶的口吻，随即想起自己在那个雨夜是怎么丢下她的，估计她是真不爽，要不然也不会和周兆坤这个算不上太熟的人如此抱怨我。

随即，我也将乐瑶曾经做过的不靠谱的事情说给周兆坤听，他颇有兴致地听完，随后感叹道："你们还真是损友！"

我笑了笑，又与他碰了个杯。实际上我蛮认同他将我与乐瑶定义为损友关系的，因为很多时候，我们都是用这样一种无所谓的姿态互相损着对方，可另一种说不清、道不明的感情却在这日积月累的互损中滋长了起来。有时候我在想，如果自己的生命中真的没有了乐瑶这个人，也会很无趣吧！

喝酒、聊天中，窗外又下起了大雨，我忽然便没了继续喝下去的欲望，因为这恶劣的天气，总会让我想起那柔弱的女人，尽管知道这一场雨对她不会有太大的影响，可心思还是像浮萍一般飘忽不定起来，于是借着上卫生间的机会，我给米彩拨了一个电话，却久久没有人接听。

我心中当即不安起来，回到烧烤店后，便对周兆坤说道："不好意思，我马上要去苏州一趟，这酒咱们今天就喝到这儿吧。"

周兆坤有些不太理解地问道："之前也没见你要去苏州，怎么这会儿下雨了反而要去了呢？"

"刚刚给我的女朋友打电话，半天也没人接，我有点担心，想过去看看。"

"那应该去的，这酒下次再喝吧。"

我点了点头，却已经不好意思和周兆坤保证下次喝尽兴，只是向他做了个抱歉的手势之后，便准备离开。

这时，周兆坤又叫住了我："你那客栈一个月举行一次的公益活动该做了吧？"

被他这么一提醒，我更加不好意思起来，最近总是忙这忙那的，连接手客栈时向他保证的每个月一次的公益活动都忘记了，于是临走前用自己的人格向他保证道："等明天我从苏州回来，立刻着手准备，最迟后天就将这个月的公益活动补上。"

周兆坤依旧好脾气地笑了笑，说道："我只是提醒你别忘了这个事，乐瑶已经和我说了，你最近确实忙，推后几天也没关系。"

"不推后了，后天准时举行！"

周兆坤点了点头，说道："那行，我就等参加完这次的公益活动后再回山西，你赶紧去苏州吧。"

我应了一声，立即出了烧烤店，迎着落雨向那停着许多出租车的街尾走去。这风雨交加的夜晚，总是无限增加了我潜意识里的担忧。

车子行驶了一个半小时后，终于到达了我们住的那个小区。在车子驶进大门的一刹那，一辆法拉利458风一样从我所乘坐的出租车旁驶过，我回头张望，发现真的是蔚然的车子，随即皱了皱眉，刚刚他一定在那间老屋子里。

付完车钱，我从车上走了下来，迎接我的依然是这个混着雨水的夜。我步履有些沉重地顺着楼道向楼上走去，在门口站了很久才打开了屋门。客厅的灯还亮着，米彩却不在客厅，我轻轻走到米彩的房门口，想敲门时，却听见屋内传来一阵低泣的声音，我的心随之揪了起来，刚刚米彩和蔚然到底发生了什么？我被这个疑惑折磨得有些焦躁，以至于连门也没有敲，便径直推门走了进去，只见屋内一片狼藉，书本和一些摆饰物散落在地上，一只装着液体的碗已经碎在床头柜边，水顺着地板的纹路一直淌到了客厅。

我的头皮有些发麻，怔怔地望着躺在床上、背对着我的米彩……她终于哽咽着对我说道："你还来做什么？我不想再见到你！"

"是我……昭阳。"

米彩忽然停止了低泣，从床上坐了起来，理了理被泪水染湿的鬓发，向我问道："你怎么回来了？"

"给你打电话没有人接，所以回来看看。"环顾着一片狼藉的四周，我皱着眉说道，"这是怎么回事？像被扫荡过似的！"

第 347 章

我们在一个
很脏的地方

米彩一阵咳嗽，说道："蔚然刚刚来过……"

"我知道，你没这么强的破坏力，看这房间被糟蹋成什么样了……"

米彩又是一阵咳嗽，并没有说什么，我向她裹着被子的身体看了看，随即又问道："他怎么你了？"

"我今天身体不舒服，离开公司后，是他送我回家的。"

我往地上被打碎的碗看了看，又问道："碗里装的是什么玩意儿？"

"他帮我煮的姜汤。"

"你把碗给摔了？"

"嗯。"

"摔个碗的破坏力你还是有的，可你为什么要摔碗？"

"话不投机。"

"后来他就把你整个房间都给砸了？"

米彩点了点头，哽咽着说道："他今天的样子，就和你以前将我的被子和毛毯扔到窗户外一样……太可怕了！"

我有点中枪的感觉，但心中更担心，又问道："他没有对你做什么吧？"

米彩反问道："你是指什么？"

"我是指那个？"

"哪个？"

我实在说不出口，只是望着她沉默着……

"没有。"米彩说着便掀开了裹在自己身上的被子，只见她身上还穿着整齐的职业套装，甚至连丝袜都没有脱。

我那绞在一起的神经终于松懈下来，随即说道："你能不能别每次一感冒，就习惯性地用被子裹着自己，你应该去医院。"

"我不喜欢闻福尔马林的气味……昭阳，你为什么觉得蔚然会侵犯我？"

"屋子里现在这个样子，谁都会产生不好的联想吧……还有，我很不喜欢他来这里！你感冒了应该给我打电话，而不是不接我电话。"

"你有你的事业，西塘、苏州这么来回跑也很累，我不放心……还有，我的电话忘在公司了，并不是故意不接你的电话。"

我不言，但情绪却复杂，有些感动，也有些埋怨，更心疼她……

米彩又对我说道："昭阳，你不够了解蔚然，有些事情他虽然做错了，但他有自己的底线，他不会那么对我的！"

"我是不了解他，但他最好别做过分的事，否则这个世界有他没我。"

"你即便不相信他，也应该相信我，我会对我的另一半绝对忠贞的，如果有一天我在身体上辜负了你，我愿意接受一切惩罚，你也能做到吗？"

"我也能……"

米彩注视着我许久，随即从床上坐了起来，然后低头收拾散落在地上的杂物，我却阻止了她："等等。"

"怎么了？屋子这么脏，我看着难受！"

"拍照留念……提醒你以后别再放某人进这间屋子，你看看弄得多脏！"

米彩放下了手中的杂物，让出了位置，对我说道："那你拍吧。"

我拉着米彩让她也出现在镜头里，说道："赶紧做个表情，我拍下来。"

"难过的，还是开心的？"

"都脏成这个样子了，还开心得起来吗？难过的！"

米彩当即做了一个欲哭无泪的表情，我也随之将我们的模样和这个屋子的模样一起定格在了镜头里，然后以"我们在一个很脏的地方"为主题，在微信朋友圈里发出了这条动态。

很快，乐瑶便为这条动态点了一个赞，又发私信问道："你们打架了？这是在哪儿弄出的犯罪现场？"

"看把你高潮的，赞你大爷啊！赶紧取消了。"

乐瑶回了一条"喜闻乐见"之后，便不再回信，那个点赞也很顽强地挂着，一直没有取消，果然她就是周兆坤所描述的那个损友，没有之一。

紧接着罗本又点了第二个赞，私信问道："打架了？谁赢了？"

我不耐烦，连回的信息都精简了："你大爷！"

罗本也没有了动静，接着又动用韦蔓雯的微信号，帮我们又点了一个赞。

米彩凑了过来，问道："多少个赞了？"

我将手机扔在一边，说道："谁管他，先收拾屋子。"

米彩却挽住我的胳膊说道："昭阳，每次心情不好的时候，你总会在第一时间给我制造欢乐，你真的会让我忘记很多烦恼，我很喜欢这种感觉！"

"你错了，我只是提醒你以后别再让某人把我们的屋子弄脏了！"

米彩笑了笑，随即弯下身子将一本本散落的书放回书柜，而我也没有闲着，找来扫帚将那碎了的碗扫进了簸箕里，然后又将地拖干净。

等米彩洗了个热水澡后，我重新给她煮了一碗姜汤，看着她喝下去，又弹着吉他为她唱了一首歌。直到她睡着了，替她盖好被子，我才离开她的房间。而此时，我发出的那条朋友圈动态已经收获了几十个幸灾乐祸的赞！

也许谁都不会相信我和米彩吵架了，只当作是我们的一场恶作剧，但我担心米彩和蔚然的这次冲突不知会将两人之间的矛盾激化到什么程度。我真的感觉她寄托在蔚然身上的希望会越来越渺茫，也许她此时与米仲德统一战线，才是最正确的选择。

点上一支烟，我看着各路损友从四面八方发来的留言和私信，一一回复完，最后目光又定格在红衣女子的微信号上。我想起了后天即将举行的公益活动，按照我们前些天的约定，此时的我该向她发出邀请了，于是给她发了一条信息："后天在老地方有一场公益活动，有时间的话就来参加吧。"可能时间已经很晚，这次，红衣女子并没有立即给我回信息。

我又想起之前答应过周兆坤，要请他和乐瑶一起吃饭，我不愿意失信于他，所以又向乐瑶发出邀请："后天在老地方有一场公益活动，有时间的话就过来参加吧，正好我请你和周兆坤一起吃个饭。"乐瑶似乎已经休息了，也没有立即回我的信息，但我相信她和红衣女子对这样的活动都会很有兴趣，因为她们皆是有同情心的女人，只希望这一次她们不要像之前那样怄着气，将拍卖房间的价格抬了一次又一次！

第 348 章

蔚然的

道歉

远处的钟楼传来了午夜的钟声，时间已是深夜的十二点，我发的那条朋友圈动态，仍被一些无聊的人点着赞，为了转移他们的注意力，我又发了一条朋友圈动态，告知他们：明天便是举行公益活动的日子，号召有时间的人都去参加，为弱势群体献上一些力量。

这条朋友圈动态发出后不久，我收到了简薇的私信，她向我问道："明天的活动准备在什么时候举行？"

"晚上六点开始……怎么，你要参加吗？"

"有时间就过去，现在还不确定。"

"哦，这么晚了你还没下班吗？"

"已经到家了，这会儿洗完澡躺在床上。"

"那你早点休息吧。"

简薇却没有在意我的提醒，又发来一条信息："你今天是吃错药了吗？几个月不见发动态，这会儿一连发了两条！"

"我的行为是让你有什么感想吗？"

"除了觉得你吃错了药，还觉得你变矫情了……"

"你是说那条'我们在一个很脏的地方'的动态，让你觉得矫情？"

"难道不矫情吗？"

"是矫情，但我现在喜欢矫情……"

"呵呵……睡了。"

"睡你的吧。"

我与简薇的对话，就这么戛然而止，但这并没有造成我情绪上的变化。而对于简薇是否会去西塘参加这次公益活动，我倒是心存期待的，毕竟多一个人多一份力量，而且经历了岁月磨砺的我们已经彻底摆脱了过去种种，随时可以用一种坦然的姿态去面对彼此，所以现在的我并不忌讳与她见面。

次日早晨，我收到了两条回信，其中一条是乐瑶的，她说："昭阳，你的脸皮可真不是一般的厚啊，上次把我一个人扔在苏州，这次竟然还豁出去邀

请我去西塘，真是百年难得一遇的奇葩！"

另一条是红衣女子发来的："如果没有特别重要的事情，我会去的。"

我给红衣女子回复了一句"好的，期待你来参加"之后，便思索着要如何回复乐瑶的这条信息，经她这么一说，我也觉得自己的脸皮够厚的。一阵思考后，我终于回道："为了公益，有什么恩怨是不能一笔勾销的呢？毕竟大家都是懂是非、明事理的人，不会死盯着那一点鸡毛蒜皮的小事儿不放！"

乐瑶回了一个血淋淋的刀子表情，多余的废话一句也没有，这种拼命的架势，吓得我没敢再回她的信息，心想："你还是别来了吧，正搭上改革开放的春风，过了些富裕的好日子，可不想在你那儿交待了！"

结束了和乐瑶的对话，时间也不过才八点钟，我做了些早餐，而这时米彩也从房间里走了出来，她一边整理自己的头发，一边向卫生间走去。

我喊住了她，问道："你感冒好些了吗？"

"嗯，昨天只是受了些凉，没什么大碍的。"

"那你赶紧去洗漱吧，待会儿吃完早饭，我送你去公司。"

与米彩一起吃早饭时，我向她问道："那你明天晚上有时间去参加这次公益活动吗？"

米彩笑道："没有时间也是要挤出来的呀，上次举行时我就错过了。"

我点了点头，随即两人陷入短暂的沉默中，这时一阵敲门声传来。

我有些疑惑，实际上除了快递，很少有人光顾这间老屋子，便问道："这一大早的，谁啊？"

敲门的声音突然停止，显然是因为我的声音让他感到了意外，半晌他才反问道："你又是谁？"

我刚想应答，米彩表情凝重地拉了拉我的衣袖，轻声说道："是蔚然。"

我皱了皱眉，随即放下了手中的筷子，起身向门口走去，却不想米彩已经小跑着挡在了我面前，摇了摇头，示意我先别开门，然后对门外的蔚然说道："你走吧，我不想见到你。"

"Betsy，我知道昨天自己做得不对，也反省了一夜，今天一早就来和你道歉了，你先把门打开好吗？我给你买了早餐！"

"不用了，我已经和昭阳一起吃过了，你赶紧走吧。"

门外的蔚然并不放弃，对米彩说道："Betsy，你别像个孩子好不好？有话我们可以好好沟通的。"

蔚然的话惹得我心中一阵不爽，我终于不能克制，厉声对他说道："一大早上的，别在这儿装犊子，这间屋子不欢迎你，我更不欢迎你。"

蔚然一点也不动怒，平静地对我说道："我只是以一个朋友的身份来和Betsy道歉，你凭什么代替她拒绝我的道歉？"

我又一次被他毫无破绽的话弄得很是被动，发作不对，不发作又憋得慌。米彩似乎看出了我的情绪，随即拉住了我的手安抚着，又对蔚然说道："有什么话我们到公司再说，你别在这里缠着我，可以吗？"

门外的蔚然沉默了很久，语气低落地说道："我们是多年朝夕相处的朋友，难道仅仅因为昨天的一次冲动，你就要将我整个人都全盘否定吗？站在我的立场想想，你就一点也不替我感到难过吗？"

蔚然琼瑶式的自我救赎弄得我一阵恶心，可米彩终究是念及与他这么多年情谊的，许久放缓了语气回道："我并不是要责备你什么，但昨天的事情我真的不想再看到了，你先给我点空间，让我冷静冷静，可以吗？"

"当然可以，无论你想要什么，我都愿意给你……早餐我放在门外的信箱上，你要愿意吃就出来取一下……我就不打扰你们了，拜拜。"

蔚然说完就离开了，可我却不能控制地变得烦躁，但又不知道怎么去宣泄，也无法宣泄，因为会被打上欠风度的标签，但是真的很厌恶他的居心，他虽然总是在有我和米彩的场合中以朋友的身份自居，但内心深处包藏了怎样的占有欲，我很清楚，他自己更清楚……

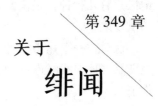

第349章

关于

绯闻

蔚然离去后，我和米彩就这么沉默相对。对于蔚然这个不速之客，我们或许都有很多话要说，却又难以启齿。但这样的沉默会不会变成隐患，我不知道，只能劝慰着自己：在这多事之秋，该用更多的包容和理解去对待米彩，她也一样活在诸多的无奈和挣扎中。

这个早晨，我将米彩送到公司之后，便直接回了西塘，为明天举行的公

益活动做准备。

阿峰的酒吧内，我们点着烟，商量着明天的活动方案，阿峰向我问道："你明天不会还打算无偿向游客提供吃喝吧？上次你可损失了近3万块钱。"

"这种无偿的方式，更能激发游客们支持公益的心，我个人损失一点没什么。"

阿峰又在担忧中建议道："每次都是几万块钱的损失，一年累积下来也很可怕……要不咱们这次改成自助的方式吧，每位游客缴纳30元的进场费，随便吃喝，这样可以减少你个人的损失。"

"真的没这个必要，就按照上次的模式做吧。我作为活动的组织方，不能只是煽动游客们掏腰包，自己也要拿出足够的诚意去回馈他们的。"

阿峰沉吟了半晌，一狠心对我说道："我也是活动的组织者之一，不能只让你一个人表示，这次活动的饮品我来免费提供给游客们。"

"你可想好了啊，饮品可是活动支出的大头，不会少于一万块钱的。"

"嗨，这话说得……做公益活动如果还计较个人的得失就没有意思了，我应该向你看齐！"

我拍了拍阿峰的肩膀，心中却因为能够遇到这些志同道合的朋友而喜悦，当我们可以用自己微薄的力量去帮助那些弱势群体时，我们卑微的人生已经闪耀着人性的光辉！

这又是一个在忙碌后迎来的傍晚，我点上一支烟，泡上一杯清茶，坐在客栈的阳台上，出神地看着对面正在流动的西塘河，心思却不停地转着，而记忆只有几秒钟，很快便记不得之前的自己想了些什么，然后陷入毫无意义的重复之中。

这时，一个熟悉的背影走进了客栈，片刻后，她便来到我身后，言语中充满杀气地向我喊道："昭阳，你这个臭不要脸的……我专程从北京赶来收拾你了！"

我转过头，果然看到了乐瑶那张因为愤怒而扭曲的脸，堆着笑容回道："你说网上那些吃饱了闲大发的网民整天怀疑你整过容，真想让他们看看，要是整过，这会儿能灵活地把脸扭曲成这个样子嘛！"

乐瑶更愤怒了："昭阳你个缺德玩意，一天不损我，你就心肝肺疼，是吧？"

"我实话实说嘛，谁让那帮闲大发的人总是质疑你整过容。"

"切！你要真靠谱，就麻烦你以多年朋友的身份在公众面前帮我澄清……唉！你说我明明天生丽质，凭什么被质疑整过容？我冤不冤啊！"

成功转移了乐瑶的注意力，我终于松了一口气说道："人红是非多，你看看一个整容事件帮你上了多少娱乐版头条，这知名度是噌噌往上蹿啊！"

"那照你这意思，我还得趁热打铁，再和某个男星传上一段绯闻？"

"你已经深谙炒作之道，这个完全可以有！"

乐瑶二话不说，一脚将我从摇椅上给踹了下来，怒道："你去死吧，我是走文艺路线的女星，谁要那些狗屁炒作！"

"得了吧，就冲你这喜欢动手动脚的毛病，我看你还是去做打星合适点，文艺和你没半毛钱关系！"

乐瑶蹲下来看着跌坐在地上的我，似笑非笑地说道："其实你刚刚的建议也不错，要不我和你这小瘪三传绯闻吧？这可比与那些男星传绯闻有话题多了，至少公众都会好奇，我这么大一腕儿，怎么就看上你这小瘪三了？"

我拍了拍屁股从地上坐起来，说道："我一有家室的人，有病才想和你这二流小明星传绯闻。"

"不错、不错……"

我弄不清乐瑶这话的内在含义，便再次动用转移大法说道："其实我觉得你和罗本传上一段绯闻还是挺靠谱的，他不是马上要参加那什么原创音乐节目了吗？正好帮他造造势，没准就能弄出一个音乐界的闪亮新星来！"

"你这是安的什么心？说得人家罗本好像没有家室似的！"

"我就是这么随便一说……正好你也来了，晚上我请你和周兆坤一起吃个饭吧，他人还在西塘呢。"

乐瑶并没有拒绝，我当即便给周兆坤打了电话，然后三人一起去了那间刚刚被我买下的酒楼。哪怕多了一个周兆坤，就餐期间，乐瑶依旧不依不饶地损着我，俨然将此当成了自己的乐趣，而我早已经麻木，只是和周兆坤喝着酒，聊着自己对打造"文艺之路"的设想。

晚餐快要结束时，周兆坤终于和乐瑶单独聊了起来，说对投资影视感兴趣，让乐瑶介绍几个知名导演给他。这对乐瑶而言是件不可多得的好事，如果周兆坤真的对影视行业感兴趣，投资拍片，乐瑶一定是影片女主角的不二人选，而周兆坤向来是一个认真的人，所以这绝对不是在饭桌上拿来消遣的话题，是会付诸行动的，那么周兆坤可能真的是乐瑶生命中的一个贵人！

这个时候，我不可避免地想起了米彩，同样身为女人，能帮她解决眼前危机的贵人又是谁呢？肯定不是我，虽然我比任何人都更想帮助她，可大多时候，我只能眼睁睁地看着，干着急，所以我们的生活也只能随着眼前的遭

遇不安地沉浮着，天知道"安稳"会在什么时候降临到我们的感情和生活中？

　　一口喝掉了杯中剩余的酒，我无奈地笑了笑，又给自己续上了满满一杯扎啤。在膨胀的泡沫中，我好似又一次看透了生活的虚妄，渴望着那座晶莹剔透的城池会降临，给予我指引和晶莹的光辉。

第 350 章

她
莫名其妙

　　晚餐结束后，我和乐瑶一起晃荡在回客栈的小路上，她依旧戴着那副硕大的墨镜，掩饰着自己明星的身份。我俩走累了，便坐在了西塘河边的一棵柳树下，望着那灯光映衬下的小桥流水，陷入失神的状态中。这种失神无关于此时的风景，更多的是在逃避现实的无奈，至少我是这个样子的。

　　点上一支烟默默地吸着，等一阵呼啸而过的风从身边掠过后，我的耳边好似响起了那首名为《晚安北京》的重金属音乐，然后自己便好似感受到了歌词里写的在雨夜里轰鸣的压路机声音，渐渐疲倦，渐渐力不从心……我终于闭上了疲乏又干涩的眼睛，巴不得忘记这首歌曲，在相对温柔的西塘河边安稳地睡上一觉。

　　我的后背忽然被重重地拍了一下，睁开眼时，乐瑶已经摘掉了墨镜，面色不悦地看着我说道："又装忧郁呢？一句话都不和我说！"

　　"别闹，是真累！"

　　"累就回去睡觉，这么简单的事情用得着玩矫情吗？"

　　这已经是第二个说我矫情的女人了，而我也不愿意否认，或者说，对现在的自己而言，所谓矫情根本就是一件微不足道的事情。许久我对乐瑶说道："心累，睡觉能解决吗？"

　　"可以，睡了就别再醒了！"

　　我点了点头，从口袋里又摸出一支烟点上，再不愿意说上一句话……

　　乐瑶终于放轻了语气向我问道："是与米彩的爱情让你感到累了吗？"

　　我盯着乐瑶看了好一会儿，才否认着摇了摇头。

　　乐瑶笑了笑，说道："你真以为别人看不穿你那层伪装吗？事实上与米彩这样的女人恋爱的第一天，你就应该做好准备了，她那无法让男人抗拒的魅力，便是你一生挥之不去的阴影。有时候我真的很费解，到底需要什么样的造化，才能生出这样一个淡漠却又美得不像话的女人！"

　　"那你说我是幸运，还是不幸？"

　　"与她在一起你得到了什么，又失去了什么，你自己最清楚！"

　　"我是很清楚，所以我从来没有想过放弃。"

　　"没人要你放弃……只是你们原本可以过得更好的，到底是追逐了什么，让你们活得像现在这么累？"

　　我没有回答乐瑶，心中想着，如果米彩愿意挣脱卓美给她的枷锁，此时的我们又过着什么样的日子呢？这个念头刚萌芽，我便在第一时间扼杀了，我怎么能有这么消极的念头呢？我应该帮她守住卓美，守住这个米仲信留给她的唯一念想。

　　"昭阳，你还记得韦蔓雯曾经待过的那个小山村吗？"

　　"几个月前的事情，怎么会记不得呢？"

　　"如果我说，我愿意放弃现在所拥有的一切，与自己爱的男人，在那里与世隔绝地过上一生，你会相信吗？"

　　"你又在不切实际地幻想了！"

　　"不信拉倒……"

　　"这个世界上根本就没有一个可以完全与世隔绝的地方……听说连那个小山村，都准备开辟出一条通往县城的路，大力发展旅游业呢！"

　　我的话好似击碎了乐瑶的幻想，她不言不语了许久，但我却有些诧异，记忆中她已经不止一次地和我说起过要去那个小山村生活，这多少反映出她有些避世的想法，可是避得却不彻底，因为她还渴望着有一个她爱的男人陪伴着她，否则她是没有这个兴致的。所以，她应该是一个为男人而活的女人，可是，直到现在她还没有一个比较稳定的男朋友，想来她也真够矛盾的。

　　乐瑶忽然杀气腾腾地看着我，我下意识地往后避了避，但为时已晚。她拉住我的手臂，然后狠狠地张口咬了下去。我痛得崩溃，用手按住她的脸企图推开她，她却纹丝不动，我骂道："你吃奶的劲都给用上了吧？"

　　乐瑶根本不回应我，依然死死地咬住我，于是我也用手捏着她的脸，希望疼痛能让她恢复理智，再咬下去，我手臂上的肉都快被嚼烂了！可乐瑶似

乎抱着两败俱伤的念头，哪怕被我捏着那张赖以谋生的脸，也没有松口……

　　似乎咬得不过瘾，她那留着锋利指甲的手指，又掐住了我的大腿，我终于不堪忍受，哀号道："大姐，我是怎么和你不共戴天了？你用得着这么对我下死手？嗷……嗷，你再不松口，我真抽你耳刮子了啊！"

　　"你们在干吗？"

　　一个听不出喜怒的声音忽然响起，尽管乐瑶还没有松口，但我的疼痛感却骤然消失了。我听出此时站在我们身后的正是米彩，我的脊背好似冒出了冷汗，不是疼的，是吓的！乐瑶似乎也回过了神，终于松了口，然后回头看着站在我们身后的米彩，却根本不解释她为什么要咬我。

　　米彩的表情越来越冷，我冒着冷汗，指着乐瑶说道："她莫名其妙……"

　　"那你们继续莫名其妙吧。"

　　米彩留下这句话后便转身离去，我冲着她的背影喊道："你来怎么不先给我打个电话啊？是想给我惊喜吗？"

　　米彩没有回应，却已经走远。乐瑶终于说道："什么惊喜？是惊吓吧！"

　　"都赖你这事儿精，你赶紧去帮我解释解释，就说你多动症的毛病又突然犯了，忍不住把我咬了个半死！"

　　"你就是欠咬，我才不去解释……"

　　我手指着乐瑶，却无语了半晌，终于说道："你一天不给我惹事，你就感觉自己来大姨妈了，是吧？回头再找你算账！"

　　我说完便向米彩狂奔而去，生怕自己追不上她！

第351章

恨你

不爱我

　　追了半条街，我终于站在了米彩的面前，可她并不理会我，执着地往前走着，我伸手拉住了她，问道："你刚刚看到了什么？"

　　米彩不语，虽然被我拉着手，目光却看向河边那正被风吹得乱舞的柳条。

"其实事情特别简单，就是她莫名其妙地咬了我一口，我疼得受不了，肯定要挣扎啊，然后就是你刚才看到的样子了。"

"你如果学会换位思考，就不会发生刚刚那一幕。"

我当即进行了一番换位思考，想象着米彩咬了某个男人一口，或者被某个男人咬了一口，顿时心生不满，这才恍然发觉，换位思考的能量竟然这么强大，原来我以为微不足道的小事儿，这么一换位，便惊天动地了。

米彩推开我，又继续向前走。我就这么一声不吭地跟在她身后，想着，无论如何也不能让她负气回苏州，但米彩回到客栈后，便径直向她的车走去。

我又一次咬紧牙关挡在了她的面前，说道："来都来了，还回去干吗？"

"难道留下来看着你们继续打情骂俏吗？"

"真不是你想的那个样子，你看到的都是假象，是你的心在作祟！"

"我的心在作祟？那你告诉我，我应该怎么去面对？"

米彩挣脱了我拉住她的手，打开了车门，然后坐进了车内，我眼疾手快，跟着拉开了车后座的门，随即也坐进了车里，说道："你开车吧，反正我就坐在车里，你去哪儿我去哪儿。"

"你就是一个混账加无赖！"

"你还可以骂得更难听点儿，我都能受着。"

米彩从后视镜里看了看我，然后启动了车子。我紧紧盯着车子的前方，看她会向哪个方向驶去，如果是回苏州，那这次我的无心之失是真的给她造成了很大的伤害。可是真的要因此一辈子和乐瑶划清界限吗？这对我来说太难！似乎我已经习惯了与乐瑶的争吵、打闹。

米彩的车子果然是往苏州方向行驶的，我的心有些沉重，于是对米彩说道："真的有必要回苏州吗？或者说，你觉得这样的事情可以成为结束我们感情的导火索？"

米彩忽然重踩刹车，让车子在瞬间停了下来，她没有回头，语气很压抑地对我说道："经历得越多，付出得越多，一份感情便越难割舍，但是昭阳，你不应该依仗着这一点来不断挑战我的底线，这很过分！"

"我从来没有这样的心思，当我们一起经营这份来之不易的感情时，我对你就是全身心付出的。"

米彩不语，可我却辨不清她是稍减了一些怒气，还是继续被我的话语挑战着底线，我继续劝说："这烦心的事情已经够多了，真的别折腾……我们先回西塘，然后心平气和地沟通一次，好吗？"

米彩皱了皱眉，好似经历了一番内心的挣扎后，终于调转车头，往西塘驶去，而我希望这不是带着怨气的妥协，而是出于保护这份感情的本能。

回到西塘之后，为了避免米彩和乐瑶碰上，我将米彩安排到从周兆坤那边接手的客栈里。一间单人房中，她坐在床边，我坐在沙发上，两人依旧保持着沉默，都不知该用怎样一种方式开口沟通。窗户外，阿峰正带着一群工作人员将明天活动要用到的物料运到那个广场上，我有些失神地看着，而米彩来到我身边，拿起我的胳膊看了看，有些心疼地问道："疼吗？"

我回过神，真感觉到了隐隐作痛，往自己的胳膊看了看，才发现上面印着两排牙印，心中更疑惑，自己到底干了什么，能让乐瑶如此愤恨，许久才向米彩回答道："不疼了！"

米彩去服务台找来了一些酒精棉，帮我擦拭着已经渗出血水的伤口，皱着眉问道："你到底对她做了什么？让她这样对你！"

我很无辜地说道："我也正纳闷呢！"

米彩一声轻叹，没有再多说什么，将用过的酒精棉扔进垃圾篓后，对我说道："我累了，想休息了，你先走吧。"

我没有再纠缠着她，这个时候还是给她些空间好，而我也该回去和乐瑶聊聊了，问问她为什么要这么对我。实际上所谓莫名其妙，只是难以面对米彩时，自己找出的不切实际的借口而已。

回到客栈之后，我先询问了童子，确认乐瑶已经回来后，便拿了钥匙径直向她的房间走去。打开房门之后，我听见里屋传来一阵哭得不能自已的声音，我当然知道正在哭泣的人是乐瑶，可为什么她的情绪会忽然崩溃成这个样子，这和我又有关系吗？

她哽咽着对我说道："既然来了，为什么不进来？"

我已经察觉出了些端倪，以至于走进房间的脚步都变得沉重了些，而乐瑶却依旧将自己深埋在被子里抽泣着。

"你这么把自己捂在被子里不嫌闷吗？"我说着替她掀开了被子，映入眼帘的便是那被泪水打湿了一半的枕头，我的心也在一刹那变得百感交集起来，那准备好质问的话也忽然没有了用武之地，只是这么怔怔地望着她的后背。

许久，她终于从床上坐起，抹掉了脸上的泪水，目光中带着些委屈和愤恨，向我问道："昭阳，在你眼里我真的是一个很莫名其妙的女人吗？"

"有一点……"

乐瑶自嘲地笑了笑，说道："如果你放在米彩身上的心思，能够给我百分之一、千分之一，我也心满意足了，可是我从来没有在你身上得到一个叫爱情的东西，我却一直把你放在心里头回味、期待……或许，你觉得我是一个不够诚恳的女人，但是我对你说过的很多话都是真实的。"

"我没有质疑某些话的真实性。"

"是啊，你只把这些当作玩笑话，根本没去探究是虚假的还是真实的。"

我不语，因为被乐瑶说中了……我怎么会将类似于她成为女明星之后只爱我一个人的话，当作是真实的呢？

"昭阳……我爱你，过去、现在、哪怕未来我也会一直爱着你……我从来没有想过要占有你，因为你不爱我……可是每次看到你沉溺在与米彩的爱情中不能自拔，收获的却总是担忧、烦恼和无能为力时，你知道我的心情吗？就像被刀绞一样，我恨你为什么不能像我这样爱你，去爱我……如果我是你生命中的女人又该有多好？我会放弃一切成全你想要的生活，可这些只是我的一厢情愿，但我依然愿意默默地祝福你，可是你却越过越不快乐，所以我恨，恨你的选择，恨你从来没有爱过我……"

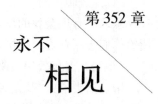

第 352 章

永不

相见

窗外的风又吹了起来，却将我吹得更加沉默了，或许这些年我虽然知道乐瑶对我有些依赖，却从来不敢将此当作是至死不渝的爱，此刻听到她说出这番撕心裂肺的话，我感觉自己从前的认知在一瞬间崩塌了。

我的沉默好似刺激了乐瑶，她又一次哭得不能自已："昭阳，你倒是说话啊……还是，直到此刻你仍当作这是我与你开的一个玩笑？"

半晌我终于回答："我能说些什么啊？"

乐瑶向我扑了过来，将我按倒在床上，呜咽着："你这个禽兽，睡了我，心里想的却永远是简薇和米彩，为什么我在你面前就这么轻贱？呜呜……"

我下意识地转过了自己的头，她却又一次咬住了我，于是疼痛从我的肩

头传来，甚至比之前更痛，但这一次我却没有痛呼，也没有推开她……相比乐瑶心里的痛，我这点痛又算些什么呢？

乐瑶终于松开了我，趴在我身上，眼中噙着泪水，问道："疼吗？"

我点了点头……

乐瑶离开了我的身体，我这才看着自己被她咬伤的肩头，新伤与旧伤之间虽然有些距离，却凑成了一张笑脸，仿佛嘲笑着我此时的凌乱。

乐瑶不知道从哪里找来了酒精棉，坐在床头一言不发地帮我清理着伤口，可眉头却一直皱着，直到清理完伤口，才对我说道："昭阳，我得多恨你，才能把你这肩膀咬成这个样子？"

我又一次陷入沉默中，可能是因为歉疚，也许是不知道该怎么面对。

乐瑶将擦拭过的酒精棉扔进了垃圾篓，替我上了些创伤药后，便躺在了床上，然后眼睛眨也不眨地看着天花板。我顺势摸出了一支烟点上，打算利用抽烟的时间想想该和她说些什么，然后让彼此都好过一些。

"昭阳，你觉得这些年我们谁亏欠了谁？"

"谁知道？"

"是我亏欠了你吧，所以我爱你，你却不爱我……"

"你这逻辑不对。"

乐瑶没有理会我的反驳，面露回忆之色说道："还记得几年前，你把我介绍给你们宝丽百货，拍摄宣传海报吗？"

"记得，海报效果出来后，你惊艳了很多人！"

乐瑶摇头道："我是说，那次是你好不容易给我争取来的机会，我却差点放了你的鸽子，害得你被陈景明一顿臭骂！"

"所以我一直说你不靠谱！"

"其实拍摄那天，我去见了我的前男友，那天我们彻底分手了……不说这些了，其实我想说，那天我匆匆赶到拍摄现场后，见你被陈景明骂得一声不吭，像个孙子似的，我心里挺感动的，不过那时我还没有爱上你！"

"要不是我不占理，陈景明他敢把我骂得和孙子似的？"

乐瑶终于笑了笑，说道："可即便他那么骂你，你也没有把责任推到我身上，只是说自己通知错了时间，其实我知道你是怕陈景明迁怒于我，以后不给我拍摄的机会……"

在别人动情时，我总不擅长说些什么，直到将手中的烟抽完，才转移了话题问道："你和之前的男朋友是怎么回事儿？他好像把你弄得挺惨的！"

　　乐瑶看了看我，平静地说道："他和我是大学校友，毕业后我们都怀揣着明星梦留在了上海，后来他为了能够上某部戏的男二号，和一个女制片人好上了。呵呵，这些年倒是出了些小名，也不过是一个二流明星罢了！如果没有他和你的对比，我想自己也不会那么快爱上你，且爱得这么彻底！"

　　稍稍沉默后，乐瑶又说道："在他身上我看到了社会的现实和无情，可是在你身上我又看到了另一种纯净和美好，是你没有让我自暴自弃下去，觉得还有活下去的动力，我今天所拥有的一切都是你成全的，所以无论为你做什么样的放弃我都是心甘情愿的！"

　　此刻，我的心中说不出是什么感觉，我本能地从口袋里找着烟，却被乐瑶阻止了，她凝视了我许久才说道："昭阳，有些事情，我终究是要想明白的，而你的烙印也终究是要从我的生命里抹去的……所以，从你离开这间屋子开始，我们之间将不再有任何关系，哪怕我们之间还存在着亏欠……"

　　当乐瑶主动和我提出断绝关系时，我却没有想象中那么轻松，心中有一种难以割舍的钝痛，可是想起米彩这个需要自己用全部身心去呵护的女人，我终于还是对乐瑶点了点头……

　　乐瑶眼中含泪，看着我笑道："好呀，真是好呀……以后我再也不会来找你这个禽兽了，也不会来自寻烦恼了……可是昭阳，你能对我说出……分手两个字吗？这样会让我觉得，在米彩没有出现前……我们也是恋爱过的！"

　　我沉吟了许久说道："抱歉，我说不出口……"

　　乐瑶表情痛苦地点了点头，终于对我说道："好吧，我不勉强你……但你要记住，当初那个夜晚是我乐瑶睡了你，而不是你睡了我，明白吗？"

　　我实在不知道她这么说是什么意思，所以我没有回答。

　　乐瑶似乎也不是真要一个说法，她的手指向屋门外，面色决然地对我说道："你出去吧，从此以后我们就将对方从自己的生命中抹去，当作从来没有遇见过。"

　　我心中充满了不能割舍的难过，最后看了看她，只见泪水已经布满了她的脸颊，连指向屋门外的手指都在轻颤着！

　　我无法形容自己是带着什么样的心情离开了乐瑶的屋子，但整个人已经变得空乏起来。

　　我知道，自己又将迎来一个无眠的夜，所以一个人晃荡在了那条不顾黑夜仍在流动的西塘河边。

　　走着走着，我又一次在河的对岸看到了那个红衣女子，她果然没有失信，

甚至提前来到西塘参加明天的公益活动，这一次她少有地和我打了招呼："这个点还晃荡在河边，你貌似挺闲的啊！"

"要是真的闲，倒好了！"

我在不远处找到一座石桥，绕到了红衣女子那边，然后与她一起坐在了冷清的西塘河边。她从烟盒里抽出一支烟递给我，自己也点上了一支。

"听说会抽烟的女人心中都藏着一段悲剧。"

她看了看我，说道："我也从来没说过自己活得像喜剧。"

"是啊，要不然你怎么会来了西塘一次又一次！"

她瞪了瞪我，说道："你这货是不是自己郁闷，想从我这里找优越感？"

我一点也不否认："是啊，要不然这么晚我干吗和你坐在这儿聊天？"

"你可以和我诉苦，我也可以开导开导你，但是你这么一上来就揭我伤疤，是不是也太损了？"

"得了吧，一个比我还悲剧的人，能开导出什么好结果来！"

"西塘河就在你前面淌着，你怎么不去死？"

"唉！死谈何容易啊，人生终究有那么多割舍不下的东西和感情。"

她似乎被我的这句话所触动，有些失神地看着河面，久久没有再言语。而我忽然想起了一件事情，推了推她，问道："喂！上次和你说的入资卓美的事情，你有正儿八经地考虑过吗？"

她回过神，不再是之前那副开玩笑的语气，面色认真地答道："当然认真考虑过，不过之前的投资方会和平撤资吗？如果不是和平撤资，我们作为新的投资方也是很麻烦的。"

"和平撤资是不可能的，而且，现阶段米彩似乎还对前投资方抱有期待，局势还不明朗！"

她笑了笑，说道："看来很多事情果然是你自己的一厢情愿！"

我没有否认，她抬手看了看时间，对我说道："时间不早了，我先回去休息了，明天活动见。"

我点了点头，随后目送她离去。

在她的背影彻底消失在自己的视线中时，我又忽然想起了乐瑶，想起了以后我们刻意避免相见的情形，心中不免低落，难道有些人注定会因为爱情的偏执和自私，成为我生命中的过客吗？如果是，那这个过客在我生命中留下的笔墨也太重了些，重到让我难以平静……

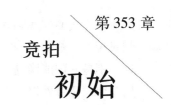

第353章

竞拍

初始

经历了一个几乎无眠的夜晚，直到快天亮时，我才短暂地进入睡眠，还来不及做上一个白日梦，屋门便被童子打开，他晃着我的身躯，语气焦急地说道："阳哥，你醒醒。"

我睁开眼睛，看着他那张拧得有些发皱的脸问道："怎么了？"

"乐瑶姐刚刚走了，我问她话，她也不理我，她这是怎么了？"

我心中涌起一阵难以抑制的失落，但还是以一副很无所谓的语气回答："人生聚散无常，你那么激动做什么？"

"她明明是来参加今天晚上的活动的，可现在却走了，你倒是给我解释解释，这是为什么？"

"她临时有通告行不行？"

"有通告用得着一边哭一边走吗？一定是你又惹她难过了！"

一阵沉默之后，我终于对愤怒的童子说道："谁活着都有选择和无奈，有些事情你就别管了！"

"乐瑶姐那么大一明星，看上你，你却不珍惜……以后有你后悔的日子！"

说完童子便摔门而去，我茫然地盯着窗外，大脑里又浮现出乐瑶那张有些妖娆的笑脸，以及那些在一起时口无遮拦的嬉笑怒骂，我有些伤感，眼角终于传来了一阵温热感，视线便也模糊了……直到微信铃声忽然响起。

我赶忙从柜子上拿起了手机，打开了微信软件，果然是乐瑶发来的信息："有时候深爱一个人是远远不够的，还需要缘分……既然我们从来没有爱情上的缘分，那就永远不要再见了……昭阳，后会无期！"

我的目光最后定格在"后会无期"这四个字上，整个人再次有一种被掏空了的惆怅，下意识地给她回了一条："后会无期吗？"许久才发现，这条信息被她拒收了。此时，我已经躺在了她的微信黑名单里，这才后知后觉地意识到：自此我的世界里再也没有那个会幸灾乐祸给我点赞的女人！我们的关系就这么走到了尽头……

起床后，我便彻底陷入忙碌中，而周兆坤也一早便来到了活动的准备现场，和我聊了一些活动的安排后，他又向我问道："乐瑶还没起床吗？"

这并不是一件能隐瞒的事情，我便对他说道："她早上就回北京了！"

周兆坤颇感意外地看着我，问道："怎么走这么急？"

我稍稍愣了一愣才回答："不太清楚，可能公司临时有什么急事儿吧。"

周兆坤面露失望之色，但还是笑了笑，说道："工作上的事情要紧，就是不知道下次见面会是什么时候了……"

我有些分神，也没有听清楚周兆坤下面说了些什么，实际上是否听清也不重要了，因为我和乐瑶之间已经有了"后会无期"的约定。

时间在恍惚中来到了早上九点，米彩提着好几份早餐来到活动现场，留下两份后，便将剩余的早餐全部交给了阿峰，让他分配给现场还在忙碌的工作人员。

一顶凉棚下，我与米彩坐在一起吃着早餐，她的心情似乎已经不像昨天晚上那么糟糕，也许她已经原谅了昨天我与乐瑶发生的那件事，只是话语依然很少，而我却犹豫着要不要告诉她，自己和乐瑶那"后会无期"的约定，让她从此安心下来。思来想去，我终究没有开口，因为一份成熟的爱情，不需要我低劣地拿别人的离去来表自己的忠心……

吃完早餐，米彩收拾了餐盒之后便离去了，而我又一次陷入忙碌中，直到快中午时分才有了短暂的休息时刻。我选了一个阴凉地，一手捏着烟，一手拿着一瓶矿泉水，就这么看着客栈外来来往往的游客。直到一辆红色的凯迪拉克出现在我的视线中，我才回过神来，而手中的烟已经在不察觉中燃尽了。

简薇将车子停在了我面前，按下车窗，对我说道："你忙傻啦？老远就看到你呆滞的目光了！"

我没有理会，只是往她的车子看了看，发现除了上次车头处被蹭了，这次连车尾处也瘪了一大块，随即向她问道："你这碰碰车，又被人给撞了？"

"别提了，这次是我自己超车时甩尾甩早了，又和一出租车蹭一起了！"

"你可真牛，连出租车都敢超……你是和出租车较上劲儿了，是吧？"

简薇打开了车门，在我身边坐下后，霸气地说道："我只是想证明，在城市马路上，还有一种比出租车司机更强的存在。"

而心有余悸的我推了推她，提醒道："以后开车悠着点，幸亏前两次只是蹭上了，要是撞上了，多危险啊！"

简薇没有理会我，我无奈地看向她的车，那蹭了后没有修补的地方看上去有些狰狞，于是向她问道："你这车蹭成这副死样子，不换就算了，至少也得补补吧，这开上街不是影响市容吗？"

简薇却丝毫不在意地回道："这车往马路上一开，谁不得远远让着？所以补什么补！"

我再次无奈了……其实，有时候我也真是挺好奇的，为什么老天给了她一具无可挑剔的女人身躯，却又给了她一颗霸气外露的心，这让她看上去别具一格！可想起离去时，她哭泣着用口红在车窗上写下等待的那一幕，又觉得她也可以温柔似水，也会充满女人的依恋，只是后来到底是什么让她变成了现在这个样子，我却不太清楚，只能归咎于这种性格是她骨子里便存在的，后来独立在美国生活了数年，便被无限地放大了……

一阵沉默后，她终于又对我说道："对了，上次从卓美拿下的两个黄金广告位已经被我给租出去了，三年一共 520 万。"

"不错，你的广告公司又往上走了一步。"

简薇点了点头，说道："确实又往上走了一步，不过我可不敢居功，因为上次解决公关危机的创意是你的。"

我拧开矿泉水瓶喝了一口，也没有言语，心中却是失落的。虽然我可以帮助米彩解决一次公关危机，但是却不能帮她解决卓美所面临的根本问题。

简薇又问道："卓美最近的风声可不少，现在到底是个什么情况？"

"我也不太说得上来，总之就是乱……"

"问题出在那个投资方身上？"

"你这是哪里来的小道消息？"

"现在苏州的商圈有几个人不知道这件事情……"

简薇的话还没说完，我便又追问道："你还听到了些什么？"

"其他倒没什么，只是猜测着他和米彩闹翻的可能原因……"

"又是一帮吃饱了闲的，这和他们有半毛钱关系吗？"

简薇没有理会我，再次打开车门，上了自己那辆"碰碰车"，将车开到了一处阴凉的地方，随后便直接走进客栈去订房间。

时间很快便来到了傍晚时分，活动按照预先设置的流程进行着，而这次前来参加活动的游客，也比上次多了将近一半，最后作为活动组织者之一的

阿峰不得不对进场游客进行了人数上的限制，这才维持住了现场的秩序。

这次公益活动的主题，我设定为"夜里的阳光"，寓意：无论那些弱势群体正经历着怎样沉重的黑夜，我们都会化作一束阳光，照亮他们的生活。

因为有了前一次的经验，活动很顺畅地进行到竞拍客房的环节……而这时我又不可避免地想起了曾经在这个环节上与红衣女子竞拍的乐瑶，此时她的离去，似乎让我觉得少了些什么，内心也变得惆怅，于是又劝慰着自己，时间总会冲淡这种惆怅的，也许很快我便可以适应没有她的生活。短暂的怅然后，我从口袋里拿出了第一张房卡，对参加活动的众人说道："这是一间布局考究、装修精致的单人大床房，起拍价50元，欢迎大家出价。"

很快出价便被游客们喊到了500元，就在大家以为这间房的竞拍价止于500元时，一直没有出价的简薇很干脆地喊出了1000元，众人一片惊叹，但这只是一个开始，红衣女子很快喊出了2000元的报价。这让我很是意外，潜意识里，等套房拿出来拍卖时她才会喊价，也好奇于从来不肯认输的简薇，会不会在竞拍的初始便和她较上劲，从而出现前一次那两女相争的局面！

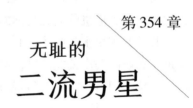

第354章

无耻的
二流男星

简薇向红衣女子看了看，随即没什么压力地喊出了5000元的价格，现场顿时一片喧哗。所有人的目光再次聚集到红衣女子的身上，好奇她会不会继续往上加价，而人群中有些是参加过上次活动的，曾经见识过她的强悍，便起哄道："喊1万，喊1万……"

红衣女子并没有理会那些起哄的人，不急不缓地喊出了6000元的竞拍价，她似乎已经深谙竞拍的门道，不像上次那般表现得锋芒毕露。

简薇这一次直接喊出了1万元的竞拍价，红衣女子依旧只加了1000元，这个不温不火的行为让简薇有些恼怒，再次在众人的喧哗声中喊出了2万元的价格，可红衣女子依旧保持先前的节奏，不痛不痒地往上加了1000元。

这个时候我不禁为简薇捏了一把汗，毕竟此时的我已经知道红衣女子的真实身份，现场有实力和她竞争的人真不多，而简薇更没有必要和她较劲。

众人的目光再一次聚集到简薇的身上，好奇她是否会继续跟下去，但已经没有人像刚刚那般起哄，因为这样的价格已经远远超出合理的范畴。

简薇耸了耸肩，对红衣女子说道："君子不夺人所好，你既然这么喜欢，就拿去好了！"

我顿时松了一口气，想想自己的担心也多余，毕竟简薇是在商场上摸爬滚打的女强人，与乐瑶这种因为机遇而身价暴增的女明星不同，她更懂审时度势，不会逞一时之勇，只是她那句君子不夺人所好，让我觉得有些好笑。

竞拍在持续进行，红衣女子几乎每次都会出价，最后导致没有人与她竞争，将这场活动彻底演变成她一个人的独角戏。很快便只剩下了最后一间套房，我直接报出了 1000 元的起拍价，果然红衣女子又喊出了 5000 元的报价，导致底下顿时鸦雀无声，而我也没再等，便开始进行倒数，准备将这个报价最后落实下来。

"我出 1 万。"

众人纷纷回头望去，将目光全部集中在出价的米彩身上。红衣女子似乎早有预料，她走到米彩身边，向她点头示意，米彩也很友好地报以微笑，但竞争却没有因为这种友好而停歇，红衣女子直接报出了 2 万元的价格，比之前以 1000 元往上加的气势要凶猛多了。米彩很快便报出了 4 万元的价格，红衣女子又报出了 8 万元的竞拍价。我顿感脊背"嗖嗖"发凉，这可是成倍往上翻的节奏，果然会了意的米彩又报出了 16 万的价格，红衣女子依旧没有压力地报出了 32 万的竞拍价，但这次她在报完价后却附在米彩的耳边说了几句，米彩点了点头，竟然没有再往下出价，再一次成全了红衣女子。

我带着疑惑将 32 万的拍卖价确定了下来，四周已经鸦雀无声，只是齐刷刷地看着红衣女子，因为直到拍卖环节结束，她已经产生了将近 50 万元的花费，这对一场即兴的小型公益活动而言，已经是一个天文数字了。

活动就这么进行到了尾声，在这次准备的 10 间房中，有 8 间房被红衣女子以强势的姿态拍了下来，我便邀请她上台发表一下感言。谁知她却对米彩做了一个请的手势，米彩并没有拒绝，从人群中让出的通道里向台上走来，于是我更加疑惑了，从她们的表现来看，刚刚一定达成了什么共识。

米彩终于走上了台，接过我手中的话筒，以平静的语调说道："我想大家

一定很好奇，刚刚我为什么没有再继续跟价……"

众人纷纷点头。米彩看向红衣女子，继续说道："但是这位小姐劝阻了我，准确来说也不是劝阻，而是要求合作……我相信此时来参与这个活动的所有人，没有谁真正对这些客房感兴趣，只是想为公益贡献一些自己的力量，但这个拍卖的形式却形成了一种制约，最后只有极少数人能够为公益活动献出一份力量，所以这个活动本身是不完善的……"

众人纷纷点头附和，我却有点冒汗，这个红衣女子的心思可真够奇葩的，难怪一个人拍下了 8 间房，只是为了说明这个活动不够完善……

等众人安静下来后，米彩继续说道："所以我们刚刚达成了共识，我最后喊出的 16 万的竞拍价，依然会捐献给这次活动，既可以为需要帮助的人出一份力，也不至于让这个活动变了味，好似沦为一场少数人攀比的秀……在这里我也提议活动的组织者，能够在下次活动举行时拿出更好的活动方案，从而让更多的人参与进来，将公益做成名副其实的公益……"

米彩说完后，一直在台下观看的周兆坤很是认同地点了点头，第一个为米彩鼓掌，随后雷鸣般的掌声便响彻了全场。实际上周兆坤之前就表达过对拍卖形式的一些意见，只是因为这次活动准备仓促，才将这个环节保留了下来，但在米彩和红衣女子的鞭策下，下次我必须要做出改变……想明白了这些，我也随着众人鼓起了掌，向红衣女子表示感谢，并虚心接受她的建议。

这个时候红衣女子也来到了台上，站在米彩身边，随后从口袋里拿出一张名片递给她，说道："很高兴认识一个志同道合的朋友。"

米彩接过名片，随即也将自己的名片递给了她，说道："我也是。"

此时，我不禁佩服红衣女子的智慧，她竟然通过这种互生好感的方式完成了与米彩在商务上的结识，而这个时候我也相信她是真的有入资卓美的想法，也许不久的将来她便会和米彩有一次商务上的沟通。这对于我而言，是一次意外的收获，也希望米彩能够放弃对蔚然的期望，拿出一份具有可操作性的合作方案，然后与红衣女子的天扬集团达成合作……

活动结束之后，我将 8 张房卡交到红衣女子手上，并开玩笑地问道："你这拍下的房间准备怎么办？不会上半夜住一间，下半夜换一间，早上起来还得再换一间吧？"

"只有你这么无聊的人，才会有这么无聊的想法！"

我笑了笑，说道："是啊，我就是一个靠着无聊去找乐趣的人……不过你不觉得自己这50万花得太随便了吗？"

红衣女子反问道："随便吗？我们集团每年都会拿出近千万的资金捐给社会福利机构，天知道这些钱最后落进了谁的口袋里，而花在你这儿，我至少能看到是真正用来帮助一些社会弱势群体了！"

"那你们集团以后做社会福利的资金都交给我吧，毕竟我是这么一个正直的人，不会中饱私囊的！"

"滚蛋，我们这么大一个集团如果每年不拿出些资金给那些福利机构，政府那关过得去吗？"

我用手指着红衣女子，感叹道："你可真是个商人！"

"你给我继续滚……难道我在你这儿花掉的钱，也是出于利益目的吗？"

"这倒不是！"

红衣女子瞪了我一眼，转身向楼道处走去……我终于向她喊道："你准备什么时候和米彩聊聊？"

"合适的时候。"

这个回答，更让我感觉到了她的商业智慧，心中也在思考着，现阶段的卓美能给她带来什么利益，否则所谓注资，依然只是我的一厢情愿。

公益活动结束后的第二天，距离乐瑶彻底从我的生活中离去也已经过去了两天，虽然之前我们经常一个星期甚至更久不与对方联系，但这一次的两天却让我感觉非常不适应，有时我还会习惯性打开微信，看看她的最新动态，却恍然发觉，自己已经被她拉进黑名单了，只能怅然地点上一支烟……

这又是一个忙碌后的晚上，我一个人躺在床上抽烟、喝茶，屋门却忽然被童子打开，他气喘吁吁地说道："阳哥，乐瑶姐又上娱乐版的头条了！"

我掐灭了烟蒂，让自己尽量平静后才说道："她最近不一直在上头条吗？有什么好大惊小怪的？"

"这一次不一样，你知道她在大学时有一个初恋男友吗？"

"听她说起过……"

童子愤怒地说道："这个二流的男明星好不要脸啊，见乐瑶姐现在成大腕了，就开始借乐瑶姐炒作自己，这份报纸你拿去看看！"

我从童子的手中接过了报纸，只看了一半的内容，眉头便皱了起来，心中随之产生一阵不能抑制的愤怒。

第 355 章

抽他个
孙子去

我看完这条娱乐新闻后，愤怒地将报纸揉成了一团，然后摔在了地板上，怒道："这孙子，真够不要脸的！"

童子严肃地问道："阳哥，他说的都不是事实，他在诬陷乐瑶姐劈腿，是不是？"

我心中愤怒的火焰再次燃烧了起来，这个二流男明星把当年与乐瑶分手的原因归结于乐瑶为了抱上某导演的大腿，而绝情地甩了他，这简直是在胡说八道。如果真的是乐瑶甩了他，那么乐瑶还会惨到身无分文，然后在一个陌生的城市、陌生的酒吧，面对着一群陌生的人，把自己灌得不省人事吗？

我对童子点了点头，说道："你乐瑶姐不是他狗嘴里的那种人……"

童子语气激动地对我说道："阳哥，你肯定知道些内情，你赶紧去帮乐瑶姐澄清啊！否则她的公众形象就全毁了！"

我沉默了许久后才说道："她是一个明星，面对这样的恶意炒作，还是交给专业的公关团队去解决最好，第三方的贸然澄清可能会起反作用。"

"少找借口，别以为我不知道你是因为和她闹掰了才不愿意帮她澄清的！"

"你这傻孩子，大是大非前我有那么狭隘吗？实在是人微言轻，帮不上忙。"

童子怒了，冲我嚷嚷道："你要不是心虚，为什么不敢以乐瑶姐朋友的身份去帮她澄清呢？说到底是因为乐瑶姐喜欢你，你怕自己一旦出面澄清就会惹祸上身，你心里这些自私自利的小算盘我都知道得很！"

"你这个小犊子……"

童子梗着脖子回骂道："你个老犊子……"

"行行行，我是老犊子……你现在能不能让我这个老犊子安静一会儿？"

童子并没有离去，而是从自己的口袋里拿出了手机，当着我的面找到乐瑶的号码拨了出去，然后又按了免提键……可片刻后电话里却传来了被拒接的提示音，我惊愕地发现，竟然连童子的号码也被乐瑶放进了黑名单里。

这时，我真正相信所谓"后会无期"是真的后会无期，再不留有一丝余地，所有与我有关系的人都被乐瑶决然地放进了"后会无期"的名单里，恐怕连 CC 和罗本也不能幸免，她的生活终于完全脱离了成名前的那个圈子……

童子依旧不肯放弃，执着地找来其他人的手机再次拨打，但这一次得到的依然是拒接的语音提示，不用想也知道她开启了陌生号码拒接功能。此时的她，应该正遭受着娱乐记者没完没了的骚扰，而且也一定会有一些别有用心的人想趁机毁掉她的公众形象。我开始为她担忧……可依然无能为力！

童子愤愤地离开后，我一个人躺在床上辗转难眠，明明知道已经彻底和乐瑶断了联系，却依然一遍又一遍地翻看自己的手机，以为这样便会在不经意间等来她的讯息，只是直到早晨手机也没有再响起过，她是真的从我的世界里消失了。

于是在次日下雨的早晨，我决定不再想起她，平静地继续自己的生活。我平静地刷牙，平静地洗脸，平静地吃完了早饭，又平静地将自己穿戴整齐，最后平静地坐在阳台上的雨棚下，抱着吉他唱了一首平静的歌。原本我以为自己可以平静地过完这一上午，可罗本却很不识趣地打破了我的平静，语气愤怒地说道："昭阳，你还真沉得住气，可知大腕被一孙子给算计了！"

"你不是潜心创作，两耳不闻窗外事吗？怎么知道这些八卦新闻的？"

"你别废话，我现在就问你管不管这个事儿？"

我并没有直接回答罗本，转移了话题问道："你现在还能联系上她吗？"

"联系不上……但这不很正常嘛！出了这档子烂事儿，谁还有心情开着电话，等着别人问东问西的。"

"那你说现在该怎么办？"

"去北京抽他个孙子去……丑话咱先说了，这一次，爷要不把那孙子一嘴的狗牙给拔了，爷就不算在北京混过！"

我不语，只当罗本说的是狠话，要是他真这么干了，指不定娱乐媒体又得弄出个乐瑶收买打手蓄意报复的新闻来。

罗本的暴脾气忽然就上来了，踢了我一脚说道："你给句痛快话，北京你去是不去？"

尽管我很想随罗本去北京，但另一种力量又拉扯着我，让我无法坦然地去北京面对乐瑶，更担心米彩会因此而不舒服。

我终于抬头看了看罗本，许久才说道："其实我真的挺难的……无论去还

是不去，都感觉自己特孙子！"

"你不就是担心米彩会有闲话吗？但是昭阳，做人要仗义，这些年大腕是怎么对咱们的，你自己不清楚吗？而且现在知道当年情形的也就咱俩，你说她当年穷得就剩下身上那一套衣服，怎么就傍上了导演，甩了那孙子？这不是子虚乌有嘛！这个时候，咱们要不帮大腕说点什么，就是昧良心！"

罗本这番话让我在脑海中做起了激烈的思想斗争，再想想有罗本和自己一起，也不至于让米彩误会什么，便说道："去，现在就去北京……"

"那行，花五分钟收拾一下行李，马上就出发。"

罗本离去后，我当即给米彩发了一条信息："我去北京办点事情，这几天可能不在西塘，苏州也去不了了，你自己注意身体，别再着凉了！"

发完信息后，我便将手机放进了自己的口袋里，暂时卸下了思想负担，去自己的房间收拾起了行李，然后开始了这场注定不会平静的北京之行！

第 356 章

目空一切

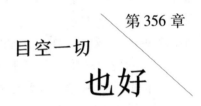

收拾好行李之后，我和罗本便直接驱车向上海的机场赶去。

车子驶出西塘小镇后不久，米彩便给我打来了一个电话，我稍稍犹豫，还是戴上了耳机，接通了电话，却没有先开口。

米彩也沉默了一会儿之后，才问道："你去北京做什么？"

"乐瑶遇到些麻烦，所以我和罗本一起赶过去看看能不能帮上忙。"

"她最近的新闻，我也看到了……这个新闻是真实的还是无中生有的呢？"

"当然是无中生有的，当年的情形我是知道一些的，根本不是那个二流男星说的那个样子。"

米彩稍稍沉默之后，说道："那你去吧，但是自己注意分寸，这种高关注度、高敏感度的事件，处理不好很容易把自己陷进去。"

我应了一声，又问道："你不介意吧？"

"昭阳，我从来不曾想过要限制你与身边的异性相处，也限制不住，更限制不住你内心深处潜藏的欲望。只希望你能记住，我们有着婚姻约定，在与其他异性相处时，你要清楚什么是自己该做的，什么又是不该做的。"

"所以你觉得去北京是我该做的？"

"是你该做的，但请不要节外生枝。"

结束了和米彩的通话，我的心思不免繁重起来，更觉得自己委屈了她，也弄不懂怎样才算不节外生枝，或许我就不该去北京……

身边的罗本却又催促着我："你这车能不能开快点，旁边要有辆拖拉机都把你给超了！"

"刚刚米彩给我打了电话，我总觉得自己去北京有些委屈了她……"

"你就是拧巴……咱能不能别废话了，赶紧开车，要不换我开。"

我想到连米彩也觉得我该去北京，我根本不必有这么重的心理负担，终于一脚重踩了油门，车速随即也飙升了起来！

中午时分，我们便赶到了北京。两人直接来到乐瑶的住处，按了许久的门铃却没有人回应，罗本又尝试给她打电话，也依然没有回应。

短暂的茫然之后，我向罗本问道："你有他经纪人的电话吗？要不给她的经纪人打电话试试。"

罗本一拍腿，说道："我怎么忘了她经纪人了，还真有他电话。"

费了一番工夫之后，罗本终于和乐瑶的经纪人取得了联系，然后我们约在附近的一间茶楼里见了面。

见到我们，经纪人不等罗本将我介绍给他，便神色焦虑地说道："你可来了，我正准备和你联系呢，可急死我了。"

"和我联系？"

经纪人点了点头，说道："自从爆出这档子新闻之后，乐瑶她就联系不上了，手中的工作不得已也全部停了，想问问你们这些朋友知不知道她下落！"

我和罗本对视了一眼，发现事情远比我们想象的要糟糕很多，这个时候乐瑶竟然因为压力太大，彻底切断了自己与外界的联系。

"我们要知道她的下落，也不会从苏州跑来北京找你了！"

经纪人无奈地叹息，说道："这是要坏事儿！本来我们也不打算对这个新闻做出回应，毕竟谁都能看出来，那家伙是想借乐瑶的名气炒作自己，偏偏他手上还有曾经与乐瑶在一起的生活照，这事儿想不理也不行了，按照惯例，这个时候乐瑶应该出来发一份有利于自己的声明，但她这么一躲，无疑是默认了那家伙的说法，这对她以后的演艺事业是很不利的！而且再这么躲下去，影响到工作进度，弄不好是要吃违约官司的！"

经纪人的这番话让我和罗本都陷入沉默中，心中不免为乐瑶而担忧……

这个时候经纪人又疑惑地对我们说道："我培养过很多艺人，但乐瑶是我见过心理素质最好的，按道理这样的事件不应该影响她的情绪，但怎么就选择了这么一种愚蠢的方式呢？想问问二位，最近她是不是在生活上遭受了什么打击？而这次的绯闻事件倒不是导致她不知去向的主要原因。"

我的心顿时一沉，如此说来，乐瑶的不知去向，我是有责任的，但总不能开口告诉经纪人那天晚上自己和乐瑶之间发生的事吧。

犹豫中，罗本面色不悦地说道："你是她的经纪人，她有一半的时间和你在一起，你都不清楚，我们又怎么知道？"

经纪人无奈地摇了摇头，随即叹息，一副茫然不知所措的模样。

一阵沉默之后，我向经纪人问道："你们现在打算怎么处理这个事件？"

"能够找到她最好，实在找不到只能由公司代表她去发声明了，但这……这不明显落人口实嘛！"

我点了点头，如果乐瑶不出现，舆论将会对她越来越不利，这时经纪人又压低了声音向我们问道："你们应该是和乐瑶关系很近的朋友了，那孙子说她傍导演的事儿，到底是不是真的？"

我皱了皱眉，反问道："你觉得呢？"

经纪人答道："我在这个圈子里混了这么多年，打过交道的这些比较当红的女星，没几个是真正干净的，只要想扒，都能扒出丑闻来……所以，这种大环境，也是造成舆论不利于乐瑶的一个重要原因！"

尽管知道经纪人这是就事论事，但我心中还是很不舒服，沉声道："这件事情我和罗本都可以证明，当年绝对不是乐瑶去傍了某导演，相反是那二流演员傍上了某女制片，甩了乐瑶……这孙子简直无耻！"

经纪人又是一声叹息："唉，娱乐圈就这样，为了搏出位，无耻也是一种手段……对了，你们有什么好的应对办法吗？"

罗本说道："这事儿简单，我们以朋友的身份去帮她澄清，当年我们是亲眼看见她身无分文在酒吧买醉的，要真是傍上了导演，至于这样吗？"

"理是这个理，但毕竟也没有直接证据，对方也可以找一群朋友来证明是乐瑶傍上导演，甩了他……最后还是演变成口水仗，倒是帮他炒出了名气，乐瑶的公众形象却不断受损！"

罗本重重地拍着桌子，怒道："真想去抽那孙子一顿，这也太无耻了！"

我示意罗本别冲动，对经纪人说道："你看现在这么办行不行？他说乐瑶傍导演，那咱们就引导公众的注意力，让他说出到底是傍了哪个导演。如果他说不出，谎言将不攻自破；如果他子虚乌有地捏造是某某导演，那公众的注意力必然要转到被他冤枉的导演身上。到时候被冤枉的导演肯定要出面澄清，这就为乐瑶转移了一部分压力，也为她争取到了一些时间。"

经纪人点了点头，说道："是个不错的法子，我这就动用手上的资源，去向对方施压，让他说出乐瑶是傍了哪个导演！"

"嗯。"

经纪人终于稍微松了一口气，又说道："那我就失陪了，也请两位帮忙打听乐瑶的下落，一旦有消息第一时间与我联系！"

茶楼的包间里只剩下了我和罗本，两人都抽着烟排解着心中的烦闷，许久他向我问道："你说大腕能去什么地方。"

我摇了摇头，说道："不知道，可能和 CC 一样，正在境外的某个国家开始着一个人的旅行。"

"你这么一说倒提醒了我……有没有可能她现在正和 CC 在一起？"

"那你发个信息问问 CC。"

"还是你发比较合适……"

"你也知道避讳啊？我避讳的时候你个孙子怎么好意思说我拧巴？"

罗本很直爽地回道："我这是典型的站着说话不腰疼，你别学我……赶紧问问 CC，大腕是不是和她在一起。"

信息发出去之后，远在尼泊尔的 CC 久久没有回应，可能又走在了一段没有信号的路上，于是我和罗本再次陷入一筹莫展中。两人各自抽完一支烟后，罗本忽然想起什么似的说道："我想起来了，前天大腕发了一条微博，标题叫什么来着？忘了，反正特别有那种顿悟的感觉！"

我没有废话，当即拿起手机，登上微博，果然看到乐瑶发了一条"目空一切也好"的微博……

我凝神思索了很久，忽然想到她很有可能去了那个地方！

第 357 章

再访
小山村

我将手机放回到桌子上，对罗本说道："你现在打电话给韦蔓雯，让她联系那个山村的村民，看看乐瑶是不是去那里了。"

"这不太可能吧，她跑到那里去做什么？"

"你先打电话问问，我也不确定，但真的很有可能，以前她不止一次和我说起过那个山村。"

罗本在半信半疑中拿出了自己的手机，随即拨给了韦蔓雯，然后两个人点上烟，等待着韦蔓雯的答复。等待中罗本又向我问道："其实刚刚经纪人的疑惑，也是我的疑惑，我认识的乐瑶绝对不是一个心理承受能力差的女人，为什么这次就忽然崩溃到连自己的事业都不顾了？"

我下意识地猛吸了一口烟，也不知道该怎么和罗本说这件事情。

"昭阳，咱们是两肋插刀的兄弟，你还有什么不能和我说吗？"

我沉吟了半晌，终于对罗本说道："两天前我和她闹掰了……其实我也很无奈，但有时候有的事情没办法两全，真的没办法两全。"

尽管我没有把话说透，但罗本了然地点了点头，说道："大腕把这么多年憋在心里的话都和你说了吧？其实想想大腕也没什么不好的，能和她一起过日子是多少男人梦寐都求不来的，关键你也轻松、自由！"

我只是看着他，并不予以回应。

罗本好似看穿了我的情绪，又补充道："感情的事儿是不好说，当然我也不是说米彩什么闲话，只要你们自己觉得情投意合就好，再难走的路，也总有人会走出来的！"

我终于点了点头，又是一阵沉默后才说道："感情上的事情现在没什么可聊性，当务之急是赶紧找到她，把这次恶意炒作事件解决掉，否则肯定会成为她以后演艺生涯里的污点！"

说话间，韦蔓雯的电话终于打了过来，罗本只瞬间便接通，然后不可思议地看着我，半晌说道："大腕果然在那个小山村里，你还真是够了解她的。"

"不是我了解她，而是那个地方确实容易让人忘记一些烦恼，否则韦蔓雯当初也不会在那里待了那么久！"

罗本表示认同，又说道："那咱们现在就去找她？"

"嗯，现在就去机场，我记得下午三点有一班飞桂林的航班，咱们现在过去，明天上午就能见到她。"

"那还等什么，这就走！"

乘坐几个小时的航班后，我们终于在傍晚时分到达桂林，随即又租车赶往那个小山村所在的县城，等找完酒店，吃完晚饭，已经是半夜十二点了。

酒店的单人房内，我躺在床上，点上一支烟，缓解着这一天的疲倦，然后又不可避免地疑惑，为什么这些年我都没有爱上乐瑶，而米彩只在我生命中走了一回，我便不能自拔地爱上了她，难道她真的比乐瑶更有魅力吗？想来是不尽然的，只是我更偏爱米彩这样的女人而已，哪怕将自己的人生弄得满是荆棘，也不曾想过要放弃。所以我真的很渴望能够让这份偶然得来的爱情有一个善果，也希望那些辜负了自己和被自己辜负过的女人们都能有一个善果，然后将我们这有着千丝万缕联系的命运，变成一出没有伤害的喜剧。

掐灭手中的烟头，我从柜子上拿起手机，打算将自己这一天的行程告知米彩，我想她是希望被告知的，因为此时的我们都在小心翼翼地呵护着这份感情，而沟通便是避免误解的最好方法。

果然，电话一接通，米彩便向我问道："事情处理得怎么样了？"

"乐瑶切断了与外界的联系，一个人去了贵州的一个小山村，我和罗本现在已经在附近的小县城里住下了，明天早上应该就能和她见上面！"

"嗯，我也在关注着这个事件，这个时候需要她本人出面做出回应，你见到她好好劝劝吧，毕竟在娱乐圈走到今天也不容易，她应该好好珍惜。"

"我会的。"

米彩稍稍沉默后，对我说道："早点休息吧，明天你应该要早起的吧。"

"你也早点休息。"

米彩应了一声便准备结束通话，我又问道："你那边最近怎样？"

"很平静，现在叔叔和蔚然都在观望中，应该还会拖延一段时间吧。"

我又一次想和她聊聊是否有可能与米仲德合作，但终究还是没有说出口，我想现在的她情愿这么拖着，将希望寄托在蔚然身上，也不愿意从米仲德那边找突破口……而这个时候，我倒是愈发能够理解她，人与人之间的情分，真的不是说断就断的，因为人为地抹掉一段记忆，是件很痛苦的事情，这点

我最近是深有体会。

　　次日一早，我便和罗本赶往那个小山村，因为事先联系过，所以又是当初那个驾着毛驴车的山民来接的我们。路上我便向他打听起了乐瑶，他也对乐瑶在山村的消息给予了肯定，并很开心地告诉我们，这次乐瑶来山村，给孩子们带了很多学习用品。可我却开心不起来，不禁问自己，这个地方真的可以安放我们厌倦了繁杂都市生活的那颗心吗？此时的我给不了自己答案，但如果时间允许，我也想在这里过上一段地为床、天为被的生活。

　　心思的繁杂中，我们终于随着老乡进了小山村。在山脚下我便看到了正在陪一群孩子玩耍的乐瑶，现在的她似乎根本不受恶意炒作事件的影响，比那些孩子们笑得还要灿烂，以至于我不忍心去打扰。可不解风情的罗本扯着嗓子向她喊道："大腕……来来来，往这边看，我和昭阳来找你了！"

　　乐瑶在他的喊声中，回眸一望，于是我们的目光便交织在了一起，我的心中充满了"后会无期"却又见了面后的尴尬，而此时的她又是什么心情？我一点也不知道，但愿不要反感我的贸然到来……

第 358 章

陪我去
一个地方

　　乐瑶和我对视了片刻之后，便不再理会，继续和那群孩子蹲在地上玩弹珠。很快我便与罗本来到她面前，我因为还被某种情绪束缚着，并没有开口说什么，倒是罗本冲她笑问道："大腕，现在外面正闹得天翻地覆，你还有心情在这里和一帮娃儿玩弹珠，以前也没觉得你有这泰山崩于前而色不变的魄力啊！"

　　乐瑶头都没抬地回答道："我爱这么玩，碍着你啦？"

　　"你这是使小性子！"

　　"你管不着。"乐瑶说着从地上捡起自己赢的一颗弹珠，而那个输了的孩子，正哭丧着脸看着她，这幅画面充满了童年那斤斤计较的趣味。

罗本讨了个没趣，随即从自己身上卸下背包，从里面拿出了一堆文具和玩具分给那些孩子，然后换回了好几声"谢谢叔叔"。几个孩子有了新的玩具，便雀跃着散去，而乐瑶就这么落了单，看着那群离去的孩子，有些泄气地坐在了草地上，眺望着山上的景色，却始终不愿意正眼看我。

罗本终于看不下去，半调侃道："哟，瞧我这记性，都忘记给你们二位介绍一下了，毕竟第一次见面，多陌生啊！"

乐瑶瞪了罗本一眼："你死一边去，整天就知道臭损！"

"我损你们了吗？半天杵着和木桩子似的，不带这么玩的吧？"

毕竟是个男人，总不能比乐瑶还能端着，我终于先开口问道："你坐在地上不嫌硌得慌吗？"

乐瑶看着我，接着便从自己的口袋里掏出一大把玻璃弹珠扔向我，连带着一旁的罗本都遭了殃，而那群散去的小孩儿又折返回来，捡起散落的玻璃弹珠后，再次散去……这种来去的自由，再次感染了被诸多琐事束缚的我。也许我们喜欢的便是这里的简单和自由，哪怕只是几颗不起眼的玻璃弹珠，也会升华为一种生活方式，而后因此快乐许久。

"你要真想砸他，就搬石头啊，弄这玩意儿砸，不痛不痒的，还连着我也一通乱砸！"罗本说着一脚踢飞了面前的几颗没被捡起的弹珠。

谁知，乐瑶真的从身边捡起一块石头，猛地扔向了他，还好他反应够快，侧身躲了过去，他心有余悸地感叹道："好家伙，这脾气跟炸药桶似的，一点就着啊！我惹不起你，你们俩聊着，我四处转转先！"

那群孩子和罗本相继离开后，偌大的山野间便只剩下了我和乐瑶，夏天的热风一阵阵吹过，吹来了中午炊烟的气味，又吹起了林间的松涛，我因此失神了好一会儿，才在乐瑶的身边坐下。

许久，乐瑶终于和我开了口："我好不容易清静了几天，你又是带着什么动机来的？"

"北京那边你不回去吗？任性也得有个度。"

"我的事情你管得着吗？"

"你不知道北京那边都炸开锅了吗？你的经纪人都快急疯了。"

"有什么好急的，我就出来散散心而已。"

我意识到不对劲，随即问道："你难道不知道北京那边的事情吗？"

"北京那边怎么了？"

这时我终于肯定，乐瑶对这两天爆出的恶性炒作事件是一无所知，她应该在事件爆出前就已经离开北京了。我当即拿出手机，却发现这山里的信号不是一般的差，网络根本上不去，好在自己的背包里还有一份报纸，随即拿出来向她面前递了递。

乐瑶面色疑惑地从我手中接过报纸，只看了一个标题，面色便难看了起来，自言自语着："为什么……为什么我会和这样一个无耻的男人交往了那么久？为什么还要重复着伤害我？为什么？"

我一声轻叹，安慰道："你别太难过了，当务之急是你赶紧回北京，做出正面回应，把这个事件造成的损失降到最低！"

乐瑶忽然便笑了，说道："呵呵……我为什么要回应如此恶心的人渣？他爱怎么说，就怎么说，那些年就当自己瞎了眼和一牲口过了！"

"别说气话，你要不回应，不就等于默认了他的说法吗？"

乐瑶忽然哽咽起来，伏在自己的腿上，无助地将手中的报纸捏得吱吱作响，低语着："我累了，真的好累……谁能了解？"

看着她痛苦的样子，我却连一个安慰的拥抱也不能给，只是在压抑中从口袋里摸出一支烟点上，然后望着远处正在嬉闹的那群孩子们……实际上，这座山、这群人并不会真的带走世俗的烦忧，因为在内心的最深处，我们对世俗还有着无法摒弃的欲望！所以无论在这里获得多少轻松和自由，都是在逃避中偷来的，而欲望却早已经在心中扎了根。

"昭阳，你走吧，我不要你来告诉我这些……我只想在这里无忧无虑地活着，我已经受够了都市生活的烦扰了！"

"是吗？那你好不容易得来的这一切也不要了吗？你的明星光环也真的可以洒脱地卸下吗？"

"为什么不可以？我就想这么没心没肺地活着，然后忘记那些恶心的欲望，行不行？你说行不行？"

"如果真的可以忘记，你就不是现在这副语无伦次的样子，难道你真的可以在这里随便找一个村民嫁了，然后生子，再也不问尘世了吗？就算你现在觉得可以，你又能保证三年、五年、十年后还可以吗？没错，这里是很安静，是很自由，可是没有酒吧，没有奢侈品店，没有豪车，没有别墅，更没有别人崇拜的目光，等你某天对这些又重新燃起欲望时，你又该怎么办？"

"心死了就不会再有欲望……"

"只要你活着，就永远也摆脱不了欲望……而人就是一种心血来潮的动物，你根本不能计算出，什么时候会涌起那些你克制不住的欲望！"

乐瑶许久没有再说话，只是伏在自己的腿上，而我连她的表情都看不清，只是不安地揣测着，现在的她到底在想些什么，也或许她什么也没有想，有的只是不安和慌张……又是一阵热风吹过，乐瑶的鬓角处已经有了些许汗水，直到汗水顺着发丝滴下后，她才抬起头对我说道："我不是一个能彻底摆脱欲望的人，我会回北京面对这一切的，但我还想在这里待上两天。"

"这没有问题，但是你得先和经纪人联系一下，让他先把心安下来，正好这两天也想想怎么解决这次恶意炒作事件。"

乐瑶点了点头，随即起身向远处那群正在玩耍的孩子走去，而我没有再打扰她，只是坐在树荫下，独自失神了很久。

中午，村长杀鸡宰鸭，热情地款待了我们。席间我们聊了很多，但话题都在围绕韦蔓雯进行，村长直到此时还在想念有韦蔓雯在村子里的日子，可是韦蔓雯终究是不会回来了……想来，连韦蔓雯这样淡泊名利的女人，都不能永远待在这个山村里，何况乐瑶呢？

吃完午饭后，我又联系了远在西塘的阿峰，让他将上次做公益活动时募捐到的善款，汇了 10 万元给我，然后我又将这笔钱转交给村长，让他利用这笔钱整修一下那破旧不堪的教室，再聘请一名有水平的教师来教这群孩子，也算是弥补韦蔓雯不在这里继续支教的缺憾。

这个下午，我一直在村口的那棵白杨树下坐着，罗本则充当着音乐教师，唱着那些儿童歌曲，而乐瑶则在自带的小帐篷里午休着……原本我以为这会是一个相对安静的下午，可是睡醒的乐瑶却找到刚刚陷入睡眠的我，一脚便把我踹得睡意全无。我睁开眼看着她，只见她戴着遮阳帽，背着越野包，手中提着一个硕大的水壶，对我说道："陪我去一个地方。"

我疑惑不解地问道："去哪儿？"

"不要问那么多，一个字，去还是不去？"

"你都一个字了，我还有别的选择吗？"

乐瑶见我不拒绝，随即将自己的越野包、水壶一并递给了我，说道："待会儿你就跟着我走，那个地方我只是听说，到底有还是没有我也不确定。"

"除了天堂和地狱，这个世界上还有不能被确定的地方吗？"

乐瑶向远处看了看，答道："这个地方对我来说就是天堂……"

第 359 章

我不
爱你了

　　我随着乐瑶向远方望了望，心中也好奇，对于她而言那个象征着天堂的地方到底是什么模样，于是问道："要多久能到？"

　　"不晓得，我只知道大致的方位，看到北面那座山了吗？过了那座山，再翻过一座山，应该就到了。"

　　我吓了一跳，随即感叹道："望山跑死马，这个道理你应该懂吧？没有半天的工夫那两座山是翻不过去的！"

　　"你是不肯去吗？"

　　"我当然无所谓啊，关键是晚上我们该怎么回来？"

　　"我带帐篷了，就在那个越野背包里！"

　　"难怪这么沉……"

　　乐瑶没有再搭我的话，随即在我之前走上了通往北面那座大山的碎石小路，而我站了一会儿之后，才追上她的脚步，却还没有做好在这深山里待上一夜的心理准备。

　　茂密的丛林中，我与乐瑶走得累了，便坐在了一块较平整的石头上休憩着，她将那只装满清水的太空杯递给我，说道："渴了就喝点水吧。"

　　"不渴，我就想知道我们现在在哪儿，这鬼地方连电话信号都没有！"

　　"你是害怕吗？"

　　我下意识地抬头往上看了看，哪怕是阳光正好的下午，这条小路仍被茂密的大树遮住了光线，阴森森的，总感觉会忽然从某个角落里窜出一个怪东西。而乐瑶因为心中充满了向往，一直表现得很无畏，于是有些鄙视地看着胆战惊心的我。

　　我摸出一支烟点上，吸了一口，放平心态后对她说道："过去我连桥洞都住过，这个地方有什么好害怕的？"

　　"过去是过去，现在是现在，你难道不知道你已经不是过去的自己了吗？"

　　我没有将乐瑶的话放在心上，回了她一句"胡说八道"后，便又背上越野包，继续走在暗无天日的林间小道上。

天色将暗，我们终于翻过了一座山，爬上另一座山时，已经需要借助手电的光线行走了，好在乐瑶准备的户外装备够专业，倒是减轻了一些负担，但体力透支得厉害，而这个时候乐瑶也终于感到了害怕，紧紧挽住我的手臂，生怕两个人会走散，我向她抱怨道："现在知道害怕了？来的时候我让你喊上罗本一起，你还不愿意，多一个人不是能壮壮胆嘛！"

"他有他的空间，我有我的空间，所以干吗要喊他？"

"那我呢，我的空间又被你忽略到哪儿去了？"

"你的空间就在我的空间里，今天你必须听我的，少唠叨、少抱怨……"

她忽然的强势让我有些无奈，但还是选择了她要求的少唠叨，拽着她的胳膊，带她走过了一段很是陡峭的山路。时间已经是晚上八点，我的体力完全透支，乐瑶也好不到哪里去，气喘吁吁地跟在我身后，可这座山似乎没有尽头，我们仍被茂密的森林笼罩着。就在我准备提议休息一会儿时，远方终于闪现出一丝光亮……我顿时有了一种如释重负的感觉，连语气也变得兴奋，对乐瑶说道："前面应该就是这座山的尽头了，你的天堂马上就要到了！"

乐瑶关掉了手电，那丝若有若无的光亮顿时变得清晰起来，于是兴奋地催促道："快点，我们走快点，前面应该就是我们要去的地方！"

"应该，都走了这么久了，还不能确定吗？"

"我也是听山里的村民说的，我又没来过，怎么和你确定？"

我想想也是，而自己之所以这么想要一个确切的答案，是因为实在累得不行了，如果前方还不是目的地，我可能会崩溃在这座深山里。大约又走了一里地，前方骤然没了路，然后我们便站在了一处悬崖峭壁上，我顿时一惊，说道："这就是你说的天堂？要是再往前走一步，咱俩今晚都得下地狱！"

乐瑶没有言语，而是举着手电向远处张望着，但也没看出个什么名堂来，于是对我说道："你先找个平坦的地方把帐篷搭起来吧，反正回去也来不及了，今天晚上就在这儿过夜。"

我应了一声，便放下越野包，拿出了帐篷，随即开始搭建起来。没费什么工夫，我便将帐篷搭了起来，然后将手电挂在帐篷内。我还没来得及与乐瑶坐进帐篷内，天空便忽然下起了一阵不小的雨……

我率先进了帐篷里，然后招呼乐瑶进来避雨，她却站在雨中语气复杂地感慨道："怎么又下雨了？"

"贵州本来就多雨，下点雨很正常！你赶紧进来，别被雨淋得着凉了！"

乐瑶一声轻叹，随即也坐进了帐篷里，失神地望着山脚下……

我顾不上弄清楚她在想些什么，又翻着她的越野包，从里面找到了一些压缩饼干和牛肉干，撕开后递给她，说道："别发呆了，赶紧吃些东西吧。"

乐瑶看了看，却没有接，双臂环抱着自己的腿，仍失神地望着那看不清的远方，这让我更加疑惑，随即放下了手中的零食，也随着她张望……

忽然，一阵鸣笛声从远处传来，接着一束明亮的光线便以尖锐的姿态刺破黑夜的厚重，一列火车就这么从远处呼啸着往我们的方位驶来……这个时候，我终于明白了乐瑶那句"怎么又下雨了"所表达的含义……原来这又是一个我陪着她来看火车的夜晚！可一场不期而至的雨，也如影随形地跟来了，好似昭示着一种无奈的宿命！雨水在帐篷上滴答作响，但丝毫没有影响火车呼啸而过时在铁轨上留下的声音，于是风声、雨声、铁轨声好似在我们耳边形成了一曲撩动人心的声乐。片刻之后，火车终于冲破了夜幕的笼罩，从我们的视线中消失不见，可那与铁轨摩擦产生的声音还在山谷间回荡，于是我们的情绪也随着这声音飘来荡去，许久才在那雨声中沉淀下来。

"昭阳，刚刚过去的那列火车，你知道有多少节车厢吗？"

"速度太快了，看不清楚！"

"一共 18 节车厢。"

我不可思议地看着她，问道："你是怎么判断出来的？"

"如果你把这个当作是生活中一个不可或缺的消遣，也是可以判断出的。"

"我不喜欢活得太认真，哪怕是当作消遣，也不会在意有多少节车厢。"

"呵呵……"

我并没有太在意乐瑶带着些讽刺意味的笑声，只是给自己点了一支烟，然后等待着下一列火车出现，而此时的我也只能把这个当作是唯一的消遣了，心中已经想好，等下一列火车出现时，看看能不能数出有多少节车厢。

一阵极长的沉默之后，乐瑶终于轻声对我说道："昭阳，我已经不爱你了……你真的改变太多了！"

乐瑶的面容在微弱的光线下显得有些朦胧，但却能看到她那释怀后的笑容："我不爱你了，真的不爱了……现在的你充满了压抑和束缚，充满了被生活折磨后的妥协……现在的你再也不会穿着铆钉皮衣，弹着吉他，满腔愤怒地去嘶吼……我越来越厌烦你现在的犹豫、无助、低沉、疲倦……之所以觉得还爱着你，只是出于惯性，就像那火车一样，飞速地去追逐着铁轨的尽头，可终究会有停下来的那一刻……所以，现在的我踩着刹车，寻找着那可以停靠的车站，然后认清楚虚妄，告别这一段根本不会有尽头的铁轨！"

雨声太大，我好似听清了她在说些什么，又好似没有听清，以至于有些恍惚地看着她，问道："你说什么？再说一遍！"

乐瑶附在我耳边，呐喊道："昭阳，我不爱你了……过了这个夜，你或好或坏，是高兴还是悲伤，贫穷还是富贵，都与我乐瑶没有一点关系了，我再也不会管你了……你听清楚了吗？又听明白了吗？"

我望着她，许久才有些木讷地点了点头。

"所以你也不用再管我了，我们就以这个小山村为终点，从此各奔东西！"

雨声好似忽然在我的耳旁消失，她的话却变成了回音不断地缭绕着，于是我真真切切地看到了她对我的厌恶，和即将告别的决心……实际上几天前我们就已经告别了，只是我又找到了她……这让我相信，是命运的一种安排，让我来到这里，说出这些话，然后以决然的姿态告别曾经的是是非非……自此，她漂过大海去找寻那座孤岛，我寻找着一双能展翅飞翔的羽翼，去追寻那座晶莹剔透的城池，在道不同不相为谋中，彻底将对方抹杀在自己的记忆里！又一列火车从我们的视线中驶过，我好似看到它带走了乐瑶曾经的那些孤独和痛苦……那么，这真是一件皆大欢喜的好事！

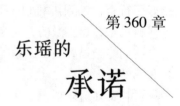

第 360 章

乐瑶的

承诺

雨点依旧以一样的节奏击打着帐篷，于是滴答声不断在我们的耳边响起，可彼此却没有什么话可以说，只是等待着下一列会从我们视线中穿行而过的火车。许久，仍没有等到从远方驶来的火车，而我却有些疲惫了，便躺了下来。乐瑶随后也躺了下来，却在我的另一头。于是这个夜晚，谁也没有再说话，只是平静地等待着明天离开小山村时那诀别的一刻。

半夜时，雨终于停了，我被火车碰撞铁轨的声音吵醒，之后便无论如何也睡不着了。我打开帐篷，点上烟，坐在岩石上，望着身下那无边的黑夜，却有些不知所措。我数次问起自己，我真的改变了吗？如果变了，那曾经的自己真是乐瑶口中那个穿着铆钉皮衣、用嘶吼去追求自由快感的男人吧？我已经不太记得了，但我曾经喜欢穿的那件铆钉皮衣已经不知去向，我也从来没有再惦记过，如果以这个细节为标准的话，我确实不像我了。

烟已经在我的不察觉中熄灭，而这段时间中，我并有燃起要改变自己的欲望，也不觉得现在的自己有什么不好，我只是想安稳下来，然后和米彩结婚，再让板爹和老妈抱上梦寐以求的大孙子，这样也算给自己、给生活、给亲人一个完美的交代。

次日清晨，两人坐在山丘上，看了日出之后，便收起帐篷，赶回那个小山村，而罗本一直在村口等着我们，见我们回来了，顿时松了一口气，问道："你俩昨晚去哪儿了，电话也打不通！"

乐瑶没有理会，径直向村里走去，罗本又疑惑地问道："你不是对大腕干了什么不该干的事儿了吧？毕竟这孤男寡女的，而你也不是第一次了！"

"啥都没干，就是陪她在山那头看了火车，看了日出。"

罗本摇头感叹道："这事儿不好说，要是传到那帮记者的耳朵里，又是一段洗不干净的绯闻。"

"别叨叨了，赶紧收拾一下行李，马上就走……"

罗本终于点了点头，随即向自己的住处走去，片刻之后我们三人便都收拾好了行李，来到了村口。而村长领着许多村民来为我们送行，对于我们，这些村民是心存感激的，因为我们的朋友韦蔓雯为这里奉献了太多太多……

我们终于要离去了，乐瑶却忽然停下脚步，对村长说道："叔叔，你信得过我吗？"

村长不知道乐瑶想表达什么，疑惑不解地问道："啥意思？"

"下次我再来村里，一定帮村子修一条通往城里的路！"

村长张大了嘴看着乐瑶，开山路可不是一件小事，镇政府努力了多少年也没有拉来投资，这对于村长来说实在是太不可思议了。

罗本对村长笑了笑，道："叔，说不定她真能帮村里把这件事办成，你们就期待着她下次来村里吧。"

村长激动得嘴唇都在发抖，紧紧抓住乐瑶的手，却不知道说些什么，而我也终于在这一刹那看到乐瑶放下了自己的执念，她不再期待这个村子会成为自己梦中的花园，而是要为村子开出一条通往外界的发展之路。

所以活在这个世界上谁不会改变呢？这一刻，我更不愿意去想是否要做回曾经的那个自己，而现在的心态对我而言也是一种成长，难道这个年纪不考虑成家立业，还整天抱着吉他，穿着铆钉皮衣，在酒吧玩个性、玩奔放吗？

激动的村长终于松开了乐瑶的手，我们再一次与众人告别，可刚走了几步，便听到身后传来一个女孩子的童声："乐瑶姐姐等等……你等等哟！"

我们三人同时回过了头，随后见到一个6岁左右的小丫头手提一个篮子，向我们这边跑来。她将篮子塞到乐瑶的手里，笑着说道："乐瑶姐姐，这是我在山上采的野果子，甜得很呢，送给你吃吧……"

乐瑶从她手中接过小竹篮，摸着她的头发，眼中却含着泪，对我和罗本说道："她小名叫丫头，她爸爸在外面打工，几年前工伤去世后，她妈妈就改嫁到外地，一年到头也不回来，她就和孤儿一样，都是邻里乡亲照看大的！"

我又向丫头看了看，瘦弱的身躯里似乎充满了生活的艰辛，于是我又想起了远在苏州、同样很不幸的魏笑。这个世界有那么多正在被生活荼毒的孩子，可我们能遇到并救助的也就那么区区几个而已！

我和罗本几乎同时从钱包里拿出一沓钱，然后递给了村长，让他用来照料丫头的生活，村长千恩万谢后才接过了我们手中的钱，而乐瑶却紧紧将丫头搂在了自己的怀里，含着泪轻声说道："丫头，你在山里乖乖地待着，等乐瑶姐姐处理完北京的事情，就来接你去北京生活……姐姐要让你上最好的学校，让你做一个有尊严的孩子！"

"乐瑶姐姐，啥叫有尊严？"

乐瑶有些怔住了……"尊严"这两个字是沉重的。我终于替她解释道："尊严，就是让你过得和别的小朋友一样开心，每天都有很多玩具和好吃的！"

丫头的脸上露出了笑容，她将乐瑶的手握得更紧了："那姐姐你要早些来带我哦，我会天天在村口等你的！"

乐瑶重重地点了点头，我又向她问道："丫头，你去大城市生活了，会舍得大伯、婶婶们，还有这么多的小朋友吗？"

丫头回头看了看前来送别的众人，很坚定地说道："等我以后成了一个有用的人，就把大伯、婶婶，还有小亮、金花、李子……全部接到城里去，让他们也过上好日子！"

我点了点头，这个时候，谁敢把这个小姑娘说的话当作戏言呢？至少我不会，因为我相信山里人的品质，他们会将报恩这个词放在心里，牢记一生！

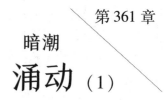

第 361 章

暗潮
涌动 （1）

几个小时后，我们再次回到了桂林的机场，我让罗本陪着乐瑶，自己则去订机票，乐瑶却忽然喊住了我，问道："昭阳，你买哪儿的机票？"

"北京啊。"

"北京的机票你买两张就可以了。我和罗本回北京，你该去哪儿就去哪儿。"

我盯着乐瑶看了好一会儿，才回道："说不定我能帮上些忙呢！"

"正好罗本在，今天当着他的面，我和你把话说清楚，我们后会无期的约定依然有效，从此以后有乐瑶的地方你昭阳就不要出现，有你昭阳的地方，我也会回避的……"

罗本推了推乐瑶，说道："大腕，大家这么多年朋友，没必要这样！昭阳去北京也是出于帮助你的好意。"

"你要看不惯的话，北京你也别去了，我的事情，我自己会解决。"

说话间，已经有乘客向我们这边看过来，尽管此时的乐瑶戴着墨镜，披着头发，但充满明星范儿的时尚装扮还是引起了关注。罗本生怕她被人认出来，赶忙将她拉到了一个被立柱挡住的角落里，随即对我说道："昭阳，你先回苏州，我和大腕回北京，如果有你帮得上的忙，我给你打电话，你们也别在这里争执不休了，到时候她被人认出来，可就真的麻烦了！"

我向完全不理会我的乐瑶看了看，心中一阵苦涩，一阵无奈，许久才说道："行吧，你们回北京，有事儿就给我打电话。"

罗本示意没问题后，便帮乐瑶拖着行李箱往订票的地方走去，而我一个人站在原地，直到他们订完了机票，才去给自己订了一张回上海的机票。

乐瑶和罗本的航班在我之前起飞，我将他们送到了登机口，罗本拍了拍我的肩，便拉着乐瑶以一种最简单的方式，完成了这次的道别。而我甚至来不及说一声再见或是一路顺风，两人就已经随着人流彻底消失在了我的视线中，只能在心中默默祝愿他们这次的北京之行能够顺利。

　　傍晚时分，我终于回到了苏州，当即给米彩打了个电话，而她依旧在公司里忙碌着。等待中，我又分别去了第五个季节酒吧和空城里音乐餐厅，这两个门店最近的运营都很不错，这对我来说是一个好消息。随后我驱车穿行在市区里，看看有没有合适的地段开一间客栈，从而完成自己在苏州的商业布局。在市区转了一圈后，我又来到了当初那个经常和米彩去玩赛车的广场上，找了个没有人的长凳坐了下来，便有些出神地看着一群玩耍的孩子，直到小胖墩魏笑忽然出现在我面前，才又唤回了我的注意力。

　　魏笑最近好似又胖了些，我便调侃道："最近你是吃了什么大补的东西？都快赶上二师兄了！"

　　"嘿嘿……昨天米彩姐姐带我和爷爷去吃了大餐，可开心了，她还送了我一辆油动力赛车呢。你看！"魏笑说着将一辆崭新的赛车递到了我的手上。

　　我打量后将赛车还给了魏笑，问道："你和你爷爷最近过得怎样？"

　　"可好了……"魏笑说着忽然便停了下来，又忧心忡忡地说道，"可是米彩姐姐好像过得不开心。昨天晚上，我陪着她在这个广场坐了好久！"

　　"你和她聊天了吗？"

　　"当然，她和我说了很多话！"

　　"都说什么了？"

　　"她说她很羡慕我，因为我有一个可以相依为命的爷爷！"

　　我不语，心中却知道此时的米彩对米仲德这个亲人充满了失望，所以才会说出这番羡慕魏笑的话。

　　魏笑拍了拍我的腿，又问道："阳哥，米彩姐姐她没有爷爷吗？"

　　许久我才说道："我们别聊这么沉重的话题了，来试试你的新车吧。"

　　魏笑点了点头，当即将车子放在了地上，一拉点火绳，车子便咆哮起来。魏笑兴奋地拿着遥控器在我面前操控着赛车，而我并没有参与到他的乐趣中，只是想着自己的心事：如果此时的米仲德能够与米彩化干戈为玉帛，全心全意地辅佐米彩经营好卓美，那该多好，这样她不仅保住了米仲信留下来的产业，还收获了曾经失去的亲情……我越想越无奈，因为这个世界上有太多的事与愿违。

　　天色渐渐暗了下去，连魏笑也告别了我，回去吃饭了，但广场上的人却越来越多，巨大的喷泉也开始涌动起来，不时有水汽顺着微风向我这边飘过来，可我却依然游离在这个世界之外，又被禁锢在夜幕中，于是陷入挣扎中的我哪里也不想去。

手机铃声响起，我拿起看了看，才发现是方圆打来的电话，我将电话接通，方圆对我说道："昭阳，你在苏州吗？"

"嗯，今天刚回来。"

"那正好，晚上来我家吃饭吧，今天颜妍亲自下厨做了不少菜。"

我看了看时间，已经是晚上七点半，而自己还没吃饭，便应了下来。想想自己也确实很久没去方圆家做客了，而从前总是隔三差五地过去蹭饭，我们就这么在时间的侵蚀中生分了！

方圆又说道："我刚刚看到米总也下班了，正好你喊她一起吧，她还没到我家做过客呢！"

我想想也是，米彩作为我的女朋友，竟然没有正式去方圆家做过客，实在是够生分的，于是再次应了下来。随后我给米彩拨了电话，她很快便接通了电话，我向她问道："你这会儿下班了吧？"

"嗯，待会儿有一场酒会要参加，现在准备回家换一套衣服。"

"谁办的酒会啊？"

米彩稍稍沉默之后才回答道："蔚然。"

"私人酒会还是商务酒会？"

"私人。"

"既然是私人酒会，能不去吗？"

"怎么了？"

"方圆刚刚给我打电话了，说是颜妍做了一桌子菜，我们自从在一起，还没去他家做过客，你觉得应不应该借这个机会去一次呢？"

米彩陷入沉默中，她似乎在权衡着……

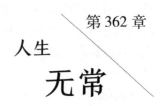

第 362 章

人生

无常

我耐心等待着米彩做出选择，她沉默了一会儿才对我说道："我已经答应他了。这样吧，我在酒会上露一下面，八点半之前我到方圆家找你。"

我没有提出反对意见，接受了米彩这个折中的选择，但心中却疑惑，米彩到底是心甘情愿去参加酒会，还是出于商业目的，勉强自己去的呢？

暂时收拾了心情，我驱车向方圆和颜妍的住处赶去。到达时，颜妍已经将一桌的饭菜准备好了，见我独自到来，有些疑惑地问道："怎么就你自己啊，不是说好和米彩一起的吗？"

"她有个酒会要参加，八点半之前赶过来。"

颜妍解开了身上的围裙，笑道："那咱们就等她一会儿，反正夏天的菜也不容易凉。"

我四处看了看，问道："方圆人呢，还没回来吗？"

"刚刚就回了，正在书房里看文件，最近他是忙得很呢！"

"怎么说他现在也是一个百货商场的执行副总，忙点也正常！"

"我倒情愿他闲一点，这也牺牲了太多工作以外的时间。"

在颜妍抱怨完后，我下意识地往方圆的书房看了看，也不知道当初将他和陈景明推进卓美这个巨大的旋涡中，是正确的还是错误的？

推开方圆书房的门，见他正闭着眼睛仰靠在办公椅上，好似想着什么事情。我走到他面前，他终于睁开了满是疲惫的眼睛，向我问道："昭阳，你说到底什么是生活？"

"生活？生活就是愤怒，就是哀怨，有时候又会收获点窃喜！"

方圆笑道："生活对我来说就是一场游戏……然后我在这场游戏中收获荣辱，最后谢幕的时候，也许会有这么一个举着花圈等着我的人。"

我看了他许久，也没明白他到底想表达什么，但似乎有些悲观，又有些随意，这并不像一个已经组建了家庭的人该说的话。

"你把生活规划得太远了，还没传宗接代，倒想着那个给你送花圈的人了。"

"人总会有死的那一天。我们坠入这个世界，就是一场游戏，而这场游戏中，总会因为各种各样的意外而导致游戏提前结束……"说着他给自己点上了一支烟，又低沉着声音说道，"宝丽百货运营部的小杨你还记得吗？"

"有点印象，他后来不是离开宝丽去上海工作了吗？"

"嗯……上个星期出车祸死了，他的游戏提前谢幕了。我和他是同一天进宝丽百货的，虽然不在同一个部门，却互相鼓励了对方好几年，我们曾立志要在百货行业闯出一番天地……他就这么死了！这对他来说真是一场糟糕的游戏！到最后死的时候，他也没能站在高处，去俯瞰那群曾经看不起自己，甚至把自己踩在脚底的人！"

我依稀想起了小杨总喜欢笑的脸上戴着厚厚的眼镜，可他已经化作了尘埃，深埋在了泥土里，十年后，也许五年后，便不再有人记得起他。

我给自己点上了一支烟，直到快吸完时，才对方圆说道："人生不就这么无常吗？只要活着必然要把自己出卖给生活，然后等着它去编排。"

方圆耸了耸肩，掐灭手中的烟，随即拿起桌上的文件看了起来。而我站在窗户边，默默地看着身下的这座城市。一百年后，这些高耸的建筑群，也许还会留下，而当初的那些人，却已经在游戏中谢幕了，那这些建筑存在的意义又是什么呢？只为了证明当初的那些人曾在这个游戏中走了一遭吗？

许久，书房的门被敲响，门外传来了米彩的声音，随即她推开门，带着些抱歉对方圆说道："不好意思，来迟了些，你们等久了吧？"

方圆赶忙起身相迎："不碍的，不碍的，米总你能来我们家做客，我和颜妍就已经很高兴了！"

我拍了拍方圆的肩，说道："在家里还什么米总不米总的……她是我女朋友，你赶紧认清形势，给我叫一声弟妹。"

方圆有些尴尬地看着我和米彩。米彩笑了笑，对他说道："我也觉得昭阳说得有道理，非工作时间，你还是随便叫吧。"

"那行，我就随昭阳的愿喊你一声弟妹吧。"

米彩微笑着看了看我，随即挽住了我的胳膊，示意到外面吃饭。

饭后，阳台的窗户边，我与方圆各拿着一罐啤酒并肩站立着，他和我碰了下之后，问道："上次和你说起的事情，你考虑得怎么样了？"

"你是指去找米仲德谈谈这件事？"

方圆喝了一口啤酒，点了点头，说道："是啊，蔚然和他的 ZH 投资公司像一颗定时炸弹埋伏在米总的身边，你放得下心吗？"

"我是不放心，可是我改变不了她的决定。方圆，你应该明白，在这个事件中，我始终是一个局外人，现在的米彩已经把我挡在门外了！"

"所以她今天去参加了蔚然的私人酒会，仍希望蔚然能够回心转意？"

"也许吧。"

方圆一阵沉默后说道："米总现在的种种作为只会把和米仲德的关系弄得更僵，如果激怒了米仲德，让他孤注一掷，恐怕会对米总很不利！"

我看着方圆，许久向他问道："你现在到底以什么立场来和我聊这个事情？我有点不明白。"

"当然是站在卓美的立场，我也是卓美的一员……我只希望这场风波能够尽快过去，卓美真的不能再贻误发展时机了。据可靠消息，宝丽百货已经有新的资金注入，今年可能会在腹地苏州有一系列大动作，到时卓美会面临更严峻的挑战……昭阳，哪怕你是个局外人，你真的愿意看到这个局面吗？"

我陷入沉默中，心中也痛恨这个局面，如果卓美能在米彩的手中顺利地寻求更高的发展，也许现在的我已经开始和米彩计划结婚的事情了。

方圆又对我说道："找个机会劝劝米总吧，如果她本人能够和米仲德亲自谈一次，这个事情可能真的会有转机，公司里不是没有风声，现在米仲德的处境也很不好，而且他与米总终究是一家人，如果能化干戈为玉帛，不是件皆大欢喜的好事儿吗？"

这番话说进了我的心坎里，虽然我一直很不齿米仲德这个人，但如果他能洗心革面，摒弃商业上的险恶用心，以叔叔的心态给予米彩亲人的温暖，我一定是第一个欢迎和感到高兴的，因为我真的很希望米彩能够过得快乐些，只要她快乐，那没有什么事情是不可以被原谅的。

我终于对方圆说道："我会再和她聊聊的。"

方圆点了点头，我们的交谈也止于此了，而夜色也更深沉了……我却在这深沉中，好似看到了那被方圆定义于游戏的生活，既然只是一场游戏，何必如此认真地去对待呢？而自己过得舒服，才是在这场游戏中最应该去追求的。再看看方圆，他的目光好似刺透了夜的深沉，渴望看到那游戏最后的结果。我意识到，我们对游戏的理解可能是有区别的，但区别到底在哪里我也说不上来，因为我们从来不是同一类人。

回去的路上，米彩开着车，我坐在副驾驶位上，想着要怎么再次开口和她谈谈卓美的事情。

等绿灯的空隙，米彩向我看了看，问道："你在想什么呢？一路上都不说一句话！对了……乐瑶被恶意炒作的事件，现在处理得怎么样了？"

"她人刚回北京，还没有来得及发表公开声明。"

"哦……"米彩应了一声，这时红灯变绿，她又专心开车去了。

我终于试探着问道："米彩，你对你叔叔到底是什么看法，能聊聊吗？"

米彩放慢了车速，半晌才回道："你是怎么了？突然要和我聊起这个！"

第 363 章

谈判的

条件

我并没有直接回答，而依旧很认真地问她："聊聊你对米仲德的看法，好吗？"

米彩半晌才对我说道："他是一个将工作和个人感情分得很清楚的人，是一个商人。"

"他也是你的叔叔。"

米彩言语很轻，却暗含一种本能的排斥，说道："我知道你想和我说些什么，但是现阶段要我与他合作，去反制投资方，实在是犯了商业的大忌，这对卓美而言是一种冒险。"

"你是怕其他投资方受这个影响，对入资卓美持谨慎和观望的态度吗？"

"这只是其中之一。"

"不管你有多少顾虑，但至少要给对方一个对话的机会吧？或许会有收获呢？现在米仲德的处境也很尴尬，你们是有合作基础的。"

"那也是为了利益走到一起的，以后难免还会有利益冲突，难道就要这么不厌其烦地分分合合下去吗？"

我沉吟了半晌，问道："如果是为了亲情而产生的合作呢？"

"如果叔叔真的为了亲情向我提出合作的要求，我一定会答应的……但是谁能肯定所谓亲情不是他的权宜之计？"

我无言反驳米彩，只是嘀咕着："活着只是命运给我们安排的一场游戏，为什么你们一个个都如此认真呢？你们又想得到些什么？"

回到老屋子，米彩去卫生间洗漱，我则坐在客厅里抽着烟，然后反复想着方圆今晚说出的"活着游戏论"，仍觉得自己和他对游戏的理解有所区别，便猜测着他到底是怎么看待人生这一场游戏的……许久，还是没有头绪，于是有些想不通，为什么非要用自己的认知，去揣测别人？

烟快要抽完时，米彩终于擦着湿发从卫生间里走了出来，现在的她已经不太计较我在屋子里抽烟，所以很平静地在我对面的沙发上坐了下来，然后递了一个果盘给我，让我吃里面的葡萄。我不想吃，她也不勉强。她一边看着财经杂志，一边吃着葡萄。而我今晚的烟瘾似乎很大，又从烟盒里抽出一支烟点上。米彩依旧保持平静，只是打开了客厅的窗户，让烟味散得快一些。等我掐灭手中的烟头时，她也合上了手中的杂志，然后看着我……

"怎么，你是要鼓励我再抽一根烟吗？"

"不怕得肺病你随便抽！"

我拿起烟盒看了看，却只剩下了一支烟，为了保持睡前必须要抽一支烟的习惯，我摇了摇头，说道："这会儿不抽了。"

"想抽就抽呀，烟没了，我去楼下的便利店帮你买。"

"妖孽，你这是安的什么心，是故意挤对我的吧？"

米彩终于笑了笑，对我说道："原来你还能听得出来我在挤对你啊？我以为你已经抽烟抽到走火入魔了！"

"我这不是有烦心的事儿嘛，抽烟心里舒坦些。"

米彩收起了笑容，一声轻叹，许久才对我说道："我知道你是在为我的事情烦心，我也并不是完全拒绝和叔叔合作，但前提是我要看到他的诚意。这段时期他的所作所为真的太让我失望了，尤其是上次制造的公关危机，这对卓美伤害太大了！"

"那他需要拿出什么样的诚意才能够打动你？"

米彩似乎早就已经想好，她对我说道："如果他真的以亲情，而不是商业利益为基础与我谈合作，那谈判时就应该邀请你到场，因为你是我认可的男人，以后我们结了婚，也是他的亲人，他需要以叔叔的身份认可你。"

"谈判时我在场帮你把关完全没有问题，但这说法是不是有点牵强？怎么认可我就成了你们谈合作的基础？"

面对我的疑惑，米彩并没有正面回应，只是说道："如果他还念亲情，就应该先尊重我的幸福，所以我不认为哪里牵强。"

我仔细想了想，似乎真的说得通，如果米仲德真的念及亲情，那么首先便要以亲人的身份，认可米彩对婚姻的选择，并给予真心的祝福。

夜色已深，我回到自己的屋子，将烟盒里最后一支烟点燃后，吸了几口，心情终于顺畅了一些，因为此时的米彩至少已经有了和米仲德谈合作的想法，如果真的可以与米仲德冰释前嫌，拿回对卓美的控制权，并收获亲情，对她而言将是一件多么幸运的事情……于是我祷告着：但愿这一次不是我的一厢情愿！我又想起刚回北京的乐瑶，心中不免又是一阵担忧，于是当即拨打了罗本的电话，想从他那里得知事件最新的发展。一会儿之后，罗本才接听了电话，我向他问道："怎么样，回到北京后还顺利吗？"

罗本的语气充满了暴躁："甭提了，刚下飞机，就被人认出来了，先是被在机场蹲点的记者堵，后来又被围观的群众堵，那场面就和打仗差不多！"

"现在公众舆论偏向谁？"

"肯定是偏向那装可怜的孙子啊！你是没有听到今天在机场那些狗仔提的问题，简直让人不能忍，要不是大腕的经纪人拦着，我差点就动手了！"

罗本的描述，让我深刻地体会到乐瑶此时处境的艰难，我想她之所以把话说得那么难听，阻止我随她一起回北京，只是不想我身陷娱乐圈的是是非非中，毕竟我这边还有米彩的情绪要顾及……我稍稍沉默后对罗本说道："你这几天就辛苦一下吧，目前外界的舆论压力太大，她身边需要有个人陪着。"

"我倒是想这么陪着她，可是前些天我就收到了节目组的通知，最迟下个星期去报到，今天都已经是星期四了，你说我还能在北京待上几天？"

罗本的回答让我感到无奈，这个时候真的希望乐瑶在娱乐圈里也有几个交心的明星朋友，能陪着她排解一些压力，可事实上没有。因为恶意炒作事件都发生好几天了，还没有哪个娱乐圈的明星站出来帮乐瑶说上几句话。这种局面和乐瑶蹿升的速度太快有关，一方面招人嫉妒，另一方面她也还没有足够的圈中阅历，与其他明星抱成团。更重要的是，她骨子里是骄傲的，与我、罗本、CC等人混在一起的这些年，多多少少沾染了些文青的脾气，对很多人是不屑一顾的！

终于，罗本向沉默的我提议道："要不你联系CC，看看她能不能回来陪大腕儿一段时间。我看得出来，大腕儿的精神压力很大，今天晚上直到现在还没有吃饭，一个人闷在房间里，也不知道在做什么。"

我想了想，也只能如此了，便把联系CC的事情给应了下来。

结束了与罗本的对话，我并没有立即联系CC，而是先登上微博，查看了一些人在乐瑶微博上的留言，顿时有一种怒火中烧的感觉，因为有些搞不清楚真相，或者说纯粹落井下石的人，留的那些言论简直不堪入目，而且一连翻了好几页，也没有发现多少支持乐瑶的言论。想必乐瑶如果看到，情绪一定会受到很大的影响，试问，谁愿意背负着莫须有的劈腿和见异思迁的骂名呢？我预感到：乐瑶可能已经迎来了明星生涯中最大的一次危机……先前也不是没有因公众形象被毁而遭遇公司雪藏的女明星，而以娱乐圈更新换代的速度，一旦遭遇雪藏，星途也就基本被毁了。

而反观恶意炒作的那个人渣，在利用乐瑶收获了关注度和公众的同情后，也吸引了影视公司的关注，这几天有娱乐新闻报道：此人渣已经收到了不少影视公司的邀约，星途一片坦荡……活着似乎就是一场游戏，而想玩好，并不是要你为人有多正派、有多善良，最重要的是你得懂游戏的规则。

一声重重的叹息，我掐灭了手中的烟头，终于拿出手机，直接拨通了CC的电话，想来她也离开得够久了，不知道这次的尼泊尔之行有没有抚平她心中的情伤，希望已经抚平！

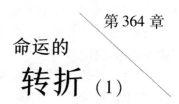

第 364 章

命运的

转折（1）

第一次没有打通电话，我不放弃又打了第二遍，直到第三遍时才终于接通，然后便传来了CC那模模糊糊的声音："昭阳……怎么了？我这边信号不太好！"

我生怕电话会突然断掉，赶忙说道："你什么时候从尼泊尔回来？"

"暂时不打算回去。"

"赶紧回来吧……乐瑶那边出事儿了！"

CC的语气顿时变得紧张："她出什么事儿了？"

"你回头等信号好的时候，看看国内的娱乐新闻就明白了……"

"嗯……"

也不知道CC后面说了什么，但通话却因为信号差而中断了，再打过去，得到的便是不在服务区的语音提示。我相信CC会看新闻的，而等她了解到乐瑶的近况，她一定会回国，因为她是乐瑶为数不多的至交好友之一。

次日，米彩早早地去了公司，我又一个人开着车穿行在苏州城的大街小巷中，寻找着客栈的选址。直到快中午时分，我才找了个简餐店，点了些喝的。透过餐厅的橱窗望向大街，我忽然对生活的渴望更加强烈起来，我不想再居无定所，想在苏州买一间属于自己的房子，我还想结婚，然后像同龄人一般，等待着自己的孩子出生，从此在安稳中享受事业的成功和家庭的温暖。至于那段已经逝去的有铆钉皮衣和吉他陪伴的日子，便别再回来了，因为回来我也不会珍惜。

我变了！

忽然，一辆宝马 X6 停在了餐厅的门前，一对年轻的夫妇从车里走了出来，男人英俊、倜傥，女人漂亮、温婉，她手中还抱着一个可爱的婴儿……我莫名被震撼了，迅速拿起自己的手机，将这幅画面定格在手机里，然后通过微信传给了米彩……如果她愿意，我们一定会比眼前这个让我羡慕的家庭过得更幸福。

米彩很快便给我回了电话，我因为太激动，拿起电话时将手边的热茶都打翻了，顾不上擦掉身上的水滴，便接通了电话："喂、喂……看到我刚刚给你发的那张照片了吗？"

"看到了呀，所以才给你打电话。"

"有何感想？"

"想结婚。"

米彩与我的不谋而合让我感到兴奋，于是抛却种种禁锢，对她说道："那我们聊聊结婚的事情吧。"

米彩笑了笑，感叹道："你最近好像很喜欢沟通。"

"你爽快点，结还是不结？"

"我从来没有拒绝过你呀！"

"那是不是该找个机会和米仲德聊聊了？等稳定了卓美这动荡的局面，我们谈结婚的事情才够踏实！"

"你现在真的很喜欢沟通，以前你那么反感他！"

"为了自己设想的生活，有什么是不能沟通的？"

"嗯……对了，你能做一些饭送到我公司吗？"

"当然可以，你想吃什么？我这就去超市买。"

米彩想了想答道："简单一点，你就做一个愤怒的小鸟蛋包饭吧！"

"愤怒的小鸟蛋包饭！我怎么没听过？"

"有啊，网上就有这个饭的做法，你厨艺那么好，照着做就行了！"

我满口应下，却愈发好奇，米彩每天上班时到底在干些什么，竟然还知道名叫"愤怒的小鸟"的蛋包饭，再想到她那布满卡通贴纸的抽屉，也就不足为奇了。

　　结束了和米彩的通话，我便在网上查找了蛋包饭的做法，买好了相关的食材，回到家后便埋头做了起来。经过一个小时的奋战，我终于弄出了一只"愤怒的小鸟"，随即带着邀功的心情开着车向卓美驶去。

　　米彩的办公室依旧是那么气派和明亮，而米彩正坐在办公椅上，目不转睛地盯着电脑，我以为她在看报表，走近一看，却发现是在玩一款找茬的游戏，瞬间颠覆了我对她的认知，不禁问道："你整个上午都在打游戏?"

　　"现在不是休息时间嘛……你给我做的蛋包饭呢?"

　　我将餐盒递给了米彩，随即将她的办公椅连人一起推到了一边，道："你先吃饭，游戏我来玩。"

　　米彩很是好奇地打开了餐盒，然后对我说道："怎么才一只啊，网上的标准版都有三只愤怒的小鸟!"

　　"我这是孤独版的小鸟……你就凑合着吃呗!"

　　"行吧，虽然你把人家弄得妻离子散的，我还是要感谢你。"

　　我一边狂点着鼠标，一边向米彩问道："感谢我什么?"

　　"感谢你把我培养成一个吃货……"

　　"我是寻思着把你养成个女胖子，让那些别有用心的人没了接近你的欲望，以后你就踏实地和我过一辈子吧，哈哈……"

　　米彩哭笑不得地看着我，又连连拍着我的手臂对我说道："昭阳，你点错了……啊、啊、啊，应该是这幅图，你笨死了!"

　　我回头望着她，终于在这一刻感觉到我们是一对在过着小日子的情侣，而上一次有这种感觉，已经是很久以前了。我把这感觉深埋在心中，想着在需要的时候拿出来回味。就这样，米彩一边吃饭，一边看着我玩游戏，时而提醒我。这一刻，生活都好似脱离了命运，变得自然起来。

　　午餐时间就这么过去了，我躺在舒适的沙发上闭目养神，米彩给我拿了些水果，剥开后递给了我，然后对我说道："昭阳……叔叔约了我今晚见面，地点在他上海的家，晚上我们一起去吧，他也邀请了你!"

　　我想起了那栋极其豪华的私人别墅，也想起了曾经在那个别墅里受到的屈辱，但很快便克服了负面情绪，向米彩点了点头……我有种预感，这次见面后，我和米彩的命运，将会迎来我们相识以来最大的一次转折!

第 365 章

命运的
转折 (2)

这个下午，我在米彩的办公室睡了很久，在黄昏快要来临时，米彩才喊醒了我。我主动提出要去买一套像样的礼服，米彩却说不用，今天只是一场普通的家宴，不是商务宴会。不需要这些繁文缛节，我当然求之不得，当即与米彩走出了办公室。经过高层专用通道时，我们正好遇到刚刚下班的方圆，他笑着对我说道："昭阳，我可很少看到你来公司接米总下班，今晚是准备和米总享受二人世界吗？"

我回应了他一个笑容，说道："准备去上海。"

方圆有些疑惑，但因为米彩在我身边，并没有多问，只是强调自己待会儿还有一场商务宴会要参加后，便与我们道了别。离开卓美后，我去停车场开了车，准备直奔上海而去时，米彩却让我先去附近的蛋糕店，我很是不解地问道："你叔叔今年不是已经过完生日了吗？还买什么蛋糕？"

"今天是米斓的 26 岁生日。"

"她的生日？那我们今天去上海的主要目的，是给她过生日？"

"你觉得呢？"

"要问你啊，这事儿我能发表什么看法？"

"这一次去上海，我并不打算刻意和叔叔聊些什么，一切顺其自然！"

"好一句顺其自然……"

面对我的抱怨，米彩只是淡然一笑，随即下了车，向蛋糕店走去。

苏州与上海的距离实在是太近了，以致开车的我只是在脑海里想完了一件事情，车子便已经穿过数条热闹的街区，来到米仲德所住的那座豪华别墅前。在我按喇叭之后，门便打开了，而许久未见的米仲德已经从屋内走了出来，看上去是一副迎接的姿态，因为他的脸上是带着些许笑容的。

我停稳了车子，与米彩一左一右地从车上走了下来，向米仲德走去，米彩先喊了他一声"叔叔"，而我在一愣之后才随米彩喊了他一声"叔叔"。

这一次，米仲德对我的态度有了极大的改观，拍了拍我的肩膀，示意我和米彩随他进屋。我有些不习惯他的转变，出神了一会儿才跟上米彩的步伐。

依旧是那个宽敞且气派的大厅，我们随米仲德坐在了沙发上，保姆端来了一壶热茶，米仲德亲自为我倒上一杯之后，笑道："这是上次我在上海茶文化节上拍下来的极品龙井茶，你品品看！"

我细品了一口，才对米仲德说道："这一口下去就好几百块钱的茶，除了惶恐，我真是品尝不出其他什么味道了。"

米仲德笑了笑，端起一杯茶，饮了一口，对我说道："无论品什么茶，都要平心静气，实际上茶是没有贵贱之分的，关键在于品茶的人……"

我微微一皱眉，问道："您的意思是，人有贵贱之分？"

"人也没有贵贱之分，所谓贵或是贱，在于你对生活的态度，如果有一颗进取的心，你的人生和气数，都可以无愧于这个'贵'字！"

我没有言语，因为我不太明白，他与我说这番话是什么目的。

米仲德又说道："你最近在商业上的一系列动作我都有耳闻，在西塘、苏州两地经营的客栈、酒楼和酒吧，都有很鲜明的商业特色，作为小彩的叔叔，能在你身上看到一颗进取的心，我很高兴，也更替她父亲感到欣慰！"

忽然被肯定，我完全没有做好心理准备，于是有些无从回应……

米彩似乎看到了我的尴尬，四处看了看后向米仲德问道："叔叔，米斓呢？她怎么还没有回来？"

"已经从南京往上海这边赶了，应该快到了。"稍稍停顿后他又说道，"小彩，你和昭阳先坐一会儿，我去后花园散会步，等小斓回来我们就吃饭。"

米彩点了点头，米仲德随后便起身离去。看着他的背影，我低声向米彩问道："今天晚上就我们四个人吃饭吗？"

"还有我婶婶。"

"上次你叔叔过生日时，没见到你婶婶啊，我以为他们已经离婚了！"

"别瞎说，他们的感情很好，上次婶婶正好去国外做学术交流，没能赶回来。"

"你婶婶是做什么工作的？"

"大学教授。"

我点了点头，不禁替米彩羡慕着米斓的家庭。如果米仲德真的可以摒弃商业上的争斗，让米彩融入他的家庭，对米彩而言是一件多么美好的事情。

这个时候，我对米彩那素未谋面的母亲愈发好奇起来，但米彩并不愿意提及，而更奇怪的是，身边也没有人提起过……虽然我很想知道真相，但终究还是忍住了没问，因为上次问起时，米彩已经表现出了极大的排斥，这里面一定有她不愿意提及的隐情，所以我应该选择尊重她。

这时，屋外传来了一阵汽车发动机的声音，一会儿便看到了那许久不见的米斓。犹记得上次我们见面时，她正和方圆鬼混在一起，然后被脾气暴躁的简薇狠狠地扇了耳光……不知此时她又会带着什么样的心情。

米斓很随意地将自己的手提包扔在了沙发上，随即在米彩的身边坐下，挽着她的胳膊说道："姐，我以为你最近忙，没空来上海给我过生日呢！"

米彩笑了笑，说道："就算再忙，给你过生日的时间也要腾出来，生日快乐，斓斓！"

米斓就像个撒娇的妹妹般冲米彩伸出了手，问道："姐，生日礼物呢？"

米彩点了点头，随即从自己的手提包里拿出一个精致的礼盒递给米斓，米斓接过后没有打开，而是看了看我，语气不善地问道："你怎么也来了？"

我不带任何情绪地回道："来给你过生日。"

"哦……我就是随便一问，总觉得你往这儿一坐有点多余！"

我无所谓地笑道："和你未来的姐夫说话客气点……别乱淘气！"

米斓狠狠瞪了我一眼，便不再搭理我，拎起手提包，向楼上的房间走去。

一会儿之后，米仲德与一个气质高雅的中年女人一起回到了屋内，米彩起身相迎，对那个女人说道："婶婶，好久不见了，你最近忙吗？"

女人来到米彩的身边，握住她的手，打量着，言语中有些心疼地说道："小彩你又瘦了！平时要注意饮食和休息呀，工作的事情该放就得放！"

女人的这番劝告，我倒是听不出是真心为了米彩的身体，可能只是侧面提醒，让米彩不要与米仲德过于对立。

只见米彩笑了笑，说道："婶婶，你放心吧，我会劳逸结合的。"

女人又打量着米彩，眼神中的心疼丝毫不作假，又重复叮嘱着米彩，这又让我相信，她对米彩的关心是发自内心的。

又和米彩聊了一会儿之后，女人才打量着我，面色有些疑惑。没等米彩介绍，我便笑着对她说道："婶婶好，我叫昭阳，今天陪米彩来上海给米斓过生日的。"

"哦，欢迎欢迎。"女人客气地回应了我之后，又看着米彩。

米彩握住我的手，说道："婶婶，他是我男朋友，我们已有结婚的打算！"

女人再次打量着我，对米彩说道："婶婶相信你的眼光，定了结婚的日子，一定要第一个告诉婶婶，婶婶给你置办嫁妆。"

"谢谢婶婶。"

在米彩和女人进行这番对话时，我又下意识地看了看一旁没有说话的米仲德，这次他很随和，再没有对我和米彩的事提出反对意见。

我心中渐渐松懈下来，但却没有因此放松警惕，我认为米仲德的暂时妥协很可能是出于商业目的，当然也可能带着商业目的的同时，也真心希望米彩能在感情上有一个幸福的归属，毕竟人是复杂的。

晚上，米仲德一家以及我和米彩，在还算和谐的氛围中替米斓过完了 26 岁生日。席间米仲德和米彩谁都没有提起卓美，直到晚餐结束，米仲德才对米彩说道："小彩，你很久没有陪叔叔下过围棋了，待会儿陪叔叔下几盘。"

米彩看了看时间，说道："叔叔，我们马上要回苏州，下次再陪您下吧。"

"不碍的，今天晚上你和昭阳就住在叔叔家，我让保姆给你们安排房间。"

她的婶婶附和着，米彩看着我，征求我的意见，我说道："那你就陪你叔叔下几盘吧，我们回苏州晚些没什么，反正也近，就不住下麻烦叔叔和婶婶了！"

米彩终于对米仲德点了点头，而我深知：待会儿两人下棋时，很可能便会就卓美的问题，做最后的摊牌⋯⋯

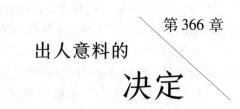

第 366 章
出人意料的
决定

米彩和米仲德在一张紫檀木棋桌旁坐了下来，我则站在两人的身边，以君子的姿态观看。虽然我并不懂围棋，但看到米彩每走一步，几乎不怎么思考，表情一直平静，反观米仲德却总是皱眉思索着，想来他是落入下风了。单论智慧，能胜过米彩的人并不多，哪怕是米仲德这个善于玩弄权谋的老江湖。

半个小时后，米仲德便败下阵来，摇头苦笑道："小彩，你从小就聪明绝顶，叔叔自愧不如！"

"侥幸而已，恐怕叔叔的心思并不在围棋上。"

米仲德示意保姆端来了一壶热茶，又示意我坐下，倒上三杯茶之后，自己先小饮了一口，对米彩说道："我确实想和你谈谈卓美的事情。"

米彩一直淡然的面色终于变了变，说道："那就谈吧。"

米仲德放下杯子，面露回忆之色，过了一会儿才低声说道："卓美是大哥一生的心血，也是我的心血。28 岁那年，我辞掉了国有企业的职务，随大哥一头扎进了商海里，没日没夜地奋斗了这么多年，才有了今天的卓美……"

米彩好似又想起了自己的亡父，哽咽着回道："你说的这些我都知道。"

"这些年我确实因为战略失误，让卓美走了一段弯路，这点我要和你道歉。"

"没有人可以永远做出正确的决定，过去的就不提了吧，倒是我要和您说一声谢谢，这些年为了卓美辛苦了！"

米仲德一声叹息，他注视着米彩说道："叔叔是老了，最近对商场上的事情感觉越来越力不从心，关于卓美……也许我是该放手了。"

米彩的脸上露出一抹惊色，随即问道："叔叔，您是什么意思？"

"我想将卓美放手交给你和斓斓去经营，再替你和斓斓把终身大事办了，我也就好享享清福了，准备和你婶婶去世界各地转转，弥补这些年因为忙事业造成的缺憾。"

"这……"米彩与我对视着，我们都没想到此时的米仲德竟然做出这种颇有顿悟的选择，但仍疑惑，这种顿悟是真实的吗？

在我们疑惑的目光中，米仲德又说道："下个星期我准备召开股东大会，到时会把我的股份转给斓斓，同时卸去董事长的职务，提议由你来担任。"

这时，我已经趋向于相信米仲德，如果他真的将股份转给米斓，卸任董事长的职务，那等于拱手将卓美奉还给了米彩。毕竟他在职时，也只是和米彩争了个平分秋色，卸任以后，难道还指望遥控着米斓打一场翻身战吗？这显然是不实际的！以米彩的手段，可能要不了多久，便会控制住卓美。

一场交谈就以这么一种近乎戏剧性的方式结束了，甚至整个交谈中，米仲德都没有说起过要联合米彩，去反制蔚然这个投资方，他只是表明了自己退出卓美的意愿，也没有再反对米彩和我在一起。

回苏州的路上，米彩一直很沉默，可这种沉默恰恰证明她想了很多，许久她终于向我问道："昭阳，你怎么看叔叔要退出卓美这件事情？"

"他可能顿悟了。"

"事情恐怕没这么简单。"

"你就别想太多了，我们就看一个星期后，他是不是真的辞掉董事长职务，我可不认为他将自己的股份转给米斓后，还能再掀起什么风浪。"

米彩终于点了点头，道："斓斓确实没什么心机。"

"这件事情，我们就静观其变吧，至少我不认为米仲德辞去董事长的职务，是什么坏事情。"

"嗯。"

回到苏州的老屋子，洗漱后，两人很少有地坐在沙发上一起看电视。换台时，不经意间我又看到了关于乐瑶的娱乐新闻，乐瑶终于公开发表了声明，斥责那个二流男演员，品行低劣地诋毁她，并让其说出当年甩了他后，她到底傍上了娱乐圈的哪位导演。实际上乐瑶还是过于善良，这个时候就应该把当年二流男演员傍女制片人的真相说出来，然后再公开指出那个女制片人的姓名，只有这种强硬的姿态，才能增加说服力，重新获得公众舆论的支持……但她终究也没有这么做！

夜已深了，我关掉电视机，点上一支烟，终于向米彩问道："我们是不是该考虑结婚的事情了，今年已经过去了一半，等明年我们都28岁了。"

"那你觉得什么时候把结婚的事情提上日程合适呢？"

"如果米仲德这次是真心的，我觉得等他卸去卓美董事长的职务后，即使我们不提，他也会安排你结婚的。"

米彩笑道："那很快了，按照叔叔的说法，下个星期就会召开股东大会。"

"那好，我们就耐心等待吧，我记得他今天说起过，要等你的婚事定下来，才有心情去享受自己的清福。"

米彩点了点头，这不仅是一场等待，也是一场试探……有些遗憾的是，我们的婚姻似乎无论怎么努力，却始终是要和卓美捆绑在一起。

回到房间，我依旧习惯性在睡前点上一支烟，想到将来自己和米彩结婚的画面，便感觉像在看一场电影，虽然非常渴望，却总是冲不进电影的画面里，于是便告诉自己，这只是幻想，实际上，我们真的很快就要结婚了。

我又想起了远在北京的乐瑶，对比我此时对未来的憧憬，现在的她又过得怎样呢？我有些想如从前那般在微信上给她发上一个问候的消息，却恍然想起，自己已经躺在她的黑名单里好些天了，然后又劝慰自己：所有的痛苦只是来自脆弱的敏感，想来乐瑶这个大大咧咧的女人，不会过于敏感，所以那些纠缠她的痛苦，很快就会过去。

只是CC为什么还没有给我归来的消息？这都一天过去了，而罗本很快就

要离开北京，到时候没有人陪伴的乐瑶，会不会忽然爆发那脆弱的敏感，把自己弄得过于痛苦呢？

第 367 章

遭遇
意外吗？

　　这个夜晚我无法得知乐瑶的消息，便在网上找着关于她的新闻，可新闻终究是片面的，根本无法反映乐瑶此时最真实的情绪，所以焦虑中的自己再次拨通了罗本的电话。我还没有开口，罗本便直切主题："你给我打电话肯定是问大腕的事儿吧？"

　　"她怎样了？"

　　"你问她去啊，我又不是她，我怎么知道她心里怎么想的？"

　　"我倒是想问，也得能和她联系上啊！"

　　"昭阳，你是真不知道大腕为什么不和你联系吗？"

　　我稍稍沉默后回答道："她可能是怕这破事儿给我惹麻烦吧。"

　　"什么叫可能？行了，你人都从大腕这儿飞得不见影儿了，我现在和你扯这些也没有意义，说点儿实际的，你和 CC 联系了吗？我明天就要离开了。"

　　"联系了，她那边信号不太好，断了之后，就再也没有回复过，但她应该已经了解到乐瑶这边的情况了。"

　　"你再联系联系，大腕今天开完记者发布会，回到家又把自己关在屋子里闷了半天，饭也不肯吃，闭关修仙似的，弄得我像个护法，在她的房间外面守了半天，我是实在没辙了，这会儿刚回酒店。"

　　"你倒是劝她吃饭啊，这情绪本来就低，还不吃饭，受得了吗？"

　　"我劝也得她配合才行，我总不能把她房门给踹了吧？"

　　我心中着急，还是放轻了语气向罗本央求道："你别怕麻烦，再买一份夜宵，回去看看行吗？她体质差，你又不是不知道。"

　　罗本无奈地说道："这事儿我真不怕麻烦，买一份夜宵送过去也是小事儿，关键是我明天离开北京，CC还赶不回来，怎么办？"

"不还有她经纪人吗？"

"得了吧，她经纪人最近是忙得焦头烂额，晚上能来看看她就不错了，告诉你，乐瑶现在所有的通告都停了，看这苗头，可能要被公司雪藏！"

"这公司怎么这么孙子，这个时候玩落井下石！"

"你搁这儿干抱怨有什么用？娱乐圈不就这样吗？受这次恶意炒作事件的影响，公司肯定要对乐瑶的明星价值进行重新评估。"

我陷入沉默之中，尽管只是旁观者，心中依然为乐瑶感到担忧，想当初她以人流后不满一个月的身躯跳进河水里拍戏，我不禁要问：为什么拼了命地付出和努力，到头来还敌不过一场莫须有的谣言？这个世界到底怎么了？

罗本又对我说道："昭阳，先不说了，我去给大腕买夜宵，再不开门，我就真用踹的了。"

"去吧，待会儿我再给你打电话。"

罗本只是"嗯"了一声，便挂掉了电话。我知道，在这件事情上他对我是有看法的，他并不能理解我现在的为难，我比任何人更想去北京看看。

无能为力中，我摸出一支烟点上，随即又拿出手机拨打了CC的电话，可好似被命运戏弄着一般，她的手机还是处于关机状态，这个时候我又开始担心起她了，按道理她怎么也会给我一个回音的。于是我又打开了房间里的灯，在夜深人静的时候，来到米彩的房门口，敲了敲门，问道："你睡了吗？"

米彩迷迷糊糊地问："你怎么还不睡啊？"

"问你点事儿……这两天CC和你联系了吗？"

"我们快一个星期没有联系了。"

米彩的回答让我心中的担心又增加了一分，随即说道："我能进去说吗？"

"门没锁死。"

我推开门走了进去，打开灯，米彩正裹着毛毯躺在床上，问道："怎么突然问起CC了？"

"我前两天给她打过电话，当时她信号不好，话说了一半就断掉了，到现在也没个消息，我有些担心！"

"她正在徒步旅行，有的地方两三天找不到信号也正常。"

我不知道该怎么和米彩解释，但心里却明白，如果CC知道乐瑶的近况不好，她一定会想方设法与乐瑶取得联系，两三天没有消息，完全是小概率事情，一旦发生，多半伴随着意外。心中权衡了半晌之后，我终于对米彩说道：

"我那天和 CC 联系，其实是想让她回来陪陪乐瑶，她的状况很不好，罗本又要忙着去参加节目的录制。你说以 CC 和乐瑶的关系，她知道后，怎么也不会两天都联系不上吧？哪怕没有信号，她也会想办法的……我现在担心的是，她在那边遇到些什么意外。"

经我这么一说，米彩的面色变得凝重起来，随即从床边拿起自己的手机，拨打了 CC 的号码，但手机中传来的仍然是无法接通的提示。

我能感觉到米彩内心的慌乱，因为明知不会打通的情况下，她还是反复拨打了两三遍……然后，不知所措地看着我。

我安慰道："你先别急，说不定等等就有消息了。"

米彩却根本不能平静下来，语气充满焦虑地说道："她要真有意外怎么办？"

我甚至比米彩更加担忧，但就算现在去尼泊尔也于事无补，毕竟地域那么广阔，我们却不知道 CC 的具体去向，此时能做的也只是等待。

我给米彩倒了一杯牛奶，希望她喝了后可以安安神。许久后她终于向我问道："乐瑶那边现在怎么样了？"

"不是很好，可能要被公司雪藏！估计她现在正处在崩溃的边缘！"

米彩放下了牛奶杯，说道："昭阳，其实你想去北京吧？"

我望着米彩，却有些不能做出忠于自己内心的回答，于是就这么沉默着，但沉默何尝不是一种回答？米彩点了点头，却并没有立即表态，而我好似看到了她心中那脆弱的敏感……

第 368 章

不要

回过头

米彩的沉默让我有些惶恐，生怕言多必失，也用沉默回应着她，于是这个夜变得更安静了，而我们映在窗子上的身影，好似带着些不安，随着吹起的风晃荡着。

不知过了多久，米彩终于开了口："如果你觉得自己应该去北京，你就去吧。"

"我很矛盾，去或者不去，都是错误的！"

"如果我让你这么矛盾，便是我的错误……所以，你不必这么矛盾，算是成全我去做一个有气度的女人。"

我一阵沉吟，不知道是理智战胜了冲动，还是冲动战胜了理智，终于对米彩说道："那我明天去北京看看她。等 CC 回来，我就回来。"

"好。"

我望着米彩，也不知道再说些什么，只是替她关掉了灯，然后拿起空牛奶杯，离开了她的房间，却在带上门后，在她的屋外站了很久，直到平复了所有的情绪，才回到自己的屋内。

次日，我早早便起了床，先去楼下的取款机取了现金，又买了两份早餐，回到屋子简单地收拾了行李。此时米彩也起了床，然后两个人吃起了早餐。我递了一杯冰豆浆给她，然后注视着她，想看看此时的她是什么情绪，她一如往常的平静，只是说了声"谢谢"。

她吃得很少，以至于在我之前吃完，我以为她会先去公司，却不想她只是坐在原地看着我，我不禁疑惑地问道："怎么了，我脸上有东西？"

她摇了摇头，说道："你是从上海乘飞机去吗？"

"嗯。"

"那我送你去机场吧。"

"你那么忙，我自己坐快客去就行了。"

"我送你去。"

她的坚决让我有些始料未及，以至于就这么和她对视着，她却浅浅一笑，说道："快吃吧，要不然赶不上九点半那班飞机了。"

米彩将我送到机场前的那片广场上，我自己下车拿了行李，之后敲了敲车窗，等她放下了车窗的玻璃，才对她说道："我走了。"

她的回答依旧简洁："嗯。"

我实在接不上第二句话，看了看她，便转身离去，这个时候，她又喊住了我："昭阳，等等。"

我回过身望着她，她终于打开了车门，走到我面前，替我扶了扶墨镜，说道："眼镜没有戴正。"

我透过墨镜，看着同样戴着墨镜的她，可完全看不到她此时的眼神，而她那白皙的面容，却在阳光的映衬下，美得无法用言语形容……这时，我被直射的太阳弄得有些恍惚，忽然看不穿这美丽之下的秘密，赶忙提醒自己，无论如何不要让这次的北京之行生出枝节来，因为我就要和她结婚了。

　　飞机穿过云霄，我感觉自己仿佛从一个世界飞往另外一个世界，当两个世界开始交错时，我又一次感觉到了莫名的空洞。为了填满这空洞，我将最近的事情想了一遍又一遍，然后在疲乏中睡了过去。我感觉自己被一张巨大的网给困住了，眼睁睁地看着那座晶莹剔透的城池，载着长发垂肩的女人，越飞越远，而我越缩越小……直到飞机在北京的机场落下时，我才发现这是一场梦！好在是一场梦！

　　下了飞机之后，罗本已经开着乐瑶的车，在机场外等着我。他下车后，递了一张房卡给我，说道："这是乐瑶住的那间公寓的房卡，你拿着……我马上就得走，中午 12 点半的飞机。"

　　我点了点头，从罗本手中接过房卡，问道："她今天怎样？"

　　"自己去看看就知道了。"罗本说着将乐瑶的那台奔驰 cls 的车钥匙也扔给了我，然后背上吉他，向机场内走去。

　　我看着他的背影从自己的视线中消失，不禁问自己：罗本同样也是个有女朋友的男人，他能坦荡地照顾着乐瑶，为什么我不可以？如此一想，我才懒得再去理会自己那莫名的情绪，坐进车子里，向乐瑶住的公寓驶去。

　　提着在路上买好的食材，我打开了屋子的门，却是满眼的脏乱差，连那烟灰缸里都塞满了烟头，还有散落的啤酒罐，而乐瑶的房门，依旧紧闭着，也不知道昨晚罗本有没有破门而入。我站在屋门外倾听着，里面传来一阵阵玩游戏时发出的厮杀声，敲了敲门，却没有人理会。我知道乐瑶在里面，抬脚便准备踹开门，想想可能没有锁死，便放弃了这暴力的念头，一扭把手，房门果然开了，然后我便看到了盘腿坐在电视机旁的乐瑶，她穿着宽松的睡衣，头发散乱，身边放着数个喝完的啤酒罐，手上还捏着一支烟。

　　我来到她身边，她抬头看着我……我开口便骂道："你就作吧，日子以后都别过了！"

　　乐瑶不理会我，转移了视线，又开始打起了游戏，那长长的烟灰终于负担不住，从她的指尖掉落在地毯上。我拿来了烟灰缸，将她手上的烟抽了出来，按灭在烟灰缸里，她没有任何情绪地对我说道："我让你来了吗？"

　　"你要不是现在这副自暴自弃的样子，我才懒得管你！"

　　"那你滚啊……"

　　我收拾着房间的手顿时停了下来，抬头看着她，问道："你说什么？"

"你滚啊，赶紧滚！省得我把自暴自弃的毒传染给你。"

我压制着自己的火气，将地上的空啤酒罐捡起来，放进垃圾篓里……

乐瑶再次给自己点上一支烟，捏在手上还是不吸，一阵沉吟后，望着墙角对我说道："昭阳，在自己已经幸福的时候，千万不要回过头望其他女人，因为这是一件很危险的事情！"

"酒把你给喝傻了吧，说的什么话？"

乐瑶终于将那燃着的烟放在嘴里吸了一口，顿时被呛住了，却又将被呛住的火气发在我身上："你倒是滚啊，到底滚不滚？滚不滚？"

她的声音越来越低，然后便哽咽了，接着哽咽变成抽泣，最后望着我，一言不发地掉着眼泪……

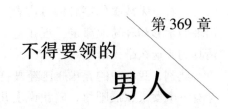

第 369 章

不得要领的
男人

我似乎已经习惯了乐瑶的哭泣，并没有太慌张，只是等待着她放声哭出来的那一刻，这样她一直压抑着的情绪便会得到释放。可事与愿违，乐瑶自始至终也没有用痛哭的方式宣泄自己，她的心里也被某种不确定的东西禁锢着，所以我们在面对彼此时虽然骂咧着，却也是小心翼翼的。

我在她的抽泣中，将房间打扫干净，又对她说道："你要不休息一会儿？我去做午饭，待会儿喊你。"

"昭阳，我求求你不要再给我这样的安全感了，我会沉溺在对你的迷恋中逃不出来的……我现在的痛苦完全源于你，而不是那恶意炒作事件，你到底明不明白？我之前下的决心，就快要崩塌了！"

乐瑶的突然爆发，让我错愕不已，难道她真的不在意自己在娱乐圈的星途吗？而我又是不是真的误解了她的痛苦？

在我的沉寂中，乐瑶忽然扑进我的怀里，泣不成声："我输了，我又输给自己了……我所有的抵御力，在见到你的时候就已经崩塌了……昭阳，我不想再待在娱乐圈了，真的很累，很肮脏！你带我离开这个圈子，让我陪在你身边，陪你创业，我一定会做一个好妻子的……好吗？"

她哭泣的声音，好似把我变成了一块没有思维的石头。来时，我只是想为她做上一顿饭，安慰她几句，从来没想过带她离开娱乐圈，让她做我的妻子。许久，有了些思维的我终于想起了过去的种种，想起了第一次在酒吧遇见她时，她那孤独、凄苦的模样，我有些懊悔，懊悔自己为什么没在那个时候对她产生心动的感觉……而现在，都迟了。

"昭阳，你愿意答应我吗？只要你说一句好，我现在就发布退出娱乐圈的声明！以后只陪在你身边，分享你人生中的所有喜悦和痛苦……"

我终于对她说道："乐瑶，你冷静点好吗？你现在想要的这些，我都没有办法给你，也许……也许，我和米彩很快就要结婚了。"

乐瑶失魂落魄地说道："这个世界好不公平！我陪你一路走过了最低迷的时光，看过无数次你穿着铆钉皮衣、抱着吉他撕心裂肺的样子，可是几年后出现的米彩却轻易地夺走了现在这个最好的你，未来或许会更好的你……爱情真的要这么毫无道理吗？"

此刻，我心中的五味瓶已经被打翻，再次想起那些撕心裂肺的夜晚，总会有一个女人在酒吧里，陪我说上几句话，喝上一些酒，还会送给我一些好笑的小玩意儿，可我总是在走出酒吧的那一刻便扔了，因为没有多余的口袋可以放，也从来没觉得那些小玩意重要……我不敢再回想过去那些事情，因为经历了岁月的洗礼后，曾经那些稀松平常的小事，在此刻却被赋予了新的意义，让我产生一种带着眼前这个紧抱着我的女人，私奔到天涯海角的念头。似乎也只有这个女人，愿意真正陪我摆脱现实的禁锢，走过荆棘，私奔到最远的城镇……也许，我真的是一个在爱情中不得要领的男人！

我的手机响了起来，这让我顿时觉得被拯救了，我拿出了手机，心情再次90度急转弯，这个电话是让我担心了许久的CC打来的。我急不可待地接通了电话，却因为情绪复杂，大脑忽然一片空白，不知道要说些什么。

CC对我说道："昭阳，我现在已经到加德满都（尼泊尔的首都）了，你那天给我打电话的时候，正遇上山洪，我和同行的队友被困在山里，手机没电后，一直没机会充上！"

"人没事儿就好！"

"不好意思，让你担心了！"

我忽然想起了米彩，又赶忙说道："你待会儿再给米彩打一个电话吧，她也担心得要命！"

"好……对了，最近的娱乐新闻我看了，实在是让人气愤，这种无中生有的恶意炒作，会毁了乐瑶的！"

我一阵沉默……

CC又说道："我马上就登机了，先到昆明，再从昆明转飞机到北京，大概6个小时的行程。"

我再次感叹命运的无常，如果知道CC与我只有6个小时的时差，我就不会来北京，然后将自己陷入两难的境地中。

结束了与CC的对话，我坐在乐瑶的床上，给自己点上了一支烟，等悸动的情绪平复了一些之后，终于对乐瑶说道："CC傍晚的时候应该能到北京，我待会儿帮你收拾完屋子，就先回苏州了。"

乐瑶迅速转移了目光，没有回应我，退回到刚刚坐过的地方，再次拿起了游戏手柄，可我却好似看到了她此刻的世界里根本没有然后……

我离开了她的房间，将屋内打扫干净后，便提起自己的行李，而那些准备做成饭菜的食材，却已经被我遗忘在立着冰箱的那个角落里。这一次离去时，我没有再与乐瑶道别，心中发了毒誓，以后再也不带着这副浪荡的身躯出现在她面前，除非某一天我真的有心思带着她私奔到最遥远的城镇……可真的会有这一天吗？我不相信会有，否则此刻的我就没有离她而去的必要。

傍晚时分，我回到了苏州，却没有联系米彩，只是带着吉他，去了阿吉的琴行，再次为自己买了一件铆钉皮衣，最后去了护城河边。哪怕是夜晚，空气中依然充满了炎热的气息，我根本无法穿上那件厚实的皮衣，想来真是可笑，此刻的自己又被这炎热的天气给禁锢了……我点上烟，想唱一首那被自己无数次唱起的《私奔》，电话却在刚拨动吉他弦的那一刻响起，于是又一次被禁锢……这个电话是米彩打来的。

在接通电话的那一刻，我心中忽然产生了一丝歉疚，想起在北京时，自己心里涌起的那些要私奔的冲动，但从来不认为米彩会是那个与我私奔的女人，我已经处在危险的精神出轨的边缘。我低头看着身下的草地，同时按下了接听键，电话里传来米彩的声音："昭阳，明天能从北京赶回来吗？"

"怎么了？"

"米斓说明天晚上要请我们吃饭……希望你能回来，我觉得她在尝试着和你化解以前的那些不愉快！"

第 370 章

野蛮

生长

　　对于米斓向我发出的吃饭邀约，我有些意外，因为我们对彼此的成见实在是太深了，但我并没有想太多，难道以后和米彩结了婚，也不和这个让自己厌烦的小姨子一起吃饭吗？我对等待答复的米彩说道："行啊，明天吃饭的时候你给我打电话就是了。"

　　米彩应了一声"嗯"之后欲言又止，我知道她是想知道我在北京到底做了些什么。稍稍沉默后，我对她说道："我人已经到苏州了……CC 回来了。"

　　这个答复似乎安了米彩的心，她语气轻松了很多："我应该对你放心的。"

　　我心中更加惭愧，只希望自己那要带着乐瑶冲破禁锢私奔而去的念头，只是一个因为怜悯而产生的错觉，与现在的爱情毫无关系。

　　米彩又对我说道："昭阳，叔叔今天已经在董事会上表达了要卸任的想法，一个星期后的股东大会上就会落实，这次他真的不是说说而已。"

　　我心中惊喜，因为这意味着，我和米彩的婚期真的将近了，而只要与米仲德结束了争斗，势单力孤的蔚然绝对不会再对米彩构成威胁……我的生活终于要在动荡了数年后迎来那安稳的一天！

　　我向米彩问道："你现在是什么心情？"

　　"如果叔叔真的可以放弃与我的争斗，我当然很高兴……只是，这一切来得太快了，我心中总是有一些说不出的疑虑。"

　　"谨慎是应该的，但有时也会给自己增添许多不必要的烦恼。"

　　"嗯，但愿是我想多了……对了，叔叔准备卸任，公司的事务都压在了我身上，今天晚上可能要很晚才回去。"

　　"要我给你做晚饭吗？"

　　"公司已经准备好工作餐了。"

　　结束了与米彩的对话，我身上的负担好似被卸掉了一半，仰躺在草坪上，望着被夕阳点缀的天空。天色渐渐暗了下去，河面再次有了路灯的倒影，我从草地上坐起，摸出一支烟点上，打算抽完后便离去。

烟吸了一半，我看到一个曼妙的身影沿着河堤向我这边走来，我下意识地想起了简薇，等她走近时，发现自己的直觉真的没有错。她依然保留着每天来护城河的习惯，这让我觉得，现在的自己想找到她是如此容易，可那撕心裂肺的三年里，我们却又活在两个永远不会交集的世界里，从来不敢奢望，会这么在河堤边与她见上一面。

我从地上抱起吉他，拿起那件刚买的铆钉皮衣，起身往河堤上走去。我们就这么在半路打了照面，我点头向她笑了笑，她回应了我一个笑容，随后我们朝原先设想要去的地方走去，很快我们便拉开了距离……可在这场无言的相遇中，我们又好似留下了一个不为人知的秘密，然后消融在夜色之中。

次日，我依旧在苏州寻找着合适的客栈选址，然后在城市的南区发现一条新建成的商业街。这条商业街的建筑风格比较复古，因为还没有形成气候，便有一种别样的宁静，我当即便认定这是一条适合我去开客栈的街区。经过一个多小时的长谈，我和业主高效地签订了一份长达三年的租房合同，并且我一次性支付了她20万的租金。

此时我正在经营的客栈、酒吧、酒楼，全部在盈利，基本每天都会有四五万的固定收入，所以我现在手中可以利用的流动资金很充裕。而近一个月内，我已经收了一家酒楼，此时在苏州开设客栈的设想又将变成现实，我的事业已经进入了野蛮生长的时期。下一步，我便打算在南京和杭州同时开设两家客栈，然后在长三角旅游集中区域，形成一个相对完整的商业脉络，再下一步，便考虑融资，真正开始攻占长三角的旅游市场。我有预感，也许明年我便会走在一条高速发展的道路上……

傍晚时分，米彩驱车回老屋子接我去赴米斓的约，路上我们聊了起来，当然还是围绕着结婚的事情，我向她问道："你觉得我们买一个什么户型的房子比较好呢？"

"为什么要买房子？"

"我们结婚总要有婚房吧！"

"老屋子就可以住啊……或者叔叔送给我的那栋房子。"

"我觉得房子多一些没问题，大不了当投资好了。"

米彩看着我笑了笑，也许又想起了一年前那个身无分文靠着和她耍无赖寻求生存的我……仅仅一年，我的生活便发生了这样的变化，所以说生活就是这么无常，而我从来没有想过，有幸娶米彩这样的女人为妻，想来我还是

很幸运的，尽管我时常以愤青的嘴脸抱怨着生活。

见米彩对房子的话题没什么兴趣，我又找存在感似的和她聊起了车子，说道："你说，我应该买一辆车了吧？最近一直开阿峰的车，不是长久之计。"

"嗯，车子还是比较需要的，想买什么车？"

"能衬托我暴发户气势的。"

"那就宝马吧……"

"X5 还是 X6？"

米彩看了我一眼，说道："你又在逗我玩吧？一个总是抱着吉他唱民谣的男人，怎么会喜欢宝马的车系呢？"

我笑了笑，说道："其实我特别喜欢和你聊这些生活上的琐碎，这样会有一种在一起过日子的感觉，你觉得呢？"

"我也喜欢呀，只是你很少聊起这些。"

"谁让你女神范儿太足……每次想和你聊起这些琐碎，就会不自觉地想，你怎么会对这些琐碎感兴趣呢？"

米彩笑着摇了摇头，对我说道："说说看吧，你想买什么车？这个周末我陪你去看看。"

"宝马。"

"你真的确定？"

两人聊着琐碎中，来到了和米斓约定的酒店，她也在同一时间开着那辆红色的 R8 进了酒店的停车场。我特意往她的车里瞄了一眼，这次她是一个人来赴约的，看样子是真打算与我化干戈为玉帛，本分地做我的小姨子了。

第 371 章

你是
一个麻烦！

停好车后，我们各自从车上走了下来，米斓依然习惯性地无视我，对米彩说道："姐，挺巧的呀，正好碰上了，省得等了……"

我插话道:"等不等,这么明显的事情,犯得着强调嘛!"

米斓冷着脸回道:"我和你说话了吗?"

"你不和我说话,但我可以和你说啊,要不然大家都冷着脸,怎么去构建主席交代的和谐社会?"

米斓被我说得无语,又转而对米彩说道:"姐,他平常也是这么和你说话的吗?一副无赖的腔调。"

米彩看着我笑了笑,说道:"很多事情习惯了就无所谓了!"

米斓很是不解地回道:"你什么时候也这么逆来顺受了?"

三个人进了酒店的包厢后,我依旧无聊,因为米彩本身话就不多,而面对米斓,我要时刻保持克制,否则刚刚那互相对呛的画面还会不断上演。

米彩和米斓时不时聊着和女人时尚有关的话题,我则在无聊中把玩着打火机,谁说话就看着谁,愈发觉得她们这一家的遗传基因太好,虽然米斓的品行一直为我所不齿,但她的容貌是无可挑剔的,甚至不比米彩差,只是少了米彩那种云淡风轻的气质。说话间,米彩向米斓承诺,下次再去巴黎,一定送一套顶级设计师设计的礼服给她,米斓很是高兴,原来她们在一起都是聊这些的。相比,我活着去过最远的地方,也就是去年在宝丽百货上班时出差路过的哈尔滨……顿时觉得和她们实在没有共同话题,便拿着烟盒和打火机去了洗手间。

在洗手间抽烟的空隙,我接到了 CC 的电话,心本能地一颤,因为她多半会和我说起乐瑶的种种,我向她问道:"怎么了?"

"也没什么事儿,就是问问你今天过得怎么样。"

"还不错啊,一天都在忙,挺充实的!"

"哦,米儿呢?听说你们要结婚了。"

我很关心她的听说,是来自米彩,还是乐瑶,因为出自不同人的口,特定的事情便会被赋予不同的意义,于是向她问道:"听谁说的?"

"米儿和乐瑶都说了……"

我心想:这件事情的意义果然够凌乱,至少对 CC 来说是这样的,因为只有她知道两人告知这件事情时,分别是什么心情!

CC 又说道:"能结婚就赶紧结吧,别弄出个夜长梦多来!"

我想了想,附和道:"我也是这个看法……"

"有些事情你还真是绝口不提啊!"

　　我自然明白 CC 说的绝口不提是指什么事情，但有些人辜负了，便辜负了，反复提及，也不能回头再为她做些什么，半晌才问道："她怎么样了？"

　　"半天总是重复着一句话，整个人有点发蒙！"

　　"她说什么？"

　　CC 没有回答，却叹息道："唉！米儿和乐瑶对我来说，就像手心手背，她们谁难过，我心里都不好受。你们赶紧把婚给结了，以后她就解脱了！"

　　CC 说完便挂掉了电话，而我有些错愕，然后在错愕中似乎领悟了些什么。掐灭烟头准备离开洗手间时，我收到了 CC 发来的一条信息："对于这个世界，你是一个麻烦，对于我，你就是整个世界——乐瑶。"

　　我的眼睛忽然就酸涩了，好似被洞穿了内心的最深处……这个女人，为何如此地了解我？是的，这些年我浪荡不羁，一直说着这个世界的坏话，对于这个世界来说，我就是一个讨厌的麻烦，可是我从来没有发现，自己也会成为一个女人的整个世界……我忽然哀伤了！

　　回到包间，各种我从来没有见过的高档菜品，已经被服务员端了上来。我将烟盒和打火机放在了餐桌上，惹得旁边站着的服务员一阵诧异的目光，因为在高级酒店里，上流人士是不会在餐桌上摆放劣质的打火机和烟盒的。我一言不发地将烟盒和打火机递给服务员。服务员点点头，问道："先生，我帮您把这些扔了，您是这个意思吗？"

　　"你先帮我保管着，吃完饭还给我。"

　　服务员面露尴尬之色，将烟盒和打火机放进自己的工作服里，然后回到我们身边，依次替我们三人将餐巾铺在了双腿上，而用餐也正式开始了。

　　我的心思有些飘忽不定，以至于一言不发，这个时候米澜终于开口对我说道："喂，以后和我姐结婚了，对她好一点，知道吗？"

　　我看了看米澜，向她反问道："你认为这是需要提醒的事情吗？"

　　这个回答，出乎米澜的意料，半晌说道："真是个古怪的人！"

　　我没有理会，脑子里却总是回想着乐瑶的那句话……

　　米澜意外地没有计较我的不搭理，示意服务员拿来了自己的手提包，从里面拿出一个礼盒递给我，说道："嘿，这是送你的礼物。"

　　我看着她感叹道："有送礼送得这么不情愿的吗？不会是你姐买了，让你借花献佛送给我的吧？"

　　"你这人怎么这么不知好歹？送你礼物，还那么多废话！"

我估摸着，这个礼物也是米彩借她之手送给我的，希望我们之间能够消除以前的种种不快，我便不再拒绝，当即从米斓的手中接了过来，然后打开，里面是一只价值近两万的都彭限量款打火机……我心中又涌起一阵难以言明的情绪，随即想起那些乐瑶送给我，却被我扔掉的小玩意儿……

这时，米斓又转而对米彩说道："姐，下个星期你就要接任卓美的董事长了，以后卓美要你多费心了！"

米彩并没有立即回应，而我却知道，这是进行商务谈判的前奏……因为随着米仲德的退出，卓美将重新洗牌，利益归属也将被重新划分！

第 372 章

暗潮

涌动 (2)

米彩稍稍沉默后，对米斓说道："叔叔离开卓美，对我们而言都是一场挑战，希望卓美可以越来越好吧，毕竟这关乎着集团几千名员工的生计。"

"姐，你没必要站在道德的制高点和我说这些，我的意思你应该明白的。"

我望着米斓，这个女人的性子果然很直，相比，米彩则更像一个精明的商人，话里总是暗藏玄机。

米彩对米斓笑道："你的意思我还真是不明白呢！但是我们做企业，一定要有企业家的责任感，员工是一个企业存活的根本，我们作为高层，一定要为他们营造一个良好的工作环境，他们才能为企业创造更多的价值！"

"啊呀，姐，你念 MBA 的那套就别和我说了，我的意思很简单，卓美是我们米家的，也是爸爸和大伯的心血，我们现在接替他们了，一定要团结起来……我现在向你表个态，以后你在集团里做的任何决定，我一定都以总经理的身份支持你！"

米彩依旧平静地回应米斓，说道："作为总经理，你一定要有独立的思维，我希望在以后的工作中你能指出我的不足，而不是无原则地支持！"

米斓被米彩说得有些尴尬，继而转移话题："好啦，不聊工作上的事情

了，说说你的婚事吧，你准备什么时候和……"

我再次插话道："我叫昭阳。"

米斓瞪了我一眼，才说道："和昭阳结婚？"

"等叔叔卸任后，公司完成了过渡期，我们就可以考虑结婚的事情了。"

"那我就提前恭喜你们，到时集团也上市成功了，简直就是双喜临门嘛！"

此时的我，想弄清楚她和方圆的那段孽情到底有没有结束，便试探着问道："别光惦记着你姐的婚事，你自己年纪也不小了，现在有固定的男朋友了吗？要是有，结婚的事情也该拿出来议一议了。"

米斓好似下意识地带着不满回道："你是谁啊，管这么宽！"

"你未来的姐夫。"

米斓看着我，似笑非笑地回道："原来是未来的姐夫啊！那就有劳姐夫，帮我找一个如意郎君吧！"

"一般人未必看得上你……"

"你怎么不去死！"

"不是，我口误，是一般人你未必看得上！"

米斓随即讥讽道："连我姐这么天仙似的美人儿，都看得上你这样的小瘪三了，我降低点品位也没什么。"

米彩似乎很反感我们之间的口舌之争，直接喊来了服务员买单，然后便招呼我们离去，而这顿耐人寻味的晚餐就这么结束了。

时间刚过晚上的八点，米彩先将我送回了老屋子，自己则又去了公司，处理一些积压的文件，而自米仲德萌生退意之后，她确实比从前更加忙碌了。

我一个人在屋子里有些无聊，而时间还早，便拿着烟，带上米彩刚刚送给我的打火机，出了小区，向北散步而去。一路上，我一直在思考着自己未来的事业，实际上在事业进入野蛮生长期后，一些管理上的问题便开始显现了，而且前段时间深受好评的"完美旅游计划"，也出现了少量差评，确实在游客呈爆发的态势增长后，我们的服务便显得有些力不从心，因为人力资源有限，导致了服务上存在一些不规范的现象，所以这些都是横在我面前亟待解决的问题。

走着走着，我又来到了护城河边，下意识地向河堤下俯身望去，果然看到了正在路灯下看文件的简薇，这里似乎已经成为她的第二个办公室，但不得不说，这里的视野确实很开阔，环境也不错，可以让人缓解身心的疲惫。

当我准备默默地从她身边走过时，她却放下了手中的文件，对我说道："怎么，非要摆出一副陌生人的姿态吗？"

我四处看了看，很无厘头地回答道："我在寻找黑暗里的秘密，所以没注意到你。"

"扯淡！"

我也不理会，然后来来回回地晃荡在护城河边想着心事，又不时将落在路上的石子踢进河里，发出咕咚咕咚的声音，简薇终于不堪忍受，冲我怒道："昭阳，你是有多动症吗？从来到这里就没闲下过！"

"那你眼不见为净，换个地方坐就好了！"

简薇怒气冲冲地回道："凭什么我换？这么大一条河，你跳下去游泳都行，干吗老在我面前像个幽灵似的晃悠着？"

"怎么着，这护城河是你家的？我在哪儿晃悠，还要和你打审批报告吗？"

简薇被我气得无语，狠狠瞪了我一眼后，在忍耐中低下了头，再次看起了文件。而我继续来回晃荡，重复着刚刚的动作，直到烟瘾犯了，才停下了脚步，从口袋里摸出烟盒和打火机，想点上烟时，才发现这个崭新的打火机还没有装上可燃气体。

烟瘾难耐中，我再次来到简薇身边，问道："带火机了吗？"

简薇也不和我计较刚刚的无聊行为，从身边拿起手提包递给我，说道："在里层的口袋里，你自己拿。"

我将手中那只价值不菲的都彭打火机放在草地上，然后翻起了简薇的包，终于找到了那只为我无数次点起火的火机，随即点燃了香烟。

简薇看了看那只被我摆放在草地上的火机，问道："这是你的火机？"

"是啊，她送给我的，还没来得及充上气！"

"哦，那难怪了……"

我不悦地说道："难怪什么？是不是觉得我买不起这样的火机？"

"我没有其他意思，只是觉得你不会把钱花在这样的物件上面。"

"这么说就对了！"

简薇笑了笑，没再说话，而我却有些诧异，原本性格强势的她，今天却数次忍让着我，到底是我比她表现得更强势，还是她变温柔了？

思索中，她终于开口向我问道："最近和米彩怎么样了？"

我下意识地想说"我们要结婚了"，可话到嘴边又咽了下去，最后只是说道："还好。"

　　简薇点了点头，也没有再多问什么，而我借着将打火机还给她的机会，问道："你呢？最近和向晨怎么样了？"

　　"目前各自以事业为重吧，也许明年会考虑结婚！"

　　当结婚这样的字眼从简薇的口中说出，我心中还是涌起了一阵异样的感觉，遐想着她穿婚纱的模样，许久才回道："哦，结婚好，结婚好……"

　　简薇面色复杂地笑了笑，然后想起什么似的对我说道："对了，昭阳，杨从容叔叔近期可能会找你聊聊。"

　　对于杨从容和他的"容易旅游网"，我是心存感激的，如果没有他的大力支持，就不会有"完美旅游计划"的成功，我当即对简薇说道："那太好了，我正想找机会当面感谢他呢！"

　　"嗯，杨叔叔对你近期的一系列商业活动还是很关注的，他说你心中肯定有一个不小的想法，从你现在的商业布局就能看出来。"

　　我不禁佩服杨从容的商业嗅觉，对于我来说，打造出一条"文艺之路"确实是一个可以载入人生史册的梦想，而现在的自己也正为之努力奋斗着。

　　我向简薇问道："他想和我聊些什么呢？"

　　"我也不清楚，可能是商业上的合作，也可能仅仅是交流商业上的心得，总之他还是蛮欣赏你这个年轻人的！"

　　我笑了笑，心中也期待与杨从容的再次见面。他和周兆坤都是我在商业道路上遇到的贵人，没有他们，就没有我现在所挣到的第一桶金。

　　这时，简薇看了看手表，合上文件，对我说道："今天向晨从里昂回来了，我这会儿得去浦东机场接他，就先走了。"

　　"嗯，路上注意安全。"

　　简薇点了点头，便将文件装进手提包里，随即起身向河堤上走去，走了一半时又回过头对我说道："等下次杨叔叔来苏州时，我电话通知你，你号码没换吧？"

　　"没有换，到时候联系。"

　　简薇的背影就这么消失在了我的视线中，却又好似在黑夜里留下了一段不为人知的秘密，可我总是在这个时候，感觉自己飞得太远，已经来不及去探究这一段秘密……

　　路灯下，我就这么晃荡着向老屋子走去，却在快要到达时，停下了脚步，因为我又一次看到了蔚然的那辆法拉利458，而他正站在小区便利店的门口，神色带着一分痛苦和一分憎恨地看着我。我迈着和平常一样的步伐，迎着他走去，但这平静的黑夜，却在这一刹那好似被某种力量撕扯着，涌动起来……
我们就这么站在了深夜的路灯下，以不一样的姿态看着对方！

第 373 章

如此
迷恋

蔚然依旧如从前一般用不善的目光看着我，我保持着平静，等他开口说话，而我是没有欲望和他沟通的，对于我来说，他就是个没完没了的麻烦。

他终于开了口："只要你愿意离开米彩，什么条件我都答应你。"

"蔚然，这个时候你还和我说这些有意义吗？或者你觉得我是个可以在爱情上谈条件的人？"

蔚然惨笑道："是我心太软了，Betsy 算定我会顾及这么多年的感情，不会威胁她在卓美的地位，所以才会这么有恃无恐！但是昭阳，你要记住没有什么比卓美在 Betsy 心中的地位更重……总有一天你会了解的！"

我心中一惊，其实一直以来我是相信这个观点的，而米彩这个聪明的女人也确实算定了蔚然不会真的狠下心出手，所以我们现在依旧安然无恙地在一起，而把所有的痛苦留给了蔚然，然后让他挣扎在这个解不开的死结里。

在我的沉默中，蔚然又说道："不要以为你在这场爱情的战争中赢定了，女人的感情也不是一成不变的，否则这个世界上就不存在分手或离婚……"

我打断了他："我没有兴趣听你在这儿长篇大论……我现在很明确地告诉你，婚我们是一定要结的。"

"好，我拭目以待……"

蔚然说完这句话后，便驱车离开了。这已经是我们的第二次不欢而散，这让他每次来找我，都显得那么没有意义，而对于他的"拭目以待"我也已经做好了足够的心理准备，如自己所说：婚我们是一定要结的。

不觉中又过去了十天，这十天中，我前所未有地忙碌，因为在城南商业街租下的铺子，已经开始按照高档客栈的标准装修起来，预计会在一个月内

对外营业；另外我也抽时间去了南京、上海和杭州等地，考察了一下市场，准备在两个月后，带着有鲜明特色的客栈入驻三地，争取提前在江浙沪地区完成自己初步的商业布局。

此时已经是真正的夏季，这个早晨，我光着膀子站在阳台上，帮米彩养的花花草草浇着水。片刻之后米彩起了床，来到了我的身边。我打量着她，只见她很少有地穿了一件牛仔短裤、白色的 T 恤，头发很随意地盘成一个髻，虽然没有了职场打扮的庄重和严谨，但更休闲，也让她那黄金比例的好身材一览无余。

我问道："今天怎么这么穿，不上班吗？还是你们公司的文化变开明了，现在流行休闲风？"

"今天是周末呀……"

我一拍脑袋，感叹道："唉！创业的人，果然没有周末的概念啊！"说完又不解地问道："好不容易一个周末，你不多睡一会儿吗？最近也怪累的！"

"前些日子不是答应陪你去看车的嘛，今天正好休息，就一起去咯！"

难得米彩在百忙之中还将我的事情放在心上，我心中一阵高兴，当即跑进自己的房间，也换上了短裤，穿着简洁的白色 T 恤，与米彩弄出一副情侣装的模样，随后便与米彩驱车向心仪的 4S 店驶去。

路上，我们发现在博览中心恰巧有一个大型车展，这样就不必去各个 4S 店了。将车停好之后，我与米彩便向展厅内走去。

米彩东张西望，然后在 4S 店场内分布示意图前停了下来，一番端详后对我说道："宝马的展位在 B 区的 26 号，我们过去吧。"

我并没有挪步，只是在分布图上寻找着自己心仪的汽车品牌，米彩拉了拉我，我依旧岿然不动，她很是不解地问道："怎么不走啊？"

"宝马这种车只有你们暴发户喜欢买，像我这种整天抱着吉他唱民谣的男人，怎么会看上这车！"

"你那天是这么说的吗？"

"瓢你玩的。"

"你可真无聊。"

我很喜欢她计较我的无聊，爽朗地笑了两声之后，拉着她向 Jeep 的展位走去……

走在拥挤的人群中，她向我问道："昭阳，你到底想买什么车呀？"

这一次我没有故弄玄虚，答道："Jeep 的自由光，你觉得怎样？"

"2.4L 的自然吸气发动机，动力输出和同级别的车比起来真的很一般，百公里的加速需要 11 秒，你不觉得不符合你凶猛的开车个性吗？而且悬架系统偏硬，舒适性也差了一点。"

"你以前买过这车？怎么这么了解？"

"有些资料看一眼就能记住了呀，而且这个车我试驾过，在越野路况下，和其他车比起来要逊色很多！"

"你还敢玩越野？"

"敢呀！在美国留学时，我兼职做过一档汽车评测栏目的主持人工作，基本上所有车型我都有试驾过，性能也比较了解。"

我点了点头，也只有她这种高智商的女人，才能玩转这么多东西，不仅精通摄影，弹得一手好吉他和键盘，还会玩车，并且轻松地拿到了 MBA 的硕士学位，恐怕普通人穷其一生也不一定能在某个领域超越她。只是这样的女人哪怕她自己放低了姿态，与她生活在一起的男人也会有压力，但又无法抗拒她的魅力，所以才会如此地迷恋她！

沉默了一会儿之后，我向她问道："那你说我该买什么车啊？"

"吉普的大切诺基或者兰德酷路泽，这两款车是 100 万价位以下越野性能最好的，你可以随便挑一辆，都很不错！"

"买不起……"

米彩劝道："车子主要还是自己喜欢，价格什么的就没必要考虑太多了，要不就大切诺基吧……"米彩说着做了一个转动方向盘的动作，嘴里模仿着发动机的声音，说道："唔……唔，好威风啊，简直帅呆了！"

看着她那俏皮的模样，我心中忽然对这辆车燃起了强烈的欲望，巴不得她看到我威风的样子，心中已经做好了贷款的准备，为自己人生中第一次冲动消费买单。

两人边走边聊，很快便来到了 Jeep 的展位，而我依然沉浸在一种喜悦的情绪中，只觉得有这样一个女人陪伴自己共度余生是一件多么幸运的事情！

走进展厅内，我的手机忽然响了起来，以为是西塘那边打来的，却发现是简薇，这才想起，她说杨从容近期会约我见个面。我示意米彩先去看车，自己找了个人少的角落，随即接通了电话。

第 374 章

投桃报李

（1）

接通电话后，简薇直截了当地对我说道："昭阳，今天晚上杨从容叔叔会来苏州，咱们一起吃个饭吧。"稍稍停了停又强调道："他是专门来见你的。"

"放心吧，无论多忙，今天晚上的时间一定会腾出来。"

"下午你就得腾出时间。"

我带着些疑惑问道："怎么啦？"

简薇抱怨道："你怎么一点商场上的交际意识都没有啊？杨叔叔上次帮了你那么大一个忙，这次好不容易来一次苏州，还是专程来见你，你怎么也要准备一份礼物，表表心意吧！"

简薇这么一提醒，我也觉得自己够粗心的，或许现在的我还没有把自己当成一个商人，所以一直不太在意商道中的礼仪，而简薇却好似我的领路人，在我成长的道路上，一直有她留下的足迹。

我向简薇问道："杨叔叔他喜欢什么？我下午去买。"

"今天是周末，我正好也要为他准备一份礼物，我们一起去买吧。"

我想了想，说道："也行，那下午三点钟，我们在市中心见面。"

结束了和简薇的通话，我回到展厅内，米彩正拿着汽车画册和销售人员聊着，见我来了，对我说道："昭阳，你确定要买大切诺基吗？"

我点了点头。

销售当即将一份资料递到了我手上，说道："先生，您先看看要什么配置的车型，然后我们带您去试驾感受一下。"

我一边翻看一边问道："都有现车吗？"

"呃……目前有现车的就是 3.6L 的旗舰尊悦版和 5.7L 的旗舰尊悦版！"

我一听到旗舰二字，心中有些没底，下意识地看了看资料上的报价，当即吓了一跳。这两种配置的车，官方报价一辆是 73 万，一辆是 83 万，都是大切诺基这个车型的顶级配置……半晌我保持着镇定说道："我还是比较喜欢舒享导航版的！就是没有现车，可惜了。"

销售赶忙说道："先生，这个没事的呀，您如果看中了，我们会去附近的4S店调车的，最多一个星期就能到货！"

我将资料合上，随即对身边的米彩说道："再看看别家吧，我觉得凯迪拉克的SRX也不错，或者Q5也行。"

米彩好似看穿了我的心思，笑了笑说道："先去试驾一下嘛，待会儿再去看别的品牌的车也不迟啊！"

销售生怕我跑了，赶忙说道："先生您试驾一下嘛，大切诺基这款车一定不会让您失望，而且从您和您女朋友的着装来看，你们肯定也喜欢这种充满自由又不缺狂野气质的车，真的很符合您的气质，您的女朋友一定很喜欢！"

这番话说得我心里很是舒服，当即抬了抬腿，看着脚上穿着的拖鞋，说道："我是挺狂野的啊！"

销售开车带着我和米彩回到了他们的4S店，申请了一辆5.7L的旗舰尊悦版，随即将车钥匙给了我，等我上车后，米彩也跟着上了车，坐在车的后面，而销售则坐在副驾驶位，向我介绍着车子的性能和优点。

前面是一条专门用来试车的空旷大道，我将车子启动后，便猛踩了一脚油门，当即强劲的推背感便从我的后背传来，整个人随着发动机的轰鸣声陷入兴奋当中。单论动力，这辆车简直比米彩当初的那辆Q7还要强悍，不愧是主打越野性能的车，而且车速在6秒左右便达到了百公里。

一会儿后，米彩对我说道："你把车速放到50迈做个紧急变线的测试吧，这款车以前在平衡性上做得并不好，现在听说有改进了。"

销售很有信心地说道："小姐，70迈左右的紧急变线是肯定没有问题的，曾经做的麋鹿测试，是因为车内被放了重物，才导致车身不稳，而这也是竞争对手恶意搞出来的。"

我将车速放到60迈，连续两次将方向紧急打死，发现如此沉重的车身依旧很稳健，在越野车中，能有这个表现也算不错了。

将车子还给销售之后，我对米彩说道："车子是不错，但是太贵了，就算要买，我也想买一辆低配置的，而且还得贷款！算了，我就买一辆普通的SUV开开就行了！"

"喜欢就买呀，你没钱我帮你先垫付，等你周转过来再还给我就是了。"

我想起自己还欠着米彩150万，更加不愿意要她垫付，可她的看法却是：反正已经欠了150万，就更不用在乎这80多万了。

最终米彩还是执意帮我垫付了车款，而我人生中的第一辆车，便是豪车。可在办完保险，领了临时牌照和车钥匙之后，我也没有太惶恐，因为我对自己有信心。我相信，即便欠着这些债务，也不会给我的生活造成太多的阻碍，但钱肯定是要还的，我还是一如既往地主张我们在经济上互相独立。

开着新买的这辆大切诺基，我忽然感觉自己的人生已经发生了质变，我告诫自己要更加懂得如何去奋斗，让自己不断走在攀登的道路上，而以前那个穿着铆钉皮衣在酒吧嘶吼的昭阳，再也不要回来了……

与米彩一起吃了午饭，又休息了一个小时之后，我便驱车赶向了市中心，因为我和简薇约好下午三点钟一起为杨从容准备答谢的礼物。

室外的停车场，我依旧很轻易地发现了简薇的那辆凯迪拉克 CTS，她很执着，那些被碰撞过的地方依然没有修补，车子也没有换。

简薇先打开车门从车内走了下来，我也随即下了车，她的目光却停留在我刚买的那辆大切诺基上，问道："牌照还没上，这是你买的新车吗？"

我点了点头。简薇面色复杂，笑道："走吧，去商场看看有什么合适的礼物可以送……礼物倒不一定要有多贵重，关键是心意。"

我点了点头，随即并肩与简薇向宝丽百货走去。

足足两个小时，我和简薇才选好了让我俩还算满意的礼物，随后又驱车赶往与杨从容约好的酒店。为了表示尊重，我们两人都没有先行进酒店，而是在酒店的停车场等候着……

片刻之后，一辆奔驰 S600 向我们这边驶了过来，我当即想起这是简薇的父亲简博裕的车，心中又一次涌起一阵别扭的感觉，实际上直到现在我都无法坦然面对这个当初给了我终生阴影的男人。

简薇好似看穿了我的情绪，她解释道："这次简博裕来苏州并不是凑热闹的，我和他最近有一些业务上的冲突，所以约了这次谈谈。"

"你和他有业务上的冲突？"

"嗯，他最近在苏州动了我好几个房地产的项目，有点过分了！"

我下意识地感叹道："还真是商场无亲情啊！"

"他从我这儿抢走的项目，今天得统统给我吐出来。"

说话间，杨从容便和简博裕从车上一左一右地下来了，我和简薇一起迎着杨从容走去，而简博裕则被我们晾在了一边，有些尴尬。

杨从容很热情地向我伸出了手，笑道："昭阳，你果然没有让我失望，你们的那个完美旅游计划，可是创造了我们网站自建立以来最好的口碑，现在不少商家也在效仿你们，准备在服务上下一番功夫呢！"

我握住了他的手，回应了一个笑容，很诚恳地说道："我们的口碑，完全得益于容易旅游网这个平台的宣传，我应该感谢您给我的这次机会……"

杨从容拍了拍我的肩膀，依旧爽朗地笑道："机会在任何人面前都是平等的，而你是一个善于抓住机会的年轻人……咱们进去聊吧，我对你最近在商业上的动作很感兴趣，想和你聊聊，看看有没有机会再次合作！"

我点了点头，随即和简薇将今天下午准备好的礼物送给了他，杨从容很高兴地收下，夸赞我们很有心。而简博裕再次被我们晾在了一边，准确地说，是被简薇晾在了一边，毕竟这次是简薇约他的，而且还是出于商业目的。

酒店的包厢内，简薇和简博裕面对面地坐着，她没有一句多余的废话，沉着脸对简博裕说道："简总，最近你们公司从我们手中拿走华唐盛世和丽景花园两个地产项目是什么意思？你们的手是不是有点伸过界了！"

面对简薇那咄咄逼人的气势，简博裕也不来气，心平气和地回道："你说的这两个地产项目，我们公司都是走正规的投标程序拿下来的，这是公司硬实力的体现，这点没什么好争辩的！"

我和杨从容好奇地看着简薇，不知道她是会从纯商业的角度去回击简博裕，还是会演变成一场家庭纠纷……

第 375 章

投桃报李

（2）

在简博裕说出这番有理有据的话后，简薇依旧保持着强势说道："行啊，那两个地产项目，你们可以做，但是你得了解，在苏州这两个项目所要用到的广告资源，有一半被我的广告公司控制着，我想华唐盛世和丽景花园，也正以为你是我爸，在广告投放资源上我不会和你为难，才让你的公司拿下了这两个项目，不过在商言商，我很遗憾地告诉你：我手上的广告资源，你一个都别想动用。"

"薇薇……"

简薇立即打断："现在是商务会谈，请不要用薇薇称呼我。"

杨从容见此情景，无奈地摇了摇头，附在我耳边轻声说道："这丫头的手段真辣，老简这次弄不好真要吃亏！"

简博裕用商量的语气和简薇说道："论地产策划能力，我们公司在长三角地区是首屈一指的，客户既然选择我们肯定有他的道理，至于你手中的广告资源，我可以出市场的双倍价格和你购买，你看怎样？"

"你就是出十倍我也不卖。"

杨从容终于打起了圆场，对简薇说道："薇薇，你这话可带着情绪了啊！这两个地产项目，你和你爸可以合作共赢的，你又何必为难他呢？"

"杨叔叔你这么说就有失公允了，我也可以说他在为难我啊，我的思美广告正处在快速成长期，这些动辄上千万的地产项目，对我公司的提升作用是不言而喻的，凭我在苏州掌握的广告资源，就真的一点机会都没有吗？如果他不从上海把手伸过了界，这两个项目我至少有80%的把握能够拿下来，到时候我也可以选择与他合作，将策划部分外包给他的公司呀，同样是合作共赢，凭什么让他来主导？您说是不是这个理？"

杨从容一声苦笑，对简博裕说道："老简，这次我可真是说不上话了，你家这丫头实在是太厉害，你自求多福吧。"

简博裕面色变得很难看，半晌才对简薇说道："爸爸现在拥有的一切以后不都是你的吗？你现在这做法，就让我很不能理解了！"

"你又说错了。自从去美国留学后，我就没想过要继承你的一切，所以之后我再也没有花过你一分钱，回国后又自己做了广告公司，哪怕借用了你在行业内的资源，每次也是付给了你双倍的报酬。今天，我们谈这两个项目，我希望是站在就事论事的基础上，没必要反复把什么私人感情拿出来说话。"

简博裕既无奈又痛苦，下意识地看了我一眼，才对简薇说道："那你说说看，你打算怎么处理这个事情？"

"很简单，你去和地产商协商，然后我在行业内发表公开声明，由思美广告接手这两个地产项目，将策划的部分外包给你……你要能接受，我们就继续谈，不能接受，就此作罢，今天当我们什么都没说过。"

简博裕一声叹息，半晌点了点头，果然如杨从容所说，就这么在自己的女儿面前栽了一个跟头，想必此时他心里一定很不好受。

在简薇和简博裕谈妥了之后，我和杨从容才有机会进行交流，他对我说道："说说看，你这一阶段对事业发展的规划，近期你收的几个酒楼和酒吧我都通过一些途径进行过了解，特色很鲜明，且不重复，所以我个人判断，这一定是一个有长期规划的布局。"

我点了点头，随即将自己准备在全国范围内打造一条"文艺之路"的想法，传达给了杨从容。他先是一阵思索，然后才对我说道："这是一个很有气魄的想法，也是一个很难得的想法，更难得的是，你目前正在经营的所有店铺都在盈利，这让你的想法表现出了很强的可执行性，所以我对这条'文艺之路'很感兴趣，而且我有预感，一旦这条路在旅游地图上开辟出来，那些所有经营着的店铺，会成为各个旅游城市的新亮点，甚至是景点！"

尽管杨从容只是从商业角度对我这个想法进行了剖析和预判，并没有去关注这条"文艺之路"的真正含义，但我也能理解，毕竟在商言商，而我的心态也需要转变，否则只是带着一腔文青的愤怒，是不会在这个充满资本游戏的市场里，完成这个梦想的。

杨从容又向我问道："你目前在经营上遇到的最大难题是什么呢？"

我略微想了想，回道："难题目前确实有，以苏州正在打造的客栈为例，选址虽然比较偏僻，但街区的环境很好，而且房租成本也相对比较小，对游客来说便是一个很有性价比的消费选择，但难就难在，如何把这个消息传播给消费者，毕竟所谓'文艺之路'现阶段还只是一个设想和口号，并没有形成知名度，游客们是不会主动去寻找你的……这就是目前经营中最大的难题。"

杨从容点了点头，随即笑道："对你来说，这确实是一个难题，但如果选择与容易旅游网合作，这个难题便会迎刃而解，并且也可以帮我突破发展瓶颈，毕竟网站经营到现在已经没有太大的发展空间了，我们需要在线下开辟新的疆土。"

"那您说说您的合作模式吧。"

杨从容点上一支烟，陷入沉思中，许久后面露兴奋之色对我说道："如果我们之间合作了，初期，我会在容易旅游网上开辟一个专门的二级页面，来宣传这条'文艺之路'，并对每一个打造出来的客栈、酒吧和酒楼进行分类介绍，并借助网站这个平台进行销售，拓宽销售渠道……当然，等以后这条'文艺之路'形成规模，我还会在其他平台上进行全方位的宣传，甚至以这条文艺之路为背景拍摄一部公路电影，真正将这个产业做大，充分挖掘商业上的衍生价值，同时给这个项目注入真正的文化内涵！"

杨从容的设想，顿时拓宽了我的思维，好似看到了那个未来在商业帝国里屹立的庞然大物，我说道："杨叔叔，您的意思是，这条'文艺之路'在宣传上需要的资源，完全由您来打通，而我负责经营和规划，是吗？"

杨从容点点头，认同了我的说法。

"那您需要什么样的报酬呢？"

"30% 的股份，你能接受吗？"

在杨从容提出这个要求后，简薇立即面露期待之色看着我，我知道她是希望我们能够达成合作的，而一旦达成合作，我便彻底靠上了杨从容和容易旅游网这棵大树，未来将一片光明……

我在心里权衡着，说实话，30% 的股份是一个很大的份额，但是杨从容所提供的资源也是非常庞大的，至少初期为"文艺之路"这个项目在容易旅游网上开辟一个单独的二级页面，再搭建网上的销售平台，市场价值至少就达千万。更为重要的是，这种以资源入股的方式，可以大幅度缩短"文艺之路"的发展时间，可以说是为其插上了一双强有力的翅膀，以凶猛的气势，在旅游行业刮起一阵猛烈的飓风，而且出于他曾经给予我的巨大帮助，我也应该投桃报李，所以他索取 30% 股份的要求我没有办法拒绝！

我终于点头对杨从容说道："杨叔叔，我很有意愿与您合作，也希望我们可以携手在旅游地图上打造出这条真正具有文化内涵的'文艺之路'！"

杨从容当即起身向我伸出了手，说道："你的想法让我很振奋，也在事业的奋斗中找回了久违的快感，希望有朝一日的某个夜晚，可以在乌兰巴托的山脚下，吹上一阵风，喝上一杯我们咖啡店做出来的咖啡。"

我的手与杨从容的手握在了一起，心中想象着，也许某一天，这条"文艺之路"真的可以延伸到国外的版图上，将一种纯粹和宁静的精神传播给所有需要的人们，并告诉这个世界，只要走在这条"文艺之路"上，活着是可以暂时告别那些凶猛的欲望的……

简薇凝视着我，轻轻地点了点头，许久提醒道："昭阳，既然已经与杨叔叔达成了合作的共识，你该考虑成立公司了。"

"嗯，近期我就会去注册的。"

"打算叫什么名字？"

我想了想答道："路酷旅游文化有限公司。"

"路酷？这有什么含义吗？"

我笑道："从字面就可以理解了，我希望不管是人生的道路上，还是旅游的道路上，我们都可以一路很酷地走下去……"

简薇说道："一个酷字，可以概括很多的情绪和经历，我喜欢这个名字。"

我点了点头，简薇的眼眸中却忽然涌出了泪水，她赶忙用手背遮住了眼睛，摆了摆手，有些哽咽地对我们说道："对不起，我去下洗手间……"

简薇就这么匆匆离去，而简博裕看着简薇的背影，给自己点上了一支烟，继而面色疲乏地闭上了眼睛……这一刻，那些我今生都不愿意再感受的情绪，又一次涌上我的心头！

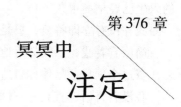

第376章

冥冥中

注定

这个夜晚我与杨从容又聊了很多关于合作的细节内容，结束会面时，已经是九点钟了，但我的情绪仍处于亢奋之中，因为这条"文艺之路"有了杨从容的加入，而有了无限的可能，也许当旅游版图上真的形成这条路线时，远比我此时规划的更加壮观、辽阔！

送走了杨从容和简博裕，我和简薇并肩站在酒店前的停车场上，我抽着烟，她则望着对面成群的楼宇……

许久后，我终于对她说道："挺晚了，回去休息吧。"

"才九点而已……你甘心这个时候就把自己困在那小小的屋子里吗？"

"其实我的心还在澎湃……"

"是啊，我已经看到了那个在未来光芒万丈的你了！"

"现在说这些还为时过早。"

"我不觉得早，你是厚积薄发的典型，成功是理所应当的。"

简薇的这番话让我感到惭愧，实际上我的人生真的谈不上厚积薄发，我很清楚，这些年自己是怎么被消沉挥霍掉的，于是在惭愧中变得沉默……

"去护城河边坐坐吧，现在有风，那泛起波涛的河面才符合你此时的心情。"

我没有拒绝简薇，因为每当人生产生转折时，我都喜欢去护城河边坐坐，那里似乎已经是我生命中的一部分，陪着我走过失落，也抚慰过那些伤痛。

护城河旁，我与简薇靠在护栏边，迎着风，俯身看着河面，谁也没有急着去打破这一份宁静……风渐渐小了一些，河面也平静下来。身边的简薇终于对我说道："昭阳，如果我想入资'文艺之路'这个项目，你愿意吗？"

我用那只都彭打火机点燃了一支烟，问道："为什么要入资？"

"我对这个项目充满了喜爱，渴望自己可以参与到这条'文艺之路'的建造中，我觉得自己的生命会因此而灿烂……"沉默了很久，她低声说道，"我的人生已经枯萎很久了！"

我并没有立即答复，只是说道："入资不是小事情，有机会再谈吧。"

简薇看着我，语气低落地说道："是啊，你怎么会缺乏资金呢，而且由米彩入资这个项目，陪伴你打造这条'文艺之路'，对你来说才更有意义吧！"

我没有言语，直到一支烟吸完才换了个话题，问道："你刚刚为什么要那么为难你爸爸？实际上自从你的广告公司成立，你也没少借助他的资源发展自己，这对他来说有些不公平。"

简薇凄然一笑，说道："呵呵……我和他之间没有公平可言，终有一天我会取代他，打造出长三角地区首屈一指的广告公司……要不了多久，思美广告的总部也将会搬到上海，到那个时候，我和他的较量才真正开始。"

这时，风又吹了起来，河面再次泛起了波涛，我酝酿许久，才将一个深埋心中的疑惑问了出来："你是不是还不能释怀当初他反对我们在一起？"

简薇忽然变得强势，眼神中尽是复杂之色，语气却充满威压地说道："不要问我这种和物是人非挂上钩的问题！"

实际上我还想问问她当初为什么要和我分手，但听到物是人非这样的字眼，我瞬间丧失了想知道的欲望，只是从口袋里又摸出一支烟点上……

回到老屋子，我放下公文包后，便轻轻打开了米彩的屋门，此时她正伏在办公桌上处理一堆文件，听到动静，才回过头问道："怎么这么晚才回来？"

我在米彩的床边坐下，回道："吃饭的时候和杨从容聊了挺长时间……对了，你吃饭了吗？"

"吃了一些水果。"

"我去给你煮些夜宵吧，你想吃什么？"

"我不饿。"

"你是怕长胖吧？没事儿，我去煮些低热量的粥，你这大晚上的还工作，不吃点东西怎么行？"

我没给米彩拒绝的机会，便去厨房忙活了起来。半小时后，我将一碗紫薯粥端进了她的房间里，并坐在她的床边看着她吃。

米彩一边吃，一边向我问道："今天你和杨从容谈了些什么？"

实际上米彩很少关心我的事业，以至于我有些受宠若惊地将自己与杨从容达成合作的事情告诉了她。她放下手中的碗，笑道："那很好啊！希望你们的合作能够成功。"

我回应了她一个笑容，她却又转过身，继续审批那些没有处理完的文件。不知为什么，我的心中因为她这个举动而涌起了些许失落，她终究也没有问我打造这条"文艺之路"背后的含义，而给予我的祝福，也更像是礼貌性的。所以蔚然说得没错，在她心中，卓美是大于一切的，哪怕在这个足以载进我人生史册的今天，她也依然为卓美而忙碌着，我们之间似乎从来没有形成过那种共荣共辱的感觉，可即便缺乏灵魂深处的交流，我也依然迷恋着她……可到底因为什么而如此迷恋，这对我来说真的是一个谜！

这个夜晚，我帮米彩收拾了碗筷后，便回到了自己的房间，然后习惯性地躺在床上抽着烟，又习惯性地想起了远在北京的乐瑶，也不知道此时的她休息了没有。思维继续扩散，我再次想起了曾经那些为了金钱而茫然的日子，似乎那个时候总是她陪在我身边，让我不必气馁，并坚信我总有一天会告别那狼狈不堪的生活。现在我做到了，可是我们也彻底断了联系……细细想来，那些所有已经发生、即将发生的事情，都好似冥冥中注定的。

此刻，我很想知道，如果我的生活已经被命运安排好，那未来我是否还会与乐瑶产生交集？如果有交集，又是因为什么呢？似乎真的没有什么可以让我们再产生交集的了！

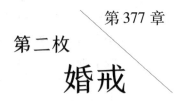

第 377 章

第二枚
婚戒

时间又推进了一个星期，这个下午我独自坐在空城里音乐餐厅，手中拿着一本最新的中国旅游图册，分析各个景点周边的商业结构，然后筛选出在第一阶段适合投资的旅游城市，并打算近期去这些城市考察一番。

想来，米彩让我选择大切诺基这款车，还真是有先见之明，毕竟以后我是要全国各地跑的，也只有这样越野型的车，才能轻松应对各种路况。

合上手中的旅游图册，我喝了一口啤酒，又点上一支烟，然后望着窗外那密布的爬山虎，一边发着呆，一边缓解着视觉上的疲劳。

忽然一个背着吉他、戴着遮阳帽和墨镜的女人，在我对面坐了下来，很不计较地端起我喝过的啤酒喝了一口，然后又从烟盒里抽出一支女士烟点上。

"CC 你怎么回来了？"

"我在北京待了两个星期，还不该回来吗？"

我算算时间，真的快两个星期了，可对我来说却好似一场梦的时间，一阵沉默后才向 CC 问道："她现在怎么样了？"

"放心吧，这个世界上，没有谁离开了谁就一定过不下去的，公司现在也逐步恢复了她的工作。"

"她那个前男友恶意借位炒作的事情，后来又怎么说？"

"那就是一个小瘪三，乐瑶让他说出她当初傍上了哪个导演，他哪敢把这莫须有的罪名扣在那些大导演身上啊，最后没敢回应，事情也就这么不了了之了，但即便这样，也着实让他赚了一把人气。"

"解决了就好。"

"嗯。"CC 点了点头，又环顾这间她经营了数年的餐厅，很久才感叹道，"你还保留着原来的风格呢？"

我猛吸了一口烟，也随着 CC 环视了一圈，说道："在这个充满欲望的世界里，总要留一片纯净的地方，当作自己的精神寄托吧……"

CC 笑了笑，向我竖起大拇指，显然她也不愿意改变这间餐厅原本的格调。只是在容易旅游网的专题宣传开始后，这间餐厅的知名度越来越高，以致最近的客流量明显增大，而新来的游客，很多在这里吃完饭后是不付账的，这使得餐厅再次陷入亏损的状态中。但我没有和CC说这些，因为这种对人性的失望，我自己去体会就够了，而以后我所创造出来的店铺，也不会再有一间延续这种自愿付费的模式，所以这间餐厅是独一无二的。

与CC聊了一会儿之后，餐厅的门再次被推开，我回过头，便看到拎着手提包、脸上写满喜悦的米彩。她来到CC的身边，两人亲昵地拥抱着，算算日子，这对闺密确实很久没有见面了。

她们的聊天我一点也插不上嘴，便不想破坏她们的兴致，抱着旅游图册去了另一个角落，继续对各个旅游城市做着市场前景的分析。

过了许久，CC才隔着好几张餐桌对我说道："昭阳，你和米儿到底什么时候结婚，能给个准信吗？我好提前给你们准备一份厚礼！"

实际上我比CC更关心这个，便看向米彩问道："准备什么时候嫁给我？"

"那要看你什么时候求婚啊！"

看着米彩微笑的样子，我的心终于踏实下来，看样子我们的婚期真的将近了，毕竟连米仲德都不再反对，而唯一欠缺的便是那一枚可以定下终身的钻石戒指。我将平板电脑和旅游画册一起塞进了自己的公文包里，然后向米彩和CC告别。两人很是不解我为什么要突然离去，而我找了个借口搪塞过去后，便匆匆向门外走去，米彩又叮嘱我晚上一起吃饭，我最后应了一声，推开门小跑而去。

离开餐厅后，我当即给方圆打了电话，让他陪我去挑钻戒，毕竟他是有过结婚经验的，选戒指这样的事情，由他陪着做参谋肯定错不了。

半个小时后，我们在卓美见了面，方圆向我问道："这么火急火燎地约我出来，为了什么事儿？"

"我想买钻戒，找你做参谋！"

方圆面露兴奋之色，拍着我的肩说道："你小子要和米总求婚了？"

"我求婚，怎么你比我还兴奋？"

"这么多年，我是亲眼看着你怎么熬过来的，现在你就要把自己的终身大事搞定了，做兄弟的能不兴奋吗？"

"说的也是……现在再回头看看前几年的日子，真是……"

方圆打断了我："过去那些乱七八糟的生活不提也罢……走吧，咱们现在就去上海，争取这个下午帮你搞定婚戒！"

"去上海？"

"上海的一线珠宝品牌更多，向米总这样的女人求婚，你不得拿出百分百的诚意来嘛，戒指当然要买最好的。"

我想想也是，当即同意了方圆的提议，两人随即驱车向上海赶去。

这个下午，上海的顶级商场，我和方圆基本上逛了个遍，最后选定了一枚价值12万元的一克拉钻戒。我了解米彩，她并不是一个会被钻石大小影响心情的女人，所以选了这枚一克拉的，既不把自己弄得像个暴发户，也不算没有诚意，是一个比较中庸的选择。

我小心翼翼地将装着钻戒的盒子放进自己的上衣口袋里，这时却又意外地想起已经快要从记忆里淡去的李小允，我人生中买的第一枚钻戒，便是准备送给她的，可却因为意外没有送出去，至今依然被自己保存着。

时隔大半年，我又买了人生中的第二枚钻戒，我相信命运不会与我开第二次玩笑，这一次，这枚钻戒一定会顺利地交到米彩的手上，然后选上一个良辰吉日，我们一起走上梦寐以求的婚姻殿堂。

身边的方圆又向我问道："昭阳，和米总求婚的日子选定了吗？"

"择日不如撞日，就今天晚上吧！"

"不准备弄一个比较特别的求婚方式吗？"

我笑了笑，说道："求婚的方式再特别，也别指望她会含着眼泪，从我手中接过钻戒，你知道她这人一向云淡风轻，所以一切从简吧。"

"你是怕夜长梦多吧，巴不得现在就和她把结婚证给领了！"

我没有否认，下意识地猛踩了一脚油门，只想快些求婚成功，千万不要被夜长梦多给耽误了！

第 378 章

求婚

回到苏州时，已经过了傍晚，我直接去了空城里音乐餐厅。此时的米彩和 CC 依旧在餐厅内，只不过 CC 正在台上唱着歌，米彩托着下巴看着她，沉浸在她那与众不同的演唱风格中。我悄悄在米彩的身边坐了下来，然后拉了拉她的衣袖，她这才回过神看着我，问道："你这一下午去哪里了？"

我做了个深呼吸，准备从口袋里拿出那枚钻戒，又四处看了看，总觉得这坐满人的餐厅里有些嘈杂，这个时候求婚实在是一点气氛也没有，于是打算等过了用餐的高峰期，再来做这件很严肃、很真诚的事情——求婚。

我笑了笑，说道："去了一趟上海。"

米彩点了点头，随即又将注意力放在了台上，直到 CC 的一首歌演唱完，才又向我问道："去上海做什么了？"

"办了点事儿。"

米彩看着我，似乎还想追问下去，而这时餐厅的门再次被打开，我回过头望去，意外地看到了背着吉他的罗本和韦蔓雯。

我起身相迎，罗本与我来了个结结实实的拥抱，随后我向他问道："怎么样，这次的原创音乐大赛过初选了吗？"

罗本没当回事儿地回道："过了，下个月去录第二期。"

"恭喜、恭喜……"

说话间，CC 来到了我们身边，对罗本和韦蔓雯笑了笑，说道："好久不见，还好吗？"

韦蔓雯点了点头，罗本却避开了 CC 的目光，显然他之前并不知道 CC 会回来，想来又是因为命运的作祟，将这见面必尴尬的两人聚集到了一起。

为了缓解这种尴尬，我笑道："今天是个好日子，你们回来得正好。"

所有人都疑惑地看着我，最后 CC 问道："今天是个什么好日子？"

我不言语，只是从罗本的身上拿下了那把吉他，对众人说道："我先上去唱首歌，很久没有在公开场合开过嗓子了！"

我抱着吉他，闭上了眼睛，在大脑里思索着，要唱一首什么样的歌，可以在自己求婚前酝酿出足够的情绪……思来想去，我最终还是选择了那首米仲信生前最爱的《爱的箴言》。

我做了个深呼吸，随即拨动了吉他的弦，很快那熟悉的旋律便飘荡在小小的餐厅里，所有人的注意力也随之聚集到我的身上。

我终于开了口，只是第一句，情绪便完全沉浸在了歌词里，想起与米彩在一起度过的每一个片段，然后在这些片段里寻找自己深爱她的证据……唱着唱着，我便不在意那些有可能存在，也有可能不存在的证据，可我的声音

却有些哽咽……甚至连求婚的事情都忘记了，一直闭着眼睛唱完了整首歌。

掌声回响在这间小小的餐厅内，我终于睁开了眼睛，那一个个原本模糊的轮廓，渐渐清晰起来，然后我便看到了眼中含泪的米彩，哪怕多次唱起，她依旧会被这首歌打动……我放下吉他，一步步地走近米彩，直到我们之间几乎没有距离时，我才停下了脚步，从口袋拿出了那枚早就准备好的戒指，单膝跪地对眼中含泪的她说道："嫁给我吧……"

米彩不语，似乎还没有来得及完成情绪的过渡，只是凝视着我……

现场鸦雀无声，都在屏息等待着这求婚的结果。

我又轻声说道："我不知道我们之间的经历算不算多，也不知道这是不是你想要的求婚方式，但是我真的很爱你，曾经无数次想象着我们结婚后的日子，所以我和你求婚了……希望你可以答应我，我会努力弥补你这些年失去的一切，给你一个幸福圆满的家庭……嫁给我，好吗？"

现场终于再次响起了掌声和附和的声音："嫁给他、嫁给他……"

CC也附和道："米儿，昭阳这个狂放不羁的男人真的向你求婚了，赶紧收住他的心，这一辈子两个人互相搀扶着走下去吧！祝福你们！"

米彩的脸上终于有了笑容，她从我的手中接过了求婚的戒指，另一只手与我握在了一起……我心中紧绷的那根弦当即松了下来，随即被狂喜所取代，起身紧紧抱住了她，然后在所有人的掌声中，吻向了她的嘴唇……我终于要结婚了，而且是与一个如此让我心动的女人结婚，我们的未来到底会完美成什么模样呢？

夜色已深，我和米彩牵着手，以难得悠闲的姿态走在一条两边栽满柳树的临河小路上，我习惯性地点上一支烟，对她说道："后天是周末，我们一起回徐州，去征求板爹和我妈的意见，把结婚的日子定下来。"

"嗯，听你安排就是了。"

我笑道："你希望我们的婚礼在苏州，还是在徐州，或者上海办呢？"

"徐州和苏州各办一场吧。"

"好，你就安心做我的新娘，等着我来娶你！"

米彩点了点头。我停下脚步看着她，许久才向她问道："我怎么觉得你好像有心事……结婚可是我们很久以前就说好的事情，你千万不能反悔。"

"怎么会反悔呢？做你的妻子，也是我一直以来的愿望……"

"那你能不能表现得开心一点？"

米彩终于对我笑了笑，随即拉紧了我的手，说道："今晚的风吹得真舒服，我们一起跑步吧……跑起来，就不会感觉到那些让人厌烦的束缚了！"

我随着她的脚步，迎着风跑了起来，心中却忽然明白了她此时的顾虑：当我们真的把结婚这件事情落实下来时，在爱情中穷途末路的蔚然，可能会选择走极端！可是我管不了这些，更不会在这个时刻选择退缩，我会牢牢地抓住自己的爱情和事业，然后过上那梦寐以求的生活，而与简薇的那种遗憾，无论如何我都不会再让它发生了！

第 379 章
孩子的
父亲是谁？

米彩收下求婚戒指的次日，我已经简单地收拾好了行李，准备明天回徐州，征求老妈和板爹的意见，选一个适合结婚的日子。

忙碌了一天后的晚上，我与罗本待在空城里音乐餐厅，一边听着跑场的歌手唱歌，一边喝酒闲聊。

罗本对我说道："你现在求婚成功了，下面该定结婚的日子了吧？"

"明天回徐州，和我爸妈商量一下。你呢，打算什么时候和韦老师结婚？"

"参加完这次的原唱音乐大赛。"

"那也快了！"

罗本给自己点了一支烟，吸了一口才回道："眼看就要结婚了，可总感觉哪儿不妥，但又说不上来。"

我知音难觅般回道："我也有这种感觉……你说咱们不会患上婚前恐惧症了吧？"

罗本摇头否定道："患上婚前恐惧症的可能性不大，我个人以为，还是因为我们太想得到了，等真的要得到时，心里却还没有做好准备，然后便有了这种患得患失的感觉。"

"有点道理。"

罗本点了点头，随即举起杯与我碰了一个。我一口喝完了杯中的酒，然

后盯着窗外的爬山虎出神……完全不知道自己该在这个夜晚想些什么。

夜色已深，我感觉自己喝得差不多了，便拿出手机打给米彩，此时的她还在卓美加班，电话拨出去后，得到的却是正在通话中的语音提示。我又要了一瓶啤酒，打算过一会儿再打给她，或者等她回拨过来，这个时候她该回去休息了，因为明天我们还要早起回徐州。

这个点基本不会再有食客光顾餐厅，可是门却再一次被推开，然后CC便出现在我和罗本的面前，我向她问道："你怎么来了，吃晚饭了吗？"

CC面色凝重，没有理会我，却对罗本说道："你先去台上唱会儿歌，我有事儿和昭阳聊。"

罗本看了看已经没有食客的餐厅，对我们说道："这都没人了，还唱什么歌？你们有事就先聊，我回去了。"

罗本离开后，我带着些不安，向她问道："你要和我聊什么？"

CC从自己的手提包里拿出一份娱乐周刊递给我，说道："乐瑶曾经怀孕流产的事情被人给爆了出来，并且还曝光了多组她以前在夜场玩的照片，你也上镜头了。"

我心中一紧，拿起报纸看了起来，一排醒目的标题当即闯入我的视线中："问题女星，再爆丑闻，成名前私生活混乱，曾做过人流手术，孩子父亲不明！"

我有一种被炸裂的感觉，当即撕了手中的报纸，怒火冲天地问道："这又是谁搞出来的?!"

CC摇了摇头，说道："不知道，但是乐瑶这次真的惨了。这才隔了多久，又爆出这样的新闻，而且这次新闻可不是诬陷，都是有照片为证的！"

我点上一支烟，让自己保持冷静，许久才说道："这是阴谋，绝对是阴谋，目的就是要毁了乐瑶……"

"恐怕不止乐瑶，还有你吧。"

CC说着将被我撕成两半的报纸又捡了起来，递到我面前，说道："看最后这一排字。"

我胆战心惊地看了一眼，只见那张被撕裂的报纸上写着："据报料人称，三天后将公布孩子的父亲是谁，敬请关注本报的后续报道。"

我按着自己的太阳穴，无力地仰靠在餐椅上，心中已经大致明白事件的幕后策划人是谁，他果然不会让我顺利地和米彩把婚给结了，我心中涌起强烈的不安，这次我可能真的过不了这一关。

CC推了推我，问道："昭阳，乐瑶当初怀的那个孩子真的是你的吗？"

"我不能确定，但她说是我的，可我和她要B超图，确定她怀孕时间时，她却不肯给我，所以我一直不相信。"

CC眉头紧锁，半晌问道："你和她那个的时候，做避孕措施了吗？"

"当时都喝断片了，哪里还顾得上做什么避孕措施……但我记得，自己是真的把她给睡了！"

CC摇头叹息道："那个被打掉的孩子八九不离十就是你的了……别人或许以为乐瑶的私生活混乱，但作为她的闺密，我很清楚她在这方面的作风，你见过她哪次真的在酒吧把自己喝断片了吗？"

"多了去了。"

"那是因为和你在一起，陪着你疯……我和她去酒吧玩的时候，她从来没有把自己喝断片过，乱七八糟的男人和她搭讪，她都没有用正眼看过！你说除了你，她还能和谁上床？"

"那……那她当初，为什么不肯把B超图给我看？你说啊！"

CC沉吟了一会儿之后回道："这个我就不清楚了，但是她的私生活，我很了解，没有别人以为的那么不干净，因为很多时候，她晚上都是去我那儿住的，从来没有见她接过什么乱七八糟的电话。"

"我不信你的这些一面之词。"

"那你是怀疑乐瑶是一个作风不正的女人？"

"我……我也不是这个意思……我现在有点乱！"

此时的CC也很烦闷，从烟盒里抽出烟给自己点上，直到快吸完时，才紧锁眉头对我说道："现在信息这么发达，我相信米彩很快就会知道这个事情……还有，如果当初的那个孩子真的是你的，你又该怎么面对乐瑶？"

此刻，我充满了惊慌和无措，拿起啤酒瓶，把自己灌到想吐时，才停了下来，然后脑海中浮现的都是那些可以预见的画面：米彩的质问和绝望，乐瑶的泪水和痛苦，而我脚踩两个爆裂的漩涡，瞬间被撕裂……

过了很久，我终于向CC问道："以你对米彩的了解，如果她知道这些事，会把我们之前的一切都否定掉吗？"

CC摇了摇头，说道："我觉得与其等她发现，不如你自己主动告诉她，至于结果，这次我真的不能帮你做出判断……但是，站在一个女人的立场，如果被我遇上，我也会觉得很难接受，尤其乐瑶还是一个公众人物，这样的事情必然会弄得人尽皆知、满城风雨！"

第 380 章

请你原谅
我的过去

　　CC 在这个事件中表现出的无能为力，让我更心慌了，我在心慌中给自己点上了一支烟，却再也不愿意离开餐厅，回到那间老屋子。

　　电话在这个时候忽然响了起来，我下意识地看了一眼来电显示，发现是米彩打来的，她终于回我电话了，可是我的心情却已经发生了翻天覆地的变化。于是我就这么看着亮起的手机屏幕，迟迟不愿意去接听，我觉得自己无法面对她，如果我真的卷入乐瑶这次事件中，也会连带着伤害米彩的公众形象，虽然她不是娱乐圈的人，但也是一个集团的董事长。

　　CC 向我问道："是米彩的电话吗？接吧，总是要面对的。"

　　我猛吸了一口烟，将心一横，终于接通了电话，却无法像往常那样与她问个好，或者开个玩笑，只是沉默着。

　　米彩有些抱歉地对我说道："我刚刚一直在和南京那边的负责人通电话，明天早上去徐州的事情我还记着呢，现在就回家休息。"

　　我又是一阵沉默："路上开车注意安全。"

　　"嗯，你要吃什么夜宵吗？我帮你带回去。"

　　"不用了。"

　　我就这么结束了和米彩的通话，虽然此时的她因为工作忙碌，还不知道今天爆出来的新闻，但是我的心情却没有一丝放松，胸口像被一块巨石压住，呼吸间尽是慌张和不安。

　　CC 向我问道："米彩现在还不知道这个事情吗？"

　　"嗯……可我没办法开口和她说这些，感觉是自己亲手毁了这份千辛万苦才得来的感情！"

　　"那你打算就这么拖着吗？然后等她某天知道了，情绪失控地来到你面前质问你？"

　　我不语，内心却做着剧烈的挣扎……

　　"回去吧，回去如实告诉米彩你和乐瑶发生过的一切，毕竟是曾经的事情，坦诚或许还有机会求得她的谅解。"

CC 的话，我听得不太真切，心里却又想起了乐瑶，如果当初她怀上的真是我的孩子，我岂不是把她辜负了个彻彻底底，比禽兽还禽兽？

在这个不知所措的夜晚，我是多么希望会有一座城池，没有慌张、没有烦恼……一眼便将一生看了个透亮，再也没有那些潜伏着的危险……

米彩与我几乎在同一时间回到老屋子，我下了出租车，她刚停好车子，于是在楼道口碰上了，她有些意外地问道："你怎么也到现在才回来？"

我语气不太流畅地回道："那个……我在餐厅和罗本喝了几杯，后来……又碰上 CC 了。"

"哦。"米彩应了一声，随即拉住了我的手，一起向楼上走去，而牵手这个动作，是我们前些天才形成的习惯。

在屋门外的信箱前，米彩停下了脚步，我知道，她是要拿最新一期的财经杂志，我站在她身边等待着，她关上了信箱，手中却多拿了一个信封向我问道："昭阳，这是你的吗？"

我的精神很是涣散，便答道："不是。"

米彩疑惑地看了看信封，我这时才涌起强烈的不安，这个信封如此巧合地出现，里面一定隐藏着一个足以毁了我的秘密。我想从米彩的手中拿回这个信封，最终却放弃了，如果这次的事情真的是人为在幕后操作，那么这样的信封绝对不止一个，或许明天早上米彩的办公室也会有一个一模一样的信封，而米彩也终究会知道这一切。

回到屋内，我坐在沙发上，米彩将那一摞财经杂志放在了茶几上，然后拿起信封看了看，随即撕开了封口，这一刻我感觉自己就像一只被放在砧板上待宰的羔羊。米彩从信封里拿出了一沓照片，还有一张 A4 纸，上面隐约看到有数排机打出来的文字。米彩的眉头渐渐皱了起来，随即放下手中的东西，眼神冰冷地看着我……我拿起那张 A4 纸看了看，上面竟然是我一年多以前所有在外面开房的记录，还有我在夜场里与一些女人混在一起的照片，其中与乐瑶在一起的最多，甚至还有几个月前，我去北京，深更半夜将乐瑶背出公寓，去医院看病的监控截图……

"昭阳，这个时候我该说些什么？还是你会和我解释些什么？"

我沉吟了半晌，心如死灰般对米彩说道："我没有什么要解释的，这些开房记录，也都属实，曾经……我的私生活很乱！"

米彩极力克制着自己，可身子却在轻微地颤抖，我的回答冲击了她最脆弱的那根神经，她终于含着泪向我问道："乐瑶为你怀过孕也是真的吗？"

"我们发生过关系，孩子也有可能是我的，我不确定……但那些都是曾经的事情，我已经告别那样的生活很久了。"

"曾经不代表没有发生过。"

"可你应该知道，我以前有过一段不像话的过去。"

米彩痛苦地摇头道："昭阳，当这些以这样一种证据确凿的方式出现在我面前时，我没有办法面对，更没有办法接受！"

"请你原谅我的过去，好吗？这些都是别有用心的人为了破坏我们在一起而做的，你不会不知道的。"

"如果……如果你清清白白、干干净净，别人想做也做不出这些，我真的没有办法接受……假如现在有人拿着照片告诉你，曾经我在美国有过一段很混乱的过去，为别的男人怀过孕，你能接受吗？哪怕这是我的过去……"

"你没有这么做过，你依然是纯洁的你！"

"可你这么做了……"

看着米彩的样子，我知道这一次她是真的痛了，这些伤害是我的过去带给她的，我忽然极其厌恶自己，可已经没有办法去改变什么，是我亲手把我们的爱情弄到无路可走……我的心在疼痛难当中抽搐着，可我依然不想放手！

深夜里，米彩已经离去，老屋子里只剩下了独自抽烟的我。看着那满屋的空荡，我忽然不知道，自己的明天应该怎么继续……

第 381 章

你对她

有偏见

已经是半夜，我依然坐在那个放满植物的阳台上，打开所有的窗户，让夜里的风狠狠地吹在我的脸上，这才发现，只有自己的屋子，竟然是那么孤独……它仿佛随着风哭泣，因为这里已经被烙上了米彩的印记，可现在她走

了，也许很久都不会再回来！

快清晨时，我靠在窗台边睡了过去，睡梦中都充满了焦虑和不安，以至于在小中午醒来时，自己身上的 T 恤已经被汗水浸湿。我习惯性地从口袋里摸出手机，很多人都在这个上午给了我电话，唯独没有米彩的，虽然是意料之中的结果，可是我的内心依然充满了失望，我觉得她忽然离自己远了很多，虽然还没有遥不可及！

我一点吃饭的胃口都没有，洗了个热水澡后便坐在沙发上，对任何事情都提不起兴趣，只是想起前些天向米彩求婚的画面，还心存侥幸，以为她没有将戒指还给我，我们之间便还有余地。

点上一支烟，我终于按捺不住，拨打了 CC 的电话，也许米彩在难过的时候会去她那里。电话一接通，我便迫不及待地问道："米彩去你那里了吗？"

"没有，她……已经知道了？"

CC 的回答让我心中充满了失落，沉默了许久我才答道："是啊，昨天晚上就走了，不在你这儿，也不知道去了哪里。"

"你给她打电话了吗？"

"她有心要走，这个时候还能接我的电话吗？"

"你先别想那么多，给她打个电话，也许她正等着你去哄哄她呢！"

"CC，这次的事情有点大，她也不是一个能哄得好的女人，所以我才给你打了电话，你帮我劝劝她吧，我真的不想就这么把我们这刚有了眉目的爱情给弄散了，这实在很痛苦！"

"嗯，我先给她打个电话，你回头等我的消息吧。"

"好，我在空城里等你，如果可能的话，你带上她一起过来吃个饭吧。"

"我尽量吧。"

结束了和 CC 的通话，我立即向空城里音乐餐厅赶去，路上又鼓起勇气拨打了米彩的电话，她没有接，但也没有把我放进联系人的黑名单里，这让我又侥幸地觉得，她也舍不得就这么结束这段感情，只是还需要些时间化解掉这些负面情绪，所以她没有完全切断与我的联系。

来到餐厅之后，我便陷入忐忑的等待中，恰巧罗本正在餐厅里，和自己曾经组建的"撕裂神经"乐队练着歌，为下一轮原创音乐比赛做着准备。

我要了些扎啤，也没心思听罗本唱了些什么，时不时地看着手机，生怕不能第一时间接到 CC 的电话。

片刻之后，唱完歌的罗本来到了我面前，点上一支烟，对我说道："昨天爆出来的新闻我看了……乐瑶这次的事儿搞大了，你也被扯进去了！"

我心中烦闷，也给自己点上一支烟，回道："是啊，生活又和我开了一个不小的玩笑，这次不知道能不能挺过去，我是指和米彩的感情。"

"怎么，她和你闹了？"

"我倒巴不得她能哭哭啼啼地和我闹呢！"

"一声不吭地走了？"

"差不多吧，反正现在也不愿意接我电话了……"

"她这毛病是被你惯出来的吧？"

"我倒不觉得她这是毛病，想想前些年的自己，真的做了不少混账事儿，她一时还不能接受吧……其实，我挺羡慕你的，就算和我一样睡了不少乱七八糟的女人，但韦蔓雯最后还是释怀了！"

"米彩和蔓雯没有可比性，你们的感情和我们更没有可比性……"

"怎么就没有可比性了？"

"因为对爱情付出的程度不一样，如果你哪天当着米彩的面在肉体上背叛了她，她可能会难过，但依然还是卓美的董事长，生活也按以前的节奏过着，而蔓雯的世界却因此崩塌了，然后去了小山村支教……这就是对感情重视程度的不同，所以最后她原谅了我过去的种种浪荡。当然，这些都是过去的事情，而日子是向前过，不是向后过的，再回过头追究也没有什么意义。"

罗本的这番话，也不全对，但还是有一些道理的，至少连他这个局外人都看得出来，在米彩心目中，卓美才是第一位的，而感情对于她来说，也许只是生活中的一个附属品。

在我的沉默中，罗本又对我说道："昭阳，男人和女人谈恋爱，就像站在一个天平上，一旦两人之间分出了轻重，那这个天平一定会失衡，这个时候就需要双方用包容和忍耐，去弥补重量上的差距，但这个道理，米彩似乎不太懂，所以你在这份感情中，总是有些小心翼翼，甚至是窝囊……有时候，我真的不太明白，到底是什么支撑着你去维系这份爱情，难道真的是因为她那倾国倾城的模样？我觉得你没那么肤浅！只是习惯性地对感情过于认真，却找错了认真的对象。"

"你这是对她有偏见！"

对于我的愤怒，罗本表现得很平静，将手中的烟头掐灭之后，对我说道：

"我不至于对她有偏见，至少和她也算是朋友，我之所以这么说，是因为替乐瑶感到不平……同样的事件发生在你们身上，你有一句关心她的话吗？这个时候，她一个人面对这样的新闻又是什么心情，你想过吗？"

在罗本如此露骨的提醒下，我才想起了乐瑶，然后把自己当成她，去假想了一遍，才发现：发生这样的事情，她应该比我们任何一个人都要难过！可这次，无论如何，我也不能再去北京了，除非真的不在乎与米彩的感情！

我的沉默让罗本一声叹息，许久他才说道："你在这段感情里已经没了自我，这点我是看透了，但是乐瑶到底比米彩差在哪里？论相貌我觉得没有明显的差距，论家世乐瑶也不一定就比她米彩差，更重要的是，她是真的在乎你昭阳啊！你自己想想看，你在夜场鬼混这么多年，她不一样待在你身边，呼之即来，挥之即去……有时候想想也真是她自己犯贱，皇上似的把你供着，最后什么也落不着，倒是把自己在娱乐圈的名声给搞臭了！"

第 382 章
你那
奇葩妹妹

在罗本反复提起乐瑶时，曾经那些放荡的时光，再一次变成一个个片段，浮现在我的脑海中，扰乱了我此时正在经历的世界，我忽然便感觉自己停止了生长，而时间也停滞了……

罗本推了推正在分神的我，说道："你自己到底是怎么想的？"

这次我几乎没停顿，便回道："你说我都和她求婚了，这个时候我还能有什么别的想法吗？"

罗本半晌点了点头，说道："是，你是没别的想法了，就怕她有……"

我怔怔地看着罗本，心中却希望这只是他的危言耸听，因为我和米彩走到今天不容易，我们都应该珍惜，而分手这两个字，不应该从我们任何一个人的口中说出。

时间已经是正午，我拒绝再和罗本沟通，只是不停地向玻璃窗外张望着，

等待CC能够带上米彩，一起来餐厅吃个午饭，然后再给我个机会，去解释这些年的种种作为。餐厅的门终于被打开，然后我便看到了拎着手提包向我们走来的CC，我的心瞬间就低沉了下去。

CC在我的身边坐了下来，对我说道："我去卓美找过米彩了……"

话没说完，我便打断了，迫不及待地问道："她怎么说？"

CC看着我，答道："只是让我别管这件事情，也没说什么多余的话了。"

我的心情变得低落和压抑，却又忽然不会表达自己，就这么陷入沉默中，然后给自己点上了一支烟，像个机器似的吞吐着。

罗本看着沉默的我，很有情绪地说道："大家都是成年人了，玩这种冷战有意思吗？既然事情已经发生了，那就解决啊……分手还是继续过，不都一句话的事儿吗？没必要搞那么复杂……"

CC打断道："很多事情真不是一句话就能解决的，需要时间去想明白，这个时候米彩不表态，我倒认为是好事情，至少证明她心里还放不下。现在我最担心的是这个事情的后续发展，要是谁再火上浇点油，就很难保证了。"

CC的这番话提醒了我，而这还只是整个事件的开端，那些别有用心的人，不拆散我和米彩，是不会罢休的，未来我们一定还会面临更大的冲击！

夜晚很快来临，我独自来到卓美，然后坐在广场前的长椅上等待下班的米彩。虽然她现在不愿意见我，但我还是本能地想来找她，也并不奢求她会原谅我，就是想和她说上几句话。迎着夜晚的风，我给自己点上了一支烟，然后看着那一对对情侣，互相依偎着向商场内走去，心中又是一阵失落，不禁问自己：到底是什么让我和米彩之间充满了波折？而这么苦苦坚持着不肯放手，是为了未来幸福的生活，还是对自己的一种折磨？

我有些混乱，根本给不了自己答案，可心中依然渴望着，待会儿见到米彩后，能像以前那样牵着手，然后走在这个人潮拥挤的街头。

过了很久，我也没有等到米彩，倒是看到了从商场里走出来的米斓，她似乎也发现了我，随即向我这边走了过来。

她向我问道："你是不是找我姐啊？"

我点了点头。

"那你上去啊，她还在公司加班。"

"我倒是想上去，关键没有预约，登记处的人不让进，而且你姐她也不太想见我！"

米斓满脸怀疑地看着我，半晌问道："你惹我姐生气了？"

这回换我满脸疑惑地看着她，问道："你不知道昨天发生的事情？"

"我天天忙得要死，谁还顾得上管我姐和你的事情？你们到底怎么了？"

"这事儿我和你说不清楚，你也别问了，该哪儿去，就哪儿去吧。"

"我还懒得问呢！你不是要见我姐吗？我带你去。"

"你不是巴不得我和你姐分手吗？这个时候反倒这么热心，你打的什么算盘？"

"你不见到我姐，她怎么有机会把你给甩了？所以我还是为了我姐考虑，和你这样的人玩冷战太伤神，就应该快刀斩乱麻！"

"真奇葩的理由！"

很快，米斓便领着我来到卓美的办公区，拿出高层专用的工作卡，刷卡后直接绕过登记处，经过高层专用通道来到米彩的办公室。

她敲了敲米彩办公室的门，问道："姐，你还没走吗？"

里面传来米彩的声音："嗯，有事儿吗？"

米斓压低了声音对我说道："赶紧进去让我姐一脚把你给踹了吧，从此别再做那想吃天鹅肉的梦了！"

我没心思和她斗嘴，心中想着进去后该和米彩说些什么，而她又会不会反感我在这个时候贸然来找她。踌躇中，米斓已经打开了办公室的门，随即一把将我推了进去，然后我就这么怔怔地看着正在低头办公的米彩，死活找不到一句合适的开场白，而米彩全然不知此时站在她面前的并不是米斓。

半晌，我终于开口问道："这么晚了，你吃饭了吗？"

米彩惊讶地抬起头，随即皱眉向我问道："你怎么来了？"

"你那奇葩妹妹带我进来的，要不然我连登记处都过不了！"

"我现在要工作，麻烦你从原路返回去，好吗？"

我没有说话，却在她对面的沙发上坐了下来，然后就这么四处张望着。她手头上似乎真的有很重要的工作，没有再理会我，又低头看起了文件，时不时还打上一个电话。她的这种表现让我更加相信自己的判断，在米彩心中确实没有什么比卓美更加重要的了，哪怕发生了这样的事情，也丝毫不会影响她工作的状态，而我，今天一整天，几乎都没有过问工作上的事情。

也许罗本说得没错，每个人对感情付出的程度是不一样的，而在这份感情中，我注定要成为那弱势的一方，但这也没什么，只希望她能原谅我那荒唐的过去，让爱情重新回到原来的轨迹上。

第 383 章

渐渐
疲倦

大约在晚上九点时，米彩终于完成了今天的工作，她将处理过的文件摆放整齐后，便从身边的架子上拿过自己的手提包，准备离去。

我当即起身跟在她身后，一起走出了那条高层专用通道，上了电梯后，我终于再次对她说道："一起吃个饭吧，我也还没吃晚饭。"

"我已经在公司吃过工作餐了。"

"那你陪我吃行不行？"

"我今天很累，想回去休息了。"

电梯门已经打开，米彩说着便向自己的停车位走去，我又追上她，然后挡在她的车门前，说道："我们之间不要有冷战，好吗？曾经我确实做错了很多事情，这点我也懊悔，但已经不能改变什么了……罗本有句话说得对，日子毕竟是向前过的，不是向后过的，你能忘记那些，想想未来的日子吗？"

米彩表情复杂地看着我，但始终不愿意说一句话，于是我们就这么站着，却因为停车场里的闷热，两人的脸上都冒出了汗滴。

我再次对她说道："找个地方喝点东西吧，或者你和我回家，我们平心静气地聊一次，我不相信，你会不知道这次事件是有人在背后恶意操作的，我们就快结婚了，他也按捺不住了！"

米彩终于开了口："我在意的并不是谁在操作这个事件，而是你在这个事件中的情绪和想法，实际上有些事情只是我自己不想承认罢了。"

"你能明说吗？"

"人之所以被称为人，就是因为人会联想，会在一些看上去独立的事件中，找到可以串联起来的相似点……我的确知道你有过一段放纵的生活，我也可以原谅，毕竟是曾经发生的事情，所以我从来不会刻意去想起这些，但当那些开房记录和照片摆在我面前时，我心里是一种说不出来的感觉，我会联想到曾经的种种，是你和乐瑶曾经在一起的种种……你和她发生过关系，你为了她放弃了徐州的生活回到苏州，她身体不舒服时你会悉心地照料她，她在北京遇到困难时你一样会在第一时间赶过去……这一切的一切都是我亲眼见到的，将这些事件联系到一起，我真的很怀疑，你对她仅仅是同情或是出于友情吗？昭阳你可以给我一个确切的答案吗？"

我不语，实际上对乐瑶的很多情绪，我自己也弄不清楚，可我爱米彩也是不需要怀疑的，难道一个男人真的可以在同一时间爱上两个女人，一个爱得疯狂，一个爱得后知后觉？我不太相信自己假设的这个结论，便说道："我爱的是你，想娶的也是你……"

"昭阳，我现在很迷茫，也不想做选择，你先让我安静一段时间吧，工作上还有太多的事情需要我去处理！"

我心中忽然就升起了一股怨气，怒道："工作、工作，在你眼中永远只有工作，其他所有的事情都应该为工作让路，是吗？我知道，说到底我只是你人生中的附属品，所以你完全可以忽略我的不安和慌张，依旧带着一颗千古不变的心，去沉溺在你的工作中！"

我忽然的怒火，让米彩的脸上再次浮现那复杂的神色，她似乎想宣泄，但又在忍耐着，许久才低声说道："是啊，现在发生的一切都是我的责任，是我对你不够关心，才让你有动机和其他女人永远摆脱不了暧昧的关系。"

米彩的话顿时堵住了我所有能够回应的话，许久才说道："你对我有什么不满，今天就一起说出来吧，因为憋在心里忍耐着，是一件很痛苦的事情。"

"我们之间说来说去无非就是这两件事情，真的没什么好说的了，因为谁都没有为对方去改变过，依然活在自己的世界里自我着。"

"这么说，你是承认，在你的心里，我们的感情远没有卓美和你的事业来得重要！"

米彩没有言语，半响推开我，拉开车门后，便坐进了车里……

看着车子渐渐驶离我的视线，我仍固执地不肯相信，米彩已经用沉默回答了我，可是这一刻，我在这段感情里真真切切地感觉到了疲倦，现在的一切与我最初设想的爱情实在是偏离得太远了！

夜色已深，我没有给自己设置终点，一个人漫无目的地晃荡在街头。我一边走，一边想把一些事情想明白，可越想越混乱，我也越来越焦躁，却又不知道怎么去宣泄，于是嘴里不断嘀咕着，顿时惹来了路人异样的眼光。这种眼光，再次让我感觉到，整个世界好似孤独得只剩下了自己，因为没有人可以理解你，或者没有人愿意花精力去了解你，又谈何理解？

我终于不堪忍受这种不被理解的孤独，一脚踢飞了手中的啤酒罐，站在街心大声呼喊着："时间啊！你能不能走得快一些，赶紧让这糟糕的生活翻个篇吧……要不然这么有今天没明天的，我该怎么往下过？"

我带着宣泄过后的疲倦，坐在了街边的路沿上，有些颤抖地从口袋里摸出一支烟点上，然后望着那纷纷避开自己的人群，一阵阵失神，直到手机铃声忽然响起。我从口袋里拿出手机，见是简薇打来的，我略微有些失望，以至于在一阵迟疑后，才接通了电话。

简薇对我说道："昭阳，注册成立公司的事情，已经忙到什么进度了？"

"最近有点忙，这个事情再押后几天吧。"

"你可别押后，杨从容叔叔那边已经开始策划宣传方案了，你必须要和他同步，要不然浪费的可都是宝贵的人力资源啊！"

我沉默了半晌，答道："我明白。"

"嗯，对了，路酷（昭阳准备成立的公司）的视觉识别系统，我们已经设计出来了，你现在要有时间的话，就过来看看吧，有什么意见，我们商量着解决。"

此刻，我充满了疲倦，本能地想把这个事情推到明天，可是这两天因为感情上的事情，已经耽误了太多工作，而我应该对合作方和自己的事业负责，于是打起精神对简薇说道："行，我马上去你公司，20 分钟后到。"

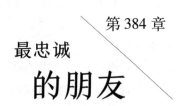

第 384 章

最忠诚
的朋友

结束了和简薇的通话，我便拦了一辆出租车向她的公司赶去，大约花了20 分钟的时间，我到达目的地。因为已经快十点，此时公司里基本没有什么员工，只有设计部和总经理办公室的灯还亮着。简薇好似听到了我的脚步声，在我刚靠近时，她就打开了办公室的门催促道："快点、快点，这都十点了，我们设计总监还在等你呢，人家也是有家庭生活的。"

我点了点头，加快了脚步向办公室内走去，设计总监起身相迎，我握住了他的手，抱歉地说道："不好意思，让你久等了！"

设计总监笑道："我没关系，倒是简总，忙到现在还没吃上饭，咱们待会儿尽量把探讨的时间放短一些吧，让简总赶紧把饭吃上。"

我看了看简薇，她的气色并不太好，曾经无瑕的脸上也长出了几颗痘痘，肯定是长期熬夜导致的，实际上相较于米彩，她对工作的执着是有过之而无不及的。

我点了点头，对设计总监说道："行，那我们就尽快搞定吧。"

设计总监笑着应了一声，随即将一份彩打的设计样图递给我，我终于收起那些烦乱的情绪，细细地看了起来，然后将自己对路酷公司的定位和打造方向与设计总监做了一次比较深入的交流，希望他能在细节上再做一些改进。

结束交流时，已经是深夜十一点，而设计总监也在我们之前离开了公司，偌大的办公室里只剩下了我与简薇。简薇从服务台拿来了一盒比萨和一碗杏仁粥，放在茶几上，向我问道："你要吃点吗？"

实际上直到此时，我也一样没有吃晚饭，但还是对简薇说道："你吃吧，时间也挺晚了，我先回去了，你吃完也早点回去。"

"刚刚聊方案的时候就听你肚子饿得咕咕叫，我就不明白了，你这么端着有意思吗？还是怕我在比萨里下毒害你？"

我有些尴尬……

简薇又说道："这么一大盒比萨我也吃不掉，一起吃吧，省得你待会儿还得跑到外面吃。"

我也不再矫情，在沙发上坐了下来。简薇将她的比萨分了一半给我，随后两人便在沉默中吃了起来。一小会儿后，简薇将她的粥也递给我，说道："你这么吃，太干了，喝一口粥润润嗓子吧。"

我摇了摇手，示意没事儿。

简薇往碗口看了看，上面还有自己口红的印记，当即便明白了，耸了耸肩说道："我倒是忘了，我们俩早已过了可以共吃一盒冰淇淋、共喝一碗粥的日子，所以你继续端着吧，我不会觉得你矫情的！"

我不语，将最后一小块比萨放进嘴里，然后拿起一个一次性杯子，去饮水机接了些水，一口气喝完后便准备离开。可我急切的模样又惹得简薇一阵不满，她对我说道："昭阳，你不觉得自己有些过于刻意吗？是不是对于现在

的你而言，除了米彩，其他的女人都是洪水猛兽？"

我下意识地回道："是啊！"

听了我这完全出于真情实感的回答，简薇怒视着我，半晌才说道："你觉得现在的自己陌生吗？站在一个旁观者的角度，我告诉你，昭阳，你现在已经呈现病态了！"

我看着简薇，不知道该说些什么，心中却为自己感到悲哀，因为我也觉得自己有些病态了，可哪怕病态了，也依然把这份自己格外珍惜的爱情弄得岌岌可危。

简薇与我对视着，一声叹息之后，轻声说道："最近发生的一些关于乐瑶，包括牵连了你的事情我都有耳闻……我能理解你现在的患得患失，但是我也要提醒你，千万不要因为这个事情而影响到自己正在上升的事业……你是男人，而事业，才是一个男人最后的依仗，它会在你空虚的时候，给你充实感，当你在其他事情上遭遇挫败时，它又会给你物质上的信心……所以无论如何不要放弃自己的事业，因为事业才是一个男人最忠诚的朋友！"

这一次我终于将简薇的话听了进去，点头道："谢谢你提醒我，我会铭记的！"

"嗯，杨从容叔叔真的很看好'文艺之路'这个项目，这次也动用了他这些年在商场中积累的宝贵人脉资源，希望你不要让他失望，也……也不要让我失望，好吗？"

"我会尽快将自己的状态调整过来的。"

当我和简薇走出她的办公室时，整座城市都好似陷入沉睡之中。一轮明月孤独地挂在天空，又将这种不被理解的孤独传染给地下的钟楼，于是那钟楼的嘀嗒声更像是一阵无奈的倾诉……

正当我准备和简薇告别时，前方一辆停着的路虎车忽然鸣笛，简薇眯着眼睛，迎着灯光看了看，对我说道："是向晨的车子。"

"他从国外回来了吗？"

"嗯，前些天就回来了。"

我点了点头，虽然这深更半夜的还与简薇在一起，难免让人产生误会，但我也没有立即离去，因为离去更容易引起误会。

向晨下了车，来到了我和简薇的面前，虽然脸上带着笑容，语气却颇为不悦地问道："你们怎么在一起？这都快十二点了。"

简薇一皱眉，说道："你这么问，是什么意思？"

向晨的语气顿时弱了一分，脸上带着无奈的笑容，回道："薇薇，你别多想，我没别的意思。"

简薇没有理会，于是向晨又看着我，似乎想从我这里得到一个能让自己安心的答案。

我习惯性地递了一支烟给他，解释道："最近我打算成立公司，VI 部分是交给简薇的广告公司设计的，今天正好出了样，所以过来看看。"

向晨点了点头，简薇依旧语气很冲地问道："你这么晚来找我做什么？还有，你整天这么疑神疑鬼的不累吗？"

"你看，你又误会了，我这会儿来，是想接你下班的，你忙了一天，现在又这么晚，开车多不安全呐！"

我知道自己不适合参与他们之间的对话，便和两人告别了。坐在出租车上，我下意识地回头看了看。此时，简薇已经上了自己的车，向晨一个人站在朦胧的街灯下，似乎比这座深夜中的城市还要孤独……想来，那活得顺心的人真不多，至少此时的我和向晨颇有同病相怜的意思……于是，我又想起了简薇刚刚劝慰我的那番话，也许事业真的是男人最忠诚的朋友，而爱情总是给男人制造烦恼……得不到会烦恼，得到了又害怕失去，更烦恼……

第 385 章

退出
娱乐圈

回去的路上，我坐在出租车里，始终集中不了注意力，只是看着车窗外一闪而过的街灯，阵阵茫然……车载广播里正在播放着一档午夜的点歌节目，一个年轻的小伙子高兴地告诉主持人，明天他就要和那个深爱的姑娘结婚了，所以他要点一首《出嫁》送给他的未婚妻，希望他们婚后的生活可以幸福美满，主持人给予祝福后，那活泼的旋律便在车厢里响了起来……

"昨天的潇洒少年郎，今天要变成大人样，掩不住嘴角的轻笑，全都是期待和幻想，她长得什么模样，有没有一卷长发，和一颗温暖包容的心房，对或错有谁知道，能不能白头到老，有没有和我一样，我用一生一世的心，等待一生一世的情，也许是宿命，也许是注定，我真的希望能够多点好运……"

简单得不能再简单的歌词，却撕扯着我心中最脆弱的那根弦，那种无可奈何的痛苦再次击倒了我，于是我对司机说道："师傅，能把广播关了吗？"

司机有些诧异，又与我商量道："小伙子，这首歌在 20 世纪 90 年代可是流行得很，现在很难听到了，记得当年我还是唱这首歌和我老婆求婚的呢……你要嫌广播吵的话，等我把这首歌听完就关，你看成吗？"

我不该用自己的不安和无奈，去阻碍别人对幸福的怀念，终于点了点头，对司机说道："你听吧。"

司机笑了笑，随即将音量调小了一些，跟着旋律哼唱起来……我看着这个平凡的夜车司机，他的妻子或许也很平凡，可并不代表他们就过得不幸福。

这首歌终于结束，司机也关掉了广播，可是他的情绪已经被打开，笑着对我说道："上个星期是我和我老婆结婚二十周年纪念日，正好儿子也放暑假了，我们一家就去青岛玩了几天，呵呵……虽然开了十几年的出租车，但很少出这座城市，更别提看海了，我老婆也是。那天看见海，可把我老婆和儿子乐坏了，拉着我，拍了不少照片呢！"

我笑了笑，却不知道该怎么接他的话……

他又感慨道："我们一家就全靠这辆出租车养活，我老婆开白天，我开晚上，虽然挣的钱不多，但去年我们也买上房了，儿子更争气，今年考上了苏州大学，这日子我真是挺满足的，再开十年车我都不觉得累！"

我点了点头，心中的五味瓶却已经被打翻，于是闭上眼睛，仰靠在车椅上，不让自己疲倦的泪水落下来……

司机却误会了，以为我不耐烦，赶忙带着抱歉对我说道："小伙子，不好意思，是我太唠叨了，可这开夜车的，不说上两句话，容易犯困！"

"叔，其实我特别爱听你说这些，就是有点累！"

司机笑了笑，说道："是心累吧？"

"是啊。"

"你们这些年轻人，整天为了事业，为了讨一个让自己有面子的老婆，劳心劳力，可这生活哪有那么多的说头，平平淡淡地过一生才是最大的幸福！"

我的心忽然被深深地触动，我从口袋里拿出手机给米彩发了一条信息："生活因为平凡而幸福……"

次日早晨，我刚醒来时，还没来得及洗漱，便接到了 CC 的电话，她让我赶紧看今天的娱乐新闻，我知道这个新闻一定和乐瑶有关，赶忙打开了电视机。某台的娱乐新闻里，主持人情绪亢奋地报道着今天早上乐瑶发表的退出娱乐圈的声明，这份声明只是字面的，并没有召开新闻发布会，随即主持人宣读了乐瑶的这份声明："首先，我要感谢一直以来给予我支持的影迷朋友，感谢公司对我的倾力栽培，对于近期爆出的新闻，我表示深深的歉意，同时认可新闻的真实性，因为我确实为一个值得自己去爱的男人怀过孕，可是为了演艺事业，我忍痛拿掉了这个孩子，但我依然深爱着他……我已经厌倦了娱乐圈里的是是非非，所以决定退出娱乐圈，在此和大家告别，也希望大家能够祝我幸福，在平凡的生活中享受平凡的幸福！"

我的大脑再次陷入停滞的状态中，可是乐瑶声明最后所提到的"平凡的幸福"却反复出现在我的脑海中，我为此感到震惊，原来此时我们所追求的东西竟不谋而合！

还没有挂断电话的 CC 向我问道："昭阳，你觉得乐瑶声明里提到的那个男人是谁？"

我更关心乐瑶退出娱乐圈后引起的连锁反应，便跳过这个问题向 CC 问道："她现在退出娱乐圈，那些广告代言和接拍的影片怎么办？她将承担一笔巨额的违约金的！"

"这个你就不要替她担心了，会有人给她交这笔违约金的。"

"谁？"

"我们可不可以先不聊这个，我就想知道，你是怎么看待乐瑶这份退出娱乐圈的声明的？"

我无言以对，更不愿意自己是乐瑶声明中提到的那个男人，因为现在的我，真的不能给予她什么……我仍在苦苦等待米彩的原谅，恐惧节外生枝！

电话那头的 CC 一声叹息，说道："乐瑶这份声明无疑是切断了自己最后的退路，而米彩也一定会看到她的这份声明，到时候她的心里恐怕会更不好受，因为了解内情的人，都知道你就是声明里的那个男人……所以有些事情，你赶紧做决断吧，否则就真的夜长梦多了！"

再次沉默了很久，我终于对 CC 说道："我明白，今天晚上我就去找米彩，她必须要原谅我，我们也必须要把婚给结了！"

"嗯，希望你这次的选择是正确的……而我们也不要过度去解读乐瑶的这份声明，也许她追求的只是那种平凡的生活，而不是爱情。"

我心中一声叹息，随即大脑一片空白，也辨不清自己所追求的到底是什么样的生活，可能是一种平凡，也可能是一份没有止境的渴望……

第 386 章

你的
担当？

　　结束了和 CC 的通话，我来不及吃早餐，又驱车向简薇的广告公司赶去。因为在苏州的客栈马上就要开业，一些广告上的宣传物料已经制作出来，我过去检验一下这些物料的质量，如果没问题的话，后面便可以投入使用了。

　　来到简薇的公司，是制作部的工作人员接待了我，而简薇本人是从来不管这种制作上的小单子的，所以行业内流传着一句话，她的广告公司是一流的设计，二流的策划，三流的制作，这确实和她不太重视制作这一块有关。

　　检查完后，我准备离去，简薇却破天荒地来到制作部，与我碰面后，问道："这次宣传物料的制作质量，你还满意吗？"

　　"一般，我觉得你们公司的制作水平真该提升了，很多体现细节的地方，做工实在太粗糙，我们客栈的店招是不打算找你们公司做了！"

　　简薇接过我手中的宣传物料，看了看之后，立马叫来制作部的负责人，然后一通劈头盖脸的臭骂，让他把我的那些宣传物料拿去返工，又抱歉地对我说道："不好意思，这制作质量实在是差了点儿，我也确实有责任，以后一定会提升本公司的制作水平，希望您能海涵……"

　　"我就是一小客户，你别弄得太郑重！"

　　"客户不分大小，只要提出意见，我们都一定虚心接受。"

　　我笑道："那行，劳烦简总费心了，下个星期之前一定要做出来。"

　　简薇依旧很郑重地点了点头，然后邀请我去她的办公室坐坐，说是客户送了她一盒好茶，沏给我品品。

　　来到简薇的办公室，她给我沏了一杯热茶，随后两人又交流了一些对"文艺之路"在项目定位上的看法。

等我一杯茶快要喝完时，她却忽然话题一转，问道："昭阳，今天乐瑶发出了一份退出娱乐圈的声明，那里面提到的男人就是你吧？"

我沉吟了半晌，回道："应该是吧。"

"那她曾经为你怀过孕也是真事儿吗？"

我抬头看着简薇，她正目光尖锐地看着我，我却在平静中回道："是不是为我怀过孕，我不确定，但我们上过床！"

简薇顿时皱起了眉头，愤怒地将摆放在桌子上的茶杯砸向我，我猝不及防，胸口被砸了个正着，顿时感觉胸口一闷，连呼吸都变得困难起来……

"昭阳，你真的背着我和别的女人搞在了一起！"

我有些错愕，不知道她要表达什么……

简薇哽咽着说道："你知道当时我在美国过的是什么日子吗？没有经济来源，每天兼着三份临时工，活在崩溃的边缘，可你却在国内逍遥快活，背着我和别的女人搞上了，现在竟然还能若无其事地说出来，你还有脸吗？"

胸口的疼痛感减缓，我终于对简薇说道："我和乐瑶认识时，我们已经分手快半年了，你这又是从何说起？"

"鬼话连篇……"

"你要不信，可以找 CC 求证，或者罗本也行……再说，我们都分手这么久了，你现在旧事重提，有意义吗？"

简薇的情绪慢慢平复下来，她只是看着我，不再有过激的行为，我却意识到有些不对劲，问道："你当年是不是在美国听到什么风言风语了？"

"对不起，刚刚我的行为有些过激了……"

"你倒是回答我的问题啊！"

"没有……你也不要想太多，当初我们是和平分手的，不是吗？"

当简薇选择了坚决否认后，我也没有再追问下去，因为现在的我已经活在一个剪不断理还乱的生活中，再也经不起多余的折腾了！

离开了简薇的公司，我又去了空城里音乐餐厅，吃过午饭后，便一直待在餐厅里继续处理最近积压的工作。傍晚时分，罗本又带着他的乐队来到餐厅练歌，大约练了一个小时，他拿了两杯扎啤，将其中一杯递给我，说道："陪哥们儿喝点酒。"

"不喝，待会儿还有正事儿。"

"你能有什么正事儿！"

"去找米彩。"

罗本感慨道："这可不是正事儿，是天大的事儿！"

"求你别挤对我了，行吗？"

"我还真不是挤对你，现在除了米彩，你眼里还有别人吗？"

我带着些火气回道："我现在没情绪听你在这儿扯淡！"

"所以我说你眼里现在只有米彩，说错了吗？你瞅瞅，你现在多牛啊，连和兄弟说几句话的情绪都没有了！"

"我不和你废话，今天咱们话不投机！"

罗本用手指敲着桌面，怒道："你要还这么把乐瑶晾在一边不当回事儿，咱们这辈子话也投机不起来。"

当"乐瑶"这个名字再次被罗本提起时，我心中莫名一痛，便想探究这一痛到底来源于何处，于是陷入短暂的沉默中……

"昭阳，如果你还把我当兄弟，我就斗胆问你一句，如果乐瑶当初怀的真是你的孩子，你还能像现在这样当作什么事情都没有发生过吗？"

"你说的是如果，我没有办法以如果为基础给你个说法。"

罗本点头道："好，这就是你昭阳的担当！今天算给我长见识了！"

我无言以对，心中却更加烦闷，好似现在的自己，无论做什么都不对，我真的很厌恶这种状态，甚至怀念起那段颓废的岁月，至少自己还可以肆无忌惮，而现在已经彻底迷失在生活的患得患失中……

沉默中，我将桌上的资料放进了自己的手提包里，打算离开这里。我是时候去找米彩了，无论如何，今天晚上我也要和她讨个说法，我想问问，在别人都认为我的眼中只有她时，她为什么还要怀疑我对她的情真意切？

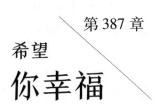

第 387 章

希望

你幸福

离开了空城里音乐餐厅，我直奔卓美而去。将车子停在地下停车场后，我便乘着电梯来到卓美的办公区，意料之中地被保安拦在了访客登记处。

　　当我准备拨打米彩的电话时，恰巧看到她从那条高层专用通道向电梯处走去，我连忙折回，然后我们便在电梯口碰了面。她看了看我，情绪似乎比昨天分别时还要差。我在她之前按下了电梯的下行键，等电梯到达时，两人一起走进了空无一人的电梯，电梯门缓缓关闭，那黯淡的灯光好似渲染出了我们之间那种无言的生涩，于是气氛有点冷……

　　一身黑色职业装的她有些疲倦地靠在电梯壁上，我在她的身边站着，等电梯快要落地时，终于对她说道："待会儿一起吃晚饭吧。"

　　她摇了摇头，却没有给我一个不一起吃饭的理由。

　　"我现在就这么让你厌烦吗？"

　　她依旧用沉默代替了回答。

　　"你真是个无情的女人！"

　　她看着我，终于开了口："要怎样才算是个有情有义的女人？"

　　"对不起，我的话说重了！"

　　电梯终于落了地，我跟着她的脚步来到了这片数次让我们不欢而散的地下停车场。我挡在她的车门前，低沉着声音说道："给我一次沟通的机会好吗？我真的已经受够了这种悬在半空、没着没落的感觉，不管怎么样，我们之间总要有个说法，不是吗？"

　　"难道你昨天晚上给我发的那条信息不是说法吗？"

　　我猛然想起，昨天晚上自己确实在有感而发下给她发了一条"生活因为平凡而幸福"的信息。我对米彩说道："是，我承认，我很想要那种在平凡中得到的幸福，可是我们在一起时，从来没有体会过……"

　　米彩怅然一笑："是啊，我是从来没有给过你这种幸福，所以今天早上乐瑶发表的那份退出娱乐圈的声明，才会如此地与你的想法不谋而合！"

　　我心中一惊，想起乐瑶发表的那份声明，赶忙解释道："这只是巧合，我们之间并没有私下交流，你千万不要把这两件事情联系到一起去想。"

　　"我没有怀疑你们有私下交流，所以我说的是不谋而合。"

　　我忽然就沉默了，心中很难受，我明白米彩的意思，不禁也怀疑，是否有着同样追求的乐瑶更适合自己……这一刻，我感觉到自己和米彩已经走在了一条渐行渐远的路上，尽管她的手提包里可能还存放着那枚求婚戒指……

　　米彩神情落寞地看向地下停车场的出口处，我知道她想离开，于是自己的身体在本能的驱使下与她的车门贴得更紧了，死死拽住她的手提包，说道：

"我们结婚好吗？明天就去民政局登记，我们应该在一起过一辈子的！"

"昭阳，不要这么逼我……现在的你对我而言真的已经越来越陌生了，你的心从来不曾专一地属于过我，你也无法把那些在你生命中出现过的女人，当作过客去遗忘掉！"

"我已经很努力去做遗忘这件事情了！"

米彩摇头道："遗忘应该是一件很自然的事情，根本不需要刻意去努力，而你最大的缺陷便是你的控制力，这让你的身上充满了不安定的因素，我真的感受不到那种安全感！"

我的心中充满了失落，我知道米彩的心态已经发生了变化，我再也不是那个可以代替米仲信去给予她关爱和安全感的男人，我们终究在现实的摧残下，丢失了曾经的信任和期待……现在，一切都已经变味了！那曾经被我们小心呵护过的爱情，终于沦为了鸡肋！

我笑了笑，对她说道："什么是爱情？爱情就是可以一起享受秋天的硕果，也可以承受冬季的荒凉和萧条……可我们呢？倒更像是大难临头各自飞的同林鸟，充满了讽刺，所以……这样一份没有灵魂的爱情不要也罢！"

米彩沉默着……我的身体终于不再挡住米彩的车门，这一刻我愿意在痛苦中给她绝对的自由，从此做一对最熟悉的陌生人……

泪水在米彩的眼眶中打着转，却倔强地没有落下，她从手提包里拿出那枚几天前我送给她的求婚戒指，往我面前递了递，说道："抱歉，今生不能做你的妻子了……希望你幸福！"

我机械似的从她手中接过戒指，心好似被千针万线穿过，我想拉住她的衣角，手却已经麻木，只能眼睁睁地看着她上了车，然后化作一阵刺骨的寒风，带走我的身体里所有的温度，把我彻底变成一具行尸走肉……

我将那辆大切诺基遗弃在停车场内，一个人走在人潮涌动的街头，我痛了，这次真的痛了，痛到记不得去借酒消愁，痛到记不得要流着泪去祭奠这段已经消逝的爱情……于是，我看上去是那么平静，平静到淹没在人群里，没有人注意到我的存在！生活，太无常了，人也太无常了……而我却固执地去追求一份永远不会过期的爱情，殊不知连那保鲜膜都会过期，何况爱情呢！可即便看透了这些，那些不可阻挡的痛苦，依旧是那么真实，于是我相信：这个世界上唯一不会过期的便是那些避之不及的痛苦，我好似又将倒在这些痛苦中堕落、沉沦！

路在我的眼前延伸着，我拖着两条沉重的腿，走在物是人非的景色里，好似看到了一种深刻的错误，为什么一个如此平静的夜晚，我却撕心裂肺地和她分手了？而曾经为彼此做过的一切，最终也只是化作一些散落的片段，在记忆里走上一遍后，便面临着被永远遗忘的命运……

我是那么不舍，可却真真切切地分手了，于是用分手后得来的自由安慰着自己……可并不知道，在剩余的人生中，自己还会爱上谁？想来，是不愿意再去刻骨铭心地爱了，以后找个平凡的女人，平凡地过完一生便好！

第 388 章

意外的
相见

回到老屋子，我独自站在阳台上，那几盆植物的枝叶还在随风摇曳，我出神地看着，记得当初的自己是拿房租去买了这些植物，然后它们也成了这个屋子里的一员，轮流被我和米彩照料着。可是在这一场梦之后，我也该醒了，我和米彩的偶遇，终究只是一场房东和房客的浅薄缘分，其余发生过的一切，也只好当作是一场眩晕后的幻想！

迎着风，我点上一支烟，终于从口袋里拿出手机，登录网上银行，查询了银行卡里的余额，里面只有 50 多万，可却欠了米彩 200 多万，但这个钱我一定会在第一时间还给她的。既然已经分手，我们之间就不应该再有一丝物质上的牵连，所以明天我打算找 CC，我知道她手上还有不少闲钱，可以找她先周转一下，然后为这份似梦似幻的爱情彻底画上一个句号。

我失眠了，于是爬起来将这间屋子打扫了一遍又一遍，可现在打扫得再干净，以后没人住了还是会落上灰尘的，所以连打扫这件事情也变得没有了意义，或者说，是否会染上灰尘，与我又有什么关系呢？说到底我只是一介房客，而米彩才是真正的房东，哪怕我把这间住了许多年的屋子当作生命去珍惜，我也依然只是个房客。

坐在沙发上喝了一罐啤酒，又抽了一支烟，我便回房将行李收拾好，然

后在米彩的房间外站了很久，才走了进去。

我找到自己送给她的吉他和遥控赛车，然后将它们统统藏到她的床底下，我是不想带走这些的，但也不愿意让米彩知道我没有带走，所以床底便是一个安全的地方。

据我所知，米彩在这里住了大半年，并没有挪过床的位置，她一定不会发现床底下的秘密……

坐在她的床上，我又看到了床头挂着的那个布偶，这是米彩上次去美国时做的，我也有一只，我们称呼这对布偶为阳哥和彩妹，也曾天真地以为：这对布偶象征着现实中的我们，一定不会分开。可这仅仅是以为，我们还是输给了时间，终究在爱情的分岔口选择了两个不同的方向。

我将床头挂着的"阳哥"取了下来，然后将自己扣在钥匙圈上的"彩妹"挂了上去，又盯着看了很久，渐渐也接受了分手的事实，并鼓励自己，也许明天早上，我就记不得这做了一场梦似的爱情。

次日早晨，我在米彩的床上醒来。昨天后半夜我累了之后便躺在她的床上睡着了，似乎还做了梦，又似乎没做，反正醒来时精神很恍惚，也没有像昨天想的那样忘记这段梦一般的爱情，于是仍独自低落着。

洗漱之后，我给 CC 打了电话，约她在空城里音乐餐厅见面，想和她借一笔钱还给米彩，从此少了金钱的牵绊，分得干干净净！

早上九点我和 CC 在餐厅里见了面，她打量着我，有些疑惑地问道："这么一大早就约我，到底是什么事儿？"

"先陪我喝一杯冰啤酒。"

"来大姨妈了，不喝……"

于是我独自喝了一杯啤酒，这才向她问道："你现在手上还有多少存款？"

"差不多 100 万！怎么了，是不是成立公司需要钱？"

"和成立公司没有关系。"

"那你要钱做什么？"

看来米彩并没有告诉 CC 我们已经分手的事情，但这是意料之中的，因为真的下定决心分手后，是不会对别人说些什么的。而那些好心的劝慰，对分手的人来说是一个很大的麻烦，所以没有余地的分手，往往是最安静的。

我对 CC 说道："你就别问那么多了，我最多今年底就把这笔钱还给你。"

CC 更加疑惑地看着我，问道："你怎么不去找米儿借？这点钱对她来说完全没有压力呀，是不是你们……"

"我们已经结束了，借这笔钱就是为了还给她……"

CC难以置信地看着我，半晌感叹道："怎么就分了？是谁提出的？"

果然说出实情后，难免会面临这样的疑问，可我真的不想回答什么，也不想再去挽回什么，便回道："分都分了，再去探究原因，也没有必要了。"

"去探究原因是没什么必要，但你们是真的想分手吗？还是让这份感情死在你们孩子气的倔强上？"

"我和她都是27岁的成年人了，哪里还有什么孩子气的倔强？分手看上去突然，却也不是一日之寒，就当做了一场梦吧！"

CC一声叹息，似乎也对我们这段感情失望至极，不想再劝慰什么，终于对我说道："这100万我存的是定期，数额比较大，取出来要提前预约的，明天你和我一起去取吧。"

我点了点头，心中还是有些犯愁，哪怕从CC这里借了100万，加上自己的50万，还是有70多万的缺口要去填。

我这才明白，曾经自以为被金钱改变了的生活也是米彩给的，而简薇那番事业才是男人最忠诚的朋友的告诫，此刻看上去竟是那么有道理，否则就像现在这样，连分手都变成了一件让自己犯愁的事情，说得再露骨些，就是窝囊！

离开了空城里音乐餐厅后，我便将那辆新买的大切诺基开到了二手车交易市场，最后以贬值了5万元的价格，卖给了二手车商，终于堪堪凑齐了那200多万，可是自己的内心却没有如释重负的感觉……

在中午的烈日下站了好一会儿，我终于拿出手机，找到那个已经有了陌生感的号码发了一条信息："明天晚上八点，老屋子里，我把之前欠你的钱还给你，还有屋子的钥匙……"

下午，订好宾馆后，我再次回到老屋子，准备拿走行李。

走进小区内，我蓦然见到那个许久不见的女人，她依然戴着墨镜，可身姿却多了一份曾经所没有的成熟和从容……是乐瑶，她来找我了，我感到有些意外！

此时，命运好似经历了一个轮回，让我们再次退回到那同是天涯沦落人的岁月里，我们又各自迎来了人生的低谷期，这似乎又是一种不谋而合！

第 389 章

把她
留下来

我点上了一支烟，让自己的心情平复了些，才向她走去。她摘掉了墨镜，表情却很轻松，这让我觉得之前自己那同是天涯沦落人的判断并不准确。

我向她问道："你是来找我的吗？"

她笑了笑，反问道："来这个地方，不是找你，就是找米彩，你觉得我是找谁呢？"

我回了一个笑容，也不知怎么继续下面的对话，就这么站着将手中的一整支烟抽成了烟蒂，才对她说道："我上去拿点东西，你在这儿等我一下吧。"

乐瑶点了点头。我扔掉烟头，带着一种难以名状的苍凉向楼道处走去。

回到屋子里，我四处看了看，实际上已经没有什么东西可以收拾的了，但还是没有立即带着自己的行李离去，而是在沙发上坐了好一会儿，不免又是一番触景生情，更不知道未来的自己该何去何从……我又想起上次去徐州时，自己和米彩在板爹、老妈面前许下的会结婚的承诺，可现在承诺已经沦为谎言，若是板爹或老妈问起，免不了又是一番责备。在他们眼中，我这个儿子还是这么不得生活的要领，总把感情当作儿戏，可我也很无奈，所以只能再次对给予我殷切期望的板爹和老妈说一声抱歉了……

离开时，我想从这间屋子里带走点什么，让自己不会忘记曾经在这里居住过数年，终究还是觉得多此一举。想来，这间屋子的气息已经刻在我的灵魂里，哪怕到临终的那一刻，我也会拿出最后 10 分钟的时间，想想在这个屋子里度过的数年，至于还会不会想起那个在生命中如过客般的女人，也许真的只有到那快死的那一刻才会知晓。

我背着行李来到楼下时，乐瑶正坐在一处阴凉的地方等着我。她手里拿着两瓶冰镇饮料，在我走近她的时候，她将其中一瓶递给了我，又从口袋里抽出一张湿巾，让我擦擦汗。

我说了声"谢谢"，随即从她手中接过饮料和湿巾。她看着我的行李问道："你这么大的包里装的什么东西？"

"这些年全部的家当。"

夏日的热气将我的嗓子灼得阵阵发痛，我说完后赶忙拧开饮料瓶盖喝了一大口。我不禁回忆起，似乎身边的这个女人总会在一些小细节上给予我关心，比如，此时手中握着的这瓶冰镇饮料，哪怕她自己已经是名满全国的女明星，也依然给予我这个小人物这种关心，可我却很少在意，然后把这些累积起来已经数不清的关心，统统扔在一个最容易被遗忘的角落里。

我的回答让乐瑶充满了疑惑，她问道："你是要从这里搬出去吗？"

我点了点头，也不愿意说太多，因为会牵扯出与米彩已经分手的事实，我不想在这一天内重复去体会这种分手的痛苦，实在是有点儿撕心裂肺！

乐瑶又说道："其实我这次是路过苏州，顺便来看看CC、罗本……还有你！"

"哦，那你去看过CC和罗本了吗？"

"还没有，晚上咱们一起吃个饭吧，也算给我钱行！"

"怎么，你是要远行吗？"

乐瑶点了点头，说道："嗯……你还记得那个小山村的丫头吗？"

"记得，长得瘦瘦小小的，上次你离开时，还送了你一篮野果子，你说要接她去北京生活的。"

"是的，就是她，她现在就和孤儿一样，所以我打算把她从大山里接出来，然后带着她移民新加坡。"

"移民？"

乐瑶点了点头，许久才说道："国内发生了这么多事情，无论走到哪里都有人指指点点，实在是难以忍受，所以移民国外也算图个清静吧……你也清静了，以后再也没有一个死缠烂打的女人去破坏你和米彩的感情了！"

我心中涌起一阵难以言表的情绪，盯着乐瑶看了许久，说道："是啊！"

乐瑶耸了耸肩，又笑了笑，也没有再多说什么，于是我又一次在她的身上看到了一种看破后的平静。想来CC说得没错，我们不应该过度解读她那份退出娱乐圈的声明，她只是想追求一种平静、平凡的生活，而我曾经带给她的无奈和伤痛，她也渐渐看淡了！

晚上，我、CC、乐瑶、罗本四个人聚在了空城里音乐餐厅，我们都喝了不少酒。在聚会快要结束时，乐瑶才说出将移民新加坡的事。

CC和罗本好一番劝说，仍没有打消她这个念头，她说：新加坡会是她人

生中的一个新开始。最终 CC 和罗本也站在了挚友的角度，尊重了她的决定，也对她未来在新加坡的生活给予了祝福！

聚会快要结束时，罗本趁着 CC 和乐瑶聊天的空隙，将我叫到了餐厅外，对我说道："你现在都和米彩分手了，还要眼睁睁地看着乐瑶移民国外吗？"

"我也觉得她去国外生活是个不错的选择！"

"扯淡吧，她是对你绝望了……也还不知道你和米彩已经分手了，否则她是动不了要移民国外这个念头的！"

我点上一支烟，重重地吸了一口，说道："不要告诉她我与米彩已经分手了，让她平静点走吧，也许国外那平静的生活才是她现在所追求的。"

"说到底，你的心思还是放在米彩身上，巴不得找机会与她复合，毕竟乐瑶这个麻烦走了嘛！腆着个脸去哄上几句，说不定心一软就和你复合了！"

"别扯了！"

"那你就去把乐瑶留下来，要不然真打算下半辈子自己一个人过吗？"

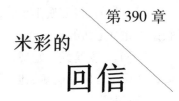

第 390 章

米彩的 回信

在罗本再次要求我挽留乐瑶时，我依然摇了摇头，因为出国对乐瑶而言是目前最好的选择，而待在国内，她每天都将活在人言可畏的痛苦中。

罗本见我态度坚决，终于无奈地摇了摇头，他不太能理解我，就像我有时也不能理解他当初选择放弃 CC 一般，不过谁又能真正以自认为对的见解去帮另外一个人做出选择呢？所以我们活得如此固执，又如此痛苦！

九点时，我们结束了这次简单的聚会，CC 要求罗本送乐瑶回酒店，然后她与我晃荡在苏州夜晚的街头。我知道她一定有什么话要和我说，可是走过了两条街，她也没有开口，我终于带着些忐忑向她问道："你刚刚没有告诉乐瑶我和米彩已经分手了吧？"

CC 笑了笑，说道："就知道你一定会这么问我。"

"那你说是没说？"

CC点上一支烟，吸了一口之后才摇了摇头对我说道："没有……恐怕我说了，她就下不了决心移民了，到时候又是一段纠缠！"

"你也觉得我不该和乐瑶在一起，对吗？"

"是啊，如果刚和米彩分手，就又选择和乐瑶在一起，那你也太儿戏了，或者说，你从来就没有爱过米彩，所以巴不得和她分手，另选她人！"

"怎么会不爱她呢！"

CC重重地吐出了口中的烟，然后停下脚步，表情茫然地向我问道："昭阳，你能告诉我，到底什么是爱吗，或者说爱和喜欢的区别？"

我一声叹息，许久回道："喜欢一个人，就是你和他（她）在一起时会感到快乐，而爱一个人，明知道痛苦，还是想和他（她）在一起！"

"精辟……所以你是真的爱米彩？"

"我当然是真的爱她！"

CC点了点头，又说道："如果以这个为标准，那米彩也是爱你的……平心而论，作为米彩唯一的闺密，我觉得她和你在一起也是痛苦多过快乐的，比如上次你不告而别去了西塘，她真的很痛苦。"

我怅然一笑，说道："你是不是想延伸着告诉我，两个相爱的人，也不一定会在一起，是吗？"

"是啊，即便相爱，也不代表合适，毕竟米彩她不是一个普通的女人，可以自由去支配自己的生活，追求自己的爱情。而你又有点多情，给不了她想要的那份纯净，所以分手也就成了必然，只是这刚分手的痛苦要忍着点！"

我点了点头，吸了一口烟，在不知不觉中又与CC走过了一条街，来到一个露天的小花园，又在花园里找了一张长椅坐了下来。

CC有些疲倦，她脱掉鞋与我背靠背坐着，过了许久才说道："为什么我们会活得这么痛苦？我爱着罗本，全心全意地付出，到头来他还是不爱我。你和米彩倒是相爱，可最后也分手了，爱情啊！它到底是一种成全，还是一种业障呢？"

"是一场修行吧！"

"不懂，也猜不透，就好比我，明明知道当初那个为餐厅捐款10万元的男人可能更适合自己，可如果有的选，自己还是会义无反顾地选择罗本！"

"其实我一直想问，你为什么那么肯定，当初在空城里留下一笔钱的人，

就一定是个男人，而不是女人呢？"

"我不肯定，但是可以幻想！我觉得他是除了罗本之外，我唯一可以嫁的男人，他身上有我喜欢的品质！"

我笑了笑，说道："假如她就是一个女人，你要怎么办？"

"那我也要嫁给她……"

"你口味真重！"

CC笑了笑，而我们的心情也终于稍稍轻松了一些。

"昭阳，你希望米儿嫁给蔚然吗？"

我心中忽然一痛，回道："不希望，这个男人太不择手段了！"

"是啊，可是你我都清楚，你们分手后，米儿唯一会嫁的人便是他，因为她的世界里已经没有爱情了，她需要蔚然在商业上给予她支持！"

"我不希望是你说的这样，一个女人一生不可能只爱上一个男人！"

"你错了，也许其他女人会在不同阶段爱上不同的男人，可米儿她没有这个条件，也没有这个时间，更没有这个心情。爱情于她而言就是一个奢侈品，但现在她已经奢侈过了！"

我沉默不语，只是机械似的抽着烟。

CC又说道："如果某一天你得知米儿和蔚然的婚讯，会是什么心情呢？又会不会后悔当初那分手的选择？"

"CC，你能不能别对我这么残忍？我不愿意去想这样的画面！"

"可这样的画面或许很快就会成为现实！"

我的思维被CC引导，想象着米彩穿着婚纱、手捧鲜花站在蔚然身边的画面，于是那无穷无尽的痛苦便以汹涌之势，挡也挡不住地向我涌了过来……

CC却不理会我的痛苦，继续说道："也许一年后，米儿就会怀上他的孩子，三年后你们偶然相遇，她和蔚然的孩子已经会叫你一声叔叔……"

我双手抱着头，说道："你说的这些痛苦我都看得见，可在这些痛苦没有来临前，你不要让我提前体会，算我求你了，好吗？"

"好吧，我不说了，说多了，弄得好似我要引导你们复合，其实你们分手的事情，我是真的看开了，也不会再去充当你们两个人之间的润滑剂！"

告别了CC，我一个人在街边找了一张旅馆住了下来，可自躺在床上的那刻起，我就不停地想起米彩穿着婚纱成为别人的妻子的画面，然后被折磨得半死不活……但即便是这样，我也没有后悔，我深深地记得临分手时自己说过的那句话，而事实上，我们的爱情也真的没有灵魂，与其这么空洞下去，倒不如干净利落地开始新的生活。

这个夜，我彻底失眠了，然后在失眠中一遍遍地回想过去，可这种回想，于此刻而言，又是那么致命，于是我愈发痛苦……我想找个人倾诉，可夜已经深不见底，最后连这座城市都陷入睡眠中。好似经历了一个漫长的世纪，清晨的阳光终于透过窗帘的空隙照了进来，可我的精神却是那么恍惚，我就像活在一个混沌的世界里，没有一点清醒，却也没有一点想休息的欲望。

我就这么看着阳光从那缝隙里换了数个角度照在我的床上，直到电话响起，才在迷迷糊糊中回过了神。这个电话是简薇打来的，她约我去她的广告公司拿那批已经返工过的客栈宣传物料，我不敢怠慢，洗漱之后，便带着一身的颓靡向她的广告公司赶去。

20分钟后，我来到简薇的办公室，她照例先给我倒了一杯茶，也没有急着将那些宣传物料给我，而是提醒道："昭阳，你的路酷旅游文化公司一旦成立，就要着手融资的事情了，最好今年就能在苏南和苏中地区完成各个客栈、酒吧和酒楼的布点。"

"不用这么着急吧！"

简薇皱眉回道："你到底能不能对自己的事业上点心，或者主动找杨从容叔叔沟通沟通？你难道不知道，他初期做的广告投放就是密集型的吗？如果不迅速融资，扩大经营规模，怎么能充分利用这部分广告资源？"

"呃……这几天我就抽时间去北京找杨总详谈！"

"算了吧，杨叔叔已经准备带着他的策划团队来苏州找你沟通了，指望你，这个项目多半要黄！"

"对不起，最近遇到的事情比较多……"

简薇不悦地打断了我："这些解释的话你还是留着对杨叔叔说吧，我也没有参与这个项目，不过我要提醒你，如果你还是这种消极的态度，合作方肯定要重新评估合作价值的……"

简薇的话还没有说完，我的手机信息声便响了起来……我那萎靡的精神为之一振，我知道这个信息很有可能是米彩发来的，因为昨天我给她发的那条去老屋子拿钱和钥匙的信息，她还没有回复。我忙不迭地从口袋里拿出手机，果然是米彩发来的，她说："钥匙和钱交给CC吧，我就不去老屋子了。"

第 391 章

广场
偶遇

我盯着这条信息看了很久，自己也疑惑，为什么昨天会要求米彩去老屋子里拿回那些东西，实际上我完全可以通过 CC 转交给她。想来还是我这个人做事情过于拖泥带水，而米彩却比我更得分手的要领，我们是不应该借故见面了，因为见面后除了说上几句酸溜溜的话，再没有什么特别的意义。

我将手机放回到自己的口袋里，又向简薇问道："你刚刚和我说什么？"

简薇明显在克制自己，对我说道："我是在提醒你，端正自己对待事业的态度，不要让合作方失望，你现在听清楚了吗？"

我带着感激，诚恳地说道："谢谢你的提醒，我会将事业放在心上的。"

简薇的面色终于缓和了一些，轻声问道："你现在手上有融资的渠道吗？"

我摇了摇头……

简薇看了看面前的台历，随后说道："这样吧，杨叔叔还有五天来苏州，到时候我们再一起商量。这五天里，你出去散散心，放松一下自己的心情，回来时，我希望看到一个状态最好的你！"

我接受了简薇的提议，与其在压抑和痛苦中强行工作，倒不如趁杨从容还未到苏州前找一个地方散散心，好好反思一下自己这一塌糊涂的人生。

离开了简薇的广告公司，我便打电话给 CC，我们约好今天去银行取她那100 万的存款。十点半时，我和 CC 在建行的门口见了面，也没说多余的话，直接去了柜台，将钱转到了我的账户上，接着我又将卖车的钱和自己的存款统统转到一张银行卡上，最后连同屋子的钥匙一起交到了 CC 的手上。

当 CC 从我手中接过时，我的心立即变得空空落落，我知道：以后我和米彩不会再有什么交集了，而我们的分手也是如此干净利落，不像有些情侣在分手后追究曾经的物质付出和感情付出，然后折腾了一遍又一遍……

一阵沉默后，CC 向我问道："以后有什么打算？"

我故作笑容，反问道："你说的打算，是指事业还是感情？"

"都说说看。"

"我现在有五天时间可以出去散散心，回来时，也许就有答案了！"

CC不知是有心还是无意，自言自语道："你倒是好，还能腾出时间去散心，可同样承受失恋痛苦的她，还要面对那些随时想把她给吃了的老虎！"

我心中又涌起一股难以言表的情绪，在原地站了很久，终究也没有表态，等一辆出租车从身边路过时，伸手拦了下来，与CC简单道别后，便选择了离开，但却不认为是逃避，因为和她之间已经不存在任何的是非和关系。

坐在出租车上，我一直思考着自己该去哪里散心。回徐州，我却又难以带着与米彩分手的事实去面对板爹和老妈；去海滨城市看看海，我又想起现在正是旅游旺季，那满是游客的海边，并不会给自己多少安静思考的空间，于是陷入无处可去的茫然中……

这天，我一直待在宾馆里做着融资计划书，直到天色将晚时，才从工作的状态中回过神，可瞬间又感觉到了无法言说的压抑，我一连做了几个深呼吸，终于合上笔记本电脑，准备出去散散步。

恰巧，曾经我和米彩经常去玩赛车的广场，就在这宾馆的附近，走了一圈后，我便下意识地走进了那熟悉的广场内，然后习惯性地扫视着，没有看到戴红袖章的广场大妈后，才坐在长椅上给自己点上一支烟，又将那浓烈的烟雾通通吸进肺里过了一遍，连同那不能抑制的失落感和压抑感一起给吐了出去。

广场上的喷泉依然在涌动，孩子们依旧玩着赛车，大妈大爷们跳舞的跳舞、遛狗的遛狗、聊天的聊天，可这轻松和谐的气氛，再次放大了我的孤独，但自己也不愿离去，就这么有些自虐地看着眼前的一切。

手机震动着，我却很久才反应过来，也没有看号码便接通了，然后电话里便传来了乐瑶的声音，这也意味着即将出国的她终于把我从她手机黑名单里给解放出来了！

"昭阳，你在哪儿呢？"

一直处于丢魂状态的我，一时还真想不起来在哪里，抬头看了看四周才答道："盘门路的广场上。"

"哦，那我去找你呀。"

半个小时后，戴着爵士帽和墨镜的乐瑶终于来到了广场上，很快便在角落里找到了我，四处看了看，发现没有被人认出来，才放心地向我这边走来。

我挪了挪身，给她让出个位置，问道："你找我有什么事儿？"

乐瑶将一个纸盒递给我，我接过看了看，里面忽然冒出一个雪白的脑袋，随即又呜咽了一声，把我那涣散的注意力瞬间给吓了回来，问道："什么鸟玩意儿！"

乐瑶不慌不忙地从纸盒里掏出一只茶杯大的狗，说道："这是我养的茶杯犬，你们互相认识一下吧。"

我摸了摸狗的头，向乐瑶感叹道："这狗叫啥名？也太小了！"

"金刚……"

"你真牛，这么丁点儿，还没老鼠大的东西，你喊它金刚！"

乐瑶没有理会我的大惊小怪，回道："起个硬实的名字，好养活。唉！马上就要出国了，金刚你替我养着吧，我怪舍不得的，平常做通告我都带着！"

我连连摇头拒绝道："你是给它起了个硬实的名字，可这么丁点儿大的东西，它也不硬实啊！我这个人粗心大意惯了，弄不好放沙发上，一屁股就把它给坐死了！"

"你粗心，可以让米彩帮忙养啊，很好养的，平时上班都能带着，而且金刚它特别可爱，特别能逗人！"

乐瑶忽然提起米彩，我心中又是一阵低落，半晌才回道："她工作忙得连自己都没时间照顾，你还是送给 CC 养吧。"

"CC 她对动物的毛发过敏……要不然我也不会丢给你啊！"

就在我和乐瑶争执不下时，我的肩膀重重被人一拍，回头一看，小胖子魏笑抱着一辆赛车正咧着嘴冲我笑，而他身后站着的正是米彩……

第 392 章

形同

陌路

对于米彩和魏笑在一起我并不意外，但在此时此景下，我们以这种偶遇的方式再次见面，却多少让我有些尴尬，以至于不太知道该说些什么。

魏笑是小孩子心性，根本不在意我们成年人之间的尴尬，他从乐瑶手上接过了那只茶杯犬，左摸右摸，喜欢得不得了，向乐瑶问道："姐姐，这是你的狗狗吗？"

乐瑶点了点头。

我向魏笑问道："你喜欢这小东西吗？"

"嗯、嗯……"魏笑说着夸张地亲了那只茶杯狗一口，感叹道，"它身上好香啊，是男狗，还是女狗？"

我回道："男狗。"随即也凑近闻了闻，向乐瑶问道："你是每天喂它喝香水吗？"

"难道你喜欢狗狗邋里邋遢的吗？我每天都给它洗澡……"

"那你更不能交给我照顾了，我真没时间给它这个待遇，要不了几天这好好的一只狗就邋遢了！"

魏笑又向乐瑶问道："姐姐，你是要将这只可爱的狗狗送人吗？"

乐瑶点头道："嗯，姐姐要出国了，以后就没人照顾它了！"

魏笑举起手，自告奋勇地说道："姐姐，那你送给我吧，我保证每天给它洗澡，让它漂漂亮亮，还和以前一样香喷喷的！"

乐瑶有些犹豫，明显是害怕魏笑养不好这只茶杯狗。魏笑又说道："姐姐，你放心，我以前养过狗狗的，养得很好呢，连我们老师都喜欢，后来送给老师了，不过我真的很想再养一条狗！"

乐瑶终于打消了疑虑，恋恋不舍地看了一眼茶杯狗，这才交给魏笑，又从钱包里抽出一沓钱递给魏笑，说道："小朋友，这个狗狗以后就交给你照顾了，你要记得喂它吃专用的狗粮，还要定期带它去做体检，知道吗？"

魏笑连连点头，却没有接过乐瑶手中的钱，他说道："姐姐，我们家有钱养这只狗狗呢……米彩姐姐把我爷爷编织的手工品都搬到上海和南京去卖啦，赚了好多好多钱！现在我爷爷还带了两个小徒弟一起做手工品呢！"

虽然魏笑表达得不是很清楚，但我还是听明白了，米彩一定在上海和南京的卓美都设了专柜，帮助魏笑的爷爷销售那些手工编织品，而且肯定进行了专业的策划，否则不会有那么好的销售效果，她确实极大地帮助了这个贫困的家庭。这个时候我倒是有些理解她了，毕竟她身上背负着很多家庭的生存责任，她真的没有太多精力去顾及自己的生活和感情！

在魏笑提起米彩时，乐瑶下意识地看了看她，但也没有多说什么，倒是米彩一如既往地保持着平和向她问道："你要出国了吗？"

"嗯，准确地说是移民……"一阵沉默后，她对米彩说道，"曾经给你和昭阳带来的困扰，我在这里说声抱歉，希望你们以后能在一起好好过日子！"

米彩看了看我，却没有立即回答乐瑶，而这个时候魏笑已经抱着那只茶杯狗跑到人群中戏耍去了，现场只剩下我们三个人，气氛更尴尬了！

乐瑶再次对米彩说道："我刚刚说的是真心话，但如果你不能给昭阳该得到的幸福，我一定会回国争取的，因为我一直爱着他……这也不是假话！"

我以为米彩会告诉乐瑶我们已经分手了，但她却没有立即表态，而此时魏笑又忽然折回来，将米彩拉到一边，和乐瑶的那只茶杯狗一起玩耍。于是她的沉默便成了一种阴差阳错的巧合，让乐瑶误以为我们还爱恋着……

这样也好，毕竟我是不愿意让乐瑶知道这件事的，我希望她可以在国外没有负担地过上新生活。

一阵玩耍之后，魏笑又回到了我和乐瑶的身边，而米彩依旧在不远处逗着那只茶杯狗。

魏笑对乐瑶说道："姐姐，你待会儿和我们一起去吃肯德基吧，我请客，谢谢你把这只狗狗送给我。"

乐瑶摇了摇头，说道："小朋友，姐姐不太方便和你们一起去吃东西，你替姐姐照顾好金刚就行了，以后我会回来看它的！"

魏笑点头道："你放心吧，我一定会照顾好金刚的，它叫金刚真的好酷！"

乐瑶笑了笑，随即拿起身边的手提包，最后看了茶杯狗一眼，也不与我道别，起身向广场外走去，这一刻我真的感受到了她要移民国外的决心！

在乐瑶离开后，魏笑便缠着我陪他去吃肯德基，而我拒绝了，因为不知道该以怎样的心情和米彩面对面坐在一起，而且我知道此时的米彩是排斥与我见面的，否则她也不会让我将那些要还的东西交给CC，再由CC转交给她。

尽管魏笑很失望，但我还是坚决地离开了广场，而这次的意外相见，我自始至终也没有和米彩说上一句话，但我却不认为这是一种错误，因为我觉得我们之间真的不应该再有交集了，我们选择分手绝对不是一个儿戏。

离开了广场之后，我漫无目的地走在大街上，依然不知道明天的自己该去哪里，甚至渐渐打消了要出去散心的念头，打算利用这些天做一份能够拿得出手的融资计划书。夜色越来越深，我已经随着人潮在街上晃荡了一个小时，终于从口袋里拿出手机，准备找罗本喝上几杯，也许喝多了，今天晚上便能踏实地睡上一觉。

解锁了手机屏幕，我意外地发现上面有好几个未接来电，都是板爹打来的……这才记起，我已经很久没往家里打电话了，尤其是在和米彩分手后，更没有打电话的勇气，但终究还是要面对的。点上一支烟，深深吸了一口，我硬着头皮拨打了板爹的电话，心中却祷告着，他只是和我谈谈家常，并不会问起米彩！

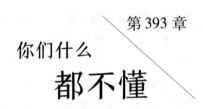

第 393 章

你们什么
都不懂

我怀着忐忑的心情拨通了板爹的电话，他似乎一直在等，以至于瞬间便接听了，我带着些抱歉说道："板爹，电话一直调静音，你有什么事情吗？"

"也没什么事情。"

"哦。"我的回答让本来就话少的板爹陷入沉默中，而我因为心中有愧，也活跃不起来，就这么随他一起陷入沉默中。

板爹终于又开口问道："最近工作还顺利吗？"

"挺好的……"

"嗯，既然工作顺利，你和小米是不是也该考虑结婚的事情了？这都快成我和你妈的心病了！"

果然，板爹还是不可避免地提起了我和米彩的婚事，尽管已经有心理准备，但还是感觉打翻了五味瓶，我真的不知道该怎么和板爹说起这件事情。我深知，他一旦知道真相，不仅仅是失望，而是痛心，痛心我在感情上的种种不作为，痛心我迟迟不能完成他们梦寐以求的愿望。

"昭阳，听得到我说话吗？"

"呃……刚刚信号有点不太好……那个……"

板爹打断了我："你别这个那个的了，明天不是周末吗？你带着小米回家一趟，咱们一家人坐下来，好好谈谈这结婚的事情！"

"这个星期她挺忙的，我看……再等等吧！"

"她要实在忙，我和你妈去苏州也成。"

板爹坚决的态度让我有些慌了神，可依然下不了决心说出已经与米彩分手的事实，半晌说道："这么远的路，你和我妈就别折腾了，还是我回去吧。"

也许板爹做梦也不曾料到我和米彩会分手，所以他并没有在意，我所说的是"我回去"，而不是"我们"，又叮嘱了我几句后板爹便挂掉了电话。

我听着电话里传来的"嘟嘟"声，根本不晓得明天要怎么去面对他们，于是心也就这么躁动了起来，在路边的报刊亭买了些啤酒，边走边喝，以为那不安的情绪会被这夏天闷热的风给吹走……

我几乎下意识地来到护城河边，站在护栏旁，望着向北流去的河水，一阵阵失神，心中却渴望着下一场雨，浇灭身体里那所有的焦躁和不安。

雨终究也没有落下来，我在失望中仰躺在草坪上，闭上眼睛时，仿佛感觉她一如既往地出现在我身边，问道："昭阳，你躺在这里不怕被蚊子叮吗？"

我从草坪上坐了起来，往自己身上看了看，回道："我的血液里充满了无奈和焦躁，蚊子敢叮我，就是自寻死路！"

"你那莫名其妙的毛病又犯了！"

"你懂什么？你们什么都不懂！"

原来是简薇来了，她并没有理会，而是从包里拿出一瓶防蚊虫叮咬液递给我，说道："抹些吧，如果你打算在这里坐一会儿的话。"

我摇了摇头，示意不用。

简薇没有勉强我，拧开了瓶盖，往自己的手臂上抹了些，随即如往常一般从手提包里拿出一沓文件，一边批阅一边对我说道："这儿你比以前来得更勤了，最近是不是过得挺不顺心的？"

"这些年一直没怎么顺心过。"

简薇看了看我才又问道："是和米彩闹矛盾了吧？"

"何以见得？"

"要不然你哪能记得这个地方！"

我顺手从口袋里摸出一支烟，打火机却不知去向，便拿过简薇的手提包，从里面的夹层找到了那个似乎是我专用的打火机，然后将烟点燃。

简薇不悦地说道："你还真是不客气，我让你动我包了吗？"

"我不动你包，怎么找到打火机？"

"你这是强盗逻辑！如果你尊重一个女人的话，就一定要尊重她的包，这是礼仪！"

"谁管那什么狗屁礼仪……再说，上次我不也这么从你包里找到打火机的吗？"

"上次是在我的允许下，这次我同意了吗？你纯粹就是自我感觉良好的自作主张！"

"你一新时代的女强人，为了这点破事儿和我斤斤计较，掉身份！"

"我算把你看透了，你就是一无赖加混蛋！"

"你们懂什么？你们什么都不懂……"

简薇再次注视着我，皱眉说道："你现在还能清醒地表达自己吗？"

"我当然清醒，所以我说你们什么都不懂，什么都不了解……我的心里其实装着一座城池，特别大，特别能装事儿，就算这个世界都萎靡了，我这心里依然繁花似锦！"

"骚青！"

"你骂吧，再骂狠点儿！"

简薇的语气却轻柔了下来："昭阳，你心里如果真有装不下去的事情，你可以尝试沟通沟通，用这种莫名其妙的方式去宣泄，只会让你越来越痛苦，越来越感觉这个世界没有人可以弄懂你、理解你！"

我终于睁开了眼睛，在朦胧的灯光下，看着她的脸庞……

简薇又向我问道："说吧，到底是什么事情刺激你了？咱们总是在这条河边遇上，也算是缘分，我可以做个听众，也可以开导开导你！"

我沉吟了半晌，终于叹息着对她说道："我和米彩分手了，现在正承受着分手后遗症，呵呵……别人都以为我们会结婚，可我们还是分了，所以在这个世界上活着，可千万别认为自己活得很明白，自以为可以滴水不漏地去把未来想得很美好，其实未来就是个不着调的笑话……你知道吗？我婚戒都买了两枚了，最后竟然还没结上婚，你说……你说我爸妈得多绝望啊！生了这么个不得要领的儿子！"

简薇面色复杂地看着我，半晌也不言语……

于是我又嘲笑道："你不是说要开导我吗？赶紧开导我这个在生活中不得要领的男人……"

"我不知道该怎么开导你……我一直以为你过得很幸福，至少在感情上如此！"

我看着简薇，没有再言语，因为我们都活在一个看不懂的世界里，所以她才会以为我过得不错，而我觉得她过得也不差，但现实却是迷离的……

第394章

浓烟离开

炮火

夜晚的风还在护城河边吹着，而我手中的那支烟已经快要被抽完。当掐灭烟蒂时，我心中再也生不起那抽烟的欲望，于是望着护城河发呆。简薇似乎并不理会我的情绪，依旧低头处理着文件，时而又接上个电话。

我终于对她说道："我明天回徐州，你的车借我用一下吧。"

"你不是有一辆大切诺基吗？"

"卖了……"

简薇心中已经明了，没有再多问什么，点了点头从自己的手提包里拿出了车钥匙，说道："那你拿去用吧，车里有油卡。"

我说了声"谢谢"，随即从简薇的手中接过了车钥匙。

简薇似乎已经处理完那些积压的文件，将它们统统放进手提包里后，又向我问道："你爸妈知道你和米彩已经分手了吗？"

"还蒙在鼓里，唉……实在不知道该怎么面对他们，这些年我亏欠他们太多了！"

简薇点了点头，又劝慰道："所以我一直提醒你，要把自己的事业放在心上，男人在感情上不能满足父母的期望时，事业如果成功的话，是可以在一定程度上弥补的。毕竟现在事业有成的企业家，30岁还没有结婚的比比皆是，在有了足够的物质作为保障后，他们所思考的，就不是什么时候结婚、和谁结婚，而是想不想结婚了！"

我笑了笑，许久才回道："如果真有这么一天，我觉得自己也挺可悲的！"

"这话怎么说？"

"如果我很有钱，想结婚时，便有一堆觊觎的女人等着我，可是那还和爱情有关系吗？所以你这说法我不敢苟同！"

"呵呵，所以你的痛苦，来源于分不清现实和理想！"

"也许吧。"

我有些茫然，心中再次燃起抽烟的欲望，抬头看了看天空，再也没有捕捉到那座晶莹剔透的城池，心中充满了失望……终于我向身边的简薇问道："你还相信爱情吗？"

"怎么？你觉得这是一个需要拿出来议论的问题吗？"

"信还是不信？"

"我只信生活，而爱情也只是生活的一小部分！"

简薇的回答让我再次听到了一种碎裂的声音！原来这个世界上真的不会再有什么私奔到天涯海角的爱情，哪怕让现在的简薇再次选择，恐怕她也没有当初的勇气，重复那份在私奔中燃烧的爱情，她也已经在生活的磨炼下，忘了爱情的陶醉，回归到理性的生活中……想来，真让人郁闷又难过！

我用她的打火机点燃了离开前的最后一支烟，拍了拍她的肩膀，说道："等你结婚的时候记得送我一张请帖，我去看看……"

"看什么？"

"浓烟离开炮火的时候，是什么样子！"

"你怎么不去死？有你说话这么损的吗？"

"我不觉得损啊，等我结婚的时候，你也可以去看看那浓烟是怎么离开炮火的！"

次日一早，我便开着简薇的车向徐州驶去，尽管心中充满了忐忑和不安，但还是告诫自己，要诚恳地面对，因为爱情真的不是一场战争，而现在的我，面对的更不是那穷途末路的逃亡，尽管很难再去追求那纯粹的爱情。这次回去，除了看看板爹和老妈，我还打算在徐州选址开建酒吧和客栈，继续推进"文艺之路"在江苏地区的布局！

中午时分，我终于回到徐州的家，停稳车后，却没有立即上楼，而是坐在旁边的花坛围边石上，点上一支烟吸着，试图让自己在面对板爹和老妈时能轻松一些。

板爹的那辆老款桑塔纳2000，渐渐向我这边驶来，然后在我身边停了下来。等他和老妈下车后，我挤出笑脸向他们问道："你们这是去哪儿了？"

"和你妈去菜市场买了些菜。"板爹说完四处看了看，又问道，"怎么就你

自己，小米呢？"

"呃……她没回来！"

板爹面色不喜道："昨天不是都说好了，你们一起回来的吗？"

尽管来时的路上已经下定决心要和板爹、老妈实话实说，可真的面对时，心情还是那么沉重，我真的不想面对他们那失望的模样。

老妈问道："怎么不说话了？"

"板爹，妈，我说之前希望你们先有个心理准备，行吗？"

老妈催促道："要什么心理准备？有话你就赶紧说！"

我低沉着声音说："我……我和她已经分了，就前几天的事情！"

板爹的面色当即沉了下来，老妈一恍神间，却一副意料之中的语气对板爹说道："老昭，我早就和你说过，咱儿子和那姑娘不合适，我们这小户人家也攀不上那根高枝，分了就分了吧……"转而又对我说道："儿子，这个事情老妈不怪你，回头咱们找个门当户对的姑娘，踏踏实实地结婚，多好！"

我的心中却没有因为老妈这番轻易释怀的话，而轻松下来，也不禁怀疑，自己对米彩这番掏心掏肺的付出，是否是正确的，如果是正确的，为什么生养我的老妈却如此庆幸于我们的分手？我再次陷入迷茫中，也为那段已经逝去的爱情感到伤感。

板爹想对我说些什么，却被老妈给制止了，只见老妈从口袋里拿出手机，随即一个电话拨了出去，然后说道："小允啊，我是昭阳妈妈……今天不是周末吗？你爸妈又下乡了，你来阿姨家吃饭，下午我再喊上李阿姨、张阿姨，咱们一起开一桌麻将……"说着又压低了声音说道："昭阳他回来了……嗯，你这就过来，阿姨和叔叔都买好菜了，你来给阿姨搭把手……"

老妈心情很不错地将手机放回到自己的口袋里，然后挽住我的胳膊，又拉着板爹的衣袖，将他往楼上拖拽着……这戏剧化的一幕，让我始料未及，可心中还是如打翻了五味瓶一般。我知道老妈的心思，她一直不曾放弃撮合我和李小允，在她心目中李小允才是那最心仪的儿媳妇人选。

这个时候，我才发现自己是怨恨米彩的……为什么不能给我一些理解？为什么不能一起携手去追求一种平凡而简单的生活？她是否知道，我是多么难以割舍这份曾让自己全身心投入的感情？现在好了，老妈的全盘否定，更像是给我们的天大讽刺，而我们在恋爱中又到底做过什么？

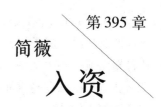

第 395 章

简薇

入资

回到屋子后，老妈将板爹支去厨房做饭，然后将我拉到沙发上坐了下来，问道："儿子，你真的和那苏州姑娘分手了？"

我点了点头，说道："嗯……她叫米彩，你别总是苏州姑娘苏州姑娘地称呼，听着怪别扭的！"

老妈不满地看了我一眼，说道："我看你这么有情绪，是不是还惦记着她呢？老妈和你说句心里话，这姑娘论长相是没话说，但她就不是个能过日子的姑娘，尤其和你昭阳不般配！"

"妈，现在还说这些做什么呢？分都分了！"

"分了更要说，让你晓得该和什么样的姑娘过日子……你自己想想看，从简薇到米彩，除了长得漂亮，哪个是正经过日子的？我不希望我的儿子活到27岁，还弄不懂什么是婚姻、什么是生活。"

我不语，心中却烦闷，只感觉这些年苦心经营过的爱情，就这么被自己的母亲，以肤浅为理由全部给无情地推翻了！

老妈的语气又软了下来："儿子，老妈不是要说你什么，只是希望你能把日子过好，我们就是个平常人家，一生求个安稳，就是我最大的愿望……所以这次你得听老妈的！"

我依旧不知道该怎么回应，只是点上一支烟，在沉默中吸着……

老妈又苦口婆心地说道："你看看，是不是抽空把买房子的事情定下来？结婚的事情老妈替你张罗。"

"我房子买哪儿，又和谁结婚啊？"

"当然是把房子买在徐州，和小允结婚，我觉得你们就是天生的一对儿，你也不想想小允是多好的一个姑娘！"

"妈，你别总让我想这想那的，我这次回徐州就是看看你和爸，买房结婚的事情我们押后再说，行吗？"

"你今年都27岁了，转眼就30岁……"

"您放一百二十个心,结婚的事情,我肯定不会拖到30岁以后!"

回到自己的屋子里,我半躺在床上,然后从放在床头的包里拿出了那两枚订婚钻戒,心中又是一阵难受,连那眼角都传来了温热感。

我觉得自己有些委屈,为什么会一次又一次地倒在爱情的坟墓中,未来我又该何去何从?

此刻,我感觉到了前所未有的空虚,又在空虚中体会着青春流逝的痛,而生活留给我的时间也越来越少了,我似乎已经没有权利再去追逐那想要的爱情。或者说,我自己也已经没有了追逐的欲望,因为渐渐不相信所谓爱情。倒是简薇说得有道理,我应该将生活的重心转移到事业上,然后为自己的生活砌上一座固若金汤的堡垒。

翻来覆去地把生活想了一个遍后,我终于拿定主意,今天下午,我就去把这两枚带给我伤害,也带给别人伤害的钻戒给卖掉,至于爱情,顺其自然交给生活去摆平,而我再也不会刻意去追求了!

与板爹、老妈、李小允一起吃完午饭后,我便驱车穿行在徐州这座生活了多年的城市中,然后将那两枚钻戒以十万八千元的价格卖给了珠宝回收商。自此,我的生活也将与婚姻彻底划清界限,而曾经那些对婚姻的期待,也就这么被轻飘飘地扔在了喧嚣的街头,再也不会回头寻觅!

下午剩余的时间,我一直在城市的边缘寻找合适的商业用房,准备将自己在徐州开设客栈的想法付诸实际。

直到傍晚时分,我才在街上找了个茶馆坐了下来,然后给杨从容拨了一个电话。

片刻之后杨从容接通了我的电话,笑问道:"昭阳,今天怎么想起来给我打个电话了?"

"杨叔叔,一直想找个机会和您说声抱歉,最近总被一些私事给困扰着,导致工作上的事情被耽误了不少……不过您放心,我会找回工作状态的!"

"我既然选择与你合作,那么对你肯定是百分百信任的,这些抱歉的话就不用说了。"

"谢谢您的信任……对了,我这次给您打电话,是想征求您的意见,我想先从徐州这座城市开始,完成客栈和酒吧在江苏地区的布点。"

"说说你的理由。"

"首先徐州是一座旅游城市,再者是连接江苏和山东两个省份的枢纽城市，也是苏北最大的城市，市场潜力是毋庸置疑的，另外也是我的家乡，我希望以后可以有更多的机会回来陪陪父母！"

"客观、主观上的理由都很充分，我给予支持，不过……"

"杨叔叔您但说无妨！"

"在徐州同时开设酒吧和客栈，可是一笔不小的投资，在这个项目没有融资前，你有足够的资金去做吗？"

"融资的事情我正在努力，徐州这边可以等完成初步的融资后再布点！"

"你这孩子怎么不明白我的意思呢？"

我还真不明白杨从容的意思，于是带着疑惑说道："杨叔叔，你明说吧。"

"本来我是打算除了广告资源的投资外，再追加资金投资的，不过被简薇那丫头坚决制止了，她说，如果我再追加投资的话，肯定要进一步稀释你的股份，她希望你对这个项目有绝对的控制权，因为你才是这个项目的灵魂！"

我心中感动，却又因为感动不知道该说些什么。

杨从容又说道："昭阳啊，如果要说融资，薇薇是最合适的人选，也是最可靠的人选，毕竟她在这个项目上是没有私心的，你为什么要拒绝她呢？"

事实上，当时我拒绝简薇的投资，只是碍于自己和简薇的旧情人关系，怕因此刺激到米彩的敏感，但现在一切已经结束了，我还有必要拒绝吗？而简薇也确实是最好的投资人选，因为她不会把功利心带进这个项目中，她和我一样追寻的是那种自由和延伸的感觉！

一番权衡之后，我终于对杨从容说道："关于投资的事情我会和简薇再聊聊的。"

"那太好了！如果投资方是薇薇，我个人让出一点股份也是没有问题的，我们三方的合作也可以基于绝对的信任继续走下去……昭阳啊，如果你对薇薇注资这个项目没有意见的话，就尽快和她把这个事情落实下来吧，我这边也就可以安排上线推广了！"

"嗯，杨叔叔你放心，我这就和她联系。"

结束了和杨从容的对话，我立即拨打了简薇的电话，与米彩分手后的我，确实不再有诸多顾虑，我该将自己的精力全部投放到事业上，然后用事业去支配自己的生活，至于那虚无缥缈的爱情，不期待也罢！

第 396 章

追不上你的
脚步

电话拨打出去，简薇过了小一会儿才接听，她的语气充满了忙碌一天后的疲倦："给我打电话有事儿吗？"

"就是想和你聊聊融资的事情，你还真够可以的啊，我当初拒绝了你的投资，你就和杨叔叔一通抱怨……"

简薇打断了我："废话，我不和杨叔叔抱怨，难不成还和你这个缺心眼的抱怨吗？你说吧，这会儿给我打电话打的是什么算盘？"

"那个……杨叔叔希望你能入资这个项目。"

"你直说！别总是拿其他人说事儿！"

感受到简薇的怨念，我终于说道："我也希望你能入资这个项目。"

"为什么以前不希望？"

我一阵沉默后，回道："你就别刨根问底了，这事儿，我自己也觉得挺尴尬的！"

"你那点小九九我都清楚得很，算了……我就不为难你了，不过你能主动和我提起入资的事情我还是蛮高兴的。你要记住：我们是在做生意，总是掺杂着太多的个人感情是不成熟的。在商界，那些离了婚还保持着业务往来的前夫前妻们比比皆是，你想做多大的事业，就得有多大的胸襟，晓得不？"

"简总你真的很懂啊，以后我叫你懂老师吧！"

"你少臭贫，少调侃我！跟我在一起共事，一切以就事论事为基础，别整天磨磨叽叽的！"

"懂老师，您教导的是！我这小半辈子尽顾着磨叽了！"

"知错能改，善莫大焉……对了，你现在人在哪儿呢？"

"徐州，这几天都不打算回去了，想在这边找到合适的商业用房，完成'文艺之路'在苏北地区的第一个布点。"

简薇稍稍沉默之后对我说道："那我明天去徐州找你吧，我想现场了解你对店铺选址的判断，然后再聊聊投资的事情！"

结束了和简薇的通话，我一直在茶馆里坐到了黄昏，将那些事业和感情上的事情翻来覆去地想了一遍又一遍，直到路灯亮起，才停止。可是看着街上那来来往往的人群和车辆，我又陷入一个人的孤独中，这个时候多么希望有一个被自己深爱过的女人陪在身边，我们可以聊聊生活、事业，也可以讲上一个笑话，互相调侃几句，那也是一种远离孤独的充实。可是，现在的我已经没有条件去享受这些，于是再次安慰自己，这所谓的孤独，只是失恋的后遗症罢了，总有一天我会以潇洒的姿态摆脱这该死的一切，重新在生活中找到活下去的乐趣。

回到家里，老妈他们也已经结束了牌局，互相聊着今天在牌局上的斩获，见我回来了，板着脸问道："昭阳，你这一下午跑哪里去了？"

"在街上随便转了转。"

老妈的语气依旧不悦："你这好不容易回徐州一次，也不知道请小允吃个饭。"

我看了看李小允，终于问道："待会儿有时间吗？一起吃个饭吧。"

李小允笑了笑，答道："时间是肯定有的，不过你要把请我吃饭当成阿姨分派给你的任务，我可就真不能奉陪了！"

老妈目光犀利地注视着我，我总算带着些眼力见儿回道："没有、没有，就是好久不见了，一起吃个饭，聊聊天！"

老妈终于给了我一个赞许的眼神，继而对李小允说道："小允啊，和昭阳一起去吃饭吧，然后再开导开导我这个活不明白的儿子。"

我和李小允走出了小区，晃荡在一条栽满梧桐树的小路上，快走到尽头时，我终于向李小允问道："最近过得怎样？"

"很好啊，既有工作带给我的充实，又有麻将带给我的休闲……"

"真惨，又一个好姑娘被麻将给毒害了！"

李小允只是笑了笑，于是我们又陷入沉默中，而路已经到了尽头，前方是一个有红绿灯的路口，我们很有默契地停下了脚步，向前张望着，想选择一条相对宁静的路继续走下去。

我说："向北走吧，如果我没记错的话，那边有个餐馆，里面的大盘鸡做得很地道。"

"好啊，我也想吃大盘鸡了。"

"再喝点啤酒，好吗？"

"干吗把这个夜晚弄得这么让人满足呢?"

我笑了笑,问道:"只是啤酒和大盘鸡,就意味着满足了吗?"

"是啊,我安于这种满足,如果饭后还能看上一场电影,会更满足!"

我点了点头,然后用手护住李小允的肩,避开来来往往的车子,向街的对面走去。无意间我看到街灯下我们的身影,并没有什么差异,因为都是如此的平凡。

小饭馆里,我给李小允和自己各倒上一杯啤酒,两人碰了个杯后便一饮而尽。放下杯子时,李小允很直爽地对我说道:"昭阳,阿姨现在又想把我们撮合在一起,你觉得可能吗?"

我望着她,一时不知道怎么回答……

李小允摇了摇头,说道:"我觉得不可能,阿姨她太疼你了,所有的事情都站在对你有利的立场去考虑,所以她根本不了解现在的你对一个女人而言是多么危险!你根本没有从与米彩的爱情中缓过神来,和你在一起,只会让我再次活在另一个女人的阴影下,这太不公平了!"

"所以你今晚和我一起吃饭,就是为了说这些?"

"是的,有些话我不能和阿姨明说,希望你能代为转达……我已经有正在交往的对象了!"

我这才明白,没有人会永远站在原地等待着,终于强颜欢笑道:"我明白……我会找个机会和我妈把这个事情说清楚的!"

李小允笑了笑,说道:"曾经我以为你是我生命中最后一个男人,也曾全心全意地爱过,可随着时间的推移,渐渐发现我们根本不是一个世界的人,我所追求的只是一种平凡和简单,而你总是在爱情中挑战着极限,我这个平凡的女人真的追不上你的脚步。"

李小允说着从自己的手提包里拿出一些零散的钱币递给我,说道:"曾经我从你那里拿了1000块钱,这是剩下的钱,也该还给你了!"

当我从李小允的手中接过这些钱币时,我心中有些隐痛,这才体会到当初李小允用这笔钱改变我的颓废时,是多么用心良苦!

我想告诉她,现在的自己也渴望着平凡,渴望着一杯啤酒和一场电影的满足,可是她已经绕道走在了另一条我无法涉足的路上……

第 397 章

有点
恨她！

　　吃完晚餐，我和李小允走在来时的街头，可心情却已经不是来时的心情。再次来到那个有红绿灯的路口，李小允停下了脚步，对我说道："昭阳，我总想对你说点儿什么，可是又不知道怎么开口！"

　　"我不需要别人的同情和安慰，其实我心情不错，也没觉得自己的生活受到影响！"

　　"你说的是真话吗？"

　　我点了点头，说道："是啊，分手这件事情真的很折磨人，但是经历得多了也就不过如此，我想我可以过得比她更洒脱！"

　　李小允摇了摇头，笑道："既然分手了，为什么还非要和她做对比呢？还是说，你潜意识里根本不能释怀这段爱情，所以才会本能地在分手后去和她做对比。"

　　我茫然地看着李小允，不知道她说的到底对不对，但只要想起米彩，我的心中还是五味杂陈，然后计较着自己在这段感情中的得失。

　　时间就这么在我的茫然中流逝了几分钟，我们终于坐在了路口的长椅上，我对李小允说道："小允，你先回去吧，我自己坐上一会儿。"

　　"也好……"

　　"嗯，谢谢你在这个晚上陪过我。"

　　"是我该谢谢你……昭阳，你是个好男孩儿，一定会幸福的！"

　　我看着她，笑道："你是说我不够成熟吧？"

　　"不够成熟也是一种魅力，所以我要谢谢你，让我这个注定平凡的女人在有生之年也曾体会到一份年少轻狂又充满憧憬和遐想的爱情……"

　　李小允就这么离开了，可是她离去的背影却叫我那么难受，更难受的是：我根本不知道难受的根源在哪里，只觉得自己像一个被遗弃的孤儿！

　　我又想起米彩，此时的她又在做什么呢？是否也像现在的我一样，在狂乱中失去自控，然后带着无法宣泄的孤独在这个复杂的世界里游来游去？

　　她不会的，相信她依然在自己云淡风轻的世界里，带着对爱情的冷漠自

由穿行着，所以现在的我才是如此危险！于是，活在孤独和危险中的我有点恨她！

回到家，我把自己弄成一副很醉的样子，避开老妈询问的眼神，一边晃晃悠悠，一边抱怨道："这李小允是不是泡在酒缸里长大的？太能喝了，活活把我喝成这个死样子！"

老妈看着我感慨道："哟，这是喝了多少？胡话都说上了！"

"妈，我头晕，先睡了啊！"

"等等。"

"妈，我这会儿脑子都不是自己的，满嘴胡话，能和你说什么啊！"

"我是想让你等等，给你泡杯茶。"

我心中顿时一松，原来是虚惊一场，可转瞬又陷入另一种无奈中，为什么我就不能坦荡地面对自己的父母？又为什么总是用自己的活不明白，让他们一次次绝望呢？想必，如果让老妈知道李小允已经有了感情归属，她一定是绝望的！

喝了一杯解酒茶，我回到了自己的房间。躺在床上，我又开始习惯性地用烟拯救着自己的颓靡，然后在弥漫的烟雾中，盯着天花板出神，时间久了便感觉不到自己的存在，那焦虑的思绪也渐渐安定下来。

门忽然被敲响，接着是板爹的声音："昭阳啊，睡了吗？"

我赶忙将烟掐灭在烟灰缸里，也不做出回应，直挺挺地躺在床上，做出一副睡得很死的模样！

板爹打开了房门，然后又替我打开了窗户，来到床边说道："和你妈演完了，还要和你爸演吗？"

我终于睁开了眼睛，又警惕地往房门外看了看，确定只有板爹一个人，才起身说道："板爹，做儿子的难啊，有些话我真是没法和我妈开口，要不然我这么一个酒桶，也不能装醉啊！对了，我妈呢？"

"去小允家了！你今天和小允谈什么了？"

我往桌上已经空了的烟盒看了看，向板爹问道："您那还有烟吗？给我来上一根！"

板爹从口袋里掏出一包红杉树扔给了我，我摸出一根点燃，这才说道："板爹，你晓得啊，小允她处对象了，就是不太好开口告诉我妈，要是我妈知道，肯定得上火！"

板爹没什么反应，只是说道："上火也没辙！"

"这事儿等我走了，你再委婉点告诉她，要是从我嘴里说出去，她这心肯定得凉！"

"你做的这些事情搁谁身上，心都得凉！"

板爹虽然没什么表情，我却能感受到他的情绪，许久低沉着声音说道："对不起啊，板爹……我这个做儿子的真是不行！"

板爹没有理会我的道歉，却问道："和我说说，你和小米是怎么分手的？"

我故作轻松，笑道："不合适呗！"

"怎么个不合适法？"

"用我妈的话说，她不是一个能过日子的姑娘……板爹你说，我也算是一个有思想、有要求的男人吧，她虽然长得无可挑剔，但发现了缺点之后，我还是可以做到当机立断的，所以果断地结束了这份太空幻的感情！"

板爹当即沉下脸，说道："别和你爹耍贫嘴，小米是什么样的姑娘，我心里有数得很，多半是你三心二意，开了小差！"

我有些激动地辩解道："谁三心二意，谁被雷劈！"

板爹满脸怀疑地看着我……

我的气势顿时弱了些："那个……总之她对我有点误会，我也给不了她想要的纯粹……反正我们就这么和平分手了。"

板爹半晌说道："小米这姑娘，心思太重，你们之间是不是缺少沟通？"

"分都分了，还有什么好沟通的？板爹，咱们不聊这个了，说点开心的，明天你有空吗？和我一起去 4S 店，给你换辆车！"

"不用破费了！"

"这真不是破费，你那辆单位配的车，隐患太多了，安全上的事情真的马虎不得，儿子不孝了这么多年，你就让我表表心意吧。"

"钱留着自己买房吧……"

我打断道："不缺买房的钱，这事儿就这么定了，明天咱爷俩一起去 4S 店看看，给你换一辆新款的帕萨特也不错！"

板爹最终还是拒绝了我，但我已经打定主意，明天去 4S 店帮他把车给订下来，也希望自己这么做，能够让他和老妈宽慰一些。遗憾的是，现在我能做的也只是给予物质上的弥补，而以后，我会更加努力去发展事业，让自己做一个不那么一无是处的男人！

第 398 章

天使

投资

　　次日一早我便起了床，板爹并不受我分手事件的影响，依旧保持着周末去水库钓鱼的习惯；老妈可能以为我和李小允还有复合的希望，心情看上去还不错，哼着小曲做着家务，可这让我感到愧疚，于是连早饭也顾不上吃，便借故离开了家。我开着车，没有什么目的地穿行在这座城市里，全然忘记了简薇说过今天会来。

　　等我接到简薇的电话时，已经是中午时分，她告诉我她已到火车站了，让我去接她。我以最快的速度赶到火车站，果然在广场上看到了站在烈日下、戴着墨镜的简薇。我买了一罐凉茶来到了她的身边，递给她后，调侃道："简总，赶紧谢谢我，今天让你体验了一把平民的生活，怕是你好几年都不曾挤过火车了吧？"

　　"'挤'这个字用得不贴切，我买的是卧铺票！"

　　"就这么几百公里的路，至于这么奢侈吗？"

　　简薇不理会我，从自己的包里抽出一张湿巾，擦着脸上的汗水，然后环顾着这座对她来说并不算陌生的城市。和几年前她刚来这里时一样，路人们纷纷将目光投向了她，惊讶于她那卓越的气质。我才发觉，时间并没有带走她的美貌，却带走了我们为彼此动过心的曾经。

　　她终于对我说道："昭阳，这里似乎没怎么变……"

　　"变了，火车站的广场改建过，对面的白云百货也是近几年才建的。"

　　"我是说这座城市的气质，还是那么硬朗！"

　　"这不重要！毕竟你和这座城市的缘分实在太浅了！"

　　"浅吗？"简薇说着向对面的酒店看了看，我并不知道她是有意还是无意的。当初她来徐州看我时，住的就是那个酒店，那天晚上我留在酒店里陪着她，记忆最深刻的便是，不喜欢用套的我们，在深夜里冒着严寒去药店买避孕药，想来那时候我们爱得很深，不仅仅是灵魂，还有身体上！

　　而现在，她已经是一个顶级广告公司的总经理，我似乎也褪去了青涩，为自己的事业奔忙着。曾经那爱得如胶似漆的感觉，早就淹没在岁月的洪流中，不复存在。但我还是有些许怀念，因为那个时候的我们爱得最纯粹，无论是在床上，还是在生活里！过去，她的确给过我一座最干净的城池，干净到完全不必去想未来的琐碎……

自我感慨中，简薇向我问道："昭阳，你是打算请我去你家吃饭呢，还是在街边随便对付一口？"

"就在街边凑合着吃点吧。"

简薇摘掉墨镜，生怕我不知道她正瞪着我，说道："怎么说这也是我时隔五年之后的故地重游，你好意思这么敷衍？"

"不是你让我选择的吗，难不成做个实在人也成缺点了？"

"你但凡有点良心，就做不出这样的选择！"

看着她那计较的模样，我在无奈中妥协道："我错了还不行嘛，这火车站附近的酒店随便你挑，想吃什么山珍海味我都统统满足你！"

"瞧你这副暴发户的嘴脸！谁稀罕吃你的山珍海味了？"

"我是真没法和你沟通了！"

简薇忽然笑了出来，说道："行了，逗你玩的，就算你现在请我去你家，我也觉得不太合适，咱们就街边凑合着吃点吧，下午还得和你聊点事情！"

"乖！有这个觉悟就对了……"

"我怎么那么想一脚踢死你呢！"

中午与简薇随便吃了点东西之后，我将她安排到酒店住下，接着驱车去了4S店，用卖掉钻戒的钱和身上所有的存款给板爹订了一辆新款的帕萨特。顿时，我感觉了了一桩心事，尽管知道板爹并不是多么喜欢我送的这个礼物，但这个时候真的很想借用这种方式弥补这些年对他们的亏欠，而在感情和婚姻上，现在的我真没有能力去满足他们，我仍独自走在一条看不到尽头的长征路上！

黄昏时分，我来到了简薇住的酒店，打算正儿八经地和她聊聊投资的事情。按了门铃之后，她穿着单薄的睡衣给我打开了房门，这让我有些尴尬，便提议道："你赶紧换上衣服，待会儿咱们在徐州城里转转，争取这两天就把租场地开设客栈和酒吧的事情落实下来！"

简薇往镜子里的自己看了看，随后问道："你很介意我穿成这样出现在你面前吗？"

"也不是很露……如果你单身肯定无所谓，但你现在是有男朋友的女人，我应该对你和向晨有起码的尊重……"

简薇打断了我："你愿意去尊重别人，但不代表别人有多么尊重你！"

"你这说的是哪里的话……赶紧换衣服，我到酒店外面的停车场等你！"

片刻之后，简薇换好衣服来到了停车场，上了车后，她向我问道："昭阳，我想了解你选择经营场地的原则。"

"城市的边缘，街区环境相对要好，这样可以大幅度削减我们的租房成本，然后把这个实惠回馈给游客，我觉得这会成为我们经营上的独特优势！"

"这个策略没有错，也可以充分利用杨叔叔所投放的广告资源，我相信，消费者很快便会知道有这么一个极具性价比的客栈存在。"

"嗯，所以杨叔叔的广告资源是'文艺之路'很关键的一部分，这是我们敢于走性价比这条经营路线的基础和保障！"

简薇点头认同，又说道："但是我更希望你能为这个项目注入文化内涵，这样才能真正打造出一条充满生命力的'文艺之路'！"

"放心吧，在这点上我已经有想法了！"

"嗯，我无条件支持你，你最近就做一份融资企划书给我，我尽快落实在这个项目上的第一笔融资。"

"感谢你的天使投资！"

简薇笑了笑，说道："这虽然是第一笔投资，但我却不认同是天使投资，我相信有了你的想法，和杨叔叔在广告宣传上的保证，这条'文艺之路'很快便会进入盈利状态，而我会在这个项目上得到精神和物质的双重收获！"

"那就借你吉言了！"

简薇笑了笑，而我的电话也在这时响起，我放慢了车速，从口袋里拿出了手机，这个电话是板爹打来的。

我以为他是关心我回不回家吃晚饭，他却向我问道："昭阳，你什么时候回苏州？"

"后天吧。"

"哦……我这边刚接到上面的任务，这个星期三要去上海参加展销会，正好搭你的便车到苏州。"

我愣了愣，这岂不是意味着回去时板爹要和简薇同坐一辆车？也不知道简薇会不会尴尬，似乎也很难和板爹解释简薇为什么会来徐州，而相对保守和固执的他会不会反对我和简薇以旧情人的身份成为商业上的合作伙伴？

第 399 章

担不起的
责任

板爹在等待着我的答复，而送他去上海也不过是举手之劳，我便毫不犹豫地答道："行啊，我后天直接把你送到上海。"

"你忙你的工作，把我带到苏州就行了。"

"反正要到后天呢，到时候再安排吧。"

板爹"嗯"了一声之后便挂掉了电话，简薇却有些疑惑地看着我问道："你爸要搭顺风车去上海？"

"是啊，到时候路上你也有人聊天了。"

"以你爸那铁板似的性格，他能和我聊天？别开国际玩笑了，好吗？"

"既然这么没共同语言，那你就回避一下吧……可以坐火车回去，还有卧铺可以睡，简直是星级享受啊！"

简薇的面色当即阴沉下来，伸手就想扯我的头发……

我一边躲，一边紧张地说道："求你别闹，开车呢！"

"昭阳，你真不是个东西！"

我一脚踩住了刹车，然后将车子停在了路边，怒道："你们都觉得我不是个东西，可谁真正体会过我的无奈？谁又能站在我的立场，去审视我要面对的一切？简薇，我真的感觉自己这些年活得特憋屈，好似冒犯了谁，都是死罪，是不是我真的该死？"

简薇面色复杂地看着我，半晌轻声说道："对不起……我该体谅你的苦衷，明天早上我就乘火车回去，你也不必困扰了！"

我打开车门，站在空旷的公路边，这几年那些不能忍受的痛楚，终于在这一刻集中爆发了，我对着旷野大声咆哮着。咆哮中，我好似又看到了那些在生命中留下沉重烙印的屈辱，也看到了自己付出的真心，被别人当作垃圾践踏着……于是，我愈发声嘶力竭，恨不能炸裂自己的身体，在痛苦中释放痛苦！我终于坐在了地上，完全出于本能地从口袋里摸出一支烟点上，然后带着发泄后的透支，剧烈地喘息着……

简薇来到了我的身边，她蹲了下来，挽住我的手臂，将头靠在我的肩头，似乎在哭泣，又似乎没有，但她的身躯却是微颤着的……

她的声音轻得我几乎听不见："对不起……对不起，是我……偏离了！"

我已经不想去探究什么，只想享受这一支烟带来的快感，于是在弥漫的烟雾中，迎着夕阳，看着在黄昏下绵延的山脉……

简薇终于抬起头，她的脸上并没有泪痕，可是我的肩头却湿了一片，我便脱掉了 T 恤，又给自己续上一支烟，而简薇从我手中抢过了那脱掉的 T 恤，生生用手撕成了布条，也不言语……

"好好一件 T 恤，你撕了干吗？"

"我也发泄！"

"那撕你自己的啊！我这衣服多无辜……"

"我是女的。"

我想想也是，我们之间确实存在着男女有别，所以我的衣服能撕，她的衣服撕不得！

"昭阳，带我去吃地锅鸡吧，就像几年前那样，行吗？"

"行，但是你得先去给我弄件衣服来。"

"你是男人，光着膀子也没什么。"

我感叹道："是啊，我是男人，我怎么可以辜负了'男人'这两个字，所以那些该承受的、不该承受的痛苦，我都应该置之度外，然后让自己活在一个无所谓的谎言中。"

简薇沉默不语，许久向自己的车子走去，然后从行李箱里拿出了一件白色的 T 恤衫递给我，说道："这是我们公司的工作服，你先穿着吧。"

我从她的手中接过，反复看了看，总觉得不是我的尺寸，便说道："太小了，你去换一件大点的！"

"就这么一件，将就一下吧。"

"对于穿衣服，我从来不将就！"

"你是在暗示我，女人如衣服吗？可有些兄弟也没有把你当手足！"

"你这是什么逻辑！我现在和你谈的就是单纯的衣服，没什么暗喻……你就不该自作主张地把我的衣服给撕了，这还没吃上晚饭呢，你倒是先撑住了，真不知道你哪儿来的力气！"

"昭阳，你不要和我抱怨那么多了！不就一件 T 恤吗？我现在就去给你买，你在这儿等着，好吧？"

"去吧，我的尺码没变，买一件帅一点的，或者挑贵的买也行！"

简薇点了点头，便驱车向市区的方向驶去。

这一刻，不知道出于什么原因，看着她那温顺的模样，我心中却是一阵酸涩，并隐约感觉到了潜藏在她内心的一些委屈和痛苦，想来我还是习惯那个强势的她、从不低头的她。

简薇离开后，我一个人赤着上身坐在空旷的马路边，体会着晚风的狂野，抬头一看天空，夕阳早就隐匿，取而代之的是漫天的乌云。

这还真是七月的天气，说变就变，马上就要赐予我一道闪电，然后将这个世界搞得一片混乱！

手机再次没有征兆地响了起来，我从口袋里拿出来，发现是方圆打来的，接通了后说道："有话赶紧说，我这边打着雷呢，弄不好要被雷劈！"

方圆语气焦急地问道："你这会在哪儿呢？"

"真在容易被雷劈的地方，你当我瓢你玩呢！"

"外面朗朗乾坤，哪来的雷？"

"我没在苏州，回徐州了！"

"昭阳，你这回得可真不是时候！米总刚刚在开高层会议时晕过去了！这会儿正在送医院的路上呢……唉！你怎么偏偏这个时候回去了？"

我心中本能地一颤，当即向方圆问道："她怎么了？"

"最近她一直在超负荷工作，可能是累的！"

我判断出，此时的方圆并不知道我和米彩已经分手，所以才会如此急切地给我打电话，让我担起男朋友应该担起的责任，可这个责任我是担不起了，终于对他说道："麻烦你去医院照看一下吧，我回不去。"

"你这是什么话？米总她是你女朋友，你就是天上下刀子，今晚也得赶回来，这事儿可不该有借口！"

米彩累到失去知觉的模样就这么浮现在我的脑海中，我沉重到无以复加，心好似被剁碎了一般痛，但还是咬着牙对方圆说道："我们已经分手了，我……我担不起她的责任！"

第400章

走错
的路

在我说起与米彩分手后，方圆足足沉默了一分钟，才说道："我有点不能相信……你们到底是因为什么分手的？"

我回应方圆的是沉默，总觉得我们分得过于肤浅，曾经苦心经营的爱情，只是死在了一场莫须有的怀疑中。米彩她可能永远也不会懂，我对乐瑶的一切付出，只是基于友情，而我和乐瑶的过去，也只是源于一次荒唐。千错万错，我只怨几年前的自己，不该在与简薇分手后，自暴自弃地放弃了心中那座晶莹剔透的城池。如今，我也终于为自己的不够成熟付出了惨痛的代价，因为自己的心里，从来没有放下过米彩。

方圆还在执着地等着我的答案，我终于对他说道："也许是我这个人不够纯粹吧……不说了，下雨了，我找个地方避避雨！"

我没有再给方圆追问的机会，以最果断的方式挂掉了电话，却哪里也没有去，只是茫然地看着那已经被简薇撕烂的T恤，许久才抬头往乌云密布的天空看了看。我心中期待着，如果有人曾经路过那座天空之城，会回来告诉我，它是否已经沦为一座废墟，而那个长发垂肩的女子，又去了哪里？

电闪雷鸣中，豆大的雨点密集地落了下来，我将那被撕烂的T恤顶在头上，张望着远处驶来的车辆，只盼望简薇赶紧回来。

在雨中淋了将近一刻钟，简薇终于回来了，她按下车窗在暴雨中向我喊道："你是不是缺心眼啊？后面就是加油站，为什么不进去躲躲？赶紧上车。"

我终于拉开了车门，坐进了车内，从我身上滴落的雨水，很快便在脚垫上形成了一摊水渍。简薇抽出纸巾，帮我擦掉了脸上的雨水，又责备着问道："后面那么大个加油站，怎么就不知道进去躲躲呢？淋得跟落汤鸡似的！"

"身后的东西，谁会注意！"

简薇手上的动作就这么停了下来，然后看着我："你想说明什么？"

"我没想说明什么，真没注意后面有个加油站，我倒是觉得你有点敏感了！"

"但愿你说的是真的。"说完简薇将刚买的一件衣服递给了我，然后启动了车子。窗外那些雨中的风景，很快便成了我脑海中的记忆，可我仍不禁回头看了看，刚刚似乎真没有在意身后的那个加油站。

与简薇一起吃了晚饭，我将她送回了酒店，然后回到家中，洗了个热水澡，避开了板爹和老妈的询问，进了自己的房间。

我无法形容此时的心情，但自己全部的心思却真真切切地放在了米彩的身上。我担心她，只要想起她躺在病房里的模样，我的心就一阵阵无法抑制的抽痛，这种抽痛一点点吞噬着我的理智和坚持！

我终于从口袋里拿出了手机，然后等待着，只要此刻她给我发一个信息，说想我了，需要我在她身边，我一定会扔掉所有的固守和尊严，回到她身边，照顾她的生活起居，再也不让类似的事情重演。

经历过许多的自己，已经深深地明白，在感情中是谈不了尊严的。尽管我很在意那尊严，但更爱她，哪怕因此痛苦过很多次，也依然不能让自己变得理智起来，而现在唯一欠缺的便只是她的一个回应，一个证明她还在乎我的回应！

手机一直很安静，这种安静简直是在嘲笑我的自作多情，我感到了深深的挫败感，然后在挫败中点上烟，强迫着自己不去想她……

房门忽然被推开，板爹走了进来，他并没有抱怨我把房间弄得乌烟瘴气，只是如往常般帮我打开了窗户，然后搬了张板凳在我的床边坐了下来。我掐灭手中的烟，又下意识地从烟盒里抽出一根，准备续上。

板爹按住了我的手，说道："少抽点烟，你要有心事就和我说，别自己闷在心里。"

我放下了手中的烟，笑道："我能有什么心事啊！就一个人待在房间里有点无聊！"

板爹叹息道："你这孩子就是这个样子，平时不该说的话，乱说一通，真正需要沟通的时候，却又什么都藏在心里，一句也不愿意说……这样不好，容易闹误会！"

板爹说得没错，可那些我自己经历着的痛苦和无奈，真的不习惯再带给身边的人，便又笑道："板爹你真的想太多了，我能有什么心事啊！对了，今天我去4S店把车给订下来了，交的全款，两个星期左右到货，到时候你去提一下，这是收据和提车凭证。"我说着从手提包里将收据和凭证拿出来递到了板爹的手上。

"有这钱你自己留着买房，我要这么好的车做什么，等退了休，不上班，我也就用不上车了，你赶紧拿去退掉！"

"板爹，这是儿子的孝心，用不用得上你都留着……我向你保证，儿子以后一定改掉以前的臭毛病，让你和我妈过上好日子，所以车子你一定收下，让儿子兑现自己的承诺！"

板爹看着我，终于点了点头。一阵沉默之后，板爹又提醒道："后天我搭你顺风车去苏州的事情别忘了。"

"我直接送你去上海吧。"

板爹摇头道："我去看看小米，当面问问她，为什么和你分手，她要是真看不上你，嫌我们家贫，我什么话都没有……"

我当即激动地打断："爹，可没这么做家长的，也没这么刨根问底的！"

板爹面色严肃，不容置疑地回道："更没这么儿戏的感情，我是你爹，不能眼睁睁看着你一步错，步步错……"

"爸，天底下好姑娘千千万，你干吗非得认定她啊？我现在明明白白告诉你，她和我一样，也活不明白，两个活不明白的人，在一起能好吗？"

"不是你爹认定了她，是你自己心里到底有没有认定……儿子，你爹走错的路，不能再让你走错了，感情不是儿戏，不是怄气，更不是交换！"

我有些反应不过来，怔怔地望着板爹很久，终于问道："爸，你这话是什么意思？"

第 401 章

想

太多？

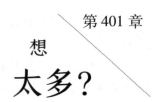

板爹一声叹息，却并没有立即回应我什么，只是说道："感情需要慎重对待，如果你和小米之间真的相处不来，我自然不会说什么，但你现在这个样子，是什么心情，哪怕你不说，我也看得出来……"

我打断道："板爹，你别劝了，你儿子天生就是被女人甩的命。我现在也算看透了，条件太好的女人，相对要的也多，她们的身边更不乏追求者。所以我该认清自己，无论是简薇还是米彩，都只是我感情世界里的过客，她们不适合我，究其根源，还是我太平凡，而她们又太空中楼阁！"

板爹皱了皱眉，回道："你这话里明显有情绪，感情应该是一件自然而然的事情！"

"板爹，你越规劝我，我越觉得你太懂感情上的事情，你和我说实话，年轻的时候，你是不是也被几个姑娘辜负过？所以你现在才能站在过来人的立场，给予我这么深刻的教诲！"

板爹面色一沉："你少给我转移话题，我们现在说的是你的事情。"

"爸，咱们别抬杠了，刚刚你也说了感情是件自然而然的事情，那就让它自然而然地结束吧！在与米彩的这段感情中，我觉得自己真的已经尽力了，可我的尽力也换不回她的全心全意，在她心里，卓美永远要比感情来得重要，而我又是一个相对不纯粹的男人，所以我们互相不能满足，分手也就成了一个必然的结局……这些就是我掏心掏肺想和您表达的！"

板爹陷入沉默中，许久才对我说道："苏州我还是打算去一趟，也挺晚了，你早点睡吧。"

板爹就这么离开了，我的心却没有因为环境的安静而平静下来，依然处在焦虑之中，我不禁问自己：为什么可以看透分手的本质，却又不能带着平静去释怀呢？难怪有人说：爱情是这个世界上最复杂也最简单的一个幻物，如果你能释怀，那自然简单，所谓爱情不过就是一次遗忘；如果不能释怀，只能堕落在痛苦中，浮浮沉沉……

双手重重地从脸上抹过，我渐渐平静下来，终于拿出手机找到 CC 的号码，然后拨了出去。片刻之后，CC 接通了我的电话，自以为很懂地说道："昭阳，你给我打电话，是问乐瑶有没有出国的事儿吧？暂时还没有，不过已经去了贵州的那个小山村。"

"哦……呃，其实不是为了这个事情！"

"那难不成是为了米儿？我觉得不可能，你们这都分手了，从你以往表现出的格调来看，你肯定不会和我打听什么的！"

"我是不会和你打听什么，只是告诉你，她今天下午开会时晕过去了……"

"什么，这么大的事儿，她怎么没告诉我？"

"病床上躺着呢，可能还没醒！"

"不能够吧，下午晕过去的，要是到现在还没醒，这事情可就大了！"

经CC这么一说，我心中又是一颤，一阵沉默后，说道："要不，就是不愿意麻烦你……"

"我们之间还有什么麻烦不麻烦的，你赶紧告诉我，她在哪个医院，我现在就过去看她，可千万别出什么事！"

"我把方圆的电话号码发给你，你打电话问他吧，这事儿也是他告诉我的，我没细问她在哪个医院！"

CC的语气充满了不悦："昭阳，你的心可真大呀，这个时候说话还能这么慢条斯理的！竟然连她住哪间医院都没问。"

"我不想和你解释什么……"

"我也不想听你解释，你赶紧把方圆的号码发给我……我先挂电话了！"

"等等……"

"怎么了？"

"替我向她问候一下吧，希望她早日康复！"

"你自己不会当面和她说啊？"

"分都分了，还见什么面！"

"做作，你和简薇不也分了吗？我看你也没怎么保持距离！"

CC说完后便挂掉了电话，而我却有些缓不过神，再次陷入一种难以言明的纠结中，我确实不理解自己为什么要如此刻意地和分手后的米彩保持距离，也许……在她面前我真的是自卑的，一旦分手，这种自卑感便急速膨胀。想来，我那男人的自尊心在她身上受到严重的损伤已经是不争的事实！

大约过了一个小时，CC通过微信我发来一条信息："她没什么问题，就是劳累过度，情绪也不太好，所以导致了眩晕，这些天需要静养，你要担心就过来看看。"

"没事儿就好，我就不过去了，你最近多在生活起居上照顾她一些！"

"你就一点也不在意她的情绪为什么不好吗？"

我沉默了很久才回道："除了卓美，这个世界上还有什么能拨动她的情绪！"

CC似乎已经厌倦了我的诸多抱怨，她没有再回我的信息，我也终于将自己沉溺在夜色中，什么也不愿意去想。这个时候我才感觉到了些许尊严，因为大脑是空白的，只要不想起米彩，我都是有尊严的。

次日一早，我还在睡眠中，板爹便进了我的房间喊醒了我，我有些弄不清他的来意，便在迷糊中问道："板爹，这么早你就喊我，为啥事儿啊？"

"赶紧起床，待会儿我们去苏州！"

"干吗赶在今天，不是说好明天才去吗？"

"去看看小米，她住院了。"

我顿时没了睡意，问道："你怎么知道她住院了？"

板爹拿出了自己的手机，然后打开了微信，我便看到了米彩在朋友圈发了一条公开信息，对自己住院后别人给她的关心表示感谢！

可我更诧异了，问道："你怎么加她微信了？"

"上次在西塘她添加的我。"

我感到难以置信，说道："您可真潮，竟然还会玩微信！更离谱的是，你不添加自己儿子为好友，倒是加上她了……我的天黑了！真黑了！"

板爹没有理会我的惊讶，又拍了拍我，示意我赶紧起床……

而实际上我最难以置信的并不是板爹会玩微信，也不是米彩添加了他为好友，而是她竟然发朋友圈动态了，除去今天她发的这条表示感谢的动态，只剩下上次我们一起发的那条"我们在一个很脏的地方"的动态，而且是我替她发的……所以她是没有发动态的习惯的！

我不禁疑惑，她是想表达什么吗？或者，又是我想太多了！

第 402 章

探
望

在板爹的催促下，我终于从床上坐了起来，又从板爹的手中拿过他的手机，添加了他为微信好友，然后让这件事情变得不那么像个玩笑，如果他真的玩微信，好友名单里怎么能少了我这个儿子？

与板爹一起吃了个早饭，两人便准备离开。临走时老妈又喊住了我，问道："昭阳，你下次什么时候回徐州？"

"徐州这边我正筹备着建客栈，应该不会太久！"

老妈好似松了一口气，点了点头对我说道："小允那边你也抓点紧，凡事儿主动点，别让人家姑娘整天迁就着你！"

我再次愕然，原来板爹并没有告诉她，李小允已经有了男朋友这个事实，而此时的我正被诸多事情缠身，便决定暂时就这么隐瞒着，也许不需要我和板爹告知，李小允的家人总会和她知会一声的。可无论老妈最后通过谁的口得知这件事情，我都觉得自己好似活在一出悬疑剧中，我知道一些真相，别人也知道一些真相，但这些真相都是破碎的，在没有完整拼凑起来前，未来便充满了悬念，而最后那陪我走完一生的女人，我仍困在这些悬念中等待着她……但我已经不相信会是米彩，因为她对我说过，今生不能做我昭阳的妻子。想来这句话给了我多少痛，又破灭了我多少期待……

在我与板爹驱车向苏州驶去的同时，简薇也已经搭上了回苏州的火车，她还是成全了我，选择避开板爹，实际上这里面的无奈也只有我这个身处其中的人可以体会。尽管我和简薇作为当事人可以释怀曾经的情人身份，但别人多半是不理解的，比如板爹，很久以前他似乎就不太愿意看到我与简薇这个旧情人再产生交集。可是，为什么他总是对我和米彩抱有期待呢？哪怕已经分手……难道是天生的好感吗？

我不太认同这个看法，因为太单薄，而板爹又是一个理智的人，他不会过于感情用事，但可以肯定的是，无论他抱有怎样的期待，我和米彩也已经完了，因为我们在分手时说的那些话，已经彻底堵死了我们回头的路。

我渐渐相信，她并不是那座天空之城里的女人！虽然我爱过她，甚至还爱着她……可到底谁才是那个长发垂肩的女人呢？她又是否在我的身边，或者我仍要花费很多时间，继续寻找着？我希望她在我的身边，只是我还没有察觉而已！

中午时分，我与板爹回到了苏州，然后我又向 CC 打听米彩住院的地址。CC 告诉我，米彩已经从医院转到疗养院去静养了，此时她的情绪不太稳定，需要安静一些的环境去恢复。我有些心疼米彩，可心疼又如何，她始终不愿放下对卓美的执念，让自己过上轻松一些的日子。有时候我真的很想面对面问问她，米仲信真的愿意看到她现在这个样子吗？而卓美又是否是米仲信最在意的一个部分？也许，一切的一切只是米彩的自以为是，但这种自以为是却已经可怕到摧毁了她的生活，可她又察觉到了这些吗？

想得太多，我便有些失神，板爹拍了拍我的肩，说道："昭阳，你马上去疗养院看看小米，问她想吃些什么，我给她做，做好了我再送过去。"

"你去哪儿做啊？钥匙我都还给她了！"

"钥匙多半放在脚垫下面，要是没有，我再打电话问她……"

"板爹，你这么做人家领情吗？算我求你了，给你这可怜的儿子最后留点尊严吧！人家多半觉得你是个麻烦，管你做饭不做饭，又是做给谁吃的！"

我的情绪失控并没有影响到板爹，他只是重复着刚刚的话："你先去看看，我回去做饭，这也不是什么领不领情的事情！"

我很较真地问道："那您倒是说说看，怎么就不是领不领情的事情了？"

板爹的面色当即沉了下来，眼看就要因为我的不配合而发作……我不想忤逆着他，便摊了摊手，说道："您别生气，多大点事儿啊！我去还不成吗？大不了热脸贴她的冷脸，反正你儿子也习惯了，谈尊严，太奢侈！"

开着简薇的车，我来到了郊外的这家疗养院。因为是第一次来这种地方，停好车子后我不免多打量了几眼，发现这个疗养院的环境真不是一般的好，里面的配置甚至超过了五星级的园林酒店，到处环绕着假山、喷泉和碎石小路，各种怡人的花草和竹子更是栽满了整个院落，处处鸟语花香，说是世外桃源都不过分！

下了车后，我在工作人员的带领下向米彩住的病房走去，心中却是无奈和忐忑并存，我真不知道待会儿见到米彩时要说些什么，而此时她的房间里又有谁？最好没有那个总是让我感到厌烦的男人！

走过一段碎石小路后，工作人员在一座独栋小楼前停了下来，对我说道："先生，您的朋友就住在二楼的 203 房间，有劳您自己上去吧，我那边还有几个房间要打扫。"

"您忙去吧，我自己上去，谢谢您带路了！"

"客气了，先生！"

工作人员离开后，我在楼下吸了一支烟，才提着从外面买的果篮向米彩住的病房走去，却在准备敲门的那一刻又变得犹豫起来，于是就这么在门外干站着……

房门忽然被打开，然后我便看到了被我吓了一跳的 CC，她拍着胸口，一脸惊恐地说道："你站在这外面一声不吭的，想吓唬谁呢？"

"我这不刚准备敲门，你就出来了嘛！"

CC 将我拉到一边，压低了声音说道："米儿她刚睡着，咱们小点声！"

"睡了啊！那这果篮你替我交给她吧，我就不打扰了……"我说着便准备离开。

CC 一把拉住我，说道："昭阳，看看你这个鬼样子，有必要弄得这么神龙见首不见尾的吗？"

"我实话和你说了吧，要不是我那古板的爹，我压根就不想用热脸贴她的冷脸！"

CC 拍打了我一下，说道："瞧把你给委屈的！要不给你开间房，让你单独哭会儿，省得你把这些血泪憋在心里！"

我瞪着 CC，说道："你损不损？"

"谁也损不过你……别废话了，咱们先找个地方坐会儿，回头等米儿醒了，让她请咱们吃饭！"

"没这个必要……"

话音刚落，病房里便传来了米彩的声音："CC 你在和谁说话呢？"

CC 瞪着我，埋怨道："她好不容易才睡着，让你说话小声点，你却像吃了扩音器似的！"

我没有理会 CC，探着身子向病房里看了看，然后便与米彩的目光碰在了一起……心一阵怦怦乱跳！

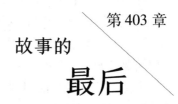

第 403 章

故事的

最后

我和米彩的目光短暂交汇后，我便先避开了她，然后理了理自己的衣领，确定自己四平八稳后，笑道："你前男友的声音都听不出来了吗？"

米彩一如既往地看不出情绪，平静地回道："听出来了，但不敢确定是你！"

我顿时变得敏感，说道："你也觉得我不该来，是吧？是，我是不该来，也没想来……"

"我知道，你不用特别强调。"

CC 在后面狠狠掐着我的腰："昭阳，你能不能有点男人的气度啊？"

我将 CC 的手扯开，无所谓地说道："气度？气度是留给那些成功人士装腔作势用的，我这一事无成的男人，连装腔作势的资本都没有，还谈什么气度！"

CC 一副拿我没办法的模样，我则提着果篮来到米彩的病床边，放下后，问道："你感觉怎样，身体舒服些了吗？"

"谢谢关心，静养几天就可以回去工作了！"

我搬了一张椅子坐了下来，依旧表现得很无所谓，心中却因为她那气色很差的面容而阵阵抽痛。如果我还是她的男朋友，我会抱着她，用自己的胸膛给予她一些安全感和宽慰，可是分道扬镳后，我只能用这无所谓的态度，掩盖自己那不合时宜的心痛。

米彩掀开被子，从床上坐起，然后接了一杯热水递给我，说道："喝点水吧。"

"你太客气了！"

米彩只是笑了笑，然后又将杯子往我面前递了递。我终于从她手中接过，可一点也不喜欢她那没有情绪的模样，因为不知道她在想些什么，又是怎么看待我这次带着别人的胁迫而冒昧前来的探望。

米彩又坐回到床上，然后双臂环抱着自己的腿，看上去很安静，可那穿着病号服的身子，又显得有些单薄和凄凉。也许待在这里，除了 CC 很久都不会有人和她说上一句话。

我又看到了她床头摆放的那些文件，心中一阵酸涩，因为我总感觉，所谓的事业和工作，对她的人生而言，是一种无法摆脱的辛苦和折磨。

一声轻叹，我将空调的温度调高了些，终于放轻了语气向她问道："你想吃点什么？我让板爹给你做，待会儿送过来。"

"不用这么麻烦了！"

我点了点头，道："我也觉得挺麻烦！毕竟这疗养院的伙食不会差的。"

米彩会了我的意，没有再说话，只是有些失神地望着窗台上那些散落的花瓣……然后整个房间都陷入安静中，窗外那几只落在枝丫上的鸟儿却叽叽喳喳地叫个不停！

我回头看了看，病房的门虚掩着，CC 已经不知去向，她这么静悄悄地离开，也许是想将相处的空间交给我和米彩，可是我却无所适从，继而充满了

尴尬，终于抬手看了看表，准备以时间不早了为借口而离开。

一直沉默的米彩却开了口："昭阳，你能陪我出去散散步吗？"

我向窗外看了看，烈日正当头，便回道："别了吧，要散步也得等到傍晚。"

"有点闷！"

哪怕已经分手了，我还是习惯性地顺从她，找工作人员要了一把遮阳伞后，便搀扶着有些虚弱的她向楼下走去。

阳光以最正的角度直射在我们的遮阳伞上，空气中充满了炎热的味道，只走了几步路，米彩的脸上已经渗出了不少虚汗。我担心她支撑不住，又劝慰道："回去吧，这真不是散步的天气。"

她还是那么倔强，摇头道："看到前面那个喷泉了吗？旁边有树荫，走过去就凉快了！"

来到树荫下，我先搀扶她到长椅上坐下，自己则站在她的身边，感受着从喷泉池里传来的凉爽，果然是个适合休憩的好地方，这才从口袋里抽出纸巾递给她，示意她擦擦脸上的汗水。

她说了声"谢谢"，然后从我的手中接过了纸巾，目光却停留在不远处那辆被我开来的车上。

她向我问道："那是简薇的车吗？"

"是啊，我借来开的。"

"那辆大切诺基呢？"

"卖了，要不然哪来那么多钱还给你，其实这个阶段我还没有脱贫致富，日子过得挺勉强的。"

我的言语中有些许的失落，因为米彩从来没有真正关心过我的事业，所以才对我的经济状况一无所知……

米彩点了点头，又向我问道："你那条'文艺之路'做得怎么样了？"

"挺好的，现在和简薇一起做，还有容易网的杨从容，我觉得我们会成为一个不错的商业团队，把这个项目做好、做强、做出文化内涵！"

米彩笑了笑，说道："我能感觉到你梦想的重量，所以加油吧！"

明明是一句鼓励的话，却让我的情绪有些低落，于是我离开了长椅，坐在喷泉池旁，给自己点上一支烟，如此与米彩保持了一些距离，便不会让那缭绕的烟雾影响到她。

抽完了半支烟，我终于向她问道："在你心里，我是不是挺一无是处的？"

"曾经我确实这么认为过……"

我不禁又想起了我们那些相识之初的片段，我似乎只会对她恶言相向，时而又弹着那把吉他，以恶作剧的形式找找存在感，可此时看来，即便是那一无是处的日子，也那么值得自己去怀念。

米彩又说道："你还记得吗？这个问题你已经是第三次问我了……其实，你不需要在我面前证明什么，因为你并不是那么一无是处，因为你的身体里有可以支配自己的灵魂，总有一天你会追求到自己想要的生活！"

"说得你没灵魂似的！"

米彩没有言语，只是再次用纸巾擦了擦脸上的汗水，然后有些出神地望着我身后正在涌动的喷泉。

我说道："以后自己注意些身体，工作上的事情，可以让米斓多分担一些嘛，而且现在的蔚然不会再为难你了吧？"

米彩终于看了看我，却依旧没有个只言片语……

我莫名地有些慌张，便避开了她的眼神，四处看着，然后目光定格在了简薇的那辆车子上。

她终于对我说道："也许等卓美上市后，我们就会结婚！"

我足足一分钟没有说话，只是看着她那张熟悉又陌生的容颜，终于笑道："故事的最后，公主果然还是嫁给了王子！所以祝你幸福吧，希望你在婚礼上会穿着一双水晶玻璃鞋！"

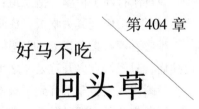

第 404 章

好马不吃

回头草

我带着笑容给予了米彩祝福，可她却并没有以笑容回应我，只是在沉默中看着我身后的喷泉，依旧是没有任何情绪，于是这种状态渐渐感染了我，我也只是看着她身后的那棵枫树，直到一片枫叶落在了她的肩上……

板爹不知道什么时候也来到了疗养院，手中提着保温盒和几个罐子，向

我们这边走来。

我终于对米彩说道："我爸来了，在你后面。"

米彩回头看了看，然后从长椅上站了起来，直到板爹来到她的面前，她才露出了笑容，喊道："叔叔。"

板爹笑问道："还没吃午饭吧？我和昭阳刚从徐州赶过来，中午时间紧，也没做啥好菜，都挺家常的！"

"叔叔，我真的蛮喜欢你做的家常菜！"

板爹将保温盒放在枫树下的石桌上，带着关切向米彩问道："小米，你身体怎么样了，还有头晕的感觉吗？"

"叔叔，你放心，好多了，可能是最近有点累！"

"那你一定要多注意休息，夏天人易焦虑、身体机能弱，再加上工作累、压力大，很容易犯晕！"

我插话道："板爹，她好歹是个高才生，这点生活常识她能不懂吗？你就别唠叨她了！"

米彩面色复杂地看着我，我又对有些意外的板爹说道："你把这些饭菜留下，咱们也差不多该出去吃饭了，这马上都快一点了！"

板爹终于察觉到气氛的不对劲，稍稍沉默后对米彩说道："那行，我和昭阳就先出去吃饭了，保温盒旁边的罐子里是用夏枯草和金银花泡的凉茶，有静心作用，要是嫌苦，加点蜂蜜，蜂蜜在那个最小的罐子里，待会儿吃完饭一定要记得喝……"

我再次打断了板爹，抱怨道："爸，你什么时候这么唠叨了？我肚子饿得快不行了，咱们赶紧去吃饭，成吗？"

米彩看着石桌上摆着的那些大大小小的罐子，眼眸中隐隐含泪，我的心也抽痛，只想快点离开这是非之地，便先于板爹向停着的车子走去。

只瞬间我便将车子开到了板爹的身边，催促他上车……

板爹打开了副驾驶的门，坐进了车子里，我在启动车子前，再次凝视米彩，她似乎想说些什么，却又咬着嘴唇，我终于对她说道："你的肩膀上有片枫叶。"

米彩转头看了看，从肩上拿掉了那片枫叶，我没有再说什么，合上车窗，载着板爹向疗养院外驶去。直到出了大门，我才想起连句告别的话也未曾和她说……但那又如何，有些人生来就是孤独的，比如我，比如米彩，所以我们之间不需要告别，因为告别也解救不了那些孤独，而这种可悲，源于我们从来不曾彼此真正依靠过，谁孤独了，谁又痛苦了，都是活该！

在与板爹吃饭的过程中，我什么也没有多说，只是告诉他米彩已经准备和别的男人结婚了，然后他便彻底陷入沉默中，直到离开苏州前也没有再和我说上一句话。想必他的心里是失望的，可也清楚，事已至此，无论做出多少努力，也不能去挽回什么，倒不如在沉默中接受这个结果，至少还能替他的儿子留些最后的尊严。

我似乎已经习惯了痛苦，所以这个下午，我一直很平静，平静地抽了半包烟，又睡了几个小时，然后平静地给简薇打了个电话，打算将车子还给她。

记忆中，我似乎已经很久没有抱着吉他唱过歌，于是这个傍晚我带着吉他去了护城河边。我想唱唱歌，因为平静不代表没有情绪，我需要一种宣泄，一种与吉他有关、与酒精无关的宣泄。

想来，我确实要比曾经平静了太多，所以没有去酒吧，没有喝酒，只是来到这条护城河边，还可以顺便将简薇的车还给她，这还不够理智吗？

我点上一支烟，拨动吉他的弦，嗓子却莫名其妙地感到干涩，于是用比曾经沙哑了很多的声音，唱着那首《爱的箴言》，却越唱越不懂，为什么要心痛地唱这首有着许多回忆的歌曲？也许，我幻想着能够与米仲信有一场对话，我想问问他：是否认可他最心爱的女儿现在所做的一切，又是否认可我曾经为米彩所做的一切改变和努力？

唱着唱着，我的眼角便传来了温热感，便再也唱不下去了，只是望着水波荡漾的河面，慢慢将手中的一支烟抽完，再抬头看了看天空，那夕阳已经被厚厚的云彩给覆盖了。

简薇终于来到了我的身边，她坐下后，问道："你不是说明天才回来的吗，怎么提前了？"

我将车钥匙扔给她，也学着米彩那没有情绪的模样，回道："临时有点事儿。"

简薇点了点头，没有多说什么，和往常一样，从手提包里拿出了一沓文件，好似马上就要进入到工作状态中。

我看着她，她转过头，也看着我，问道："干吗这么看着我？"

"你打算什么时候和向晨结婚？"

简薇有些诧异我这突然的发问，半晌才回道："明年吧，之前不是告诉过

你吗?"

"赶紧结吧,结了婚才踏实……"

"谁又把你刺激成这副德行了?"

我笑了笑,颇为不屑地回道:"我会被刺激?告诉你,我能顺利活到现在,早就已经百毒不侵了!"

"我要是管税收的,肯定要把吹牛这项也纳入税收的范围内,看看你们这帮人,还敢不敢这么肆无忌惮地乱吹!"

我没有回应,直挺挺地躺在草坪上,盯着有些沉闷的天空看了很久,终于向简薇问道:"你说我们现在是什么关系?"

简薇愣了一愣,回道:"算朋友,也可以说是合作关系。"

"其实我一直想问,我们总是这么频繁地碰在一起,现在又有了商业上的合作关系,难道向晨他一点都不在意吗?"

简薇摇头笑了笑,说道:"昭阳,你我都是一匹好马,谁还会惦记着那需要回头才能吃到的草呢?所以向晨不会介意什么的,而且我一直觉得他是个有自信的男人,他懂得什么样的心态才能留得住自己的女人!"

半晌我终于带着自嘲笑了笑,如果简薇的说法是真实的,与向晨相比,我还真算不上是一个有自信的男人,所以简薇、米彩才会相继离我而去,而我也堕落成了人群中的"天煞孤星"……只觉得,爱情和婚姻离自己越来越远!

于是,我有些看破,便拿定主意,放弃那些对爱情不切实际的幻想,尽快找一个女人把婚结了,然后全力以赴去打造那条"文艺之路",实现自己最该实现的人生价值!

第 405 章

爱

谁谁

将车子还给简薇后,我便独自去了空城里音乐餐厅,我想喝点啤酒,以便让自己晚上可以轻松点入睡,如果运气好的话,说不定还能遇上 CC,听她唱上几首歌，也是一种不错的享受。

很幸运，来到餐厅时，不仅是 CC，连罗本也在，他正在台上帮 CC 做着伴奏，看样子 CC 会去做他的帮唱嘉宾，而韦蔓雯则坐在台下，很平静地看着罗本和 CC 排练，偶尔还会鼓掌为他们加油。

我带着对罗本的羡慕，在韦蔓雯的身边坐了下来，要了一大杯扎啤，这才和她打招呼："晚上好，韦老师。"

"你好，昭阳。"

我笑了笑，随即一口喝了半杯啤酒，又沉默了一阵之后，向韦蔓雯问道："韦老师，你在苏州的工作落实下来了吗？"

"嗯，现在在一所大学担任助教。"

"牛！"

对于我的称赞，韦蔓雯只是笑了笑，实际上几年前她就应该回北京去大学任职，而从事教育这条路，也是出身于书香门第的她最正确的选择。

我又推了推她的手臂，很认真地说道："韦老师，我想拜托你一件事情。"

"嗯，你说。"

"你们大学肯定有不少单身又年轻的女性教师吧？"

"确实有不少！"

"你看能不能帮我介绍一个？"

韦蔓雯有些不可思议地看着我，她好似还不知道我和米彩已经分手。

正当我准备解释的时候，罗本从台上走了下来，坐到我和韦蔓雯的对面，扔给我一支烟，问道："你们聊什么呢？"

"我请韦老师给我在她们学校介绍一个女性朋友。"

"你脑袋被榔头给锤了吧？"

"是兄弟就别这么说，我现在真想找一个靠谱的姑娘，最好能和我闪婚的那种。"

罗本颇为不屑地笑道："你倒是知道找个靠谱的姑娘，那人家姑娘就不想找个靠谱的男人吗？昭阳，我很严肃地问你，你觉得自己现在靠谱吗？"

我从口袋里拿出打火机，却又是一阵伤感。这个打火机正是米彩曾经借米斓的手送给我的，或许她也曾对我用过心，可我们的用心和付出从来不在一个频率上，所以看上去总是那么刻意，细细想来，这或许也是一种不合适。

猛吸了一口烟，我终于昧着良心对罗本说道："我觉得自己还是挺靠

谱的!"

罗本将烟盒惊堂木似的往桌上一拍,半晌说道:"我真是没话说了!"

我不理会罗本,又对韦蔓雯说道:"韦老师,这事儿你一定得帮帮我……你看看,你们做老师这个行业的,整天教书育人,肯定知书达理,我首先在情感上就特别仰慕,所以一定是带着最端正的态度去追求这份感情的!"

"昭阳,你赶紧打住,蔓雯可没答应你,所以八字还没一撇的事儿,你就别死皮赖脸地往感情上去扯!"

被罗本连续拆台,我心中极度不爽,可又不知道怎么反驳,于是就这么干瞪着他。

韦蔓雯终于开口说道:"昭阳,我倒是挺能理解你的,不过我觉得你现在还没有做好准备,等你有了充足的准备后,不用你说,我和罗本也会帮你张罗女朋友这件事情的……你还是先静一静吧!"

我还没表态,罗本又说道:"蔓雯,昭阳感情上的事情,我建议你真不用替他乱操心,你说说看,乐瑶那么一个大明星,要名气有名气,要相貌更是极品啊,他愣是看不上,对比一下,你说你介绍的那些,能入他的法眼吗?"

韦蔓雯看着我,等我给她个说法,这说明她还是愿意帮我的。

我赶忙说道:"你别听罗本偷换概念,我知道自己什么德行,横竖我都配不上乐瑶……"

话只说了一半,罗本便打断了我:"哟,说得你多配得上米彩似的!咱们别玩虚的成吗?虽然我能理解你被米彩给甩了的心情,但是做兄弟的还是希望你能保持一个正常的心态,别把自己弄得多缺女人似的,你没那么饥渴!"

我没理会罗本,只是转移了目光看向还在台上排练的CC,也许罗本说得没错,我是没那么饥渴,可是对婚姻却有着强烈的刚性需求,我无法忘记板爹听说我和米彩分手时那近乎绝望的眼神,我更不确定,他和老妈还能经受住几次这样从充满希望到绝望的折腾。我是个不孝子……可我心里却一直希望做一个孝子!

晚上十一点,空城里音乐餐厅进入了歇业的状态,我和韦蔓雯、CC、罗本站在路口道别,准备离去时,我又对韦蔓雯说道:"韦老师,咱们能借一步说话吗?"

韦蔓雯点了点头,我便带着酒后的眩晕,晃晃悠悠地与她一起走到了一盏路灯下,点上一支烟,再次很诚恳地说道:"韦老师,您相信我吗?我真不是一个无聊的人，所以这会儿约您单独聊，充分表明了我的诚意和决心，您可一定记得帮我介绍对象的事情，我对教师这个行业还是有着很天然的好感，我觉得自己对待感情和婚姻上的事情可以很负责任……真的，你要不帮我介绍，我只能堕落到去征婚网站注册会员了，您也不愿意看到我这么惨吧！"

韦蔓雯哭笑不得地看着我，半晌说道："昭阳，你是不是喝得有点多？"

"您看，韦老师，真不是我说你，我像喝多的样子吗？只要我愿意，不是，只要你愿意，这会儿给你跳上一段激情洋溢的伦巴都不是问题！"

话音刚落，便感觉有人揪着我的耳朵，那人对韦蔓雯说道："韦老师，你别理他，他是喝多了，说胡话呢！"

我扭头一看，原来是CC，我忍住疼痛，一边随着CC的脚步往后退，一边冲韦蔓雯喊道："韦老师，我叮嘱您的事情可千万别忘了啊，有劳了！"

韦蔓雯和罗本已经结伴离去，路灯的残影下，只剩下我和CC，虽然我们是两个人，可那无人可爱的孤独，却让我们这对同病相怜的男女更加孤独！

我有些颓靡地坐在路灯下，看着自己的影子发呆……

CC蹲下来，往我嘴里塞了一支烟，又帮我点上，搂住我的肩说道："乖，别犯傻，更别作践自己……"

我盯着CC那张亲切的脸看了许久，忽然便哭了，趴在她的肩上哭得撕心裂肺："CC……我告诉你，她爱……嫁给谁，嫁给谁，我管都不想管……可，就是心里有点难受……难受又怎么了？早习惯了，所以还是她爱嫁谁，嫁谁……那些过去的承诺，我就当被风给吹了，被狗给吃了……我再也不相信爱情了！爱谁谁……"

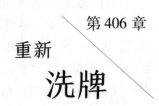

第 406 章

重新

洗牌

或许是被酒精刺激，我哭得那么撕心裂肺，可眼角却根本没有那灼热感，眼睛里也没有泪水，我倒是有点不好意思这么撕心裂肺下去了，于是渐渐地平静了下来。CC 从包里拿出一张纸巾递给我，我只顺势擤了一把鼻涕，然后继续吸着手中那支还没有抽完的烟。夏天灼热的空气好似将我的身体燃烧成了灰烬，我渐渐充满空乏，这种空乏却让我好过了一些，于是又望着 CC 笑了笑。可 CC 却哭了，不像我那般撕心裂肺，只是默默地掉着眼泪……

"你又哭啥?"

"想哭就哭，非得要个理由吗?"

"有个理由至少让自己显得理性些，要不也太感性了!"

"我们本来就是感性的人，否则早就放弃心中的那些执念，选择该过的生活，我们的年纪都已经不小了!"

我苦笑道:"是啊，现在的挣扎只是没有意义的拖延，所以我想找个姑娘结婚，你又为什么不让我请韦老师帮忙解决这困扰了我很多年的难题?"

"你就这么急着去祸害别的姑娘吗?"

"怎么能说是祸害呢?"

"如果别的姑娘看不上你，那是算不上祸害，如果看上了呢? 你又能给人家什么? 一颗支离破碎的心吗? 就算你和米彩之间真的没有幸福可言了，那至少还有乐瑶啊，她一直爱着你，我们都知道。"

"你也觉得我和米彩之间完全没有幸福可言?"

"她有她的无奈，你有你的脾气，所以你们之间确实少了点幸福，但谁都不可否认，你们曾经爱过，可能现在还爱着，只是爱还是不爱，在现在看来都不重要了，我也听说她会在卓美上市后与蔚然结婚。"

"所以她可以潇洒地把自己嫁出去，我为什么不能潇洒地娶一个?"

"这又不是比赛……"

"所谓比赛只是负气后的做法，但我已经是一个成年人了，我知道该用怎样的态度去对待分手这件事情，只是现阶段的我，真的需要一个婚姻，为了自己，也为了家人……你想想，如果不是一些意外，我和李小允恐怕早就结婚了，现在正等着自己的孩子出世。那时，身上真正有了一个家庭的责任，谁还记得那不真实的爱情? 想来生活就是如此，真正在一起过上一辈子的，往往不是自己最爱的那个人!"

CC 看着我，半晌说道:"那你就回去找李小允啊!"

"她也有男朋友了。"

CC 一声叹息，说道:"那你是够惨的……千辛万苦地绕了一个大圈，回到原地后，却发现只剩下自己一个人了！"

"这个说法会放大我的痛苦的，待会儿又得哭了！"

"哭吧，肩膀借给你用！"

时间不断流逝着，注册成立旅游文化公司的事情就在这流逝的时间中被落实，明天便是公司成立的庆典……

这个傍晚，我一个人在新装修的办公室里坐了很久，想了很多关于公司未来发展的方向和经营思路，直到天色渐暗，我才给自己泡上一杯浓茶，站在落地窗前，俯瞰着这座被夕阳染红的城市。

看得太久，视觉也开始疲劳，我眼前模糊一片，可米彩的模样却忽然在我的脑海中变得清晰，我已经记不得多久没见过她了，只是零星地在财经杂志上看到一些关于她的报道。

曾经她和我说过，卓美会在三个月左右上市，可最新的财经报道，却说上市要延后。外界对此纷纷猜测，可却没有一个明确的说法，甚至认为最终卓美会上市失败。对此我是持否定态度的，因为我知道一些内情，只要米彩和蔚然这个最大的投资方能够达成一致，卓美上市失败的可能性几乎为零，而且这过去的一段时间中，杭州和无锡的卓美也同时开建，发展势头非常强劲，这对上市来说，绝对不是一个坏消息！

而乐瑶也在上个月去了新加坡，不过却并没有移民，因为她从大山里带出来的那个小女孩并不符合移民的条件，最终她自己也放弃了，所以只是暂时定居在新加坡。至于什么时候会回来，没人会知道，但那天我在机场为她送行的时候，她说：她答应过山里的那些村民，会帮他们修一条通往县城的路，所以一定会回来，也一定会兑现这个承诺……

再说简薇，她的广告公司在这段时间里又拿下了几个比较大型的市政项目，于是现在的她更加忙碌了，除了上次签约合作时我们正式见了一面，大部分时间我们都是用电话交流工作，甚至那条护城河她也很少去了。所以我相信，她也一样会兑现自己的承诺，在明年将广告公司的总部搬迁到上海，替代她的父亲简博裕，成为广告界一个最有能量的闪耀新星。

最后，连罗本和CC也因为参加选秀节目的录制而离开了苏州，只是偶尔会互发几条信息问候一下……

所以，在身边的人相继离去后，我也越来越孤独，越来越在夜晚来临前感觉到那铺天盖地的空虚，于是我习惯了傍晚时捧上一杯茶，站在落地窗前

看着脚下的世界，等回过神时，夜晚已经在不知不觉中过去了很久，所以那挥之不去的空虚相对也就少了很多……恍然回过神，我看着那成排亮起的街灯，确信自己的生活已经被重新洗牌了！只是，我依然没有女朋友！

夜晚来临前，我开着公司的那辆 GL8 商务车来到大学城，我想在公司成立前的这个夜晚，来怀念一下自己曾经的大学生活。人总是在生活面临重大改变时，变得多愁善感，我也不例外。

默默地站在校门前，只是一支烟的工夫，我便看到了几百对像曾经我和简薇那样的情侣，不禁有些羡慕，因为这又是一个可以放纵的周末。

一辆校车停在门外等待着那些下课的老师，然后便凑巧地看到了韦蔓雯，原来她是在我的母校教学，真是够巧的！

我挥手向她打招呼："韦老师，这边，看这边……"

韦蔓雯笑着向我走来，问道："你怎么来这里了？"

我回应了一个笑容，说道："我可不是刻意来找你的，咱们现在碰上完全就是缘分，所以我上次让你给我介绍女朋友的事情，你是不是可以当真了？"

韦蔓雯还没来得及回应，我的手机便响了起来，拿出看了看，竟然是我的老上司陈景明给我发来的信息："昭阳，待会儿有时间的话给我回个电话，咱们约个地方见面……明天你公司开业，米总有份开业厚礼让我送给你！"

第 407 章

米彩

的厚礼

我的心因为陈景明的信息而颤抖，我不知米彩会送我一份什么样的厚礼，更不知她送礼的动机，毕竟我从不认为，我们分手后还算朋友。

我将手机放进口袋里，继续刚刚被打断的话题，说道："韦老师，您倒是表个态，有没有合适的姑娘介绍给我……其实，我还是挺不错的，要不然也不会和罗本做了这么多年的朋友，是不是？"

韦蔓雯无奈地笑道："你证明自己靠谱，也不用以罗本作为根据吧，他也不靠谱!"

"那你还不是把一辈子托付给了他!"

韦蔓雯笑道："情不知所起，一往而深，这是命中注定的!"

我被她的话所触动，一种悲凉随即贯穿了全身，为什么我的生命中，不曾有一个韦蔓雯这样的女人？

这时，陆续有授完课的教师从教学楼里走了出来，韦蔓雯指着一个穿着白色长裙的女人对我说道："这个是教大学英语的赵老师，今年 28 岁，你觉得怎样？"

我仔细打量着，随后说道："气质还不错，不过……身材好像差了点儿!"

韦蔓雯又指着一个穿着粉红色 T 恤的女人说道："这是李老师，教高等数学的，今年 26 岁，感觉怎样？"

"呃……身材是不错，气质也行，就是皮肤不太好，不够白!"

韦蔓雯很有耐心，接二连三地给我指了好几个姑娘，可我总感觉和想象中的差了些，于是以各种理由给否定了。

终于，韦蔓雯向我摇了摇头，说道："昭阳，这个世界上只有一个米彩，如果你总是以她作为标准的话，我真的无能为力，而且我很不喜欢你以外貌为由进行的各种否定!"

我的脸上顿时火辣辣的，继而感到羞愧，半晌说道："韦老师，您是不是觉得我挺肤浅的啊？"

"我不能随便说你肤浅，但是你的态度不对，或者你潜意识里就没有再找女朋友的打算，只是现实给了你很大压力，你无奈地低了头而已!"

"没办法，这不都是被现实给逼的吗？而且我觉得自己算是一个潜力股，以后哪个姑娘要是跟了我，只管偷着乐!"

"你可真会推销自己! 但也不能说瞎话!"

被韦蔓雯这么一拆台，我的气势顿时弱了一分。

临离去前，我又对韦蔓雯说道："得，反正我也知道你在这儿教书了，以后我有看上的姑娘，自己搭讪，就说是韦老师的朋友，怎么着姑娘也会给个面子，说上几句，或者吃个饭什么的。"

"你这性质恶劣了，简直就是招摇撞骗!"

"错，这叫自己动手丰衣足食，毕竟我们的关系还不错，您爱吃什么口味的饭菜，喜欢看什么类型的话剧，我都一清二楚，哪能算招摇撞骗？"

韦蔓雯再次无奈地笑道："你呀……我真是不知道该说些什么了！"

与韦蔓雯告别后，我给陈景明打了一个电话，然后两人约在了市中心附近的一个茶馆见了面。落座后，我为他倒上了一杯乌龙茶。

陈景明喝了一口，笑道："昭阳，不对，我得称呼你为昭总了，作为曾经在一个公司里共事多年的同事，能看到你有今天的成就，我很高兴！"

"老领导，我这公司只是刚刚成立，您这就肯定我的成就，是不是有些太早了？"

陈景明摇了摇头，说道："你这公司的底蕴，我们业内的人都很清楚，很羡慕你，在创业初期就能搭档杨从容和简总，且不说杨从容在业内的地位，哪怕是这初出茅庐的简总也大有树立广告行业新标杆的气势啊！"

稍稍停了停，陈景明又补充道："当然，你这个项目本身也是很不错的，我能看到精准的定位和盈利的前景，更重要的是，有一种纯商业项目无法比拟的文化内涵，如果真的可以在中国的旅游版图上形成这样一条'文艺之路'，那绝对是旅游行业一个前所未有的创举……真诚祝愿你能成功！"

"谢谢您的期许，也感谢这么多年您的栽培和包容！"

"昭阳，是我该感谢你，让我有机会进入卓美，米总对我有再造之恩，是她实现了我这么多年以来在职场上的抱负，想想当初我在宝丽时，差点成为算计她的帮凶，我就觉得很惭愧！"

"现在还提这些事情做什么！"

"人要保持清醒，懂得什么是该感激的，什么是该反省的……只恨我年纪大了，也没有多少精力能够帮助米总稳定住卓美这个江山了！"

虽然我能体会到陈景明的心情，但是我并不喜欢聊起任何和卓美有关的事情。因为我和米彩的感情，生于卓美，最后也死于卓美，我无法平静地去面对卓美这个让我感到喘不过气的庞然大物。我终于转移了话题，向陈景明问道："你说她有一份厚礼送给我，到底是什么样的厚礼？"

陈景明从手提包里拿出一个文件袋递给我，没等我解开便说道："这里面是一份合同，米总的意思是，只要以后你的'文艺之路'上开设任何一个客栈、酒吧或景点，卓美都会组织一次全集团的旅游活动，让所有的员工都能全程鉴定你的这条'文艺之路'……昭阳，你要知道，卓美加上无锡和杭州在建的商场，合同内的员工有近千人，每年旅游支出的费用都有大几百万，这可是一笔巨额订单……这对你的公司来说，简直是如虎添翼，所以我说是厚礼！"

"这太厚重了！我不能收。"

我的反应好似在陈景明的意料之中，他笑了笑，说道："我可没有见过这么拒绝客户的公司啊！而且，米总给其他旅游公司不也是给嘛，再者，如果与你合作的股东知道有这份大订单，出于公司发展的考虑，他们会拒绝吗？"

"她这做法不妥，我也不需要她这样的帮助，更觉得是一种怜悯，我可以靠自己的能力将公司稳妥地经营下去！"

陈景明摇头一笑，说道："昭阳，你还是太年轻了……这里面的门道难道你一点也看不清吗？"

"我看不清，也不知道她是什么意思！"

"有些话，我不好代替米总说太多，但是你不能因为与米总的私人纠葛，就不让卓美的员工去享受公司的福利，体验这条'文艺之路'的乐趣吧……昭阳，你是开公司的，也是做事业的，但是我总觉得，你没有创业的觉悟！你不懂得接受，所以你也注定不会懂得回馈，但商场上就是一个接受和回馈的关系，只有领悟这点，你才能更好地在商场上生存下去。"

"您的意思是，我现在接受了米彩的赠予，以后再给予她回馈？"

"为什么不能这么理解？"

"我和谁都可以产生这种接受和回馈的关系，唯独和她不行，不稀罕！"

陈景明颇为无奈地看着我，半晌感叹道："你还是这副臭脾气……"

"陈总您大错特错了，我之所以不接受，是因为我忘不了她，我不想因为这种交集，让自己无穷无尽地痛苦下去，您明白吗？"

陈景明有些愕然，也许他根本没有预料到，这是我拒绝的理由，我确实就是这么一个活在儿女情长中的男人，我无法坦然地从纯商业角度接受这样的赠予。

许久，陈景明才对我说道："昭阳，人生在世，有太多的无奈，尤其是米总，她是有苦衷的。希望你不要记恨她，而你要做的就是努力做好自己的事业，当你真正站在事业的巅峰，你会发现，所谓的儿女情长并不是最难取舍的，因为成功的满足感会代替一切的失落！"

"会这么想的只是她米彩，不是我昭阳，您可千万别把这种扭曲的价值观传达给我，我就是一个平凡的人而已！"

陈景明再次问道："你确定不接受这份来自米总的心意？"

"确定，特别不稀罕！"

"那行，该说的我都说了，这件事情我还是请米总亲自来办……我觉得，米总之所以如此执着地给你这个单子，也只是想还清当初欠你的人情，那样她会心安一些……"

我一阵难以抑制的激动，最后却在平静中打断道："欠我的人情？她还欠我一张结婚证呢，你问她要不要一起还了？呵呵，都到这个地步了，没必要把过去算得太清楚，你转告她：好好结她的婚，我昭阳不会过得比她差的！"

第 408 章

街头

邂逅

陈景明带着那份他所认为的厚礼离开了茶楼，我又独自坐了一会儿，心中却又因为与米彩产生这样的交集而阵阵焦虑，我在想：现在的她过着什么样的生活，是否会在结束了一天的工作后，与蔚然像个情侣似的牵手走在苏州夜晚的街头，再说上几句互相体贴的话儿？不管有没有，当这个画面出现在我的脑海里时，我的心便有种破碎的感觉！

于是，我又点上了一支烟，拯救着自己的心情，可心中的伤口却越来越大，继而六神无主，便更加怨恨米彩给了我结婚的希望，却又亲手打破了这个希望，以至于现在的我是那么难过，可并没有一个人会拯救我的难过……我感到深深的无助，再也不敢想起那些曾经甜蜜得快要融化的画面。

离开了茶楼之后，我一个人晃荡在街头，在被爱情撕裂后，我喜欢这种被人群淹没的感觉，因为不会感觉到自己的情绪，只觉得是茫茫人海中的一粒尘埃，随便一阵风或一阵雨，便可以将我的痛苦湮灭。

在街头的长椅上坐了一会儿，电话便响了起来，拿起看了看，是简薇打来的，估计是和我聊明天公司开业的事情。

我掐灭了手中的烟蒂，让自己的注意力集中了些才接通了电话，说道："晚上好。"

简薇没有理会我的客套，直接问道："你在哪里呢？"

我抬头看了看，回道："路灯下面坐着。"

"哪儿的路灯下？我现在过去找你！"

"摩登时代对面的路灯下。"

"坐着别动，我这就过去找你。"

大约半个小时后，简薇开着她那辆直到现在也没有换的凯迪拉克来到我所在的路边。将车子停下后，她下车打开后备箱，从里面拎了几个购物袋来到我身边，说道："给你置办了一身衣服，明天开业典礼上穿，咱们先到对面的衣服店试一下，看看合不合身。"

"简总你日理万机的，不用这么客气！"

"什么客气不客气的，你是我的合伙人，你的形象就代表着我的形象，更代表着公司的形象，马虎不得。对了，忘了告诉你，我邀请了不少上海和本地的媒体来参加明天的庆典活动，你做好充足的准备，应对他们的提问。"

我还没回答，简薇便拉着我的手臂向街对面走去，可这种无心的举动却让我有些恍惚，好似看到了过去的场景——每当我参加学校的演出时，她都会为我准备服装。那时候的她，总是带着对我的些许崇拜去做这件事情，而现在，她虽然还在做着这件事情，但我们的角色已经互换，我是崇拜她的，她已经是商界一个声名鹊起的女强人，而我才刚刚起步。

很快我们便来到对面的服装店，简薇说明来意后，店长很爽快地答应了借用试衣间的要求，于是简薇拎着袋子与我一起向试衣间走去。

我略感尴尬地说道："你就别进来了吧……"

简薇忽然也意识到了什么，沉默地将袋子递给我。我又尴尬地笑了笑，从她手中接过，这才走进了试衣间。

我打开袋子看了看，简薇给我准备的尽是国际一线男装品牌，并且是经过精心搭配的，尤其是那只 PatekPhilippe 的手表，表身的设计和那服装的线条简直是完美契合。我有些感动，有些怀念，更有些伤感，她终究不再是我的女人，而这种感动也只能以合作的身份为基础，想来，人真不该有记忆！

小片刻，换好衣服的我从试衣间里走了出来。简薇又细心地帮我打上了领带，然后看着试衣镜里的我，满意地点了点头，说道："不错、不错……很有商界新贵的气势！"

"是简总你搭配得好……"

　　简薇笑了笑，随即在服装店里给自己挑选了一套女装，以表示借用试衣间的感谢。这个投桃报李的行为让店长很是高兴，称赞我和简薇是天造地设的一对，而我们也懒得解释什么，对视了一眼后，只是互相笑了笑。实际上我们能笑出来，恰恰证明彼此早已经释怀了那遥远得只剩下记忆的过去。

　　告别简薇后，我的夜晚又开始重复以往的节奏，我依然形单影只地走在被霓虹覆盖的街头，只是手中多了许多个购物袋，证明曾经有人来看过我，证明我也曾短暂地摆脱过孤独。

　　我依然不想回家，因为我有些紧张。明天的开业，简薇不仅邀请了媒体，还有上海和苏州的各界名流，生平我从未以主角的身份，经历这样的场面，我需要让自己平静一些。

　　我从未想过，我们会以这样的方式邂逅在街头，但我们真的在这个夜晚邂逅了，这似乎是一种安排，因为分手这么久，我们从未有缘再见……

　　她穿着白色的T恤，很少见地穿了一条较为休闲的牛仔长裤，脚上是一双有着许多纽扣的普通帆布鞋，最显眼的还是她手中拿着的那个卡片相机，她正用镜头寻觅着城市的霓虹……

　　也许我出现在了她的镜头里，她在人影憧憧中与我对视着，她笑了笑，整个街头便有些虚幻，于是我的眼里只剩下了她和灯的光影。

　　她将卡片相机放进了自己的手提包里，向我走来。我说道："有两种人总是喜欢随身携带着相机。"

　　"我知道一种是我，还有一种是谁？"

　　"香港的陈某人。"

　　她笑了笑……

　　"当然，你拍的是街景和人群，他只拍女人，这是你们的区别。"

　　"我曾经也拍过你！"

　　我一瞪眼说道："邪恶。"

　　她终于不能自已地笑着，而我们那偶然邂逅的尴尬，便被我用这种调侃的方式给化解了。她看上去心情还不错，这是我从她的笑容里读出来的，也许这和她快要结婚有关，也有可能和卓美快要上市有关，虽然我不确定，但肯定是两者其一！

　　我将身上的单肩包扶正，回应了她一个笑容，便打算以擦肩而过的姿态，从她的身边走过，我爱着她，可是害怕见到她。

"等等，昭阳……"

我下意识地停下了脚步，回头问道："干吗，打算再给我拍几张照片？"

第409章

男
配角

米彩似乎感觉到了我心里的情绪，她沉默地看着我，一时不知道该怎么回应，我又说道："有什么事情你就说吧，或者你真打算给我拍上几张照片？我可以弄出一副搔首弄姿的模样配合你！"

米彩的语气很轻："昭阳，可不可以不要这样说话？"

"那你告诉我该怎么说，或者我要说些什么才能让你感到满意？"

米彩再次陷入沉默中，而我下意识地给自己点上了一支烟，恨不能将心中的那些孤独和委屈全部随着口中的烟雾吐出来，然后以最赤裸的模样展现在米彩的面前，但不会承认这些孤独来自于我，因为我曾说过，我会过得比她好。

她终于开了口："明天你的公司开业，预祝开业大吉！"

"谢谢……还有其他事情吗？"

"顺路吗？顺的话可以一起走走。"

"我向北。"

"我也向北。"

我提醒道："老屋子的方向朝南。"

"我已经很久没去那边住了。"

我的心中一阵失落，继而笑道："不住那边好……"

"为什么会这么觉得？"

"那间破旧的老屋子，怎么配得上你卓美董事长的响亮名头……算了，我不该和你说这些，在你面前我就应该做一个沉默的男人！"

我说着便向这座城市的北边走去，我在那个方位的城区租了一间房子，不大，只是一室一厅，但有一个很大的落地窗，我可以站在窗前俯瞰着一切，

然后忘记那座低矮的老屋子。

也许这是我和米彩在分手后，做的唯一一件有默契的事情，我们渐渐都忘记了那座老屋子的存在，只是我很刻意，她很随意，但结果终究是一样的。

米彩并肩与我走着，也不说话，看上去真的顺路。可是我的情绪，却好似被她那双钉着纽扣的帆布鞋给践踏着，我有些难以喘息，便又停下了脚步，说道："我走一大步，你也跟一大步，我走半步，你就走一小步，你这是打算图谋不轨吗？"

她永远那么没有情绪，只是回道："顺路。"

我又问道："下个路口你往哪边走？"

"你又往哪边走？"

"你别折磨我了行吗？我就是一个没出路的男人！浑身上下加起来都抵不上你一只鞋的钱，咱们走在一起能不别扭吗？"

米彩将她的鞋抬起给我看，只是一双匡威的普通帆布鞋……

我忽然有些恍惚，发现我们在经历了一个轮回后，好似回到了见面之初，总是因为一些鸡毛蒜皮的事情，去不断挑战着对方的忍耐度，准确地说，曾经是我戏弄她，现在是她戏弄我。

沉默了半晌之后，我说道："如果你有正儿八经的事情，就赶紧说，毕竟我也挺日理万机的！"

米彩在一阵更长的沉默之后，终于问道："你为什么拒绝了卓美的这份合同？"

"这个我和陈经理已经说得很清楚了。"

"可他只是把合同还给了我，什么也没说。"

我点了点头，说道："好，那你先回答我一个问题……你到底是带着什么动机给我这份合同的？是不是真如陈景明说的那样，觉得自己曾经欠我一些人情，这个时候忙着还清，然后可以心安理得地去结你的婚……补充一下，前半部分是陈景明转达给我的，后半部分是我主观猜测的！"

"我只是单纯觉得你这个项目不错，而集团也确实有旅游方面的需求，所以我给了你这份合同！"

"为什么你说假话的时候，还能这么不动声色？如果你觉得还清了我的人情，可以让自己没有顾虑地去和某某结婚，没问题，我可以成全，但请你不要用这样的方式。"

"你为什么总是用这种无端的揣测，让自己变得偏激呢？"

"我偏激？米彩，有时候我真的很想问问你，你到底是怎么看待我们之间曾经的感情的？我都不敢说是爱情，因为你太克制、太冷静了，以至于连结束都是这么风平浪静，但我要告诉你，我很……算了，现在说再多也没有什么意义，你好好结你的婚，我不需要你给予什么，如果一定要给予，你现在去对面的便利店给我买几罐啤酒，我们之间就互不相欠了，然后在这条路上分道扬镳，从此老死不相往来！"

她眼含泪水地看着我，却依旧用沉默和平静回应着我的焦虑和逃避……我转身继续向前面的路口走去，我从公司开出的那辆商务车便停在路口以北的临时停车位上……

米彩终于在我渐行渐远时喊道："昭阳，我去帮你买啤酒，你等会儿。"

我停下了脚步，回过头笑道："去吧，买那种可以一次喝个够的大罐！"

米彩随着往来的人群向街道另一边走去，而我的心再次有了那种被掏空的感觉，我不喜欢这样的交集，情愿没有她的任何消息，至少可以像一只将头埋进沙子里的鸵鸟，告诉自己一切已经远离，包括痛苦……

片刻之后，米彩手中提着一个装满啤酒的塑料袋来到我的身边，我下意识地想从她手中接过，她却避开了，说道："我和你一起喝。"

"是庆祝我公司开业，还是庆祝你即将结婚啊？"

米彩撕开一罐啤酒递给我，自己也撕开了一罐，对于我的话没有任何回应，却仰起头，准备喝掉那一大罐啤酒。

我知道她的酒量不好，按住了她的手，然后夺回了啤酒……

她却哭泣了，一言不发地哭泣着……

我的心好似被她的眼泪腐蚀着，最后一片片掉落，破碎不堪……于是，我想起了言情剧中那些男配角们的悲剧，似乎女主在结婚前，都会上演在男配角面前流下抱歉的眼泪的一幕。因为所有的男配角都曾全心全意地付出过，这种不计后果的付出，总是成为女主结婚前的负担，让她们感到深深的抱歉……如此看来，那些韩国言情剧，倒不是凭空捏造的，因为此时的我，正在现实世界中上演着言情剧中必有的桥段！

原来，我也不过是一个男配角！

第 410 章

新

生活

街头人影憧憧，而米彩天生惹眼，她这么一哭泣，行人的目光纷纷转移到我身上，以为是我欺负了她，或者辜负了她，恨不能上来骂我几句。

"别哭了，行吗？别人以为我把你怎么着了！"

"心里难过。"

"有什么好难过的，我说了你不必把我曾经的付出当作一种负担，我已经看开了，我充其量就是一个男配角，伤点儿、苦点儿都是命里注定的。"

我说着从米彩的手中接过那一整袋啤酒，冲她挥了挥手，在她的哭泣声中笑道："走了……赶紧把你的眼泪藏起来，今晚的月色不错，别把这个不错的晚上弄得太凄迷！"

这一次，米彩终于没有再追随我的步伐，也许那些她买给我的啤酒，已经让我们互不相欠，实际上我也没觉得她欠了我什么，曾经她是我的女朋友，在生活上给予她的一切关心都是我的责任，至于很久前为她揭露米仲德的阴谋，是因为良心，更不需要她去补偿什么。

如果真有亏欠，那就是恋爱以来，她从来不曾说过一句"我爱你！"但这也不重要了，自从我们分手后，这亏欠也已经变成了遗憾，只是遗憾。

回到自己新租的公寓里，我习惯性地从口袋里摸出一支烟点上，然后回忆着这个夜晚与她的偶遇，自己的情绪便好似烛火般忽明忽暗，更看透了爱情的苍凉……所以，渐渐不期待后，我还得拜托韦蔓雯帮我找一个女朋友，最好能闪婚的女朋友。

微信的提示音又响了起来，我恍惚了一阵后，才从柜子上拿起手机，信息是远走新加坡的乐瑶发来的。记忆中，自她离开后，我们就没再联系过。

她发来的是一条语音信息："昭阳，明天你的公司要开业了，不能回去祝贺，非常遗憾，只能信息祝你开业大吉了，加油……老朋友会一直支持你、鼓励你！"

我笑了笑，也给她回了一条信息："谢谢，在新加坡那边过得怎么样？"

"方便打电话吗？电话聊。"

"国际长途，太贵了！"

信息发出去一会儿，一个陌生的号码便拨了进来，我接通后，便听到了乐瑶那久违的声音，她抱怨道："昭阳，你现在都是一个公司的总经理了，能不能活得大气一点！"

"呵呵，习惯精打细算了，毕竟这十几年也没过上什么富裕的日子……说说你在新加坡过得怎么样吧。"

"挺好的，最近报名学习茶艺，生活倒是挺充实，不过来新加坡好像并不是个正确的选择……你知道吗？我去年的戏，被新加坡这边引进了，走在街上还是会被人认出来，和在国内一样没有自由！"

我幸灾乐祸地大笑，说道："这证明，你天生就是明星命，我觉得时间差不多了，你还是重回娱乐圈吧，你这样文艺型的女艺人正是这个圈子里最稀缺的。"

"你发什么神经？我既然选择退出，就没有再打算回这个圈子！"

"咱们两个人聊天总要有个话题吧？我觉得这个话题还是很有可聊性的，毕竟你的人生除了在这个圈子里动荡过，大部分时间还是挺平静的，也没什么可聊的。"

"话说你和米彩打算什么时候结婚呢？"

"呃……这个，等公司稳定一些吧！"

"还装呢……你俩早分手了吧？"

我顿时便被闷在嘴里的烟给呛住了，一阵咳嗽后，说道："是罗本那孙子告诉你的吧？"

"得了吧，我不傻，以为我看不出来吗？你不说，只是怕我纠缠你，我说，你这自我感觉还真是良好，你和米彩分手了，我为什么要缠着你？现在事实证明，知道你们分手了，我依然来了新加坡！"

我被乐瑶说得无地自容，半晌才回道："那你赶紧嫁人吧，嫁了人比去新加坡更有说服力！"

"怎么着，你是以为小姑奶奶嫁不出去？"

"那你倒是嫁啊！"

"行，昭阳，你现在不也单身吗？咱们比比看，到底是你先娶，还是我先嫁！"

"我这么一个成熟的男人，能在这个事情上和你较真吗？"

"切……你有什么资本和我较真？不看看你自己现在是个什么样子，一个落魄的失意男而已，哪个女人敢冒着一辈子不幸福的危险嫁给你？"

"小姑奶奶我求你嘴上积点德，行吗？我已经够难受的了！"

"知道难受了？曾经那些恨不能把一生奉献给你的女人，你又珍惜过谁？现在好了，报应来了，等你回过神，那些姑娘们的心早就被你伤透了，再也不会回头啦！"

"唉，你别说了……"

"知道后悔了吗？"

"做都做了，没什么好后悔的，反正我也不相信自己会打一辈子光棍，大不了去征婚网站混呗，肯定能找到一个适合自己的姑娘。"

"哟，都堕落到这程度了啊！我不能和你说了，好歹我曾经也是国内的一线女星，身边竟然有一个混到去征婚网站刷存在感的衰友。更可怕的是，我还傻乎乎地爱了这么久，我都干了些什么……昭阳，友尽！别联系了。"

乐瑶一惊一乍后，真的挂掉了电话。

我笑了笑，心情却终于轻松了一些。尽管乐瑶把去征婚网站征婚这件事情看作是洪水猛兽，可我并不在乎，毕竟我也没她身上的偶像包袱，我就一普通人，在认清了自己的处境后，我觉得征婚网站对我而言也是一个不错的选择，说不定真有机会在洗尽铅华后，碰到真正适合自己的另一半……

至于米彩，还是让她和蔚然做那一对高高在上的神仙眷侣去吧。

点上一支烟，我打开了电脑，然后登上了征婚网站，果断地注册了会员。在填收入和住房以及是否有车这几项时，我有些犹豫，我虽然没房、没车，可是对于现在的自己而言，这两样也花费不了多大力气，于是在选项上，选了有房、有车这两项，至于收入，保守地填了个月薪3万。

填写完所有的资料后，我松了一口气，这一刻我觉得自己真的从那追求个性、崇尚自由的狂野青年，回归到了普通的青年人群中，我的新生活似乎要来了！坚信我会在征婚网站上找到一个美丽又温柔的姑娘！

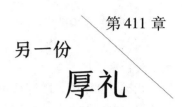

第 411 章

另一份

厚礼

次日早上，刚过七点，屋外便传来了急促的门铃声。此时已是初秋，早上气温略低，我迷迷糊糊地掀开被子，感觉到了一阵凉意，赶忙套上一件 T 恤才向房门走去，趴在猫眼上看了看，发现是简薇。

我打了个哈欠，开了门，疑惑地问道："你怎么知道我住这里啊？"

"你的住址，公司资料上写得清清楚楚。"简薇说完环视这间屋子，感叹道，"就这么一间小屋子，你也算在公司的财务上，至于吗？"

"我这叫精打细算。"我说着又脱掉了身上的 T 恤，钻进了被子里，这个早上我有些犯困。

这个举动惹得简薇一阵不悦，她抱怨道："今天是公司的开业庆典，你能不能别睡了？认真一点！"

"不是九点十八分才开始吗，时间还早，我再睡半个小时。"

"别睡了，赶紧起床准备准备，待会儿再去设计个发型……"

我打断道："不就一个洗剪吹嘛，能要多少时间！你先帮我检查一下今天的发言稿，看看是不是得体，我再小眯一会儿！"

"你的发言稿在哪儿呢？"

"电脑桌面的文档里。"

简薇无可奈何地看了我一眼，随即搬了一张椅子在我的电脑桌前坐了下来，又抱怨道："昭阳，你的生活态度能不能端正一点？晚上睡觉前，能把你这电脑关机吗？"

"关了不还得开吗？"

简薇一声无奈的叹息，而我又在铺天盖地的困意中闭上了眼睛，刚以为自己可以安逸一会儿，简薇那愤怒的声音忽然传来："昭阳……你给我起来！"

我依旧闭着眼睛，问道："怎么了，我的发言稿有问题？"

被子忽然被掀开，那初秋的凉意顿时包裹了我全身，我睁开眼睛看着简薇，她脸上的愤怒完全超出我的预料。

"到底怎么了啊？"

"你犯什么病？你，在这个节骨眼上，竟然跑到征婚网站上去征婚……你太不分轻重了！"

我揉了揉眼睛，随即往电脑上看了看，果然昨天在婚恋网站上注册的页面还保留着，但也不觉得这是一件值得大动干戈的事情，便平静地对简薇说道："工作和个人感情问题并不冲突，我觉得我可以平衡好。"

"你丢人！"

"我上个婚恋网站怎么就丢人了？"

"你就那么缺女人吗？"

"我到了该结婚的年龄，你说我缺不缺？"

简薇双手交叉放在胸前，一脸怒意："我就是替你感到丢人！"

我冷笑道："是，我是丢人，但那又怎么了？我不能和你们这些女神相提并论，无论什么时候，都有一堆优质的男人守在你们身边，我就是一个平凡人，所以被甩了一次又一次，我没办法了，只能把自己的感情寄托在婚恋网站上，现实让我无能为力，懂吗？"

"总之，我接受不了你做这样的事情！"

"谁管你接受得了，还是接受不了，你无非也就觉得我是你前男友，现在堕落到去婚恋网站找感情，伤了你曾经的高傲，你这是一种过于自我的病态心理。说真的，我一点也不喜欢你们这种高高在上、傲娇得没了边的女人！"

简薇依旧瞪着我，而我经她这么一折腾也没了睡意，找了一件沙滩裤穿上，继而向卫生间走去，不想再与她交流，但是去婚恋网站征婚的事情我是不会放弃的。

我一边刷牙，一边回想着简薇和乐瑶分别知道我上婚恋网站后的反应，她们都表现出了极大的厌恶。的确，她们一个是广告界的强势新星，一个曾经是国内炙手可热的女星，且都与我有过感情纠葛，我的行为在她们看来就是一种抹黑。但我管不了那么多，和她们相比，我就是一个没什么本事的男人，既然没有天然的优势去招蜂引蝶，那只能靠自己的主动去争取了。

洗漱完，我从洗手间里走了出来。简薇依旧坐在电脑前，好似在看我在婚恋网上注册的个人资料，见我出来了，终于将电脑合上，对我说道："马上快八点了，我麻烦你别再拖拖拉拉的，今天是公司开业的大日子，那么多媒体和社会名流前来捧场，你一定要拿出最好的状态，知道吗？"

"你就放心吧，我的状态肯定没什么问题，昨天晚上睡得挺好的！"

"嗯，到时候放松一点。"

"我最擅长的就是放松了……"

这个早上，简薇像个助理似的陪着我。我去做发型，她就帮我修改着发言稿；我背发言稿，她又帮我整理着衣领……实际上我一点也不喜欢这种感觉，因为她的过分体贴，让我渴望回到她是我女朋友的那些日子里，但现实又无情地告诉我，她并不是。

有些恍惚中，手机再次在我的口袋里响了起来，今天早上我已经接到过许多个祝福的电话和信息。

我从口袋里拿出了手机，这次收到的是一条微信，但发信人却让我感到非常意外，正是我在西塘结识的那个红衣女子，准确地说是天扬集团的安琪，那个集美貌、财富和野蛮个性为一体的女人。

"昭阳，听说今天是你公司开业的大喜日子。"

我当即回了她信息："是的，你是从哪里得知这个消息的?"

"你们的宣传攻势做得这么猛烈，我当然会知道……开业大吉！"

"谢谢。"

"现在说谢谢太早了，待会儿我有一份厚礼送给你，你们是九点开业吗?"

"是九点十八分……你要送我厚礼? 这太让人感到意外了！"

"先不聊了，我还没吃早饭……待会儿苏州见面后再聊。"

我心中充满疑惑，不禁追问道："咱们交情可算不上太深，你要送我厚礼，我这心里就不怎么踏实，你那厚礼到底是什么? 能提前说说吗?"

信息如石沉大海般未得到回应，这个女人依旧是那么我行我素，想知道她送我厚礼的动机，也只有等会儿和她见面后再了解了。

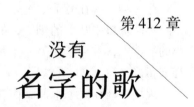

第412章

没有

名字的歌

早上的八点半，我和简薇来到了活动现场，虽然庆典还没有正式开始，

但活动承办商已经在现场弄出一副如火如荼的模样，到处是严阵以待的工作人员和没有丝毫感情的机器。

十分钟后，陆续有宾客到来，我一直跟随着简薇，以主人姿态与他们寒暄着，可却没有一个是和我熟识的，所以他们与简薇说了更多的话，而我大部分时间沉默着。其实我明白，自己还算不上圈子里的人，很难与他们有共同话题！

这时，现场又来了一帮记者，我并不在意，但他们却向我蜂拥而来，七嘴八舌地向我问道："昭总，有报料说你是上次乐瑶退出娱乐圈事件中的男主角，对此乐瑶与你从未公开回应过，请问你想借此机会回应吗？"

"昭总，乐瑶和影视公司解约后，面临着巨额的违约赔偿金，请问是谁替她偿还了这笔赔偿金？还有，这次她获得了电影节的最佳女主角的候选人提名，她是否会现身领奖，借此重回娱乐圈？"

"昭总，听说你出身贫寒，现在忽然崛起，成立这家路酷旅游文化公司，请问这和乐瑶有关系吗？你是接受了她的帮助吗？"

我当即沉下脸，向身边的简薇问道："你邀请的媒体就是这些娱记吗？"

简薇的面色比我还难看，她当即招呼来活动现场的安保人员，但那些娱记并不打算离去，推搡中依旧将那一个个让我极度厌烦的问题抛了过来。

我控制着，不让自己发作，然后退到一个角落里，沉默地吸着烟，可那些纷纷向这边看来的目光却刺痛了我。我不禁问自己，对于这家公司的成立，我个人到底做了些什么？我似乎一直被另一个人托着在走，尽管这个人并不是娱记口中的乐瑶，但确实存在……而这种存在，又真真实实地消磨着我对这个项目的激情，所以我可以在公司成立的今天，依然躺在床上，追求那几分钟沉睡的快感。尽管我从未正视，但潜意识里的东西是骗不了人的，而现在这条"文艺之路"还是我最初追寻的吗？

这一刻，继在爱情中迷失后，我在事业中也迷惘了！

不断从口中吐出的烟雾，好似将我隔离在了人群之外，可我却在一个小小的缝隙中，看到了在另一个角落里站着的米彩和那个红衣女子，她们竟然都来了。

现场渐渐恢复了平静，而我也平静了下来，这个时候我忽然是那么理解米彩，理解她与我分手的选择……我这半生太混乱，却渴望着她给予我一座晶莹剔透的城池，这现实吗？

开业庆典正式开始，主持人一一介绍着现场的重要来宾，很快便到了总经理致辞的环节，身边的简薇将她修改好的演讲稿递给了我，我看了看，摇头示意不用。

简薇很不理解地看着我，我笑了笑，说道："我们是个充满个性的公司，如果总经理的致辞，还要被演讲稿束缚着，那不是一个笑话吗？"

我说着向台上走去，工作人员将支架话筒移到了我面前，我沉浸在自己的情绪中，久久没有言语，将台下人弄得一阵紧张，赶忙给予我一阵鼓励的掌声。

我做了个深呼吸后，终于开了口："感谢各界朋友今天前来参加路酷旅游文化有限公司的开业庆典，我很高兴，但不打算说上太多。曾经我是一个混迹于社会底层的酒吧驻场歌手，所以为大家唱一首歌吧，我自己写的歌，在人生最低落时期写的，可能不太符合庆典的氛围，但却是我最想表达的，也是我最想赋予'文艺之路'这个项目的一些想法。"

现场鸦雀无声，或许从来没有一个人，会以我现在这种方式，代替那严肃又官方的开业致辞！

工作人员给我找了一把吉他，我脱掉身上的西装，松开了衬衫的衣扣，轻轻地拨了拨弦，说道："这首歌没有歌名，送给自己，送给这个世界，送给你！"

"寒风、冬雪、冷雨……世界啊，你把一切给了我，为何我却望着你哭泣？悲伤、欢愉、记忆……爱人啊，你把一切给了我，为何却撕裂了我的身体？所以啊，我像一只被浪费在森林的鱼，游来游去；所以啊，我像一匹被淹没在海里的狼，挣扎、死去……生活啊，撕开你虚伪的面具吧；爱人啊，杀了我卑微的灵魂吧……嘿！吹一阵冷风啊，淋一场冷雨啊，在一个人的生活中想起你……他妈的，嘿！他妈的，嘿！这他妈的生活，这他妈的爱情，多么的了不起！……撕裂我吧，不要再误解什么，不要再背叛什么，不要再想起你……"

我的声音随着沉重的吉他音而变得嘶哑，继而呜咽着……我的情绪随着那些自己编写出来的歌词奔跑着，这首歌自从被自己写出来后，从未唱过，因为会失控，因为会呐喊，因为会想起无数个点着烟、抱着吉他在雨夜被撕裂的感觉！

沉重的吉他音渐止，现场冰火两重天，有人沉浸在我的歌声里，有人看怪物似的看着我，而我渐渐平静了下来，扫视着人群，然后看到了简薇，这首歌就是在我们分手后写的，可是她懂吗，懂我的被撕裂吗？

也许她懂，因为她在哭泣。

我又看到了米彩，她淹没在人群中，我看不到她的表情，只是她身边的红衣女子对我耸了耸肩，又竖起了大拇指，不知道她想表达不屑还是欣赏。

我将话筒从支架上拿了出来，用前所未有的平静语调说道："我的演唱结束了，曾经我就是这么一个被生活和爱情撕裂的悲剧，生活中有太多类似的悲剧、类似的人，所以我们都需要这样一条'文艺之路'，准确来说是治愈之路，我会和大家一起走完这条路，做第一个愈合的患者，请相信这条路的魅力！谢谢！"

台下终于有掌声响起，主持人却有些不知道怎么把活动拉回到正常的轨道中，她有些懵！

活动还在继续，我点着烟，坐在角落里，我再一次搞不定自己的生活，所以我有些惊慌，所以我去征婚网站，所以我悲情地唱歌……

红衣女子来到了我的面前，笑了笑，说道："今天这个开业庆典结束后，恐怕业内都知道有你这么一个神经病的总经理了！"

"那又怎样？"

"但我觉得很棒，也相信这条路会以治愈的姿态诞生在你的手中。"

我猛吸一口烟，笑着问道："你的厚礼呢？"

第413章

接受

厚礼

在我向红衣女子问起她准备的厚礼时，她笑了笑，说道："我专程来参加你的开业庆典难道还不算一件厚礼吗？如果以金钱来衡量我的时间，那我送给你的可是千金。"

"没劲，玩什么文字游戏！"

红衣女子没理会我的抱怨，面色变得认真，她似乎在对我说，又似乎在自言自语："你的歌给了我很多触动，虽然我未曾在生活上经历太多折磨，不过爱情上……我也曾卑微过，卑微到希望那个男人可以亲手杀了我的灵魂！"

"什么样的男人会让你感到卑微？我不信！"

"他和你很像，不过他比你更渴望生活，比你活得更认真，比你更懂取舍，你们看上去很像，可骨子里又不是一类人！"

"这些对比出来的结果，到底是他的缺点还是优点？"

红衣女子惆怅地笑了笑，说道："是缺点还是优点，那要因人而异，在我眼里是足以让我杀了他的缺点，但是在陪伴着他身边的那个女人眼里，恐怕是值得珍惜一辈子的优点！"

"哈哈……所以，人总是为自己的立场活着，于是这个世界才会那么刻薄和市侩！"

红衣女子点了点头，半晌说道："我确实给你准备了一份厚礼，但不晓得你会不会接受……"

"你总是卖着关子，我怎么知道自己会不会接受！"

"一份合同，我愿意将天扬集团全年的旅游代理交给你们公司去做。"

其实我的心中早有预料，我笑道："礼确实很厚，但是你们这些含着金汤匙出生的女人，在送礼上就不能有些创意吗？"

"怎么，你这是拒绝了吗？"

我没有正面回答，转而问道："你今天怎么和米彩一起来了，而且你们送来的礼物也大同小异，这中间到底有什么说法？"

"整个江苏的商界就这么大，女人独当一面的集团更是少之又少，所以我和米总很有共同语言，现在成为朋友了，这个回答你觉得合理吗？"

"那你这份送来的合同也是因为她了？"

红衣女子摇头否认道："你错了，她那份送给你的合同，是因为我……昭总，你应该记得，我是最早一批接触到你客栈的客人吧，你这一路的成长，我很清楚，也很看好你这个项目的潜力，对你在客栈里举行过的两场公益活动更是印象深刻，所以我愿意让我的员工都有机会体验这条'文艺之路'，或者说治愈之路的魅力，然后我又建议米总给你一份这样的合同，所以我们两人才会分别给了你这份合同，这就是事情的经过和说法。"

这番话终于让我想起，为什么米彩昨天会含泪说着"是我用无端的揣测让自己变得偏激"，实际上她送给我这份合同，完全与我们的过去毫无关联，只是因为这红衣女子的建议。想来我还真是很可笑，以为自己是个男配角，让米彩在婚前感到歉疚，实际上她根本连歉疚的情绪也没有……话说回来，又有什么好歉疚的呢？都分手了这么久，只有我自己还沉溺在过去中，她早就从我们一起拼凑出来的地图上飞了出去。

红衣女子催促着问道："昭阳，表个态啊，卓美和天扬的这两份合同你到底要还是不要？"

"既然事情的真相是这样，那我为什么不要？"

红衣女子笑道："你的股东们会感谢你这个决定的……希望你会回馈给这两个集团员工一个美妙的旅行！"

"我们路酷一定不会让自己的客户失望的！"

说话间，米彩来到了我们的面前，红衣女子对她说道："米总，昭阳先生已经接受了我们两家集团的旅游代理业务了，不过你现在还愿意给他吗？毕竟前面他是那么不留情面地拒绝了你。"

相对于红衣女子的调侃，米彩依旧表现得很平静，只是点了点头，然后对我说道："昭总，你刚刚的歌很不错，只是从来没有听你唱起过。"

"这首歌，我曾经忘了，只是最近过得有些不开心，便又想了起来，呵呵……以后也不打算再唱了，太撕心裂肺，到现在嗓子还疼着！"

"真的是你自己写的吗？"

"和罗本一样，我也是一个创作型歌者，不过我从来不喜欢唱自己写的歌，因为唱起来太累！"

红衣女子插话道："看不出来你还挺有才的嘛，只是为什么总喜欢以草包的形象示人呢？"

"我就是一个迟迟搞不定生活的草包……"

红衣女子又耸了耸肩，继而对身边的米彩说道："米总，你还要说些什么吗？没什么可说的，我们就先走吧。"

我问道："你们不参加午宴吗？"

"我们也不是被正式邀请的宾客，午宴就不参加了吧。"

"正式不正式，不都是一句话的事情嘛！"

红衣女子笑道："中午确实是有其他的事情，午宴真没时间参加了。米总，到底有没有话要和昭总说的呢？"

米彩看着我，似乎有话，可最后还是摇了摇头，红衣女子做了个遗憾的表情，说道："那行，昭总！我和米总就先告辞了，至于那合同，我会派专人来和你们公司接洽的。"

我点了点头，看着米彩与红衣女子并肩向活动现场的出口处走去，然后在那繁杂中留下惊世骇俗的美丽背影。只是同样倾国倾城，米彩却比那红衣女子要幸运太多，她从不曾在感情中体会过那撕心裂肺的感觉，因为都留给了我。

猛吸了一口烟，我那要在婚恋网站上征婚的欲望却在此刻更加强烈了，否则显得我好像只会唱歌，只会颓废，只会愤怒……却不会追求生活中代表着圆满的婚姻。谁都不会相信我是一个愚蠢的人，所以那个可以陪我结婚的女人，我找定了！

至于爱不爱，也不重要了，因为生活不就这个样子吗？越来越冷静后，我只想说一句：生活，太让人绝望了！

可是，我真的不能忘记她，不能忘记我们之间的那些一念之差，更不能忘记差点便领到结婚证的欢愉，我羡慕那个可以牵着她的手走进婚姻殿堂的男人……也许，我还会唱起自己写的那些歌……

第 414 章

被

忽视

在米彩和那红衣女子离去后，我便有了一种被困在活动现场的感觉。实际上我并不喜欢这种过于正式的场合，但是简薇和杨从容不一样，他们作为股东代表，在后来的媒体见面会上，分别进行了一番大气磅礴的演讲，他们天生就是商场上的好手，轻易便将整个开业庆典推向了高潮，现场那不断跳跃的闪光灯便是最好的证明。

随着午宴的结束，公司的开业庆典也正式结束，我回到了自己的办公室，然后打开了所有的窗户，让阳光毫无阻碍地落在我的办公桌上。随后我开始处理一些公司成立后比较正式的文件，而这也是和从前最大的区别，我少了一些来去的自由，事业却向一个正规而有章法的方向发展着。

花了几个小时审核完一些报表和企划案后，我又集合公司的所有成员召开了一次发展交流会议，虽然目前公司只有 18 人，但却都是简薇和杨从容从各自的公司抽调过来的顶级职场精英。虽是我主持的会议，但大部分时间我

是在向他们学习，学习怎么做产品，怎么做管理，怎么去统筹发展一个公司。

会议结束时，正好是下班时间，市场部经理柳以珊（曾经是简薇的广告公司的市场部副经理）对我说道："昭总，咱们今天晚上要不要和简总的思美广告搞一场联谊晚宴呢？在这个城市里，我们两家公司也算兄弟公司了！"

我想了想，答道："下个星期吧，今天中午不是刚在一起吃过饭嘛！"

从杨从容公司调来协助我的副总经理阮华说道："昭总，下个星期请他们吃饭的意义和今天请就不一样了，咱们公司从成立到运营，简总和她的广告公司出了太多的力，我们在开业的第一天就应该向他们发出邀请，这样才能表示出感谢的诚意！"

柳以珊附和道："昭总，就是这个意思。"

我心中不太情愿，但也知道这是商场的规则，更不好驳了阮华和柳以珊的面子，终于点头道："那你们安排吧。"

柳以珊笑了笑，说道："昭总，这个电话一定要您亲自打。"

毕竟自己和简薇是那么熟悉，现在却弄得这么礼仪，这让我感觉有些别扭，但还是拿出手机，随后拨通了简薇的电话。

我问道："喂，简总，今天晚上你们公司不加班吧，一起吃个饭吧。"

简薇心情好似不错，笑着说道："你还知道主动给我打个电话邀请我们吃饭啊！既然昭总这么有心，就算要加班我也得破例一次。"

我咳嗽了一声，然后走到另一个角落压低了声音对简薇说道："那个，咱们聚会的时间能不能尽量弄短一点？我这晚上也挺忙的。"

"你忙什么？"

我声音压得更低了："刚刚韦老师给我打了个电话，说是有个不错的大学教师要介绍给我，约了八点钟，我都答应了，你说我不能放了人家姑娘的鸽子吧。"

简薇的语气立即变得不悦："昭阳，你整天想些什么呢？"

"我还不能有点私人时间啊？再说这些事情我都是在不影响工作的前提下做的，你有必要这么大的意见吗？"

"那算了吧，你个人的情感大事是重，咱们一起吃饭的事情是轻，我可不能耽误了你……"

简薇的话还没说完，我便打断道："谢谢、谢谢，谢谢简总深明大义，这顿饭先欠着，改天我一定请！"

"无福消受！"简薇说着便挂掉了电话。

我倒没有什么特别的情绪，总感觉自己与简薇实在是太熟，一顿饭什么的真心没必要弄得太小题大做，于是回到众人面前说道："我刚刚给简总打过电话了，她那边不太有时间，改天再请吧。"

阮华和柳以珊略微有些失望，但还是笑了笑，说道："我们该做的做到位，简总实在没有时间就算了吧，总有机会一起吃个饭表示感谢的！"

开着公司给我配的那辆奥迪 A6，我漫无目的地穿行在大街上，然后又在路边买了一份麻辣凉皮，坐在树底下吃着，继而等待时间的流逝，八点钟去赴韦蔓雯给我安排的约会。

实际上，我心里倒谈不上有多期待，只是把娶妻生子当作是这个阶段的一个任务。我自己也曾怀疑过，这种做法到底对不对，但是看到身边的每个人都有了归属，自己便下意识地有了一种从众的压力，我有些抵抗不住这种压力，尤其是在米彩越走越远后。

时间终于来到了七点半，我开车去了韦蔓雯的住处。十几分钟后，我们两人来到了约定的咖啡店，边等边聊，不过却没有聊起那个即将与我相亲的姑娘，只是聊着罗本参加选秀的一些近况。

已经是八点一刻，相亲的姑娘还没有到，我终于向韦蔓雯问道："韦老师，这姑娘靠谱吗？这都过去十几分钟了！"

"我打个电话过去问问。"

我点了点头，韦蔓雯随即将电话拨了出去，聊了小片刻后挂断电话，带着抱歉对我说道："昭阳，不好意思，季老师她临时有事来不了了……"

"什么事儿啊？"

"她没太具体说，可能是遇到急事了。"

我也没太计较，只是忽然感觉有些对不起简薇，想起好似只要我需要，她都会在第一时间出现在我面前，给予我帮助和安慰，而曾经我们更是整天腻在一起，从来也不曾给过我这种被随便忽略的失落。有时候我也在想，如果她从美国回来的那一刻，没有接受向晨的表白，我们是否还有可能回到过去呢？直到此时，我仍相信，她是我深深爱过的女人，只是这些年我们实在偏离得太远了！

我又想起了米彩，哪怕在我们恋爱时，她时常忙于工作，不能顾及我太多，但为了不让我失望，仍会在自己的经期和我一起吃冰淇淋，也会与我坐在便利店前的木马上闲聊，从来不曾像这个季老师，抱着无所谓的态度忽略掉那说好的约会。

这一刻，我倒真是体会到简薇为什么说我在作践自己，难不成我还真要指望一个素未谋面的女人，会像初恋那样去照顾着自己那不堪一击的男人尊严吗？这样的鸽子放得纯属正常！

我终于点上了一支烟，对韦蔓雯说道："韦老师，吃点什么，我帮你点，正好咱们聊聊天。"

第 415 章

误解这只可怕的推手

韦蔓雯有些不好意思，对我说道："昭阳，我请你吧……"

我笑着打断道："韦老师，咱们这么熟，您用不着这么见外，这事儿是我应该感谢你，这家咖啡店的意大利面做得不错，要不给您来一份吧？"

韦蔓雯点了点头，我随即招呼服务员点了两份意大利面，等待的过程中两人又聊了起来，我说道："韦老师，您是教书育人的，您觉得我现在这个做法对吗？其实我挺迷茫的……"

"我之所以愿意帮你介绍，便是认可你现在的做法，毕竟自身的年纪压力和父母的压力摆在这里，可你自己也还没有完全做好心理准备吧？"

我点了点头，说道："您说得对，韦老师您能体会到那种无论怎么做好像都不对的感觉吗？"

"可是如果什么都不做，感觉更不对。"

我知音难觅般说道："对对对，就是这种心理，我快被折磨得不行了，您帮我分析分析，我到底应该怎么做才能摆脱这种状态？"

韦蔓雯笑了笑，说道："昭阳，你现在经历着的正是罗本几个月前经历的，你自己发觉了吗？不过你们的选择并不一样。"

我并没有想出个所以然来，便说道："请韦老师指点迷津。"

"你还记得几个月前罗本去小山村找我，我是什么状态吗？"

我回想了一下，然后说道："您当时有婚约在身，罗本对您死缠烂打，但是您坚决地把他拒之门外，不过他脸皮挺厚的，硬是留在了小山村。"

"结果呢？"

"结果就是您和他离开了小山村，重新接受了都市生活。"

"那你觉得这个结果好吗？"

我充满羡慕地回道："有情人终成眷属，当然好……其实，我当时就特别知道，虽然您嘴上说得那么决然，但是您心里还没有放下罗本。"

韦蔓雯面色有些黯然，却又笑了笑，说道："嗯，所以最后我还是放弃了周航，选择了与罗本在一起。有些感情不是说忘就忘的，虽然自己以为可以忘掉，虽然说了很多决然的话。"

我似乎有些明白韦蔓雯的意思，但又不敢确认，便等待她继续说下去。

韦蔓雯又向我问道："你觉得你和米彩的现状与我们当时相像吗？"

我开始回想，真的发现与几个月前的韦蔓雯、罗本有许多相似的地方，米彩同样对我说了决然的话，同样有一个结婚的对象，区别是：那个晚上我在停车场选择了放手，而罗本选择了坚持。可这种类似，能说明什么？带着这样的疑惑，我向韦蔓雯问道："韦老师能告诉我你当时是怎么想的吗？"

"如果罗本当时选择离开小山村，哪怕我再爱他，我们之间也结束了，因为他没有给自己机会，也没有给我释怀的机会。"稍稍停了停，她又向我问道，"你告诉我，你还爱着米彩吗？"

"爱着，所以我现在才把自己弄成了一只无头苍蝇，和她分手后，我好似丢掉了生活的方向，那种想抓却抓不住的感觉太痛……我曾经自以为可以坚强，可以无所谓，但听到她告诉我会和另一个男人结婚时，我真的有那种崩溃的感觉。也是从那个时候开始，我渴望着自己可以在她前面完成婚姻这个事情，至少不能落后太久，因为我担心自己真的听到她结婚的消息时，不知道该怎么去面对……韦老师，这是一种病态的心理吗？"

"因为太爱，所以扭曲了！"

我叹息，点上一支烟，闭上眼睛吸着，忽然有点厌烦现在的自己，因为丢了魂，却又没有办法找回魂！韦蔓雯陪着我沉默了很久，直到服务员来提醒我这里不让吸烟，她才代替我向服务员表达了歉意，而我也带着歉意掐灭了烟头，有些茫然地看着她，期待她会继续说点什么，让我不那么难过。

"昭阳，你现在这一切没有章法的行为，源于你自己太害怕受伤了，你不想回到曾经那个对你来说是地狱般的生活，是吗？"

"是啊，那几年，我是不愿意去回忆的。"

"那你觉得米彩对你还有感情吗?"

"应该没有吧,分手后我们很久都没有联系过,她也准备嫁给那个追求了她好些年的男人!"

"她亲口和你说,她准备嫁给那个男人了?"

"是啊,所以我绝望了!"

韦蔓雯面色变得凝重,对我说道:"昭阳,我觉得你可能不太懂女人的心思,那个时候米彩也许很希望你会出言挽留,她在用与其他男人结婚这个事情逼你,可是你却错误地解读了,然后她失望了,也就选择了顺其自然!"

"不会,我不会错误解读的,分手时她说今生不能再做我的妻子了,说得那么决然!"

"我也曾经和罗本这么说过,甚至真的这么想过,但是女人始终是感性的,越是让男人痛苦的话,越有可能是她在最感性的时候说出的,也许她说完便后悔了……你们之间很可能是被误解这只可怕的手越推越远,米彩觉得你不够爱她,你又觉得她不够爱你!"

我被韦蔓雯说得有些崩溃,半晌说道:"韦老师,这只是你个人没有依据的判断……"

韦蔓雯很少有地出言打断道:"但也可能是事实……你们走到这一步,总不能让米彩回头求你复合吧,你和她相处时,她是不是总会表现得欲言又止?"

我细细想来,好似真的有很多次米彩有这样的表现,便向韦蔓雯点了点头,但还是疑惑地说道:"韦老师,有些污点我实在是难以说出口,但是真的存在,曾经我的私生活太乱,她不太能接受,这也是我们分手的导火索!"

"我曾经也很介怀罗本的过去,可爱情是骗不了人的,我原谅了他。可能你当时用错了方式,让这个事情过于恶化了,再加上乐瑶是公众人物,更放大了这个事件的负面影响,导致她的情绪很不稳定,然后你又不断刺激她,让她做出了错误的判断……现在乐瑶已经出国了,而这个事件也已经渐渐平息了,不是吗?"

我再次陷入回忆,好似当初是这样的,当那些不光彩的过去暴露在米彩面前时,我却总是逼着她和我结婚,这是否会让当时的她感到窒息呢?

韦蔓雯给了我足够的消化时间后,终于说道:"昭阳,刚刚这些话,是我基于过来人和女人的身份,帮你做出的判断,至于是不是要选择与她真诚地沟通一次,还得你自己决定……但我希望,你会!否则你是要遗憾的!"

这一刻我的心变得蠢蠢欲动,可是再一次想起卓美,才猛然发现,我和

米彩之间的种种，绝不是韦蔓雯分析的这么简单，我根本没有信心让自己站
在卓美的对立面去和米彩进行一次沟通……而我们的感情也远比当初的她和
罗本要来得更复杂！

第 416 章

把屋子
卖给我

　　我让自己平静了一些，抬起头，才发现韦蔓雯一直看着我，好似在等待
我表达自己此时的想法。在一阵沉默之后，我终于对她说道："可能我和她之
间缺的不仅仅是沟通吧，我们对生活的追求也不太一样，在她的心里，爱情
并不是最重要的。"

　　韦蔓雯笑了笑，说道："这是你自己的判断，还是米彩她亲口说过，可以
为了某些东西而放弃爱情？"

　　我再次陷入沉默中，习惯性地想点上一支烟，却发现烟盒已经被韦蔓雯
拿到了她那边，这才想起这家咖啡店是禁烟的，于是再也没有说过话，直到
晚餐结束。

　　准备离开时，天空飘起了夏末的小雨，我和韦蔓雯站在咖啡店的霓虹灯
下，我终于点上一支烟，对她说道："我送你回去吧。"

　　韦蔓雯点了点头，说道："嗯，等你吸完这支烟。"

　　在韦蔓雯的指引下，我将她送到了她和罗本的住处，但已经不是他们当
初租的那个天台小楼阁，而是本市一个还算不错的小区。我将车停在了楼下，
在韦蔓雯还没有下车前，问道："韦老师，这边的房子你和罗本是买的还是
租的？"

　　"买的，罗本交的首付，我们一起还房贷！"

　　我笑了笑，心中忍不住羡慕，连罗本这个曾经的胡同串子也在苏州有了
自己的家，还有一个陪着他还房贷的女人。

　　我又向韦蔓雯问道："你们准备什么时候结婚？"

"攒到一笔够结婚的钱吧。"

"缺钱的话，我这边有，你们赶紧把婚结了吧，省得夜长梦多。"

韦蔓雯笑了笑，说道："你别替我们操心了，自己手上有闲钱的话，就赶紧把房子买一下吧，现在有多少姑娘不在乎男方有没有房的呢！"

我回应了韦蔓雯一个笑容："现在的姑娘们还真现实啊！"

"房子会给女人很多安全感。"

我在此阶段似乎并没有太强烈的买房欲望，如果我现在有了自己的房子，我会更加感到空乏，倒不如住在那个租来的单身公寓里，至少不必让自己陷在这座城市里，可以来去自由。只是有一个例外，如果是那间老屋子的话，我则很想买！

也许是和韦蔓雯聊起了房子的事情，在回去的路上，我总是不自觉地想起那间老屋子。如果说，我在这个城市曾经找到过归属感和家的感觉，那都是在老屋子里发生的，于是这个无所事事的夜晚，我想回那边看看，反正米彩也已经不去那边住了，我不必担心碰见的尴尬。

小片刻后，我将车开到了小区的楼下，然后透过车窗的玻璃，迎着天空飘落的雨，向最顶层的屋子看去。此时屋子里并没有灯光，表示米彩是真的不在这边住了，我的心中升起一阵失落的感觉，随后陷入失神的状态中，视线却始终没有离开过那间屋子的窗户……

一束刺眼的灯光从我的侧面射了过来，我下意识地扭头望去，只见一辆SUV的车子向我这边驶来，可因为迎着光，我判断不出具体是什么车型。直到车子在我的车旁停了下来，我才发现是一辆红色的Q7，然后便看到了拎着手提包从车上走下来的米彩。

我有些窒息，赶忙按上了自己这一侧的车窗，而米彩似乎没有发现我，她迈着有些疲倦的步子向楼道处走去。我心中松了一口气，要是让她知道我在这个夜晚来过这里，我的脸面要置于何处？至少分手后的几次相见，我都表现得很无所谓，而现在跑来缅怀，又算什么？

屋子里的灯光亮起，她的身影便映在了窗帘上，忽高忽低，她似乎在收拾着东西……我点上一支烟，就这么在没有声音的夜色中看着，只觉得这个正在忙碌的女人，似乎并没有从我的生活中走远。于是那些在一起生活的片段便又闪现在我的脑海里，想起我们曾经总是在这间屋子里拌嘴、吵架，我有些无奈地笑了笑，因为我说不过她，总是落入下风。

我又想起我们曾在午后的黄昏吃着一起做的饭，在温馨之余，又是一阵伤感，因为这个画面只能作为回忆出现在我的脑海中，她就要嫁给别人了。

我有些恍惚，等回过神时，屋子里的灯光已经灭了，耳边传来了高跟鞋与地面碰撞的声音，然后便看到了站在我车子前的米彩，她打开了手机的闪光灯，直直地照射着我……

雨水已经弄湿了她的长发，我却死活不肯下车，心中除了尴尬，更感觉有些丢脸。

米彩走到了车子的侧面，然后敲了敲车窗，我终于按下了车窗，问道："怎么了？"

"你的车子能不能往那边挪一挪，我的车开不出去。"

"你有本事开进来，没本事开出去啊？"

"后面多了一辆车。"

我回头一看，果然在米彩的车子后面多了一辆三轮摩托，刚刚我竟然没有发现……

"你等等……"

米彩点了点头，我随即启动了车子，来回打了几把方向盘后，终于给米彩让出了开出去的空间，然后又将车子熄了火。

当然我也可以选择仓皇而逃，但那不是我的风格，再说我曾经在这里住了两年多，偶尔的缅怀也是名正言顺的，想通了这些，那些尴尬的感觉也就不复存在了。

米彩已经准备上车，我喊住了她："喂，聊聊……"

米彩回过头，有些诧异地看着我，我打开了副驾驶室的门，示意她先上车。此时，车窗外的雨正以密集的姿态向地面泻落着。

稍稍犹豫了一下，米彩向我的车走来，然后在副驾驶位上坐了下来。她抽出一张纸巾擦着脸上的雨水，一副等待我先开口说话的模样。

"你回来干什么的？"

"拿些东西。"

"哦，你上次和我说，已经不住在这边了，是吧？"

米彩点了点头。

我一阵沉默之后，表情很认真地向她问道："你现在也不住在这里了，你看能不能把这间屋子卖给我，我在这边住习惯了。"

第 417 章

秋天
的雨

雨水拍打在车子的玻璃窗上，噼里啪啦的，可车内却更安静了，我们甚至能听见彼此的呼吸声。我看着她，她靠在车椅上也不作答，好似我就不该向她提出要买下那间老屋子的要求。

我却不死心，又问道："空着也是空着，到底卖不卖？"

"不卖。"米彩决然地给了我一个意料之中的答案。

我的面色沉了下去，说道："你情愿房子空着发霉吗？"

"有时间我会回来打扫的。"

"要是一年前的今天，我身上有足够的钱，这间房子你根本就没有机会买下来。"

"可是现在不是一年前，房子我已经买下来了。"

"君子有成人之美。"

"我只是一个女人，不是君子。你还有其他事情吗？"

我笑道："我早就把你看穿了，无情就是你骨子里的东西，哪怕以前我在这个城市混到无路可去，你还是不留情面地把我往外赶，有一间房子很了不起吗？"

"我不太明白你现在和我说这些是什么意思。"

我很想带着愤怒告诉她，我说这些话，是因为没有办法忘记她，所以才会如此计较。可是这车窗外的雨，下得那么安静，又那么冷，瞬间便浇灭了我的愤怒。半晌我才道："你就当我是碎碎念吧，这雨下得我有点心烦！"

"那我走了，你也早点回去休息吧。"

"嗯，路上开车注意安全。"

当米彩开着车子离去，属于我的这片世界又安静了下来，我想点上一支烟，又怕那烟雾驱散她在车里留下的淡淡香气，于是我便忍着，然后听着那淅淅沥沥的雨声，把曾经在这里发生过的事情又想了一遍，而离去时，车里已经没有了她的气息。

回到自己住的那间单身公寓，我躺在床上听着雨声，沉溺在一个人的孤独中，也记不起前些天自己要在婚恋网站上征婚的事情，只是回想着一些过去的事情，然后拿起手机，找到了那些还不曾删去的照片，在有些昏黄的灯光下看着。我有点想给她发一条信息，可总被另一种情绪牵绊着，不知写些什么。我在对话框上按出一行问候的话，可那雨声总让人变得敏感，让我不太习惯孤寂，于是整个人便被两种情绪拉扯着。最终我还是选择放弃了问候，关掉灯，躺在床上辗转反侧，这时手机铃声却意外地响了起来，我翻了个身，从柜子上拿起手机，是米彩发来的信息。

"昭阳，你为什么把吉他和赛车藏在了床底下，我找了好久……"

我沉默了一会儿，回道："你现在不是找到了吗？"

"床板我掀不动，你明天去帮我拿出来，可以吗？"

"那你刚刚为什么不说？还要我明天专程跑一趟！"

"你刚刚情绪不太好，不敢在那个时候麻烦你！"

"你得了吧，说得我现在情绪多好似的……钥匙还放在门框的下面吗？明天下班后我去帮你搬。"

"钥匙我带走了，明天晚上八点，我给你送过去吧。"

"行吧，你是打算将那些东西还给我吗？毕竟你都快结婚了，留着前男友的东西不好。"

我这带着怨气的话，并没有得到米彩的回应，她没有再回我的信息，而我也终于在等待中睡了过去。

次日早晨，雨还在淅淅沥沥地下着，然后整座城市便有了些秋天的味道。我开着车去公司时，马路上铺满了泛黄的树叶，打着伞的行人，已经抵不住风的吹袭，纷纷穿上了厚实的外套。

我在一个卖早餐的摊前停下了车，买好早餐后，一辆红色的凯迪拉克在我的车后停了下来，然后我便看到了简薇，我们的公司离得近，很容易遇上。

简薇来到我身边，从钱包里拿出一百块钱递给摊贩，要了一瓶牛奶和两片面包。我赶忙示意摊贩，我刚刚的钱不用找了，连简薇的那份一起付。简薇却不领情，瞪了我一眼，随即又将钱往摊贩面前递了递，我当然知道她是气我昨天邀请她们公司共进晚餐的诚意不够。摊贩以100元找不开为由，顺理成章地让我请简薇吃了一顿早餐，于是我得意地冲她笑着……

她被我弄得很无奈，终于消了些气，问道："昨天相亲相得怎么样了？"

"唉，别提了！人家压根就没去赴约……"

简薇幸灾乐祸地笑了出来，一副大仇得报的模样，说道："让你再作啊！"

"你这么说就太不厚道了，我到了婚娶的年龄，去相亲怎么了？遇到点意外又怎么了？你们这些有对象的人，就是喜欢以这种高姿态去嘲弄我们这些结束不了单身生活的人。"

简薇皱眉道："什么话，难听死了，你别这么说自己。"

我笑了笑，望着还在落着雨的天空，感叹道："又是一个秋天，以后出门得多穿点衣服了……"

"别乱感慨了，赶紧去上班，如果我没有记错的话，你们今天早上九点会有一个例行的晨会吧。"

在简薇的提醒下，我看了看时间，已经八点四十五分了，赶忙和她告别，驱车向公司赶去。简薇的车一直跟在我的车后，直到临近公司时，才在一个有红绿灯的路口分道而行，实际上我们两人的公司也就隔着这个路口。

来到公司开完了例行晨会，我留下了市场部经理柳以珊，两人聊起了正在徐州打造的客栈及酒吧的定位问题，最终我根据徐州作为铁路枢纽的城市特点，提出了"水宿山行后"这个经营主题，寓意着长途跋涉后，这里便是一个可以惬意休息的地方。

柳以珊当即给予了赞同，然后便离开了我的办公室，召集市场部的成员，根据这个主题制定客栈和酒吧的营销方案。而我也没有闲下来，一直处理着各种繁杂的事务。黄昏时，我又分别去了一趟空城里音乐餐厅和第五个季节酒吧。

时间已经是晚上的七点半，秋雨还是没有停下来，纷纷扬扬，恰似我的心情。在屋檐下站了许久，我终于驱车向老屋子驶去，我和米彩约了八点钟见面，只是为了帮她掀开床板，拿出那些被我藏在床下的吉他和赛车。

第 418 章

又是一个

雨夜

花了 20 分钟，我驱车来到了老屋子所在的那个小区，而米彩还没有到，我便在楼道口等她，无聊中环视这个小区，发现相较于去年，它又陈旧了一些，也更荒凉了，这让我不禁担心，这里到底还能存在多久，也许很快便面临着拆迁的命运。

片刻之后，那辆红色的 Q7 终于出现在了我的视线中。停稳后，米彩撑着一把碎花雨伞来到了我面前，哪怕我们如此熟悉，可我还是为她今天的穿着而心动。她只是随意地穿着一件宽松的毛衣、一条很普通的水洗风格的修身牛仔裤，可这一身依然因为她独特的气质而不平凡。

我有些看不起自己，便不看着她，问道："已经迟到了五分钟，你不是挺守时的吗？"

"抱歉，路上有点堵。"

简单的对话，终于转移了我的注意力，我随即示意她上楼。两人就这么走在狭窄的楼道里，因为太沉默，连那感应灯都没有亮起，我便咳嗽了一声，四周终于有了些许光亮，我说道："其实我们真没必要为了这个屋子争些什么，也许要不了多久就拆迁了，你不卖给我，也不会是因为那些拆迁补偿款吧？你又不缺那点钱！"

米彩的语气很是关切，她问道："怎么，你是听到要拆迁的消息了吗？"

"这倒没有，但这里要被拆迁是肯定的事情，也许明年这个时候，这些老房子就不存在了，然后一栋栋新的大楼拔地而起……哈哈，除非米总你有这魄力，买下这块地方，但你们卓美做商业地产吗？"

米彩没有理会，这让我笑得很是尴尬，于是选择了闭嘴，不再说一些撩拨她情绪的话。

米彩打开了屋门，先走进了屋子里，又打开了灯，随后我也走了进去，然后习惯性地坐在了那张沙发上，拿起果盘里的蜜橘吃了起来，心中却又因为再次来到这里而唏嘘。曾经我数次以为和这间屋子诀别了，可每次还是会来，原因各不一样，而这次就是掀床板——分分钟便能搞定的事情。

我又拿起一个蜜橘在米彩的面前晃了晃，问道："你要吃吗？"

"我不吃……你打算什么时候帮我掀开床板，拿出那些东西？"

"歇会儿，你是有急事儿吗？"

"没有。"

"那你也歇会儿，这上了一天班，累得够呛！"

米彩一声轻叹，随即向窗户边走去，将那些还在淋着雨的花盆搬进了阳台里，然后背对着我望着窗外那下着雨的世界。

我强迫自己不去看她那有些单薄的背影，再次剥开手中的蜜橘吃了起来，而时间也飞快地过去了半个小时。

我终于将茶几上那一堆橘子皮扔进了垃圾篓里，对她说道："我歇完了，你把房间的门打开，我帮你掀床板。"

米彩这才回过身，她的脸上有些水珠，也许是刚刚的雨水，她用手指擦掉了水珠，然后从包里拿出钥匙打开了房门。我意识到，五分钟后，我又该与这个屋子说再见了，还有米彩。

我情绪有些低落地随她走进了房间，而我甚至比米彩更熟悉她的房间，在她之前找到了壁灯的按钮。当灯光亮起时，才发现她的屋子根本没有什么变化，里面还有她的衣服和书本，而她送给我的那个命名为阳哥的布偶依然在她的床头挂着。

我对她说道："你一边站着，我来掀床板。"

米彩让到了一边，我将床上的被子和毛毯叠放整齐后搬到了一边，随即有些疑惑地问道："你连席梦思都没动，是怎么看到东西放在床下面的啊？"

"趴在地上看的。"

我随即也趴在地上看了看，果然看到了那把吉他，只是想起她趴在地上的模样便觉得有些不可思议，毕竟在我心中她是一个在形体上属于完美无缺的女人，怎么会做出趴在地上这种破坏形象的动作呢？再想想也释然了，反正又不会被别人看到，就好比她那深似大海的心思。

我奋力一掀，那吉他和赛车便在尘封之后重见了天日，我将它们从床下拿了出来，然后自作主张地找了一个大塑料袋装在了一起。

米彩问道："你这是要干吗？"

"带走啊，要不然你干吗叫我来搬，随便找个有力气的男人就把这个事情给做了！"

"我没打算让你带走。"

"那你喊我来是什么意思？"

米彩再次欲言又止，半晌说道："谁放下去的，谁搬出来。"

"行吧，你觉得这些东西有用，你就留着吧，反正我拿去也用不上，这把吉他当初花了2万多元呢，就这么废了也可惜。"

米彩看着我……

我有些不解，问道："怎么了，干吗用这种眼光看着我？"

"你当时不是说这把吉他6000多元吗，怎么变成2万多元了？"

　　我这才想起当时为了不给她心理负担，才谎称这把送给她的吉他是6000多元，我有些不太利索地回道："这个、那个，是我记错了，就是6000多元，你后来送给我的那把吉他才是2万多元。"

　　"我送给你的那把吉他也不是2万多元。"

　　"你干吗和我较真？那么久的事情了，我记错了行不行啊？"

　　"我不许你和我说这些谎言……"

　　"嗨……说了又怎样？分都分了，我就是这么一个办事不靠谱、嘴上不把门的男人！"

　　"不……只是想起你将这些委屈独自闷在心里，我心里就难过！"

　　"我能有什么委屈，而且这个事情更不应该定性为委屈，因为这把吉他你喜欢，我就送你，随便它是6000多元还是2万多元。"

　　米彩背过了身，她的身子有些微颤。我心中也升起一种莫名的滋味，随即下意识地从口袋里摸出一支烟点上，我一点也不喜欢现在这种气氛，因为背离了我一直以来的追求。

　　窗外的雨还在淅淅沥沥地下着，而我们以这种别扭的姿态，已经沉默了很久，我不堪忍受，终于转移了话题向她问道："我还没吃晚饭，家里还有吃的东西吗？"

　　"你以前买的泡面还有一些，在厨房的柜子里。"

　　我迈着大步走出了房间，随即在厨房里倒腾了起来……却不曾忘记，这又是一个雨夜。

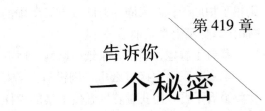

第419章

告诉你
一个秘密

　　我终于在厨房的柜子里找到了一箱泡面，搬到客厅里，米彩已经插上电水壶烧上了热水，她这很配合的模样让我怀疑，她可能也没有吃晚饭。

　　我问道："泡面你要吃吗？"

她点了点头。

于是我撕开了两桶方便面，又向她问道："咱们也别吃泡的了，干脆放锅里煮煮，家里还有鸡蛋吗？"

"我去找找……"

米彩去找鸡蛋的工夫，我将水倒进了电饭锅里，等水快要沸了的时候，米彩才从冰箱里找到了一个鸡蛋，走到我面前问道："够吗？"

我都怀疑这个鸡蛋还能不能吃，从她的手中接过，放在耳边晃了晃，感觉没有散黄，便说道："咱们两个人，就这么一个鸡蛋肯定不够。"

"那我去下面的便利店买。"

"外面的雨挺大的，你别去了，反正我也不怎么喜欢吃鸡蛋。"

方便面果然很方便，只小片刻的工夫便煮好了。我给米彩装了一碗，自己也装了一碗，两人也懒得走到桌子旁，就这么坐在沙发上吃了起来。

她向我问道："昭阳，你很喜欢吃泡面吗？"

"你还没买下这个房子的时候，我经常像现在这样，坐在沙发上吃泡面。"

米彩点了点头，然后把蛋黄夹给我，说道："我喜欢吃蛋清，蛋黄给你吃吧。"

我看了看她，忽然觉得我们的距离近了些，实际上哪怕我们谈恋爱的时候，也不曾像现在这样坐在一起吃泡面，然后将一个鸡蛋分开来吃。

我又向她问道："那你喜欢吃泡面吗？"

"吃得很少，对了，这是什么口味的？挺好吃的！"

"老坛酸菜，这酸爽！"

米彩笑了笑，又低头与我保持着一样的频率吃了起来，很快我们便被这酸爽弄得满头大汗，但还是将汤都喝了个干净。吃完后，她拍了拍胸口，我则拍了拍肚子，两人同一时间放下了手中的碗，然后她看着我，便笑了出来："昭阳，你嘴上都是油渍……"

我看了看她，递了一张纸巾给她，回道："说得好像你没有似的。"

米彩从我手中接过纸巾，倒没有急着擦去嘴上的油渍，反而拿出自己的化妆镜看了看。而我看着她忍俊不禁的模样，再次有些恍惚，可窗外那雨声，却更加清晰了，这样一个雨夜，让我最近一直躁动的心平静了很多，继而有些留恋，却不知道是留恋身边的人，还是这样的天气。

米彩把碗筷拿到了厨房，我则习惯性地在饭后点上一支烟，仰靠在沙发上惬意地吸着，实际上我不需要多么复杂的生活，能像现在这样就不错了。

一支烟吸完，米彩也已经洗好了碗筷，我将烟按灭在烟灰缸里，穿上外套对她说道："时间不早了，我先回去了。"

"我和你一起下去。"

我点了点头，帮她拿起那个装着吉他和赛车的袋子，心中虽然疑惑她会怎么处理这两样东西，但终究也没有问出口，只是走在她的身后，一起来到了还在下着雨的室外，她为我撑着伞，我将袋子放进了她车子的后备箱里，对她说道："路上开车慢一点。"

"你也是……"

"嗯……那我先走了。"

我转过身，站在车边，并没有立即打开车门，我有些挣扎，很想回头问问她，是否还爱着。如果不爱，为什么要带走那些我曾经送给她的东西，为什么又在这个雨夜留给了我一段吃泡面的回忆……如果还爱着，又是否能放弃那婚姻，回到我身边，将那段没有走完的路，继续走下去？

雨中，她在身后对我说道："昭阳，赶紧上车吧，雨下得大了！"

我忽然冷静下来，就算这个时候我要到结果又能怎样，经历了反复的折磨之后，我自己都没有信心再次面对那脆弱的、需要随时去呵护的爱情。终于我向她点了点头，将那些想问的话通通憋回了肚子里，拉开车门，坐进车内，没有丝毫停留，启动车子，在她之前离开了这个小区。此时，我想再也没有机会可以来到这里，因为那些藏在床下的东西都已经被她发现了！

次日，连续下了两天的雨终于停了，这个早晨难得地见到了阳光，不过气温相较于前些日子却低了很多，而秋天的味道是越来越重了，这种秋意总是让我不自觉地想起去年这个时候，那似乎是我人生中的一个新的开始。

一阵风吹来，那泛了黄的树叶，便纷纷从长街两旁的树木上飘落了下来，而我便站在办公室的落地窗前，端着一杯浓茶，俯瞰着那在偌大城市中只缩成了一个个点的落叶，好似体会到了一种离别的萧瑟。

办公室的门忽然被敲响，等我回应之后，那红衣女子便很意外地出现在我面前，我诧异地问道："你怎么来了？"

"今天苏州有个餐饮行业的发展峰会，我收到邀请，正好顺路把我们集团给你们的旅游代理合同送过来。"

我笑了笑，说道："辛苦了，安总！还劳烦您亲自送过来。"

红衣女子将合同递给了我，说道："你看看这份合同的细节部分，如果没有问题，我们现在就签了，第一期的款项，我会让财务在一个月内转到你们公司账上的。"

我再次说了声"谢谢",翻开合同细细看了起来。大约十分钟后,我浏览完了全部的内容,真切地感受到了这份合同的诚意,起身对她说道:"天扬集团的这份合同,会带给我们公司很多实质性的帮助,再次感谢您,安总!"

红衣女子笑了笑,随即与我握了手,两人即时在合同上签字,然后各自保留了一份。

签完合同,我一直将红衣女子送到了公司的楼下,她在准备离去时,忽然笑了笑向我问道:"昭阳,晚上有空吗,请我吃饭。"

我有些不解,但还是回应了她一个笑容,说道:"您帮了我们公司这么大的忙,不管有没有时间,饭都是一定要请的!"

"呵呵,我让你请吃饭,只是想告诉你一个秘密。"

"什么秘密?"

"你不想知道,那些记录着你混乱不堪的私生活照片,是谁爆料给那帮记者的吗?"

"这算秘密吗?谁都知道是蓝图集团的少掌门爆出去的,我已经懒得计较这些了!"停顿了一下,我带着些低落和歉意又说道,"只是连累乐瑶退出了娱乐圈!"

红衣女子打开了自己的车门,临上车前对我说道:"这件事情,蔚然一个人做不了,他只是参与者之一……晚上,市中心的海景咖啡见,我会告诉你另有其人!"

第420章

意外的

真相

除了蔚然,还有谁会将那些照片爆出去?整个上午我的精神都有些恍惚,将这个事情想了一遍又一遍,而且我可以肯定,如果红衣女子知道幕后的另一只黑手,那么米彩也一定知道,她为什么不亲自和我说?越想疑问也越多,我的大脑仿佛有了一种炸裂的感觉,只盼望着这难熬的白天快些过去,我需要一个水落石出来拯救自己的神经。

中午时分，我连留在公司吃工作餐的情绪都没有，准备去游戏城打一会儿电动游戏。我乘着电梯来到公司楼下时，简薇手提两个餐盒迎面走来，碰上后，她向我问道："昭阳，你这是要去哪儿啊？"

我要说去游戏城打游戏，她多半要不高兴，便说道："出去吃饭。"

简薇将餐盒在我面前晃了一下，说道："你别出去吃了，我刚在饭店订了鲑鱼，四种做法，特别补脑，专程给你送过来了！"

"简总你真客气！你真的觉得我这脑子很需要补吗？"

简薇反问道："咱们都是从事脑力工作的，饮食上注意点，不对吗？"

"我以为你是暗讽我脑子不够用呢！"

"我看是挺不够用的，要不然也不能把别人的好心当作是对你的嘲讽！"

我有些尴尬，下意识地摸了摸鼻尖，然后看着办公楼对面的露天小花园说道："那里的凉亭里有石桌，咱们过去吃吧，办公室里太闷了！"

简薇觉得这是一个不错的提议，当即便同意了。

两人在凉亭内坐下后，简薇将餐盒打开，除了鲑鱼，还有一些我喜欢吃的家常菜。这顿饭虽然不是她做的，但却挺花心思的，这让我在烦闷中终于有了些胃口。我一边吃，一边对她说道："告诉你一个好消息，今天早上天扬集团的安总把他们集团的旅游代理合同送过来了。"

简薇笑了笑，说道："这对我们投资方而言，的确是个好消息，我们会更有信心支持'文艺之路'快速在中国旅游地图上延伸下去……对了，公司今年的扩张方案制订出来了吗？"

"正在做，计划是完成江苏地区所有重点旅游城市的布点，形成一个可以在省内相互呼应的脉络！"

简薇点了点头，认同了我的初步计划，又说道："放手去做吧，我和杨叔叔一定会全力支持你的，也许几年后这条你设想出来的'文艺之路'就会以一个别样的姿态呈现在旅游地图上了！"

我在大脑里想象着那种延绵的感觉，发自内心地感叹道："真的挺雄伟壮阔的！对了，这段时间欠你们公司的广告制作费，你明天派人来算一下吧。"

"不用了。"

"这些可不是我们合作的部分，该算就得算，再说我们这笔广告制作费要是不付，不是影响你们制作部的业绩嘛！本来制作部的制作水平就不行，现在还有烂账，业绩上不去，那主管不得被你骂死！"

简薇哭笑不得地看着我，半晌说道："你要结账就结账，有必要拐着弯讽刺我们公司的制作水平吗？"

我好似在简薇的话中找到了乐趣，继而变本加厉起来，弄得简薇当着我的面就表示要大力整顿制作部，还要从上海、北京挖最好的制作人才。当然这不是她的空话，以思美广告现在如日中天的状态，大幅度提升制作水平，最多半年便可以实现。简薇确实是天生的女强人，只是曾经被我耽误了太多年，以千金之躯陪我过了一段昏天暗地的生活。想来，我昭阳真是渣啊！

和简薇一起吃完午饭后，我还是去了游戏城打了游戏，一直玩到三点多钟才照例去了空城里音乐餐厅和第五个季节酒吧，了解这些天的经营状况。直到黄昏，我才离开了酒吧。

七点钟，这座城市已经完全被夜幕所笼罩，我准时来到了和红衣女子约定的海景咖啡。大约20分钟后，我终于透过橱窗的玻璃看到了那辆玛萨拉蒂总裁。随后，红衣女子拎着手提包，迈着职场女王般的步子走进了咖啡店，然后在我的对面坐了下来。

我们点好喝的东西之后，便聊了起来。虽然我很想知道除蔚然之外的另一个人是谁，但却没有直切主题，因为我隐隐有预感，一旦真相摆在我面前，我恐怕很难理智地去接受。红衣女子喝了一口咖啡，然后表情复杂地环视这间咖啡店，好似这间咖啡店有她的回忆，而这样的回忆可能和感情有关。

我对她说道："安总，在聊我的事情之前，我想问你一个自己好奇了很久的问题，你这样的女人怎么会在感情上受伤呢？我总觉得这个世界上没有男人有勇气辜负你！"

"为什么不能辜负我？事实就是我被别人给甩了……"

我再次打量着她，那美得不像话的脸、无与伦比的气质、常人无法企及的社会地位，让我更加没有办法将"被甩"两个字与她联系起来，半晌说道："我觉得那个男人一定会后悔的。"

她怅然一笑，说道："他会后悔？他的身边有一个好师姐，一个无微不至的妻子，一帮红颜知己，还会记得我这个被甩了的女人吗？可笑，我才不会去幻想什么，但他一定会付出代价的！"

我不知道该怎么去接她的话，但是却能感觉到她的不甘和委屈，更记得当初她在西塘时那痛苦的模样，想来爱情真是没什么道理可言，比如那个男人竟然把这么一个倾国倾城的女人给弄伤了！

我端起面前的茶杯喝了一口，终于切入了正题，问道："你今天是代表米彩来告诉我这些的吗?"

"我不会代表任何人,我只是觉得你有必要知道这件事情,另外我和米总确实是至交好友,我愿意把她当作我的妹妹,我们身上有太多类似的地方。"

"原来你比米彩大!"

"你看问题的角度还真是奇葩,为什么关注的只是我比她大?"

"那我换个角度问问,你们身上有哪些类似的地方?"

"我们的身上都承载着一个集团的重任,我们都以女人之身混迹在这人心险恶的商场,我们在感情上过得都不怎么如意,这些够了吗?"

"够了,我再补充一点,你们还都是那种事业至上的女人,为了事业,身边的任何资源都可以被利用!"

"那只是你以为的……不过,关于卓美我还真想表达一下自己的遗憾,我和米总相识得太迟了,我很欣赏、也很认同她的商业理念,但是我的集团错过了入资卓美的最佳时机,我和米总曾经尝试过入资卓美,但是卓美内部的阻力太大,最后失败了!"

我忽然被触动,如果米彩和红衣女子真的为入资卓美做过努力,那么证明米彩确实渴望摆脱蔚然的控制,这也间接说明,至少一段时间内,我们的感情在她心里占据了很重要的位置。

在我的沉默中,红衣女子又说道:"米总是我见过为数不多的真正有智慧的女人,但是现在她却因为某个人,渐渐变得愚蠢,原本她有数次机会可以控制住卓美的局面,但是她都放弃了,现在嘛,她又有机会重新掌控卓美,但她似乎又打算愚蠢了……曾经我很认同她这种愚蠢,但现在我很反感,因为不值得,男人向来不可靠!"

"你能把话说明白了吗?"

"你是傻子吗?需要我把话说得那么明白!"

"难得糊涂,有时候我情愿做个傻子……算了,咱们不聊这些偏离主题的话了。你告诉我,那个事件中除了蔚然,幕后还有谁?"

红衣女子并没有立即开口,好似在给我心理准备的时间,足足过了一分钟后,她终于对我说道:"简薇,你的初恋女友简薇,那些照片有一部分是她提供给蔚然的,然后由蔚然爆料给了媒体……"

我怔怔地看着她,半晌反应不过来,为什么会是简薇?这简直超出了我所能预知的极限……

第 421 章

你真的了解

简薇吗？

红衣女子在说出简薇是幕后提供照片者之一后，便没有再说话，相较于她的平静，我的内心却掀起了巨浪，半晌对她说道："你说是她，有证据吗？我不太信！"

"又不是什么刑事案件，需要什么样的证据？我相信，这件事情你去找简薇当面对质，她一定会认的，至少我觉得她算是一个敢作敢当的女人。"

我失去了聊下去的欲望，拿起自己的钱包买了单后，便先于红衣女子离开了咖啡店。我要去找简薇，我想知道，到底是不是她做的？如果是，为什么要这么做？当初她远在美国，又到底是谁给了她这些照片？而且我的私生活变得不堪，也是在我们分手之后，这样的照片传给她又有什么意义？

带着这一连串的疑问，我终于拨通了简薇的电话，我告诉她，我在护城河边等她，务必要去，多久都等！

护城河，我站在护栏边，一边抽烟，一边等待着简薇，虽然那连绵下了好几天的雨停了，可我的心情却更沉重了。如果我的过去是一道伤疤的话，此刻这道疤连着血肉又被生生撕开了，我有些慌张。

河水依旧顺着河堤往北方流去，河面倒映着的星光有些晃动，我有些恍惚，无法将眼前的河流幻想成一条幸福的河流，尽管曾经我和简薇为了那把吉他，奋不顾身地跳进去过……

我弹了弹手中的烟灰，又掖了掖自己的衣领，风有些许的寒意，她就在这阵寒意中来到了我的身边，而我的心凉了，又开始躁动起来，继而有些燥热，便一口吸完了小半支烟，却不知道该怎么开口去质问她。

凉风吹动了她的衣衫，她将发丝别在耳后，在无边的夜幕中向我问道："这么晚了，你约我来做什么？"

我看着她，她的嘴唇上抹了口红，明显是打扮过才来的，否则不会比我离护城河更近，却在我后面到来。

我又摸出一支烟点燃，始终没有办法找到一种没有伤害和猜疑的方式开口，索性直接问道："那些被媒体曝光的照片，是你提供给蔚然的吧？"

简薇看了看我，并没有一丝神色上的变化，似乎这个夜晚将要发生的事情，一直在她的预料之中。她点了点头，说道："是我提供给他的……"

"你为什么会有这些照片？又为什么要这么做？"

简薇背过了身，不再看向河面，许久低沉着声音对我说道："我只是想证明一件事情。至于这些照片，我在美国时，一直有人匿名寄给我，我不敢确定是谁，但是都保留了下来，现在看来，保留下来是对的。"

我的头皮有些发麻，原来我人生中最颓靡的那段日子，一直活在别人的眼皮底下，可我却不知道那个人是谁，再次深吸了一口烟，我问道："你到底想证明什么？"

一阵极长的沉默后，简薇终于说道："我们分手后，我忘不掉你，甚至想回国找你，可在我收拾好行李的那个晚上，我收到了第一张这样的照片……那天晚上，我哭了一夜，然后撕掉了机票，选择留在美国！从此以后，每过一个月，我便会收到一张这样的照片，我渐渐绝望，心中终于认定了我们已经分手的事实……可是，已经过去了两年，我仍在怀疑自己当初选择留在美国的决定是否正确，是不是我太狭隘了？所以我想让你现在的女朋友也看看这些照片，结果你们也分手了。这就证明，没有一个女人会不在乎自己的挚爱在爱情中心存杂念，我做不到，米彩同样也做不到，尽管我们不能接受的本质和动机有所区别，但错的不是我们，而是你昭阳……是你弄臭了爱情！"

我先是沉默，随即一种不能抑制的怒意冲上了心头，问道："在爱情没有臭之前，你又为什么要和我分手？分手三年了，你为什么还要做出这样的事情？你不仅毁了我和米彩，还毁了乐瑶的星途，你知道吗？"

简薇用沉默拒绝了我所有的问题。

"简薇，你这是在报复我吗？如果是报复，你成功了！我现在活得没有一点尊严，没有一点隐私！"

简薇失声痛哭道："昭阳……你真的了解我吗，了解简薇吗？我19岁那年跟了你，20岁时把一个女人最珍贵的贞操给了你，在这之前，我从来不知道该追求什么……我的爸爸是全国最早的一批广告设计师、广告协会的副会长，享誉整个广告界，我的妈妈是国家干部，我从小就过着众星捧月的生活，我对物质没有任何追求，因为我想要的都会有，直到我遇到了你。你总是告诉我，这个世界上一定会有一座不染尘埃的城池，但需要我们两个人去经营，我信了……我觉得这就是我人生的追求，是我身体里的灵魂，可是你在我的

父母眼里只是一个不思进取的混子，我的家庭不能容你……但这不重要，为了你虚构出来的那座城池，我可以和你私奔，可以为了你与我的家人断绝关系……可是，人总要长大的，不是吗？越长大，那座城池便越虚幻，所以……我去了美国！到了美国后，因为距离，因为误解，因为放纵，我真的弄丢了这座城池，可是正因为丢了，它才又变得真实起来……从此我就活在了地狱中，我不知道活着还能追求什么，我真的很痛苦！"

这番话将我狠狠地扔进了回忆的河流中，于是我也哭了……为了过去而哭，为了那座追不回的城池而哭……她说得对，越长大，那座城池越像是一个谎言，是我用年少时的无知，为眼前的女人虚构出一座城池，却又亲手玷污了这座城池。原来所有的谎言都不是谎言，而我才是活着最大的谎言！

分手后，我第一次抱住了她，将她紧紧拥入了自己的怀里，我们抽泣着、怀念着，却又憎恨着，因为一座城池的谎言而憎恨着，简薇恨的是那座城池，而我恨的是自己！

她恨得那么虚幻，我恨得那么真实……

第 422 章

你是
无辜的

抽泣中，简薇推开了我，我们的身体顿时有了距离，可目光却又一次交织在一起，她对我说道："昭阳，我不需要你的拥抱，更不需要你的同情，因为我爱的是那座城池，不是现在的你！"

我在错愕之后渐渐清醒，连自己都厌烦现在的自己，又何必自作多情地以一副情圣的姿态，去抚慰简薇心中的创伤呢？事实上自从我弄丢了那座城池之后，我就走在了一条偏离的路上。

简薇又对我说道："昭阳，当初蔚然找到我的时候，我并不知道他会以这样的方式将那些照片公布出去，因此连累了乐瑶，我很抱歉……我希望可以弥补，如果你能联系到她的话，告诉她，要是她愿意重返娱乐圈的话，我会找最好的公关团队对她进行重新包装，等她复出后，我会想办法让她接至少两部这个年度最有市场潜力的影视剧。"

我并不怀疑简薇的这番话，因为广告行业和影视传媒行业有着千丝万缕的联系，以简博裕在广告行业的地位，想重新包装一个艺人并不是什么难事。至少我知道，整个江苏和上海地区的影院广告有百分之六十是简博裕的广告公司在代理，如果在影视传媒行业没有足够的影响力，是不可能在重点地区拿下这么多影院广告的代理权的，就冲他手中拥有这么丰富的院线资源，哪个导演或影视投资方敢不给他一些薄面？

一阵沉默之后，我终于对简薇说道："我会把你的意思转告给乐瑶的，只是蔚然为什么会知道你手中有那些照片，然后主动找到了你？"

"我不了解这些，更不关心这些，如果你想知道答案，就去找蔚然。"

我点了点头，说道："我找你并不是要追究什么，也没有什么好追究的，只是想活得明白些，我已经糊涂太久了！"

简薇的泪痕已经被风吹干，她笑道："也许这件事情是我错了，但是我很想看到你和米彩之间的结局，也想知道这个世界上到底有没有你所幻想出来的那座天空之城，如果有，是我配不上你，如果没有，是你欺骗了我……"

简薇留下这句话后，就这么逆着风消失在了夜幕之中。我靠在护栏上，给自己点上了一支烟，成排的路灯忽然灭了，我的世界只剩下手中的烟头还在忽明忽暗。我笑了，好似在这一刻看透了生生死死的爱恋，又在这个世界看到了千千万万的造化之门，而那座天空之城便锁在其中的一扇门里，而我已经丢失了所有的敏锐，无法透过这些门，找到那座天空之城……

沿着这条延伸的护城河，我一路狂奔回自己的住处，然后筋疲力尽地躺在床上。当自己的世界被浓缩在这间小屋子里时，我好似感觉自己停止了生长，更不知道未来要何去何从，好似现在所有的错误都是我自己一手造成的。没有我曾经种下的因，就没有现在的果，忽然便觉得自己是那么多余，好似生存在这个世界都浪费了许多氧气，可是还得带着惯性活着。

冲了个凉水澡后，我渐渐冷静了些，终于掏出手机拨通了乐瑶的电话，这件事情是因为我才让她遭受了这无妄之灾，现在有机会弥补，我当然希望可以弥补她。事实上我真的很担心，没有了经济来源，她在新加坡能撑多久，而且身边还带着一个小女孩。

片刻之后，乐瑶接通了电话，她很冷淡地向我问道："这么晚给我打电话，怎么了？"

我这才记起前些天我们有一次失败的沟通，便厚着脸皮对她笑道："就是想和你聊聊。"

"呵呵，是不是发现身边没有了可以说话的女人，又想起我这个备胎了？告诉你，我今生已经把你看透了，不会再对你抱有任何期待和想法。"

"今生看透了，下辈子还得继续犯糊涂……"

"麻烦你死一边去吧！自恋狂！"

在和乐瑶的斗嘴中，我这一天紧绷着的神经终于稍稍松懈了一些，对她说道："和你说个正事儿。"

"你能有什么正事儿可说？希望我回心转意吗？这不可能，有些人错过了就是错过了，没有机会了！"

乐瑶似乎很乐于开这样的玩笑，我赶忙打断道："这次真的是正事儿，我想问问你，还打算复出吗？"

"什么意思？"

"就是重回娱乐圈啊！"

乐瑶一阵沉吟后，问道："是不是哪个影视公司找你做说客了？毕竟我们两个人的绯闻曾经传得轰轰烈烈的，那帮唯利是图的人肯定觉得我们的关系不一般！"

聊到这个份上，我又想起简薇今晚对我说的那些话，心情再次感到压抑，对她说道："有个事情我得先告诉你，上次的事件，你挺无辜的……那些被爆料出去的照片是……是简薇给蔚然的，然后蔚然捅给了媒体……不过，简薇并不知道蔚然会爆料给媒体，她真的没有想到会影响你的事业，所以她想弥补你，如果你愿意回娱乐圈，她可以找最好的公关团队重新包装你，帮你接最好的戏……她有能力做到这些！"

乐瑶沉默了很久，终于一声冷笑后对我说道："她以为她是谁啊，救世主吗？我要回娱乐圈自然会回，谁要借助她的资源？"

"你这是何必呢？这件事情简薇也是意识到自己做得欠妥，才想做这样的弥补。如果你真的打算重回娱乐圈，这是最好的机会了！"

"呵呵，不稀罕……昭阳，你听好了，如果有一天我打算重回娱乐圈，只会比以前混得更好，明白吗？我不需要她的帮助，她算什么？"

我忽然无言以对……

乐瑶再次问道："你还有其他什么事情吗？如果没有的话我挂了……"

"等等！"

"又怎么了？"

"你没了经济来源，在新加坡怎么过？"

"昭阳，我听出来你的意思了，你真的很想我回娱乐圈吗？"

"我只是不想让你成为这个事件的受害者，你是无辜的。"

"无辜什么？我们没在酒吧鬼混过吗？你没有睡过我吗？我没有喜欢过你吗？这些都是事实，被爆料了，我也认了！"

第 423 章

对我的
期许吗？

乐瑶这一连串的质问再次让我无言以对，虽然曾经我一度认为乐瑶是我认识的女人中最没有主张的，但经历了许多之后的今天，我改变了这个看法，她很独立，甚至是坚决的，也许这便是一种成长，她在某段我没有参与的岁月中成长了。

沉默之后我终于对她说道："如果真的不打算回国，那就好好在新加坡那边生活吧，如果有什么经济负担就告诉我，多少还是能帮上些忙的。"

乐瑶的语气有些戏谑："哟，昭阳，你这是包小三呢？"

"我可包不起你！"

"那你是出于什么动机呀？"

我想了想，回道："朋友之间的互帮互助。"

"呵呵，这个说法好，真的挺好……有机会我觉得自己应该接受你的经济援助，毕竟你现在也算是一个准成功人士了，而我就是一个在娱乐圈混不下去的落魄小艺人。"

乐瑶这些带着嘲讽的话，让我有些失落，我们似乎再也不能像从前那样相处了。许久我才对她说道："我觉得你还是考虑一下重回娱乐圈的事情吧，当然如果你能搞定自己现在的生活，就当我没给你打过这个电话，我一定尊重你的选择！"

　　我话语里的低落，也许给了乐瑶些许的触动，她终于放轻了些语气对我说道："我尝试过在这里找一份可以长期做的工作，可是……我没有什么工作技能，连最基本的办公软件都不会用，我找不到适合自己的工作，但又不愿意去做一些需要抛头露面的工作，不过我手里还有一些钱，等把这些钱用完，我也许会回国，不过真不打算再回娱乐圈了。即便曾经很渴望成为一个星光熠熠的明星，但真的经历过才发现，我并没有因为这些星光而快乐一些，相反带给我的全是负担……"

　　此刻，我能体会到乐瑶的疲倦，便对她说道："嗯，你其实比很多人都更懂得自己要些什么，也有决心去追求……"

　　"那你呢？"

　　"我向来活得像一阵风，没有形状，所以得过且过吧。"

　　"你这个人身上的负能量太重了，真希望有一天你会做一个对别人有正面导向作用的人，而不是现在这样！"

　　我笑了笑，问道："这算是你对我的期许吗？"

　　"算，你应该努力改变自己的现状。实际上，我们活着就一定会被许多双眼睛看着。这些眼睛，有些是幼稚的、涉世未深的，所以你应该让自己有一个正确的导向作用。"

　　"哈哈……这是你作为公众人物的职业病吧，我和你不一样，我一定是活得孤独的，我的世界里没有眼睛，我可以在自己的世界里撒野，可以在自己的世界里死去。"

　　乐瑶似乎把我命里的孤独当成了一种执迷不悟，以至于很久也没有找到话语回应我，于是我在她的沉默中又说道："我不知道是否会有很多双眼睛窥视着我，但我一直在生长。我们有过约定，我们都会做生活的高手，所以，以这个约定为前提，我一定会生长为一棵大树，为身边的人遮风挡雨。"

　　"你还记得我们的这个约定？"

　　"从来没有忘记过。"

　　乐瑶终于笑了笑，说道："昭阳，如果有一天我身无分文地回到国内，你会养我吗？"

　　"一定会……但要换一个说法，这是一种类似于战友之间的支援。"

　　"随便哪种说法，你这么说，我至少觉得自己的人生不管多糟糕，也还有一个可以依仗的人。实际上我们都很孤独，因为那些窥视着我们的眼睛，永远不会比你自己更懂自己！所以我们总是孤独地活在自己的世界里。"

　　结束了和乐瑶的对话，我再次从烟盒里抽出一支烟点上，我胡思乱想着，但有一件事情我可以确定，乐瑶会回国，也许就在不久后，也许还要一些时间，但愿她的孤独会随着她的那些金钱一起花完，因为我有一种直觉，她是属于娱乐圈的，所以她的孤独注定是虚幻的。而我的孤独却是真实的，比如这个只有烟陪伴着的夜晚，我真切地看到了那些由来已久的孤独，从我的指尖燃烧了出去。

　　次日一早，我便去了公司，今天我给自己安排了许多工作，因为昨晚和乐瑶的一番对话，让我意识到自己必须改变停止生长的状态，因为不生长就意味着枯萎。

　　快中午时分，我接到了一个陌生电话。接通后，对方自报家门，说是米彩的助理，询问我下午有没有空，并说明那份给我们公司的旅游代理合同只有米彩有权限签，而米彩的工作安排比较紧，所以希望我能亲自过去一趟，面对面将这份合同给签了。

　　从某些意义上来讲，卓美现在是甲方，我的公司是乙方，我们有义务迁就甲方，所以我答应了这个要求，于是我们约在了下午的三点一刻见面。

　　吃了个午饭，又午休了一个小时，醒来时已经是两点半，我洗了把脸，让自己清醒了些后，便驱车向卓美赶去。

　　到达后，我将车停放在地下停车场，下车时恰巧看到了方圆的车，我停下了脚步，稍稍等了一会儿，就见他拎着公文包迎面向我走来。

　　他并没有什么副总经理的做派，和以前一样搂住了我的肩，问道："你小子怎么来卓美了？"

　　"来签一份合同。"

　　"是我们卓美的旅游代理合同吧？"

　　我点了点头。

　　方圆又说道："咱们兄弟好不容易碰上，找个地方喝点东西，聊聊吧。"

　　我看了看时间，离约定的时间还有20多分钟，反正也要等，便接受了方圆的提议。我们来到卓美的二楼，找了个微型咖啡馆，各自点了些喝的，便开始聊了起来。

　　方圆向我问道："最近公司的经营还顺利吗？"

　　"刚开业的公司有什么顺利不顺利的，你呢，最近工作怎么样？"

第 424 章

你有些
魔怔了

对于我对他工作的关心，方圆只是笑了笑，说道："我的只是一份工作，而你的却是事业。昭阳，我能感觉到你的未来是不可限量的，我们这些从大学里一起出来混的兄弟，几年后你一定是那个最有能量的！"

我并没有因为方圆的赞许而沾沾自喜。我明白，至少这个阶段，我是在别人的托捧下实现了一次质的飞跃，否则我不过是一个拥有几间店铺的小老板而已。正因为此，我才渴望用更多的成绩去回报自己的投资方，于是我不太能用自己的坚持去拒绝天扬和卓美的合同，但这两份合同似乎又是一种托捧。细细想来，生活还真是一个怪圈，无论怎么努力，都摆脱不了。

我对方圆说道："其实我还是蛮羡慕你的，至少这是一份可以创造价值的工作，而我的事业更像是别人给我创造的价值……"

方圆一声叹息，一副谁活着都不易的表情，过了一会儿才正色向我问道："你和米总除了业务上的联系，私下还有联系吗？"

我想起了与米彩一起吃泡面的那个雨夜，好似我们分手了，仍有藕断丝连的感觉，但这些不足以和旁人说起，便回道："没什么联系，她不是要和蔚然结婚了吗？这个消息，你们卓美内部应该都知道吧？"

方圆叹息一声，说道："确实有这样的风声，但是我一直很不理解米总……"稍稍停了停方圆又说道："我就直说了吧，如果她真的嫁给蔚然，针对的不仅是你昭阳，而是米仲德和她的整个家族，实际上米仲德已经退居幕后了，一个米澜能对她构成什么威胁？最近公司所有的发展策略一直是她在主导，事实上她已经掌控住了整个卓美。"

我并没有针对这番话立即表态，只是注视着他，我有些不太清楚他这番表态的动机。

方圆又说道："昭阳，自从你和米总分手后，我从来没有劝过什么，我觉得感情的事情，外人没有必要过度去控制，今天既然咱们凑巧碰上了，我就和你谈谈心中的看法……米总她现在就是一副走火入魔的状态，拼了命地联合投资方和其他股东打压米斓，事实上米仲德退位，就已经表明将卓美交到她的手上了，她真的没有必要像现在这样做……"

我知道方圆说的很可能是事实，但是他话语里对米斓的维护却让我很是不舒服，这种不舒服完全出于本能！

方圆端起咖啡喝了一口，又说道："我知道你可能觉得我有偏向米斓的意思，但事实不是这样的。人本能地会同情弱者，我很了解米斓，她就是一个没有心机的女人，米仲德退位，等于把米斓交到米总的手上，可是米总的做法，实在是……再说，她和你分手，再和蔚然结婚，不也是一种入魔的表现吗？她完全没有必要这么做，真的……算了，作为下属，我不该说这些，你也就随便听听吧，我说出来就是图个舒服……"

我并没有表态，也端起咖啡喝了一口，尽管心中也觉得方圆的话是有一些道理的，但还是告诫自己：这些与我都没什么关系，毕竟我们都已经分手了，我能做的也就只是随便听听，只希望米彩不是真的入了魔。可是此刻，我甚至有些同情米斓，多次接触后，我了解这个女人确实是一个没有心机的傻大姐，如果米彩真的要打压她，她没有任何招架之力，而米仲德的退位假如真的是为了让贤，那么米彩现在的做法，确实是有些仗势欺人，且还是联合蔚然这个人渣在仗势欺人……

至于方圆帮米斓叫屈，我也能理解，毕竟两个人曾经有过一段孽情，他同情她也是正常的，只是真的不希望这种同情掺杂着藕断丝连。此刻，我还是愿意选择相信方圆，因为米彩的很多做法，与他嘴里所说的是吻合的，比如与蔚然结婚。

想得多了，我的心里忽然在不察觉中，开始充斥着一种要爆裂的异样！

喝完东西后，我与方圆一起来到了卓美的办公区。因为有预约，我到的时候，米彩的助理已经在来客登记处等着我了，我没有任何阻碍地与她向米彩的办公室走去，但心情已经和来时不一样，我甚至有些不愿意再接受这份合同。因为方圆刚刚的一番抱怨，让我意识到：这份合同是米彩和蔚然有了婚姻约定，掌控住卓美之后再给我的……如果我接受，那就太没有气节，活得太不像一个男人！

助理已经打开了米彩办公室的门，然后又对我做了一个请的手势，我点头表示感谢后向办公室内走去。

米彩正在看着文件，见我来了合起了手中的文件，对我说道："昭总，你先请坐，助理马上把合同送过来，待会儿你看一下，没有问题的话，我们今

天就可以签约。"

我并没有坐下来，而是来到了她的办公桌前，对她说道："米总有些话我不知道当讲不当讲。"

米彩有些疑惑地看着我，说道："你说。"

我在心中纠结着，毕竟我告诫过自己，方圆的那番话我就随便听听，米彩已经和我没有关系，卓美与我更没有关系，可是心中有些情绪却忽然不能控制，我终于冷着脸对她说道："我觉得你做人很有问题！"

"什么？"

我大声重复了一遍："我觉得你的人品有问题……你有些魔怔了，你知道吗？"

米彩皱着眉，表情充满了不解，但依然很克制地问道："为什么突然这么说？"

"你有必要把事情做得这么绝吗？虽然我很厌烦米斓这个女人，但是她始终是你妹妹，你有必要联合蔚然这个人渣，将她在公司打压得没有一点生存空间吗？她就一没心机的傻大姐，也是你妹妹，你有这个必要吗？还有，蔚然在你心里真的就这么重要吗？如果真的那么重要，当时你又何必多此一举地和我开始……玩弄谁的感情呢？你……有些事情想明白了，我就把你这个女人给看透了！虚伪、恶心！"

第 425 章

来自
方圆的劝说

我给予了米彩自我们认识以来一番最残忍的质疑，她怔住了，表情充满了不知所措。也许在她的潜意识里，我应该带着欢喜来和她签这份合同，可是我却爆发了，因为我不能忍受这个被自己曾经当作那个城池里的女人，与蔚然这样的人渣做着仗势欺人的事情，我的那座城已经碎了，可我仍固执地在她身上存有一丝念想，但现在那些丝念想也破灭了，于是我愤怒了……

米彩闭上眼睛，仰靠在自己的办公椅上，眼泪从她的脸上滑落下来……

办公室的门被敲响，米彩的助理拿着合同走了进来，她有些错愕地看着正在哭泣的米彩，赶忙说道："对不起米总，我敲门了……我以为您是默认我进来的。"

米彩将办公椅转动了半圈，让我们看不到她的面容之后，她才说道："将合同留下，你可以走了。"

助理赶忙将合同放在了桌子上，然后看了我一眼，匆匆退了出去，于是办公室陷入死一般的安静中。过了许久，米彩才面对着我，说道："很多事情呈现出来的都是表象……"

我依旧带着怒意打断道："你嫁给蔚然是表象吗？你打压米斓也是表象吗？我觉得你真的没有必要为自己开脱什么，你想控制卓美，这本身没有错，但是你却把路走错了，米彩，你已经走火入魔了！"

米彩满脸疲倦，她已经不打算再和我解释什么，这种不解释让我在相对的气氛中感觉到了压抑，又在压抑中想起了曾经的她，我感到痛心，为什么她会变成现在这个样子？那些过去的品质，此时又被她放在了哪里？

我终于对沉默的她说道："一直以来你都执着地将自己捆绑在卓美这艘沉重的战舰上，然后将舵交给蔚然去执掌，炮火却对准了你身边的人，总有一天你会后悔的……这份合同，我已经不打算签了，谢谢你的好意，虽然这会给我们公司造成不小的损失，但人活着的气节更重要，所以再见……"

我说着便迈着步子向办公室外走去，可我并没有得到那解脱的快感，相反我的心中很不是滋味，可我却不能代替她改变什么，也已经不去幻想，她还是那座城池里的女人。她变了，真的变了，变得愈发陌生、遥远，她就像一只挣脱后的鸟，飞离我所想象的世界，却把这个世界的荒凉全部扔给了我，让我在这片荒凉中摸索着那遥不可及的未来！

离开卓美后，我回到了公司，然后将所有的注意力都集中在工作上，直到夜幕再次笼罩这座城市，我才回过了神，然后想找一个人喝酒、聊天。

我打电话给方圆，约他喝上几杯酒。似乎此时，在这个城市，除了他，我已经没有什么能说话的朋友，尽管我们之间已经不像从前那么密切联系，但我们仍是兄弟，这点我从来不曾怀疑过，只是现在有了各自的生活罢了。

我和方圆约在了一个饭馆，我在他之前到了，先点了菜，又独自喝了一瓶啤酒，方圆才赶来，他将外套挂在了椅背上，环视这间小饭馆说道："你还真会挑地方，在这样的饭馆喝酒，让我想起咱们兄弟大学聚在一起的时候！"

我点头，用牙咬开一瓶啤酒递给了方圆，随即与他碰了一下，示意先干了这一瓶。我们用意念维持着大学时的豪气，勉强将一整瓶啤酒喝进了肚里，却有一种想吐的感觉，于是两人都点上一支烟缓解着，不像从前那样再来上一瓶。

方圆吐出口中的烟雾，向我问道："昭阳，你今天下午和米总是不是说什么了？她反常得很，开会的时候，几次讲到一半，记不得自己前面讲的内容！"

我又咬开一瓶啤酒喝了一口，说道："我是说了。"

"很难听的话吧？"

我回忆着，确实很难听，我甚至用了恶心和虚伪这样的字眼，心中一阵烦闷，也觉得自己不够克制，把话说得太重，于是向方圆点了点头。

方圆满脸苦恼之色，说道："我今天下午和你说这些，真不是要你去质问米总，我只是随便发泄发泄，就算你真要和米总说什么，也别挑难听的说啊，你劝劝她不是更好吗？你这人脾气就是太冲、太直了！"

我一阵沉默后才说道："我是有点太冲动了，但说出去的话，泼出去的水，现在也弥补不了什么。"

"也不全赖你，其实是我不该多嘴……但是昭阳，现在就咱们兄弟两个，没有外人，咱们掏心窝子聊聊，你说米总她嫁给你，然后好好带着米斓，经营好卓美，难道不好吗？她现在最大的问题就是太迷信蔚然这个人，而蔚然这个人心机又实在太重，我觉得他也不是真的喜欢米总，这样的富二代喜欢的只是那种得不到的感觉，一旦结婚，他和米总之间会变成什么样，谁都说不准，所以米总这是在玩火啊！"

方圆的话让我心中涌起一阵翻江倒海的感觉，我不愿意看到米彩有那么一天，如果蔚然喜欢的真是那种得不到的感觉，婚后米彩一定会很不幸福，从小缺少家庭温暖的她，一定无法承受这些。

我拿起啤酒又喝了一口，对方圆说道："你和我说这些有什么用？我充其量也就不过是她的一个前男友。"

方圆拍了拍我的肩，劝慰道："昭阳，你就别犯傻了，米总她一定还惦记着你，要不然会给你那份合同吗？会因为你冲她发火而找不到开会的状态吗？这个时候，你真的不应该对她落井下石，毕竟人都不是圣贤，谁都会犯错，她也不例外。既然她忘不掉你，作为男人你就应该争取，她如果真的嫁给蔚然，等于下了地狱。"

我自嘲地笑道："她？我真不觉得她哪儿惦记着我。"

方圆叹息道:"昭阳,你在感情中最大的悲剧,就是源于你弄不懂女人,她们需要安慰的时候,你往往给的是伤害,可能你和简薇的悲剧就是源于此。所以你和米彩真的不要再重蹈覆辙了,明眼人都看得出来,她真的还在乎你,嫁给蔚然只是出于战略利益!如果你是个爷们,就不要让米总走在一条错的路上,越陷越深!"

第 426 章

你别嫁给他,

行吗?

路灯又亮了起来,光线透过窗户晃荡在我们的餐桌上,我又喝了一瓶啤酒,继而有些眩晕,眩晕中我好似回望到了过去,在那些过去的片段中,我曾经为爱情做过些什么?

与简薇分手后,我开始过着颓靡又放纵的生活,才让别人有机可乘,拍下了那么多照片,让原本打算从美国赶回来的简薇,绝望地撕掉了机票。

与米彩分手后,我总是一副进攻的姿态,从来没有想过挽回什么,可也许在某个夜深人静的夜晚,她们都曾想到过我,可我回应的却都是伤害。

我的这种冷暴力,到底是怎么形成的?又是什么时候潜伏在我的心里,不断地作祟着……让我如此弄不懂女人!

也许是"分手"这两个字击溃了我,也许是我过于用绝望的态度去看待分手这件事情,然后拒绝了一切可能性,继而扼杀了所有的余地……

方圆继续言传身教:"昭阳,男人和女人在一起,难免会有磕磕碰碰,我和颜妍曾经也闹过分手,但我们还是走下来了,因为我们愿意让自己冷静下来,给对方一个机会,也给爱情一个机会。你也看到了,现今社会,离婚后再复婚的大有人在,你又何必自我封闭,如临大敌似的把分手当作是一件很绝望的事情呢?也许在你绝望的时候,女人却在等待着你的挽留,让她感觉到你根本离不开她!"

我那颗固执的心,隐隐有松动的迹象。我再次给自己点上了一支烟,在呼吸中感觉到那些痛彻心扉的夜晚，很有可能只是我带着强烈的主观意识幻想出来的，此时的自己便更痛！

离开了小饭馆，我拎着半瓶没有喝完的啤酒，来到了一座天桥之上，在模糊中望着身下的车来车往，于是我身体里的灵魂便被这些闪烁的灯光给刺透了。

那阵凑着热闹的风，也带着秋季的凉意，从我身边呼啸而过，我渐渐有些空乏，空乏到记不得自己做过些什么，又在期待些什么。

我醉了，醉倒在这座快被废弃的天桥之上。

于是趁着这阵醉意，我从口袋里拿出手机，找到了米彩的号码，躲在城市的柔软之中，给她发了一条只有一个逗号的信息。我想告诉她，我不愿意在我们之间画上一个句号。

我等待着，可也许她无法会意，也许她已经在我们之间画上了句号，也许我该更主动一些，但这个夜晚我已经无能为力，我喝醉了！

终于，有好心的路人走上了这座被废弃的天桥之上，他唤醒了我，问我住在哪里，我将老屋子的地址告诉了他，于是他搀扶着我下了天桥，将我送到了出租车上。

到达目的地后，司机将我搀扶到了楼道口，我给了他一百块钱，告诉他不用找了，司机对我说了声"谢谢"后便离去了。我的世界再次安静了下来，或者说安静的是这个小区，这段时间似乎又有好多住户搬离了这里，因为这里实在是太旧了，都快没有了都市的气息。

我手脚并用，顺着楼梯向上爬着，到达顶楼后，便喘息着靠在了屋门上，摸出一支烟点燃。我知道这个夜，米彩根本不会来，可我还是想来看看，再想想我们初次在这里相识的画面，也许就会弄清楚我们为什么会变成现在这个样子，到底又是什么摧毁了我们经营过的一切？

我的脑袋越来越沉重，可我的意识却越来越清醒，我想到了自己在呼啸而过的青春里，憧憬过的生活，包括爱情；我想到了那条在吉他弹奏出的旋律里，幻想出的幸福河流……

可这一切都已经与我渐行渐远了，于是我在残存的这点青春里，淌下了忏悔的泪水，却留不住那一路往前奔跑的岁月……酒精刺激出的迷幻中，我抱着头痛苦地呜咽着！

屋门忽然从里面被打开，没有了依仗的我便倒在了地上，然后我看到了白天刚被我用言语攻击过的米彩，我惊慌得不知所以，可连挣扎着坐起来的力气都没有……

"你喝酒了?"

我在痛苦的呜咽声中应了一声。

"喝了多少?"

我终于从地上坐了起来,抹掉了脸上那已经发黏的眼泪,用生平最大的勇气对她说道:"你别嫁给他,行吗?"

她没有什么情绪地看着我,问道:"为什么,你能给我个理由吗?"

"因为我觉得你还没有忘记我……"

"那是在今天之前。"

"我今天之所以对你说这番话,是因为不希望你走在一条……一条错的路上,越错越离谱!"

历经了一段极长时间的沉默,米彩才开了口:"可是我不想听你对我说这些……你走吧,我也要走了,这个屋子里的所有东西,明天会有家政公司来搬。"

"你要去哪里?"

米彩并没有给予回答,只是说道:"不要问了,你走吧。"

"你告诉,我能去哪儿,我喝得这么醉……"

"随便你,反正你也已经在这座城市漂泊惯了。"

她的话,让我再次想起那些无处可去的日子,我一个人在深夜里晃荡在这座城市,是那么孤独和无助。这些回忆里的孤独,再次让我变得无助,我有些呆愣地望着她。

她伸出了手,示意要将我从地上拉起来。我握住了她的手,又一次感受到那种柔软,我的心似乎也被融化了,一个想法便从我的脑海中冒了出来,我向她问道:"那把吉他还在吗?"

我的问题让她有些意外,许久她才答道:"在我的车里。"

"借给我用用可以吗?用完后,我会送你一样东西作为回报的!"

她笑了笑,问道:"这算是一次交易吗?"

"不算,是我一直以来欠你的,给我个机会,可以吗?"

"昭阳,我真的已经不需要你再给予我什么……"

她的话还没有说完,我便拉着她还没有松开的手,弄亮了楼道里的感应灯,恍恍惚惚地向楼下走去……

第 427 章

If You

Want Me

　　我就这么拉着米彩的手，绕过一堵墙来到了屋子的后面，她的车还和以前一样停在这里，我对她说道："你把吉他拿给我吧。"

　　她看了看我，说道："你先把手松开。"

　　我松开了她的手，人却还有些眩晕，便扶住了她的车子，而她也从里面拿出了那把我送给她的吉他，递到了我的手上。我打开了副驾驶的车门，坐进了车里，然后轻轻拨动了吉他的弦，耳边响起的尽是些温柔的声音，这让我更醉了，可是心里还惦记着待会儿要送给她的那件礼物。

　　米彩也随我坐进了车里，问道："你要去哪里？"

　　"我们经常去的那个广场……"

　　"我不想去怀念什么！"

　　"无关怀念，是一个开始，也可能是一个结束……快一些好吗？广场上的人就快要散了！"

　　米彩启动了车子，打开了全部的车窗。当车子驶进繁华的街道时，那城市的通亮，这次却以一副柔软的姿态射进了车子里，我那被禁锢的灵魂，好似在体内跳动起来，我从来没有像现在这般渴望表达自己，甚至心里有些很微妙的欢愉。

　　穿过几条街区之后，我们来到了那个常去的广场，只是今晚的风要比往常更凉一些，空中总是会飘着些落叶，一片接着一片，最后盘旋着落在地上。

　　我将吉他立在自己的脚旁，环视着这座广场，因为夜色已深，这里已经没有太多的人，只剩下一些还不肯离去的情侣们，他们坐在长椅上，互相拥抱着说些悄悄话儿！

　　我拍了拍自己的额头，让自己清醒一些，然后打断了那些沉溺在幸福中的人们，朗声说道："各位……各位……"

　　那些在深夜还滞留在广场上的人们，纷纷将目光投向了站在广场中央的我和米彩身上，我再次握住米彩的手，喘息着说道："我和身边的这个女人谈过恋爱，现在我们已经分手了，可我想起来，自己还没有正式送她一束花，所以趁着还有机会，我想弥补这个遗憾……我曾经是一个酒吧歌手，那时候赚的每一分钱都来之不易，现在我仍想通过这种方式去挣到一束花的钱，然后送给她……一首 *If You Want Me* 送给大家，送给自己，也送给她！"

拨动了吉他的弦，我闭上了眼睛，情绪很快便酝酿了出来，这首 *If You Want Me* 是一首让我动容过太久的歌，但我很少唱起，因为这首歌里包含了太多的渴望，而我却是一个喜欢用揣测去压制渴望的人。

"Are you really here.（是你真的在那儿）or am I dreaming?（还是我在做梦）……When I get really lonely.（当我感到十分孤单时）And the distance causes only silence.（距离带来的只有沉默）……When others say I lie.（当别人都说我在撒谎）I wonder if you could ever despise me.（你是否会一样看不起我）……If you let me be free.（如果你让我自由）If you want me.（如果你想要我）Satisfy me.（就满足我）……"

这是我少有地用一种平静的方式去演绎一首歌曲，于是我不必那么撕心裂肺，安静地沉浸在自己的歌声里，体会着这首歌的灵魂。然后我的眼眶便有些发烫，我已经在距离产生的孤单中，无能为力了太久，我渴望自己爱着的那个女人，会给我一个可以满足一切的拥抱……

我将最后的尾音拖得极长，然后掌声便在四面响了起来，终于有人来到了我面前，往我准备好的帽子里扔了第一张 10 元钱，然后又有了第二张 10 元钱，第三张 5 元钱，第四个硬币……最后那些情侣们又散去，回到了自己原来的位置。在这个秋天的晚上，没有人愿意耽误自己宝贵的幸福。

我弯下腰从地上捡起那顶装了些钱的帽子，可此时广场上的人终究是太少了，最后我只凑到了 62 元钱，但我却想买一大束美丽的香槟玫瑰送给她。我披了披衣领，看着不远处还在营业的肯德基，心想：也许去那里会凑齐买花所需要的钱。

这个时候，身边的米彩却从钱包里抽出 100 元放进了我的帽子里，对我说道："我也是听众……你唱得很好！"

也许我还沉溺在那首歌的情绪中，我的鼻子有些发酸，只是望着她……

她与我对视着，低声对我说道："我该走了，谢谢你的歌！"

在她转过身的那一刻，我再次握紧了她的手，几乎哽咽着说道："别走……我还没有送你花，我说过用了你的吉他，会回报你一个礼物的。"

"这把吉他本来就是你的，你不需要回报什么。"

"那你为什么要给我钱?"

"我觉得这束花你应该买，但不是送给我……去送给那个你最应该送的女人吧!"

此刻，我好似不能呼吸，我在抽搐中感觉到了剧烈的疼痛，本能地将她的手握得更紧了，哽咽着说道:"其实分手后……我真的忘不掉你，这些日子，我甚至感觉不到自己的存在，所做的每一件事情，都好像不是自己可以理解的……我不愿意看到自己现在这个样子，更不愿意看到……看到你的迷失……回到我的身边吧，让我们一起去修复那座破碎的城池……尽管我曾经怀疑过，但你一定是那座城池里的女人……If you want me（如果你想要我）Satisfy me（就满足我）……就像歌里唱的这样，好吗? 我爱你，米彩……我爱你!"

时间好似在这一刻静止了，可是风还在吹着，月光有些发凉地落在我们的身体上，而她哭泣了，哭出了声音，哭得像个被委屈了很久的孩子，绞痛着我的神经!

一阵大风吹来，泛黄的树叶在空中盘旋着，看似飞翔，却在坠落。忽然，那些装在帽子里的纸币，也和树叶一样，被风吹到了空中，最后随树叶掉落在身边的喷泉池里，在水波上漂浮着……我怔怔地望着……

第 428 章

交给

缘分

风依旧以呼啸的姿态从我们身边掠过，她的衣领在风中摆动着，我抬头看了看天空，天空已经被乌云所覆盖，再也看不到来时的朗月，也许待会儿便会有一场大雨，而雨后，秋天的气息会更浓重，就像去年的这个时候。

感觉到雨要来，广场上的人陆续散去，最后只剩下我和米彩，还有那执着的不肯停歇的风。

我将吉他靠在了喷泉池旁，从口袋里摸出一支烟点上，然后看着渐渐停止哭泣的米彩，等待着她给我个答复。

她终于理了理被泪水染湿的鬓角，对我说道："昭阳，你确定现在的自己是清醒的吗？还是趁着酒醉才说出这样的话？"

米彩的话提醒了我，我一直渴望她会对我说出"我爱你"，自己却好似不曾对她说起过，哪怕恋爱了，也一直这么藏在心里，于是有些无从回答她的提问，便用沉默应对着，有时候我并不是一个善于表达的人。

米彩好似在我的沉默中得到了答案，她再次转身准备离开，而我依旧在第一时间拉住了她，不让她离去，无论好坏，我都希望此刻她能给我个答案。

因为过于渴望那个答案，我的力气变得巨大，惯性之下，她的身体与我没有了距离，那发丝便随风飘在了我的肩膀上，我轻轻地抚摸着，声音却已经哽咽："我不相信现在这种充满妥协的生活是你想要的……回到我的身边，好吗？我相信只要再努力一次，我们一定可以找回那座城池的！"

她终于趴在我的肩膀上，声音也已经哽咽："昭阳……我也很迷茫、很挣扎，我们分手后，我很难过，于是我用工作麻痹着自己，可是总会有夜深人静的时候，我会想起你笑起来让人充满遐想的样子，想起你在黑夜里抱着吉他撕心裂肺的样子……多少次我想给你发个信息，可是……我真的没有勇气，我也嘲笑过自己，因为我不能像其他女人一样去支配自己的生活，我活得好像一个机器……"

我抱紧了她，说道："回到我的身边，做一个真实的自己，有自由的自己，可以吗？哪怕未来你一无所有，我也会努力让你过上最好的生活，看着你偏离的样子，我真的很愤怒、很难过，因为你在我心中是一个完美无缺的女人，我不愿意看到你在自己刻意制造的缺陷里，越陷越深！"

雨点终于夹杂在风里，轻飘飘地落了下来，带来的却是一阵凉爽的惬意，好似浇灭了我们躁动的情绪。她沉默了很久，轻声向我问道："昭阳，你相信缘分吗？"

"相信，我们的遇见就是缘分！"

"这一次，我们不要带着刻意去复合，把未来交给缘分，好吗？"

"我不太懂你的意思！"

"明天黄昏后，我们从这座城市里选择一个方向，以步行的方式各自出发，如果能在凌晨之前碰上，那证明我们还有缘分。我们尊重缘分，一起去

修复那座城池。如果碰不上，那我们之间就到此为止吧，谁都不要再想着彼此，祝对方幸福！"

"不，这座城市太大，方向太多，碰上的概率实在太小了！"

"如果还有缘分，我们一定会碰上的……昭阳，我们之间真的有太多的障碍，这样的方式是最好的选择……所以，答应我好吗？"

我松开了她，终于看到了她的面容，她的眼神告诉我：我们之间确实有着太多的障碍，只有在这样的方式中，她才能找到复合的勇气。是啊，如果我们真的能够在这座布满分岔口的城市里碰上，我们还有理由不在一起吗？因为天意已经用这样的方式告诉我们，彼此的命运被彻底捆绑在一起了！

我的醉意已经在情绪来回的跌宕中消散，我做了个深呼吸，终于看着米彩笑了笑，说道："好，我答应你，因为我相信我们之间的缘分一定能敌过这座城市的分岔口……所以，明天黄昏后见！"

米彩就这么逆着风，带着我们的约定，先行离去了。我坐在喷泉池旁，点上一支烟默默地看着她离去。当她的背影彻底消失在我的视线中，眼前的一切便模糊了，我在这片模糊中，体会着命运的凶猛。每个人的一生，往往只是被一个时间点决定了，就好比我，如果明天能在这座城市来往的人群中找到她，我会解除一身的禁忌，努力去修补那座城池，如果遇不到，我将再次无力地倒在命运这条干涸的河流中，丧失所有的欢愉，独自挣扎！

雨水终于以最密集的姿态往大地上泻落着，我却不愿意离去，因为这阵雨带来的凉爽会让我告别酒醉、重获清醒。我想知道，当自己清醒后，是否还有强烈的欲望和勇气去冲破那沉重的束缚，继续追逐着她倾城的背影……

我仰起了头，重重地抹掉了脸上的雨水，我明白了自己的心意，我对她的追逐是一如既往的，所以明天我一定要找到她，哪怕相遇的概率是那么微小，哪怕承受没有缘分后的失落，因为除了她，在我认知的世界里，没有一个女人能修复那座失落的城池！

回到住处，我洗了个热水澡后躺在床上思索着，我知道这个夜对于我来说注定是难熬的，我开始将明天的结局幻想得过于美好，并且怨恨自己卖掉了那枚曾经送给她的订婚戒指，如果复合后，她问我要，自己该怎么办？

我的思维开始发散，已经想象着再去买一枚一模一样的，或者足够幸运，那个珠宝回收商还没有卖掉那枚钻戒，我依然可以买回来……幻想着，幻想着……好似米彩真的回到了我的身边，我也记不起明天在这个偌大的城市里找到她是多么困难！

此刻，我愿意这么活在自己营造出的乐观中……可是米彩呢，这个夜对于她来说，是否难熬，是否也幻想着，明天之后，披着婚纱做昭阳新娘的模样？

第 429 章

谁是走到
最后的女人

雨下了一夜还没有停，早上起床时，气温也因为这场雨而降低了不少。醒来时，我已经将自己完全裹在了被子里，然后重重地打了个喷嚏。昨天淋的那场雨让我患上了重感冒，再加上宿醉，我头痛欲裂，继而有一种口干舌燥的感觉，我赶忙给自己烧了一壶水，然后坐在沙发上等待着。即便身体状况如此糟糕，我依然习惯性地点上一支烟吸着，然后在只有自己的沉默中，揣测着米彩会去哪里，自己到底从哪里出发才有可能遇上她。

可是这座城市真的太大，又有太多的大街小巷可以选择，我遇上她的概率实在是太小了，而这种危机，在酒醉后的清晨才被自己意识到，于是我在这种不可能碰见的危机感中越来越压抑，以至于整个清晨，我都有些恍惚，直到洗漱后接到了罗本的电话才结束了这种状态。罗本告诉我，昨天晚上他已经和 CC 完成选秀节目的录制，回到了苏州，约我中午时分去空城里音乐餐厅喝上几杯。想想我们已经很久没见，我便答应了，然后强行将那些不安的情绪暂时掩埋在心里。

和往常一样，在这个下着雨的清晨我来到了公司，处理着各种繁杂的事务，又亲自为天扬集团制定了一套近期的旅游方案，在快要中午的时候发给了他们市场部的总监，让他们去审核。继而，我便停止了手头上的一切工作，打开电脑找到苏州的地图，开始分析米彩会从哪里出发。直觉告诉我，她之所以会选择黄昏时分，那一定是在工作之后，也许我去卓美等待着，便会在第一时间找到她。但我很快便否定了这个想法，因为这么显而易见，米彩也

一定会想到，如果她真的要验证我们之间是否会有缘分，那么当然不会选择卓美作为出发点。于是我继续冥思苦想着，直到罗本再次给我打来了催促的电话。

中午时分，我来到了空城里音乐餐厅，罗本已经要了两大杯扎啤，我在他的对面坐了下来，端起啤酒喝了一口，问道："你怎么现在回来了？没能晋级半决赛吗？"

罗本扔给我一支烟，随即问道："你觉得我应该晋级吗？"

"你写的歌在业内是公认的高水准，再加上有 CC 助阵，我觉得不能晋级半决赛的可能性不大！"

罗本笑了笑，回道："我确实晋级半决赛了，但我弃赛了，思来想去，这种纯商业性质的选秀还是不适合我，所以到此为止吧。"

这个回答让我看到了罗本一如既往的风格，向他举了举杯，说道："你弃赛也未必是一件坏事，反而会成为原创音乐大赛的看点之一，这种反向效应一定会持续很久，到时候你的人气不降反升，一定会有很多商业演出！"

"我没想这么多，我只想做好音乐，但这个平台真的不太适合我。原本我以为为了生活，自己可以妥协，可是这样完全商业化的包装真的让我很难受，尤其每次在台上说起主办方事先准备好的台词，我就泛恶心，更没办法把自己曾经的经历当作博取同情分的资本……唉！也许我真的不太适合这个圈子，只是有些委屈蔓雯了，我给她描述了一种生活，却没有办法实现！"

"你就别想太多了，韦老师追随的就是这样的你！只是，如果真的有好的商演，能接你还是接一些吧，毕竟你们现在在苏州买了房，生活的压力也不小，别把生活的重担全部压到韦老师一个人身上！"

罗本点了点头，说道："我明白……"

许久，罗本向我问道："你呢，最近又和哪个姑娘好上了？"

我不打算对罗本隐瞒，便将昨晚和米彩的约定一五一十地告诉了他，倒不是希望他能给我什么办法，只是基于兄弟之间的信任。

罗本重重地吸了一口烟，又将烟盒惊堂木似的往桌上一拍，说道："昭阳，你这来来回回好几次，为什么就是忘不掉这个女人呢？"

"因为爱过……我知道你可能对米彩有些意见，但是你应该比其他人更能理解，因为我现在要面对的一切，你以前同样面对过，真的，我特别想尊称你一声前辈！"

"你少挤对我……"

"我真是发自肺腑的!"

罗本盯着我看了许久,感叹道:"也真亏了这个女人能想出这样的法子,干脆直接告诉你复合无望算了……你说,咱们都是在苏州生活了好些年的人,光这公交车就开了好几百路,现在还有地铁,她就这么随便选一个路口,你就是带一条猎狗也不一定能找到她吧!"

"唉……谁说不是呢!我正犯愁呢,但是总不能因为希望渺茫就这么放弃了吧?我还是想去找找。"

罗本似乎灵光一现,随即出了一个主意:"要不让 CC 给她打个电话,咱们先弄清楚她现在到底在哪里,然后神不知鬼不觉地盯着,等到了晚上再把她的行踪告诉你,然后……然后这个难题,不就这么神不知鬼不觉地帮你给办妥了!"

"这确实是个不错的办法……"

罗本以为我同意了,当即从口袋里拿出了电话,好似打给 CC,准备执行这个想法。

我按住了他的手,说道:"但是真别这么玩,我觉得她有些话说得也挺有道理的,我们之间有这么多的障碍,还是交给最自然的缘分去解决吧。如果这么刻意去制造这原本不存在的缘分,我觉得我对不起她,更对不起我曾经追求过的那种纯真,而且真的这样追回了,以后也是我们之间的一个隐患。假如有一天米彩知道了我是通过这样的手段,争取回这段感情,我昭阳恐怕在她眼里也已经变了味吧?"

罗本无奈地看着我,半晌说道:"你对感情就是太豁不出去,我也不想劝你了,因为作为兄弟,我从来不觉得你和米彩有多合适,就算你今天没有什么收获,也不见得是坏事……我的直觉告诉我,总有一天你会发现,乐瑶才是最后能陪你过下去的女人!"

罗本这番掏心掏肺的话,并没有给我太多的触动,此刻我想着的仍是自己会不会在某个路口碰见米彩……

我仍希望她会是那个陪我走到最后的女人!

第 430 章

寻找

结束了米彩的话题后，我和罗本又喝了些啤酒。此时落地窗外的雨好似又大了一些，罗本有些出神地看着，半晌感叹道："昭阳，这场雨下得好，你这回就算带上条猎狗也找不着她了！"

"呵呵，我们的事情真是把你这颗闲心都给操碎了！"

"我不替你操心，谁替你操心！"

我望了望罗本，只是向他举了举杯示意喝酒，没再说话，然后便感觉那雨声更加清晰了！

这个中午我和罗本在空城里音乐餐厅待了很久，酒也喝了不少，向来沉默寡言的罗本却和我说了许多他近阶段对生活的理解，而一向喜欢表达的我，却在沉默中重复着沉默，有些心不在焉地望着街头打着雨伞往来的行人。

欲分别时，罗本送给了我一把造型很奇异的雨伞，形状有点类似烟斗，而且伞骨断了好几根。他告诉我：这把伞好，容易引人注目，如果真的走运在街上碰到米彩，也会因为这把伞超高的回头率而不会错过。我觉得罗本说的话有道理，便欣然接受了，却又想象着米彩会打一把什么样的雨伞，我又会不会在碰上后，因为雨伞的遮盖，而与她遗憾地错过呢？这场雨，下得真不是时候！

离开空城里音乐餐厅后，我没再回公司，而是回到自己住的那间单身公寓，找到了大学时期的一件汗衫，实际上倒没什么特别的，只是汗衫的背面印有"忧伤"两字，正面则印着"牛逼"两字。受到罗本的启发，我穿上了这件容易吸引路人目光的衣服。只要有一点希望，我都会去争取，因为我对她的喜欢已经被撕去了皮，蜕变为爱，所以我需要她与我一起去修复那座已经碎裂的城池！

换好衣服后，时间已经是傍晚，我开着车来到了平江路，我打算从这里走起，因为这里离闹市区很近，人很多，找到她的难度最大，那么米彩出现在这里的可能性要远大于其他地方，至少我是这么认为的，也许现在的她正在这条路的某个咖啡店喝着咖啡也不一定。

买了一杯榨石榴汁,我打着那把奇异的伞,一边喝着,一边冒着雨走在这条粉墙黛瓦的小巷里,时不时探着身子往沿街的店铺里看看,期待着会有惊喜,可是惊喜是奢侈的,所以我总是重复着失望,直到走完了整条小巷。

走在繁华热闹的观前街上,我的伞和汗衫果然吸引了很多人的目光,都以为我是做行为艺术的,甚至有好奇的人随着我走了好一段路,见我没有什么出格的行为,这才带着失望离去,而我更失望,因为在那人潮涌动的街头,想在伞下找到一个人实在是太难了!

天色渐渐暗了下去,当路灯在雨中成排亮起时,我的心情渐渐低落了下去,继而涌现出强烈的绝望感,然后坐在公交站台的长椅上,有些不知所措地望着街上的车来车往……

一辆红色的凯迪拉克在公交站台边停了下来,简薇按下了车窗,问道:"昭阳,你是在等公交吗?别等了,要去哪儿我送你!"

我充满诧异地看着她,因为没有想到能在这热闹的街区遇见她,这种偶然的遇见让我心中重新燃起了希望,我相信,既然能和简薇碰上,那为什么就不能遇见米彩呢?

后面已经有公交车驶来,简薇鸣笛催促我赶紧上车,我正想去另外一个街区,便上了简薇的车。

简薇看了我一眼,便启动车子说道:"你是受什么刺激了,竟然穿了这么一件汗衫!"

我下意识地低头看了看,"牛逼"两个字依然醒目,半晌也不知道该怎么和她解释。她皱了皱眉,又问道:"你今天下午是不是没有去公司?"

我瞬间明白了简薇的意思,因为我是不可能穿着这样的衣服去公司的,便回道:"是没去公司,今天下午一直待在空城里餐厅,罗本回来了!"

"昭阳,按道理我不应该干涉你太多,但你毕竟是路酷的创始人,在这个节骨眼上,我还是希望你能把更多的精力放在公司上。没有一个创业者在创业初期,有这么多的闲时去处理自己的私事!"

我沉默着,事实上我对自己的工作态度也不满意,而能成立路酷这个公司,也不是自己的功劳,可以假想,如果没有杨从容和简薇,我想达到现在的经营规模,至少需要三五年的时间。我现在的松懈行为,确实是对资源的一种挥霍,这种挥霍一旦无度,未来很可能是要受重创的……可是怎么说呢,人的劣根性便在此,因为不曾体会到艰辛,所以便不会珍惜,而且现在的

"文艺之路"和我预想的有很大的偏差，这也是自己消极的一个重要原因！

简薇没有过于为难我，再次向我问道："你怎么会在公交站台等公交车？你自己的车呢？"

"你别问那么多了……麻烦把我送到以前住的那条老街区吧。"

简薇只是看了看我，没有多言，加快了车速，随车流驶上了高架桥，而天色也在这一刻完全暗了下去，恐怕走不了几个街区，就已经过完了这个夜晚，而我也只能遵守自己的约定，从此默默地祝愿她幸福。

简薇将车子停在了小区的门口，我对她说了一声谢谢后，便拿起那把造型奇异的雨伞准备打开车门，简薇却喊住了我："昭阳，等等……"

"还有事儿吗？"

"没有什么特别的事情，只是想提醒你，公司的事情多放在心上，让我和杨叔叔有更多的信心去支持这个项目，好吗？"

我点了点头，然后打开车门，撑起雨伞，独自向小区内走去。我抱着侥幸心理，想去老屋子看看，也许她会来这里缅怀一番，毕竟这是我们初次相遇的地方……

第 431 章

旧城

以西

发动机的声音在雨中格外地清晰，却又在车子离去时渐渐变小，等我回过头时，简薇已经开着车消失在我的视线中，我做了个深呼吸，继续向小区内走去，憧憬着她正在这里等待着。

站在这座破旧的楼下，我抬头向上望去，曾经相遇的那间老屋子，没有一丝光亮，再绕到屋子的后面，看到米彩的屋子也没有一丝光亮，也就是说，我的判断失误了，米彩并没有回这里。

我带着误判后的失落在雨中站了好一会儿，然后走出了小区，来到了那家有着电动木马的便利店。我买了一包万宝路烟，点上一支后，便坐在木马上望着雨中往来的人群，然后又想起了最近的一些事情。

如果简薇不将那些记录着我过去的照片提供给蔚然，现在的我们又是什么情形呢？我和米彩也许已经结婚了！可是，哪怕现在我和米彩分手了，我也生不起对简薇的憎恨之心，因为那些拈花惹草的事情我确实做过，只是我很疑惑，当初到底是谁将那些照片寄给她的，这么做的目的难道真的只是为了拆散我和简薇吗？一声轻叹后，我将手中的烟吸了一半，感觉有些肺痛，今天下午和罗本坐在一起，抽的烟有些多。我将烟掐灭，然后往电动木马里塞了一枚硬币，木马在响起的儿童歌曲中摇晃着。

雨越下越大，我看着另一只无人问津的木马，一阵失落，我已经习惯了与她各坐一只木马摇晃着……于是，我又往那只木马里投了一枚硬币，它便也在风雨中摇晃起来，而我好似看到了她那带着淡然笑容的身影，我便也笑了。可是，现在的她到底在这座城市的哪个角落里？

打着罗本送给我的伞，我离开了这条老街区，走到一个路口时，再次陷入为难中。我不知道该往哪里去，因为这个路口过后，还有许许多多的路口要去选择，哪怕全部选择正确，也会面临着擦肩而过的遗憾。终于，随着深夜的到来，我越来越相信，我们之间的缘分，已经被彼此给无度地挥霍完了，这个夜晚，我没有能耐再与她碰上一面。

这个路口，我选择了左转，我知道沿着这个方向再走 200 米，便会走进旧城的另一条老巷子里，反正遇见她的希望已经渺茫，倒不如在雨中走进老街，享受最后的宁静。很快我便走到了巷尾，看到了一家很是不显眼的咖啡店，名为"旧城以西"，这又是一家隐藏在城市繁华下的非主流咖啡店。走了太多的路，我真的有些疲乏了，便打算进去喝一杯咖啡给自己提提神。

咖啡店小得只能放下几张桌子，墙面没有装修，只是贴满了各种旅游杂志的封面和内页，两盏照明的灯是古代航海时会用到的那种煤油灯，一盏挂在吧台处，一盏吊在餐桌的上方。屋子里有些昏暗，却充满了咖啡的香气。我对那个穿着牛仔外套的男老板说道："给我来一杯'旧城以西'……"

他点了点头，几分钟后给我端来一杯没有任何花式的咖啡，甚至连牛奶和糖都没有配备。我很快便会了意，这样一杯没有任何点缀的咖啡，才是真正的"旧城以西"，只是弄得这么深刻，有多少人能理解呢？多半最后只是当消遣给喝完了！却发现那味道苦不堪言……

直到咖啡凉了，我也没有喝，只是拿起桌上的一本旅游摄影杂志看了起来，而时间就这么又过去了 20 分钟，此时已经是晚上十点半，也就是说离我

和米彩约定结束的时间还有一个半小时，我越来越绝望。

老板终于来到了我的身边，他撤掉了那杯已经凉了的"旧城以西"，又给我换上了一杯热的。我抬头看了看他，他没说什么，转身离去了。

我不太喜欢喝苦咖啡，但这次也不能让咖啡再凉了，用勺子搅拌了几下，等温度下去了，两口便喝完了一整杯咖啡，顿时那种难以形容的苦味，便折磨着我的味觉神经，萎靡的精神随之莫名地躁动起来，继而陷入亢奋中，索性再折磨一次，便向老板喊道："再给我来一杯'旧城以西'！"

很快又是一杯没有点缀的咖啡端到了我的面前，我依旧没有品，搅动了几下之后又一饮而尽，顿时心中弥漫着一种莫名的爽快，然后从钱包里抽出一百块钱放在了桌子上，向老板问道："你们什么时候打烊？"

"没有固定的时间。"

"那今天多等一会儿，行吗？也许过一会儿，我会再带一个人来你们这边喝咖啡！"

"晚上喝太多咖啡不好！"

"不碍的……如果能把她带来，我今晚也不想睡觉了，喝点咖啡就更无所谓了！"

老板笑道："那行吧，我就住在咖啡店的阁楼上，要是太晚而关门了，你敲门就行。"

我点了点头，便拿起桌下的雨伞向咖啡店外跑去，我好似知道米彩在哪里了。如果她还想和我在一起，那么她一定不会漫无目的地走在这座城市中，因为城市太大，我们完全没有相遇的可能性，所以她一定会在一个有着深刻记忆的地方等待着，也许就在我们经常去玩耍的那片广场上，也是我们约定的地方……只是，我想得过于复杂罢了！

我扔掉了那把成为束缚的雨伞，向那片广场狂奔而去，也许她已经在那里等待了我很久，也许我又一次判断失误，但无论结果如何，剩余的时间也只允许我去这一个地方了，而能否遇见她，这次真的要交给缘分！

风雨交加中，我终于来到了那片广场，站在广场的中央举目眺望，可是现实再一次给了我无情的一击。此时的广场上已经空无一人，甚至连周边街区的路灯都已经灭了一半，我的心顿时陷入彻骨的寒流中，原来她真的不愿意给我机会，所谓的约定只不过是一个给彼此台阶的权宜之计，她依然是那个充满手段的职场女强人！而正在被风雨侵蚀着的昭阳又算什么呢？我觉得自己有些可悲……

第 432 章

几步
之遥

　　远处的钟楼已经敲响了凌晨的钟声，我站在风雨中，重重抹掉了脸上的雨水，原来在这片广场之上，也没有米彩的踪影。如果彼此遇见是一场游戏，那么这场游戏也将在这个雨夜结束了，可我却是那么不甘心，因为自己曾努力挽回过，而现在却演变成了只有自己的徒劳……

　　我有些难过，可雨中连一支可以释放一些难过的烟都点不燃，于是哽咽着在广场中央再次唱起了那首 *If You Want Me*。我充满了挫败感，真切地体会到那种被雨水淹没的孤独感！这个夜于我而言实在是太糟糕了……

　　我终于闭上了眼睛，拒绝感受这个世界的一切，好似连那雨都忽然停了，我的脖子上再也感觉不到冷雨流过的冰凉……我在这个夜晚是多么伤心，伤心到对这个世界的感受都消失了……

　　失落中，我再次睁开眼，却发现头顶上已经多了一顶碎花伞，一阵若有似无的淡淡香气弥漫在伞下，然后我看到了她洁白纤细的手正握住伞柄……她来了。我已经无法支配自己的情绪，在一瞬间不能自已，以至于忘记回头看着她、抱着她。

　　她的另一只手环住了我的腰，靠在我的肩膀上，轻声对我说道："我知道你一定会来的……"

　　我终于转过身，双手紧紧将她抱进了怀里，问道："可我来的时候，你在哪里？我已经绝望了，你知道吗？"

　　"我一直在这里等你，坐在雕塑的后面……人来人往已经不知道走过多少拨了！我也感到绝望，但你终于来了！"

　　我回头看了看，果然在这个广场上，那雕塑的后面便是视线的盲区，幸运的是，我唱了那首歌，否则我们真的可能在这里相遇了，却因为一座雕塑的遮挡而遗憾地擦肩而过。

　　我再次抱紧了她，说道："所以这次我们不要再说然后，更不要因为几步之遥，弄出一生的距离，可以吗？"

米彩点了点头，然后伏在了我的肩上。我重重地呼出一口气，感叹命运无常，却更感谢命运忽然推翻了我之前所想的一切，我们终究因为未了的缘分而在这里碰面了！

雨还在淅淅沥沥地下着，我将沾满雨水的手落在她的肩上，却仍有些恍惚，有些不太相信，我们真的就这么在这一场落雨中重新开始了，而曾经那些因为分别而造成的种种折磨，会被这场雨给洗刷掉吗？总之我不太愿意再想起过去，此刻我只想再回到那个名为"旧城以西"的咖啡店喝上一杯热咖啡，然后再与她聊聊，聊聊对方最近的生活。

我撑着伞，搂住米彩，两人迈着一致的步伐，沿着已经没有气息的老巷子，向那家咖啡店走去。来到时，我庆幸地发现咖啡店还没有打烊，那个不知姓名的老板兑现了自己的承诺，他依然在等着我，而我也终于带来了这个可以与我一起喝咖啡的女人。

米彩看着店铺的招牌，轻声念道："旧城以西，这有什么特别的含义吗？"

"应该有吧，我不确定，但是在这里喝了一杯与店名同名的咖啡，我才决定去那个广场找你，因为这杯咖啡里真的有'旧城以西'的味道，太苦了！"

"我想尝尝……"

我点了点头，搂住米彩的肩向咖啡店里走去。那个穿着牛仔衫的老板，正坐在煤油灯下独自抽着烟，手中翻看着一本杂志，我对他说道："老板，两杯'旧城以西'。"

他掐灭了手中的烟，示意我们先坐。我带着米彩在靠近窗户的地方找了一张桌子坐了下来，米彩依旧打量着这家咖啡店，说道："我觉得这一定是一家有故事的咖啡店。"

我笑了笑，说道："如果今天我找不到你，我也会开一家类似的咖啡店，来表达自己一生的遗憾！"

"所以你觉得这家咖啡店是诞生在遗憾中的？"

我点了点头，随即向正在磨咖啡豆的老板看去，他的这种沉默，我曾经在罗本的身上见到过。那时候的罗本正过着人生中最颓废的一段生活，所谓旧城以西，实际上就是一种等待改造中产生的绝望，就像这座旧城区，往西的方向写满了醒目的拆字，已经灭绝了一切的生机，而何时能够以新的姿态重生，谁都给不了准确的期限。

片刻之后，老板将两杯调好的"旧城以西"端到了我和米彩的面前，然后又回到了吧台，继续看那本未看完的杂志。我保持刚刚的习惯，用勺子来回搅了好几次，然后一口喝完了一杯咖啡。那苦中的暖意，顿时驱散了我身上被雨水淋湿的寒凉，再次感觉到一种莫名的爽快。

米彩有些不可思议地看着我，因为没有一种咖啡是以这种方式被喝掉的。我看着她，心中却因为她再次与我面对面地坐着而感到踏实，我清醒地知道，现在的情境并不是一场梦，她在忽明忽暗的灯光中是那么真实。

她端起咖啡喝了一口，却没有太多的表情。我想起，她是喜欢喝这种原味咖啡的，因为提神的效果最好。

一阵沉默之后，我终于向她问道："我们今天遇上了，你说话还算数吗？"

米彩看着我，点了点头："算数，否则我就不会在广场上等着你，只是你太笨了，这么晚才过来！"

我没有反驳米彩，但我并不笨，只是在找不到的绝望中充满怀疑，所以没有想到她会在那里坚守着，幸亏这一杯"旧城以西"。如此说来，我能碰上这家咖啡店，也是我与米彩缘分未尽的一种体现，也许我们注定是要在一起的，从见面的那一刻起，我们的灵魂就已经被捆绑在了一起，虽然身体有时候会麻痹！

"你前面真的打算和蔚然结婚了吗？"

这个忽然被我问出的问题，让米彩有些意外，她望着我却没有立即回答，但不管是否愿意回答，这都成了我们之间的梗，所以我想知道答案，虽然表现得有些心急。

第 433 章

旧城以西
的故事

我望着米彩，努力平息心中的各种情绪，等待她给我一个答案，她再次端起那杯"旧城以西"喝了一小口，然后向我说道："我和他有结婚的约定。"

"现在这个约定不能作数了，你依然是我昭阳的女人，其他人想都别想！"

　　她学着我刚刚的样子，搅拌着咖啡，也一口喝掉了剩余的大半杯咖啡，似乎在用行动证明着我们之间的夫唱妇随，然后又向我问道："你呢，这些日子和谁在一起？"

　　"自己一个人过的，不过想相亲，没相成。"

　　"为什么要相亲？"

　　"因为不想看见你在我之前结婚。"

　　"你一直是这个样子，所以在颜妍和方圆的婚礼上，你告诉简薇我是你的女朋友……"

　　"是啊，那天你离开之后向晨就和简薇求爱了，她答应了，而你也真的成了我的女朋友，有时候自私点儿也不一定是坏事。"

　　"那你有没有想过，正是因为你无中生有地说我是你的女朋友，简薇才答应了向晨的求爱？"

　　我望着她，半晌才问道："你这话有依据吗？"

　　"没有，只是觉得有些巧合。"

　　"所以那一定只是巧合，我在意的是我们的现在和以后，我一定会给你幸福的，我向这间旧城以西咖啡店起誓！"

　　"你不需要对我发誓，一直以来是我的不够坚定给了你伤害，该让你过得快乐一些的是我……"

　　爱情是这个世界上最计较不起来的东西，米彩这简单的一句话，便让我忘记了之前所有的不快，想象着未来，我再也不觉得还有什么可以分开我们的。

　　短暂的沉默中，老板又给我们端来了两杯白开水，说道："这个咖啡太浓，喝点水吧，晚上好睡一些。"

　　我说了声"谢谢"，又向他问道："老板，你们这家咖啡店开了多久了？以前一直没有听说过。"

　　"快四年了，生意一直不好，知道的人也不多。"

　　我稍稍犹豫了一下，还是问道："冒昧地问一下，你就是靠这家咖啡店为生的吗？"

　　老板点了点头。我再次打量他，那件牛仔外套已经洗得发白，里面的T恤也已经很松垮，想来他过得很拮据。能在这个雨夜以这样的形式碰上，我很想帮帮他，可是不知道他是否反对商业化的运营，而我真的在他的眼神中感觉到了一种看透世俗的苍凉，这样的人对钱是麻木的，他追求的也许只是这种生活方式，于是我有些问不出口，生怕自己玷污了他现在的生活方式！

但米彩却开口问道："你这家咖啡店快经营不下去了吧？"

老板看着米彩，许久才"嗯"了一声。

米彩又说道："能和我们聊聊你和这家咖啡店的故事吗？我和我男朋友都觉得你一定是一个有故事的男人！"

我点了点头，然后很期待地看着他，我很想知道旧城以西咖啡店的故事，而且我觉得这样的咖啡店才是文艺之路上最应该出现的类型，可惜不是我的……但这一点也不影响我对这家咖啡店的喜欢。

老板还没有开口，但眼眶已经湿润，似乎只要想起"旧城以西"，就已经刺激了他的泪腺。他从口袋里摸出一支烟点上，然后又熄灭了吧台处的那盏煤油灯，在我和米彩的对面坐了下来。于是，小小的咖啡店里便弥漫着煤油灯熄灭时的气味和烟雾，好在窗外的风很大，很快便吹散了这些气味。

老板深吸了一口烟，重重地吐出后，说道："我是一个不得志的画家，五年前来到苏州这座城市，认识了一个在商场做导购的长沙姑娘，相处了一段时间后我们相爱了，这里就是我们曾经居住过的地方……我没有任何经济来源，所以一直是她在支持我的绘画梦想，她努力地打工赚钱，帮我联系画商，可是没有一个画商……没有一个画商愿意冒着风险要我的画，因为我太默默无闻了……所以她只能更努力地打工赚钱……可打工赚的钱终究是微薄的，而绘画的梦想又是那么沉重……于是她将这些年的积蓄全部拿了出来，然后开了这家简陋的咖啡店，我可以在里面画画，也可以赚些钱补贴我们的生活，可是生意却从来没有好过，因为我只会煮咖啡，没有别的花样，来过的客人们渐渐也就不愿意来了……"

他停了下来，又吸了一口烟，一直在眼眶里打转的眼泪终于落了下来，他哽咽着说道："很多个傍晚，我们都坐在这家咖啡店的屋檐下，望着西边不远处的老城区，她说如果能在那里买一间旧房子也就满足了，至少是我们的家……可是，我除了画画什么也不会，所以她只能更加拼命，在……在这座城市生存真的太难了！每个夜晚，她都会拎着批发来的花去电影院的门口卖……有一天，就像今天这样下着雨，她拎着没有卖掉的花走在回来的路上，我让她坐公交车，可是她却舍不得花那几块钱……我实在不放心，便骑着自行车去接她……去接她……就在老城区的一个路口，从她身上流淌出的鲜血混着花瓣铺了一地……她已经没有呼吸了！肇事司机却逃逸了，她的灵魂就这么孤独地葬在了那个老城区里……这个世界上再也没有这么好的她了……

是我的落魄和潦倒间接害死了她!"

他的情绪已经失控,泪水从他按着双眼的指缝间不断地往下滴落着……这一刻我看到了一种真正的撕心裂肺!他的灵魂也许早已随那个长沙姑娘而死去!原来这家旧城以西咖啡店的背后有一个这么沉痛的故事,他说得没错,这个世界上再也没有这么好的她了……

我的烟已经被雨水淋湿,我便从他的烟盒里摸出一支点燃,不禁黯然落泪,而米彩也已经掩面哭泣,没有人愿意听到这样的故事,因为里面的内容实在太痛。我用手指擦掉了眼角的泪水,向他问道:"你的女朋友当时是在哪个商场工作,是卓美,还是宝丽?"

他又摸出一支烟点燃,许久才回道:"是在卓美的一个专柜做导购。"

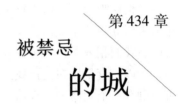

第 434 章

被禁忌

的城

在听到那个长沙姑娘曾经在卓美上班后,米彩的表情有些歉疚。实际上我也不知道为什么要这么问,毕竟她是死于工作之后的车祸,算不上工伤,与卓美也没有任何关系。

米彩向咖啡店老板问道:"卓美当时发放抚恤金了吗?"

他点了点头,说道:"嗯,卓美给了一笔 3 万块钱的抚恤金,她所在的那个专柜给了 1 万,我给她父母了。"

我稍稍回忆,那时候的卓美应该还是米仲信管理的时期,这 3 万块钱的抚恤金是一种人道主义精神的体现。对比之下,那肇事逃逸的司机不仅害了一条生命,还毁了这个社会的道德,更践踏了法律,但他还在逍遥法外……

我看着米彩,也更能理解她对卓美这个集团的在意。也许米仲信生前便给她灌输过这样的责任,对员工的责任。卓美的工资待遇是同行业中水平很高的,甚至一些专柜要进卓美设柜,也要求导购的基本月薪达到 2500 元的标准,并且卓美对导购、其他服务人员每个月都有 500 元的额外补助,这些都是人性化的体现，也是米彩掌权卓美后才有的新规定，且不论她对卓美的功绩，但她一定是一个体恤员工的好领导。

一阵沉默之后，我对老板说道："请为了我们这些喜欢的人把这家咖啡店继续开下去吧……只要愿意等待，哪怕是那片旧城以西的地方也一定会重新焕发生机的！"

"经营不下去了……而我也应该去长沙照顾她的父母，再找一份正经工作，尽到自己的责任。"

我望着他，心中却充满了苦涩的滋味。他说要找一份正经工作，等于否定了以前的自己，能让一个艺术家否定自己追求的艺术事业，生活是给了他怎样的悲痛啊？

米彩对他说道："除了绘画，你还有其他的一技之长吗？"

他摇了摇头……

"画下去吧，这不仅是你的梦想，也是她的梦想，我想她在死去的那一刻都梦想着你会成为一个伟大的画家……"

我看着米彩，她的眼眶依旧泛红，因为米仲信便死于车祸，这是一种感同身受的理解。我也点头道："还有这间旧城以西咖啡馆，也是你们梦想的延续，她生前只是想在这破旧的西城区买上一套房子，你难道不应该满足她吗？"

他痛苦地按住自己的脑门，哽咽着说道："我不想离开，可是我没有本事在这座城市生存下去，我也想让她的父母过得好一些……"

这时，米彩从手提包里抽出一张名片递到他面前，说道："首先我要和你说声抱歉，我是卓美的董事长，是我们这个行业没有给员工更好的待遇，才有了这样的悲剧……我认识很多画商，哪天你有时间可以给我打电话，我去帮你引荐，或者我私人帮你举办一场画展都没有问题，让更多的人看到你的画。"

米彩的身份让咖啡店老板感到意外，他从米彩的手中接过名片，说道："你言重了，我们的悲剧和卓美没有任何关系，是命运没有给我们一个公平的机会。"

米彩没有言语，只是看着不远处一幅已经完成创作的画，随即走近，仔细打量着，我也随之看去，却不太看得懂，也不知道是什么水平，又有多少艺术价值。

米彩轻声说道："画面的上半部分处理得单纯，可是却加强了下面建筑物的下垂感，因此我看到了一种压抑和憋闷的情绪，更充满了禁忌，可是你依然在等待希望，所以在一条废弃的水沟旁画着一丛青翠的草……你的绘画技巧很好，完美地将抽象表达和具象表达糅合在这幅画里，真正懂这幅画的人会在里面看到很多艺术语言，至少我感受到了这幅画的触觉价值。"

他并没有言语，只是又摸出一支烟点燃，然后看着这幅画一阵失神……

米彩又问道："冒昧问一下，这幅画叫什么名字？"

"《禁忌之城》。"

"相信我，这一定是一幅可以反映一个时代并流传下去的画。"

"谢谢。"他说着用一块画布遮住了这幅画，却依旧没有太多的表示，好似被禁锢的不只是画里的那座城池，还有他自己。

米彩回到我身边坐下，他依旧站在那幅画的旁边抽着烟，我甚至不知道他是否会接受米彩的帮助。

一支烟抽完，他终于掐灭了烟蒂回到我们身边，许久之后对我们说道："我想留在苏州……我觉得她一直在这里没有离去。"

我和米彩对视了一眼，我们都在对方的眼神中读到了一种宽慰，他留下是对的，如果他就这么关掉了这家旧城以西咖啡店，那这个故事的结尾便太沉重，而他也离开得太凄凉！

我拍了拍他的肩，终于脱离了悲伤的情绪，笑道："咱们互相认识一下吧，我叫昭阳，这是我的女朋友米彩，她是苏州姑娘，我是徐州人，但是在这边生活了很久！"

他终于也笑了笑，说道："我叫夏凡野，洛阳人。"

"嗯，我们现在也互相认识了，明天我带上我的朋友们一起来这里捧场，他们一定也会喜欢你调的'旧城以西'的！"

离开了旧城以西咖啡店，我和米彩撑着她的碎花伞走在了雨中，沉默着走了很久，她才向我问道："CC 回来了吗？"

"嗯，昨天和罗本一起回来的，你现在真够可以的啊，不光与我分手，连 CC 也不联系了！"

"联系她就想到你……这种感觉很难过的！"

我笑了笑，实际上这段时间我情愿跑去烦韦蔓雯也不愿意和 CC 联系，因为和米彩是一样的感觉……

说到 CC，我突然灵光一闪，对米彩说道："彩妹，你说撮合 CC 和夏凡野在一起怎么样？我真的觉得他们挺合适的，毕竟是两个都经历过感情的人！"

我不等米彩回应，又说道："明天一定叫上 CC 来旧城以西喝咖啡，他们都应该从曾经的情绪中走出来，开始新的生活了！"

第 435 章

我们的

雨夜

在我极力提议撮合 CC 和夏凡野时，米彩停下了脚步，正色说道："他们在一起我也觉得挺好的，但是不要太刻意，因为他们各自的过去都太深刻，过分撮合会让他们反感的。"

我面露疑惑之色，看着她说道："你好像很懂的样子！"

"最近看了几本情感上的书。"

我没有再说话，只是看着她，而伞下的世界却是那么小，我甚至可以感受她呼出的气息，这种气息一如既往地让我迷恋。我不禁抱住了她的腰肢，我们已经很久没有接过吻了，想来我们也曾被爱情中的荒唐囚禁过。

我要的是一个湿吻，可是触碰到她舌尖的一刹那，我感觉到了苦意，想必她也有一样的感觉，因为我们都喝了那杯名为"旧城以西"的苦咖啡，那苦不堪言的味道依然残留在我们的口腔里！

这个夜我不仅扔掉了罗本的雨伞，还扔掉了米彩的雨伞，理由一样，因为束缚了我的自由行动。没有了雨伞的遮盖，雨水便飘飘洒洒地落在了我们的脸上，于是接个吻又尝到了雨水的苦涩，可是我很快就忽略了这些感觉，将她的腰肢搂得更紧了，于是感官里只剩下了柔软，我的欲望之门也在这一刻被打开……

两个行人走进了这条幽暗的巷子，以一种怪异的眼光看着我们。米彩拿掉了我放在她衣襟内的手，趴在我的肩上。我喘息着，迎着行人怪异的目光看去，大脑里却没有什么想法，只盼着他们快点离去，可是他们却越走越慢。

米彩拉着我向巷子的出口跑去，连那把扔掉的伞也不要了，我说道："别啊，出了这个巷子，灯火通明的，我还怎么亲吻你？"

"做有意义的事情！"

"这对我来说就是有意义的事情……"

话还没有说完，我便已经被米彩拉出了巷子。街道上灯火通明，哪怕已经是深夜，可依然有车子从我们对面的马路驶过。眼前高楼上闪烁的霓虹，好似又在展示着这座不夜城的迷离，而我心中的欲望之火，已经在奔跑中消失殆尽，然后与米彩在对视中笑了出来。

我们就这么淋着雨走回到那间老屋子，也迎来了离别的时刻。是的，我不会住进老屋子里，因为对于这个夜，我已经很满足了，一次身体的欢愉，并没有细水长流来得更有意义。而经历了这么多之后，我还有什么贪图吗？没有，唯一求的也就是一个细水长流！

我看着那两只在屋檐下的木马，向米彩提议道："要坐坐吗？"

"好啊，不过我想和你坐一只。"

"嗯，你坐我腿上……"

米彩看了看那只体积很小的木马，问道："会不会超载？"

"你多重？"

"应该48公斤吧，你呢？"

"我有70公斤，这只木马承重100公斤，超个几十斤应该没有问题吧，要不咱试试……"

米彩点了点头，我便于她之前坐在了木马之上，然后张开双臂示意她也上来。米彩跨上了木马，坐在了我的腿上，然后我便抱住她的腰。这拥挤的空间让我们之间完全没有了距离，好似融为了一体，我赶忙从口袋里摸出了一枚硬币，递给了米彩，让她投进去。

米彩从我手中接过，投进木马里，只听见音乐声响起，木马抖动了两下，最后连音乐声也没有了，我们顿时意识到，我们弄坏了这只木马。

米彩回过头，表情尴尬地看着我。我抱怨道："都怨你，非要坐一起，现在好了，木马都被你坐坏了，以后玩什么？"

米彩被我说得有些懊悔，半晌说道："旁边还有一只。"

"你看你，还打算一不做二不休，把那一只也坐坏吗？这次我肯定不协同你作案了，弄得像小团伙似的！"

米彩从木马上跨了下来，很是无奈地看着我，我随后也跨了下来，蹲下来检查着，却也检查不出一个所以然来。

"昭阳，现在该怎么办？"

"做逃犯。你回你家，我回我家……快点，逃犯就要有逃犯的风范，还能傻站在这儿被人逮吗？"

"你怎么那么没有公德心啊！弄坏了人家的东西一定要赔偿的，这是幼儿园的小朋友都懂的道理！"

"是你弄坏的，又不是我弄坏的，你说我平常坐都好好的，从来没坏过，你往上一坐就坏了，这是什么能量才能产生的破坏力？这可是一匹好马啊！"

"你没担当……我们是一个团队。"

"纠正一下，是团伙……都作过案了！"

米彩忽然变得野蛮，从我的口袋里掏出钱包，说道："就算我坐坏的，也是你赔，谁让你是我男朋友。"说着她将里面的现金全部抽了出来，然后将这些钱通过门缝塞进了便利店里，这才松了一口气。而我却因为她的这句话而暗自欢喜，这个雨夜里，我们破镜重圆后，她似乎更加贴近生活和爱情，难道真的是因为看了那几本情感杂志吗？或者她已经领悟，知道我最喜欢什么样的她……没错，我喜欢的就是现在的她，生动的、有些柔软的她！

分别后，我回到了自己住的那间公寓，也许是喝了太多咖啡，也许是这个夜过于跌宕，总之我是陷入兴奋中、不能入眠了。洗了个热水澡后，我便躺在床上，一边想着心事，一边喝着白开水。

我深深地明白：也许今天的复合只是另一段生活的开始，尽管米彩说得轻描淡写，但是她和蔚然之间一定有许多东西是悬而未决的，我们的复合又会怎样恶化这些悬而未决的事情，我也不能确定……而蔚然这个人，一如既往地让我反感，因为他永远也学不会释然，才会让我和米彩之间充满了波折，难道他真的不懂成全也是一种幸福吗？

快要早晨时，我终于迷迷糊糊地睡着，直到上午十一点才醒来，然后精神有些萎靡地去了公司。打开办公室的门后，我发现简薇正坐在我的办公室里，翻看着我最近的工作记录簿。

我带上了办公室的门，问道："你怎么来了？"

"有个项目和你商量一下。"

"什么项目？"

"周边的县城有一个中型的景区要出售，我的意思是以路酷的名义去收购这个景区，然后再进行改造，我觉得这对路酷而言是一个可以突破的契机，

也是多元化经营的一个开始……你觉得呢？"

我当即予以了否定："我现在不想做除'文艺之路'以外的项目，这还不是一家成熟的公司，这种爆裂似的扩张，风险很大。"

"有我和杨叔叔在背后支持你，你怕什么？再说公司虽然很新，但是每一个员工都是行业内的精英，他们有能力掌控这种快速的扩张，你应该对公司有信心，也应该对我和杨叔叔有信心。"

"请问，收购那个景区也是杨总的意思吗？"

简薇一阵沉默后点了点头，说道："我们可以先去考察一下那个景区，是不是要收购，我们再商量，行吗？"

不知为什么，此时我的大脑里想到的竟是那家简单得几乎不存在的旧城以西咖啡店，我清醒地明白，这才是我想要的，也是"文艺之路"必不可少的一个元素，而不是随便一个看上去声势浩大的景区！

我终于对简薇说道："如果杨总真的对这个景区感兴趣，那就以容易旅游网的名义收购好了，反正也没什么差别！"

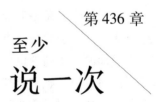

第 436 章

至少

说一次

在我提议以容易旅游网的名义去收购那个中型景区时，简薇霎时皱着眉看着我，声色俱厉地说道："昭阳，你告诉我你到底想做什么？你难道一点也不了解，这是我们拿资金去做赌注，给这个公司创造的机会吗？"

"我觉得这样的机会与我设定的发展思路不契合，我不需要。"

"你……"简薇气到语塞，目光却如刺一般看着我。我避开了她的目光，像往常一样，拉开了窗帘，然后又去清洗了自己的烟灰缸，回到办公室后，才摸出一支烟点燃。

简薇平息了一些心中的怒意，终于又对我说道："那昭总，你能告诉我你的发展思路吗？"

"你作为投资方，不知道我的发展思路，那你是基于什么动机投资的？"

一向强势的简薇，却被我问得怔住了，半晌没有再言语……而这个时候我才起身给她泡了一杯咖啡，然后递到了她的手上，说道："这个事情真的不要再拿出来商议了，虽然我很感谢你和杨总为路酷做的一切，但你以前也说过，这是一个有商业灵魂的项目，所以让这个项目保持独立的灵魂，行吗？"

我的这番话让简薇陷入挣扎中，直到我吸完了手中的烟，她才说道："我可以不勉强你去拿那个景区项目，但我们至少要去看一下，否则杨叔叔那边说不过去，这样可以吗？"

我也不愿意让简薇过于为难，终于点了点头，答应去看那个项目。

简薇继续翻看着我的工作记录簿，有意无意地问道："昨天晚上你睡得很晚吗？"

"嗯，咖啡喝得太多，失眠了……"

"干吗喝那么多咖啡，难不成你喜欢晚上提神处理工作上的事情吗？"

我被她问得有些尴尬，毕竟昨天喝了那么多杯咖啡，完全和工作无关。好在电话忽然响了，我赶忙从自己的公文包里拿了出来，是米彩打来的，心中有些欢喜，因为我们很久没有电话联系过了。

我接通了米彩的电话，低声问道："怎么现在给我电话了？"

"我在你公司楼下，给你买了午餐，一起吃吧，正好参观一下你的公司。"

我有一种受宠若惊的感觉，且不说谈恋爱，自我们认识以来，她也没有亲自送饭到我公司。我赶忙跑到窗户边，探着身子往下看了看，果然看到了那辆红色的 Q7，于是对她说道："公司在六楼，你上来吧。"

米彩应了一声便挂掉了电话，而我一回头，猛然发现简薇此时还在办公室里，我都能想象待会儿两人碰面会有多尴尬，尤其是简薇还不知道我已经和米彩复合了，看样子我是有些乐极生悲了。

我来到简薇的面前，她合上了工作簿，向我问道："谁要来你的公司啊？"

我没有正面回答，企图搪塞过去："那个……你吃中饭了吗？"

简薇看了看手表，起身对我说道："是到吃饭的时间了，你是要和我一起吃吗？楼下有一个新开的餐厅，听说口味不错！"

我有些头大，说道："不了，我得把早上落下的工作补上。"

"那行，我就先走了……"走了几步她又回头说道，"大概再过三天，我们一起去那个县城看看景区，别忘了。"

"放心吧，不会忘的。"我赶忙应道，心中却盼望着，最好简薇下电梯，米彩上电梯，两人错开，这样也就不必因为碰上而尴尬了。

我随简薇往办公室外走去，上行的电梯门忽然打开，然后我便看到了穿着职业装、拎着饭盒的米彩。几乎同一时间，她和简薇也发现了对方的存在，当即两人的神色都充满了惊异，但脚步都没有停下来，一样的自信，一样的不苟言笑。气氛顿时变得尴尬起来，最尴尬的是我，因为两人的目光都集中在我身上。

我说道："怎么，你们不都认识吗，就用不着我介绍了吧？"

米彩终于笑道："中午好，简总。"

"你好，米总……没想到在这里碰上了。"简薇说着又往米彩手中拎着的饭盒看了看，问道，"你这是？"

米彩的回答简洁得不能再简洁："送饭。"

简薇看了看我，没再说什么，向电梯口走去，而米彩已经向我的办公室走去，只剩下没有反应过来的我站在原地。

等我回到办公室，米彩已经打开了餐盒，然后递给我一双筷子，托着下巴看着我，却绝口不提刚刚碰见简薇的事情。也许她心里根本就不在意，但是她一定知道当初那些照片是简薇提供给蔚然的，所以她的不在意就让我有些费解了，可却不愿意去揣测这个女人，因为所有的揣测都是徒劳的。

"不是说一起吃的吗？你怎么不吃？"

"我待会儿吃两个水果就行了。"

我望着她，感叹道："你用不着那么美的，胖点儿我也能接受！"

"什么啊……我是早饭吃得迟。"

我这才想起昨天晚上她和我一样折腾到很晚，早上起得迟也在情理之中，便对她说道："反正你这会儿也不吃饭，不如给 CC 打个电话吧，约她晚上去旧城以西喝咖啡，待会儿我再约罗本和韦老师。"

米彩点了点头，便从手提包里拿出手机，拨给了 CC，而我这时候又想到了方圆，思量着要不要喊上他一起。可这种思量却让我有一阵难以言明的不解，我们明明是将近十年的朋友，为什么这样的聚会，我却思考着要不要喊上他。曾经能把命交给对方的我们，到底又是在什么时候有了这种距离的？好似是在简薇回来以后！但又为什么产生了这样的距离？我却想不出了！

我没有勉强自己想太多，还是决定约上方圆和颜妍，还有简薇、向晨，想来我们的确很久没有聚过了，哪怕心中有些芥蒂，但曾经在大学时期朝夕相处过也是不争的事实……想到这儿，我又产生了一个更大胆的想法，我要米彩把蔚然也叫上，有些事情能说清楚最好，说不清楚至少要说一次！

第 437 章

生命中的
禁忌

片刻之后，米彩给 CC 打完了电话，我便吃起了这顿中饭，米彩吃起了水果，我正色对她说道："今天晚上我想叫上方圆、颜妍，还有简薇、向晨，你没意见吧？"

"理由呢？"

"总不能陌生了吧？大学里……"我找不到一个合适的词，索性说道，"很久没聚了，一起聚聚吧。"

"我能理解。"

我点了点头，也不愿意把这件事情想得过于复杂，稍稍沉默后又说道："你把蔚然也约上吧。"

米彩显然没有预料到我会有这个要求，以至于盯着我看了很久，似乎想在我的表情里看到我的情绪，但我一直不动声色地看着她，因为我更想知道她现在的情绪。

我又问道："方便约吗？"

"没什么不方便的。"

很快我便打完了一圈电话，该约的都顺利地约到了，说好晚上七点到卓美的门口集合，然后一起去旧城以西咖啡馆。

离去前，米彩收拾着桌上的餐盒，我感觉她的情绪已经有了微妙的变化，也许这和我约了简薇有关，也有可能是因为蔚然，但是既然决定在一起，有些事情总是要面对的。

"昭阳，我先走了。"

"我送你出去。"

米彩点了点头，我便帮她拎着装餐盒的塑料袋，随着她向电梯口走去。两人又聊了起来，我向她问道："我想帮帮那个咖啡店的老板，但是不知道以什么样的方式，想听听你的意见。"

"你有顾虑是对的，像他这种艺术气质过重的人，如果选择最直白的帮助方式，他估计很难接受。"想了想她又说道，"和他聊聊你的'文艺之路'吧，如果他喜欢的话，让他加入你的这个项目，我觉得你们身上是有共同点的，所以沟通起来不会太难！"

米彩的话勾起了我的好奇心，我问道："我们哪里相同了？"

"怀旧。"

这次我很快就明白了她的意思，我刚刚约简薇、方圆等人，不就是一种怀旧吗？可是我有些费解，她似乎很排斥这种怀旧，或者说排斥的是我怀旧的对象，简薇自然可以理解，可是排斥方圆却让我有些意外。总之这次我们复合后，爱情似乎变得简单了，她却变得复杂了，这种复杂清晰地存在于我男人的第六感中，这让我有些不安。

电梯的门被打开，我又随着她走到了办公楼的外面，帮她打开了车门，她对我说道："晚上你去接我吧，我跟你的车去。"

我点头，她又抱了抱我，这才上了车，而我也带着短暂离别的惆怅，回到了公司。这时，几乎所有人都用或羡慕、或惊讶的目光看着我，而我已经习惯了这种目光，因为米彩一直有这样的能量，让别人觉得做她的男朋友是天底下最幸运的事，可是他们都不曾看见，上次分手时我的痛不欲生，那种感觉我今生都不愿意再试了，所以一旦有了合适的机会，我便会用结婚证将我们两个人牢牢地捆绑在一起。

整个下午，我一直在办公室忙碌着，日薄西山时，才点上一支烟，将自己从工作的状态中解脱出来。独自在落地窗前站了一会儿，我又下意识地看向这座城市的最西面，想到那个已经从这个世界离去的长沙姑娘，我的心情有些沉重。事实上哪怕是我，历经这三分之一的人生，也未曾见到将奉献变成一种伟大的女人，但是她做到了，她是用灵魂去爱一个人的，所以她的离去注定要成为夏凡野一生的遗憾，因为这个世界上再也没有对他这么好的女人了！

掐灭手中的烟，我拎起公文包离开了办公室，此时已快六点，我该去赴约了。

我开车先去了 CC 所住的酒店，准备先接上她。等了一支烟的工夫，CC 便拎着手提包从酒店里小跑了出来，一碰面就将手搭在我的肩膀上问道："昭阳，你是和米儿复合了吗？"

"嗯，今天中午她专程去我的公司，给我送了饭！"

"怎么样，失而复得的感觉一定很爽吧？"

"爽到不能自已了！"

"那你快说说，你们是怎么复合的……"

我回忆着，实际上我自己也没搞明白是怎么复合的，感觉我们只是淋了一场大雨，于是说道："是一场雨洗刷掉了我们之间的误解！"

"这个回答真文艺！"

CC 说起"文艺"这两个字，我又下意识地想到了旧城以西咖啡馆的老板夏凡野，抱着撮合他们在一起的心理，便问道："你还喜欢罗本吗？"

CC 表情有些阴郁地看着我，说道："你能问得含蓄点吗？"

"活在一个赤裸裸的世界里，含蓄有什么用……你倒是回答我啊！"

CC 沉吟了半响，情绪明显低落了下去，回道："一份坚持了好几年的喜欢，能说忘就忘吗？"

这个结果在我的意料之内，又想起米彩说过的顺其自然，便没有追问下去，为她拉开了车门，她却疑惑地看着我，问道："你怎么突然问起这个了？"

"就是希望你赶紧过上新的生活，你再这样，青春可就走完了啊！"

CC 耸了耸肩，说道："我的青春就是用来挥霍的，走完了也没办法……要怪就怪这个世界太荒谬了，爱情更荒谬！"

"荒谬"两个字好似又逼出了我的感同身受，一声叹息后，我拍了拍 CC 的肩，示意她上车……可是那落在霓虹灯下的背影，却终究还是因为荒谬而孤独，我却不确定现在的自己是否已经彻底告别了这种荒谬，或许此时的孤独可能不是 CC 一个人的，我也有份！

六点半时，我便带着 CC 来到了卓美的大楼下，而此时向晨的路虎和蔚然的法拉利正一前一后地停在路边的临时停靠点上，虽然直到现在他们并不相识，但却是我生命中的禁忌！尤其是蔚然……

第 438 章

温柔得
发冷

　　我将车子停在了向晨的车后，随即拉开车门走了下来。他似乎也发现了我，同一时间从车上走了下来，和以前一样很是亲密地搂住我的肩膀。我们两人笑了笑，随后从口袋里各摸出一包红梅香烟。大学时，除了中南海也就是红梅了，这两款烟陪伴了我们整个大学生涯。

　　我们各自给了对方一支，然后点燃，向晨开着玩笑问道："你现在可是昭总了，还抽这4块钱一包的红梅，是在装高冷吧？"

　　"活在这个世界里，这4块钱一包的红梅，就是最好的装高冷的道具……"

　　向晨哈哈一笑，说道："说到我心里去了，所以我也在抽着，这些年都没换过。"

　　"是啊，装高冷的最高境界就是返璞归真！"

　　向晨一耸肩，说道："要是所有人都像咱们这样，烟抽红梅，酒喝二锅头，我家这烟酒生意就没法做了！"

　　我笑了笑，没有再接下去，因为这个世界上不是每个人都有这样的天赋去装高冷的，所以向晨的烟酒事业一定没有问题，而以上只是两个人见面后没有太多话题，硬找的消遣而已。

　　短暂的沉默中，我往蔚然的车子里瞄了一眼，此时他并不在车里，可能是进了商场，于是我暂时收起情绪又和向晨聊了起来，只是 CC 却一直坐在我的车里，自始至终都没有下车。

　　一支烟已经抽完，向晨看了看手表，往路口方向看了看，抱怨道："简薇怎么还没到？不会是路上堵车了吧？"

　　"可能公司忙吧，我和她一条路，路上也没见堵车。"

　　向晨的表情一瞬间变得有些阴郁，又无奈地笑道："有时候我真的不知道她为什么要这么做，别的女人吧，巴不得能活得轻松自在些，没事儿全世界各地玩玩转转，想购物就购物，想旅游就旅游，可她却偏偏对这样的生活没有一点兴趣，一个女人这么一头扎进商海，真的合适吗？"

　　我也回应了向晨一个无奈的笑容，说道："可能她生性比较要强吧！"

　　向晨似开玩笑、似认真地问道："她大学的时候也是这个样子吗？"

　　我掐灭了烟头，向路口方向看了看，说道："她来了，这事儿你得自己问她。"

　　向晨也掐灭了烟头，随我向路口看去，再也没有说话，表情却很是复杂，似乎简薇也给了他很多无法改变的无奈，面对这些无奈，他能做的也只有忍耐，因为简薇实在是太强势了。

　　简薇停稳车子，拎着手提包来到了我和向晨的面前，问道："昭阳，人都到齐了吗？"

　　"没有，应该都快了吧。"

　　话音刚落，罗本已经骑着他的那辆机车，载着韦蔓雯，从另外一个路口来到了我们这边，然后是颜妍，就差方圆和米彩了，而那个蔚然，此时应该和米彩在一起。

　　罗本和向晨有过几面之缘，两人打了个招呼，然后又互相递了烟，于是女人们聊着天，男人们抽着烟，继续等待着还没有下班的方圆和米彩。

　　终于，米彩和方圆以及蔚然、米斓一起从卓美的大楼内走了出来，四个人一边走一边说，似乎还在交流工作上的事情，直到走到我们这边。

　　米彩对等待的众人说道："不好意思，刚刚会议的时间有些长，让大家久等了。"

　　众人纷纷表示不介意，我又招呼众人离去，米彩转身向米斓问道："斓斓，你要不要和我们一起去坐坐？"

　　"不了，我今天晚上还有个酒会要参加，你们玩得开心一些。"米斓说完后便转身向卓美的地下停车场走去，与方圆没有任何多余的交流。这倒让我相信方圆和米斓是彻底了结了，毕竟方圆和颜妍有这么多年的情分在，一时难免糊涂，但绝对不会因此放弃一个家庭的责任，这点我还是相信方圆的。

　　米斓离开后，米彩似乎刻意避免我与蔚然对话，自己先行坐进了我的车子里，又示意我上车给大家带路。而这个时候我终于和蔚然有了一个眼神的交集，却没有说些什么，各自上了车，然后一行人以浩浩荡荡的姿态向夏凡野那家旧城以西咖啡店驶去。

　　大约 20 分钟后，我们来到了那片老城区，将车子停在巷口后，一行人便分成两列向巷子里走去。简薇和向晨，韦蔓雯和罗本，方圆和颜妍，分别走在一起。我和米彩则走在最前面，最后面的 CC 和蔚然则各自一列，全程无任

何交流。这让气氛显得有些沉闷，也许这真是一场各怀心思的聚会，但愿这种各怀心思不要破坏旧城以西咖啡店的格调。

很快我们便来到了咖啡店的门口，而天空好似要配合那种说不出的忧伤格调，竟又飘起了小雨。我停下了脚步，看着那已经斑驳的绿漆门对众人说道："就是这家咖啡店了，今天让大家来，就是想请大家喝上一杯店老板自己调的'旧城以西'咖啡，我和米彩都很喜欢这家咖啡店……"

米彩点了点头，接着说道："嗯，只是咖啡店背后的故事很让人伤感，但能被我们遇见也是一种幸运，提醒我们应该珍惜自己身边的人和生活。"

CC问道："什么故事？"

米彩回头看了看店招，回道："旧城以西的故事……我们还是先进去尝尝咖啡吧，我和昭阳请大家。"

当米彩说出我和昭阳这样的话，已经隐晦地告诉在场的人我们已经复合了，而那一段曾经破碎的路，我们还将一边修葺着，一边走下去。

我下意识地看向蔚然，他的面色当即阴沉起来，甚至满是痛苦，这种痛苦不亚于信仰的倒塌。此刻我相信，米彩可能真的给过他要结婚的承诺，可是却食言了，再次回到了我的身边。

在大家都看向蔚然的时候，他的表情却突然变得平静，他带着一种温柔得有些发冷的笑容看了看米彩，在所有人之前推开了咖啡店的门，走了进去。而米彩却有些不知所措地看着他的背影，直到我拉起她的手，才回了神。

也许只有她才懂，蔚然那温柔一笑的背后到底意味着什么。

第 439 章

永远

亏损的店

蔚然走进咖啡店后，众人又目光一致地看向我和米彩，但这种目光里包含的情绪却各不一样，而我却没有心情去逐一理解，想必米彩也一样，所以我们看了看彼此，在其他人之前走进了咖啡店。

走进咖啡店后，老板夏凡野依旧坐在吧台上看着一本杂志，他没有太多的热情，我知道，这个男人的全部热情已经消磨在了那个"旧城以西"的故事中。而在我们之前进来的蔚然则独自坐在一个角落里，好像并没有点东西。

夏凡野起身相迎，我笑着对他说道："我今天把朋友都带来喝咖啡了，一共 10 个人，你给我们做 10 杯'旧城以西'吧。"

夏凡野点了点头，取出一些咖啡豆开始研磨。我四处看了看，才发现这个咖啡店竟是如此之小，昨天只有我和米彩时还不觉得，今天人一多，便感觉到了空间的拥挤。我将几张桌子拼在了一起，招呼众人围着坐了下来，只是蔚然依旧独自坐在那个靠近窗户的位置，没什么表情地看着窗外。

与他最不熟识的向晨回过身，拍了拍他的手臂说道："过来一起坐吧。"

蔚然只是摇了摇头，又将视线转移到了窗外，而雨水已经附在玻璃上形成了一层水汽，使窗外的世界看起来是模糊的，于是他好像成了这个小咖啡店里最孤独的人。

过了十来分钟，夏凡野送来了咖啡，对众人说道："这就是小店的'旧城以西'咖啡，请品尝。"

CC 先端起喝了一口，我以为她会被苦得皱眉，她却很淡然，点头对我们说道："咖啡很苦，但是隐隐约约能感觉到一丝甘甜和清爽，味道里有一种说不出的孤独，但却让人享受这种孤独，因为孤独里还有等待着的希望。"

夏凡野看着 CC，下意识地点了点头，认同了 CC 的这番点评，说道："泡咖啡的水，是用薄荷叶煮出来的，不过只放了半片，味道很淡，能喝出来的人不多。"

我望着 CC，觉得很是奇异，一个整天抽烟喝酒的女人，看上去粗犷，实则心思这么细腻，至少我没有尝出她说的那个味道。

"谢谢你的这杯'旧城以西'！"CC 说完又端起咖啡杯轻抿了一口，好似很喜欢这个苦中有甜的滋味。其他人也纷纷端起咖啡杯喝了一口，果然如夏凡野所说，能尝出这个滋味的人不多，所以我们都皱着眉，包括我和米彩。

罗本率先放下了手中的咖啡杯，看着我身后的那幅画，一开始看得很随意，却忽然起身走近，蹲在那幅画的面前细细打量起来。

我向他说道："这幅画不错吧，是出自老板之手，名为《禁忌之城》！"

罗本没有搭我的话，表情凝重，向身后的韦蔓雯伸出手并说道："给我纸、笔，快点！"

韦蔓雯赶忙从自己的手提包里拿出了纸、笔以及一本记事本递给了罗本，罗本则盘腿坐在了地上，凝神注视着这幅画，片刻后低头在记事本上写起了词和谱。于是小小的咖啡店里更加安静了，我们都知道，这幅画给了罗本创作的灵感，实际上很多时候灵感是会相互传染的，也许罗本和夏凡野便是同一类人，他们生来就孤独，却又本能地会在孤独中寻找宽慰，以谋求生路……所以他们的身上都有很重的艺术气质！

我等咖啡凉了些之后，和之前一样，一饮而尽，然后走到吧台，对夏凡野说道："找个地方，咱俩单独聊一会儿吧。"

他点了点头。

走过小隔层，我与他来到了一个不大的阳台，阳台上有一个遮雨的圆形雨棚，我们就站在雨棚下。我从口袋里抽出一支红梅香烟递给了他，又帮他点燃，各自吸了一口后，我笑了笑，问道："刚刚那个品出你咖啡味道的姑娘，你觉得怎么样？"

"是个蛮特别的女人！"

"当然特别，她算一个流浪歌手吧，会抽烟，会喝酒，几年前来到苏州开了一个叫空城里的音乐餐厅。餐厅很特别，客人们自愿付费，虽然经营模式很不符合市场规则，但一直生存到现在。我们都很欣赏她，尤其是她对人生和爱情的态度。"

夏凡野笑了笑，并没有多说什么，我明白：他已经在那段逝去的爱情中绝望，这种绝望是不会被轻易唤醒的！

我们在沉默中抽着烟，而我却酝酿着怎么开口，让他接受来自我的善意的帮助，我真的不想看着这家旧城以西咖啡馆倒闭。

我深知自己不是一个委婉的人，深吸了一口烟后，还是以最直白的方式说道："我想帮帮你这家咖啡店。"

他看了看我，并没有拒绝，问道："你想怎么帮？"

"这家咖啡店如果不扩大经营范围，以现有的模式去经营，一定会亏损的，这点你认同吗？"

"我认同，因为这些年一直都在亏损。"

"那你愿意扩大经营范围吗？"

他摇了摇头，说道："不愿意，如果改变了这间咖啡店的模样，我情愿关门，把这里当作一个永远的回忆。"

"我也是这么想的，所以就让这个店一直亏损下去吧……"

他有些不太理解地看着我。

我笑了笑，解释道："我有一家公司，正在做一个旅游项目，叫作'文艺之路'，等这个项目最终做好，会在国内的旅游地图上打造出无数个有特色的咖啡馆、客栈、酒吧、酒楼……如果这条路有生命的话，那么旧城以西这种有故事的咖啡馆，一定是这条路的灵魂……对于你来说，无法长期经营一家亏损的咖啡馆，但是对于这条路而言，这样的亏损，恰恰是一种人文的体现，我需要一个亏损但原汁原味的店。"

夏凡野面露思索之色，许久才对我说道："我懂你的意思，这家咖啡店我可以送给你……"

我打断了他："我不是要你送，你依然是这个咖啡店的老板，依然可以在这里做咖啡，只是希望这家咖啡店能够加入我的'文艺之路'，所有的亏损由我的公司来承担！"

"这……我不太明白你的意思！"

我刚准备进一步为他解惑，楼下便传来了一阵激烈争吵的声音，我探着身子往下看了看，是简薇和向晨……他们正站在咖啡馆对面的屋檐下，双方的表情充满了压抑的愤怒……

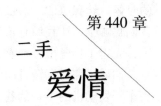

第 440 章

二手

爱情

我跟夏凡野说了一声后，便向楼下跑去，而除了蔚然和罗本之外的其他人也已经在我之前来到了咖啡店的外面。这时，简薇愤怒地指着向晨，说道："向晨，你到底是什么意思？这些话非要赶在今天说吗？"

向晨面色冷峻无比，怒道："我想问问你，除了今天，我们还有机会碰上面吗？我从国外已经回来半个月了，每次打电话约你，不是在公司，就是在陪客户，有你这么谈恋爱的吗？你到底把我当作什么？"

简薇放下了指着向晨的手，语气比他还冷："如果你对我的事业这么不满，只能说明我们对生活的追求不一样，与其勉强在一起，还不如给对方一

个解脱……我们分手吧!"

"分手? 在这份感情中, 我一直无条件地迁就你, 你就这么轻易地和我说分手……你不觉得自己心狠得不像个女人吗?"

"是你不能接受我的信仰! 我们不要在这里争执不休了, 分手我觉得对谁来说都是一个解脱……"

"解脱、解脱……我在你眼里到底是什么? 脚镣、手铐吗?"

"向晨, 有些事情你我都清楚, 非要我把脸撕开了说吗?"

向晨瞬间平静下来, 沉默了很久才对简薇说道:"总之我不答应分手, 除了你, 这辈子我没再想过娶其他女人……也许, 我们都该冷静冷静!"

颜妍终于来到简薇的身边, 劝慰道:"是啊, 薇薇, 你们都是成年人, 别说孩子气的话, 以后更别说什么分手了, 差不多的时候就赶紧把婚结了吧……你说, 你俩谁还经得起折腾!"

简薇看着向晨, 没有说什么, 只是背过了身, 不愿意再交流, 而似乎除了方圆和颜妍, 我们也插不上话, 只能这么看着, 至少我不知道该怎么劝。

向晨点上一支烟, 缓解着自己的情绪, 快要吸完时, 才对简薇说道:"我知道你从来没有爱过我, 顶多把我当作一个高级朋友……但是你要记住, 这个世界上不会有人比我更在意你、更爱你……你自己好好想想, 等你想通了的时候, 给我电话。"说完后他又来到我身边, 笑道:"昭阳, 谢谢你今天请我们喝咖啡, 让我们有这个机会把憋在心里的话说清楚, 下次等我来苏州再聚, 先走了! 各位, 抱歉, 先走了, 有机会我请大家吃饭。"

向晨说完后, 转身向巷口走去, 而简薇自始至终都没有转身去看他, 直到车子发动机的声音从巷口传来, 她才对我们说道:"我也先走了。"

颜妍拉住了欲转身的她, 好言劝慰道:"你跟上向晨, 好好聊聊, 要是真的分手了, 你到哪儿再去找这么迁就你的男人? 你这脾气没有个能迁就的男人, 怎么行? 所以千万不要等到失去了, 再遗憾……"

话没说完, 简薇便冷言打断:"搞笑的言论, 我的身边为什么就一定要有男人? 我又为什么需要依靠男人的迁就活着?"

颜妍有些错愕地看着简薇, 而简薇已经走进咖啡店, 拿起自己的手提包转身离去。没有人知道, 这个还在下着雨的夜晚, 她是否会去找向晨。

众人已经陆续回到咖啡店内, 而我却站在屋檐下, 给自己点上了一支烟, 心中弥漫着一种说不出的滋味, 因为我不太能理解向晨临走前说的那番话, 甚至是简薇的话也有让我费解的地方, 但这只言片语, 根本不能有效地串联起来，让我想明白其中的缘由。很快我便放弃了，因为就算我想明白了这些，意义又在哪里？过去的是是非非，早已从我现在的生活中剥离了。

终于，我掐灭了烟蒂，再次回到了咖啡店里。罗本依旧沉浸在创作中；至于蔚然，他甚至连姿势都没换，好似被冰冻了，而这恰恰反映了他此时的内心可能正在经历着一场风暴，但我却不敢以一个胜利者的姿态去面对他。因为我从不认为爱情是一场较量，何况也不代表，经历这一劫后，自己就能稳妥地和米彩走下去。

我再次从阁楼走到了阳台，而夏凡野一直没有离去，我继续刚刚没有聊完的事情，对他说道："其实我的意思很简单，我只需要旧城以西这个咖啡店挂到我公司名下，但所有权依然是你的，我们会作为一个重点去宣传，而这个咖啡店依旧只卖咖啡，没有任何其他的附属经营，公司每个月补贴你15000元的经营费用，你看行吗？"

"你这是赤裸裸的帮助。"

"你错了，我获得的收益要远远多过你，这个咖啡店会给我们这个项目带来精神文化上的升华，让我们这个品牌有了真正的含义，而隐性的价值是没有办法评估的。"

"你们完全可以复制这样一家店。"

我笑了笑，说道："那有的只是形，而不是神……只有你开的咖啡店，才是真正的旧城以西，为了这个咖啡店，为了你的绘画梦，为了你……你和她旧城以西的梦想，不要再拒绝了！"

他在沉默中又抽了一支烟，终于对我说道："谢谢。"

"真的没有必要客气，我很庆幸自己能够遇到这家咖啡店，有机会结识你，希望有一天你能够成为一个出色的画家，这一定是她最愿意看到的。"

他的眼眶湿润了，这一刻我好似透过他的眼睛，看到她曾经为了他的画家梦，倾尽心血的模样，哪怕再劳累，却仍带着笑意去憧憬着……于是连我也有了一种被撕裂的感觉……

离开阁楼回到楼下，我又和夏凡野要了一杯咖啡，然后端到了蔚然的面前，说道："出去聊聊可以吗？"

他似乎也等待着这一刻，径自打开屋门向刚刚那个屋檐下走去，我端着咖啡紧随其后，然后两人面对面地站着。我将咖啡往他面前递了递，说道："这个咖啡不错，要再喝一杯吗？"

他表情冰冷地看着我，我迎着他的目光问道："我很想知道，当初你是怎

么知道简薇那里有我那些照片的?"

他不言语,表情却愈发冰冷。

"你有胆把那些照片公布出去,难道没有勇气说出是从哪儿得到的消息?"

"我觉得你找我不是为了这个事情。"

"说正事之前,我想先弄清楚这件事情的来龙去脉。"

"如果你觉得我泄露了你的个人隐私,你可以通过任何途径还自己一个公道,但我是不会回答你什么的。"

这个回答让我更反感他了,我克制着自己,说道:"你不回答也没有关系,但是我希望你不要再为难米彩和我了,我们想过些安静的日子。"

"你有什么立场和我说这些?"

我并不动怒,反问道:"你需要我以什么立场?人要懂得尊重现实,这一点你必须要学会,否则你一定是最痛苦的人!"

"你的现实,不是我的现实……我不可能和她做一辈子的知己,她是我对爱情全部的期待……"

"你懂爱情吗?"

蔚然不屑地笑道:"爱情?我告诉你什么叫爱情……爱情就是你第一个爱上的女人,然后只要还有一口气,就不会和自己说放弃,这才是爱情,而米彩和你在一起,根本不叫爱情……就算是,也只是一个二手爱情,这就是你能给她的!"

我咬牙切齿,因为眼前的这个男人实在是过于偏执,他的理论更是荒诞无稽。

试问现实社会中,有多少最后在一起的男女,还保留着最初的爱情?而爱情就像流水一样,总是本能地寻找最适合自己歇息的水域,如果我是流水,那米彩就是我人生中最愿意去歇息的那片水域……

而爱情最终的意义是成全,只有成全了,流水和水域才能找到最适合自己的那个归宿!

在我想将这个道理讲给他听时,他却对我说道:"昭阳,有些事情是不可以拿出来商量的,今天我之所以愿意来这里,就是要告诉你,米彩并不是适合你的女人,总有一天你会了解的,而我才是那个能陪她走到最后的男人,这点你也会了解的!因为一份二手的爱情,配不上她!"

第 441 章

离开禁忌的
游戏

蔚然用一种无比决然的态度在我面前完成宣誓之后，便转身往巷口走去，成为第三个离开咖啡店的人。我看着他的背影，端起那杯已经掺杂了雨水的咖啡品尝了一口，好似因为落入雨水，里面又多了这个世界的各种烦扰，可是哪怕我一鼓作气地喝完这杯咖啡，那些烦扰也不会远离，依然纠缠着我……

从口袋里摸出一支烟点燃，在有些潮湿的空气中吸着，于是连那烟雾都萎靡起来，来不及升空，已经消散在了这个潮湿的世界中。

咖啡店的门再次被打开，这次走出来的是方圆和颜妍夫妇，他们打着一把伞，并肩来到我身边。方圆示意颜妍先去车上等他，然后对我说道："昭阳，你和米总能破镜重圆，我真的挺为你们高兴的！"

"说来要谢谢你，那天如果不是遇到你，我也不会把一直憋在心里的话对她说出来，本来我已经绝望了，只是没想到，还有机会破而后立！"

"呵呵，这就是你们之间的缘分啊！"

我透过咖啡店的窗户往米彩坐的位置看了看，她正在和 CC 聊天，似乎没有关注窗户外发生的一切，这种流露在外的淡然，是否是她此时内心的真实写照呢？我觉得我们之间虽然有未了的缘分，但是未来的路却更难走。有时候，我真的很希望她能放下卓美，过一个大部分女人都会幻想的轻松生活，她可以不必工作，而我会努力去满足她的一切需求。

一支烟抽完，方圆拍了拍我的肩，说道："昭阳，颜妍还在车上等着呢，我先回去了。"

"路上开车慢一点。"

"嗯，你和米总也早点回去吧……"说完他又半开玩笑半认真地说道，"给你个建议，赶紧和米总把婚给结了，到时候孩子一有什么后顾之忧都没有了……话说回来，孩子的事儿，不结婚也能做啊，你小子这方面向来不是很主动的嘛！"

"赶紧走你的吧。"

方圆摇头笑了笑，随即转身朝巷子外面走去。不知道为什么，今天的我对人数似乎很敏感，于是看着他的背影，回想着他是第几个离开咖啡店的，也不管这是一件多么没有意义的事情，直到他的背影彻底消失在我的视线中，我才端着那杯还没有喝完的咖啡走向了咖啡店。

因为走了一些人，咖啡店里此时已经不那么拥挤，只剩下我和米彩、CC、罗本、韦蔓雯，而罗本依旧盘着腿坐在那幅画的面前写写画画，所以能聊天的也就我们四个人，等罗本完成了他的创作，我们也就该离开了。

我在米彩的身边坐下，她向我问道："蔚然走了吗？"

"走了。"

米彩点了点头，并没有追问我们说了什么，可能她对于我们沟通的结果已经了然于心，而我更没有说什么，给自己倒了一杯白开水后，便看着一直在潜心创作的罗本，我很期待会在这里诞生一曲惊世之作！

罗本是很有创作天赋的，仅仅一个小时，他便谱写出了完整的词曲，然后将手中的稿子递到了CC的面前，说道："CC，你唱着感觉一下。"

CC从罗本的手中接过，熟悉了一下乐谱之后，便唱了起来……

CC的声音一如既往地充满感染力，而我从词曲中听出了这首歌的严肃和干涩，就和看那幅《禁忌之城》的画是一样的感觉，而罗本所创作出来的歌词中也多次用到了禁忌这个词，而之前他根本不知道这幅画的名字，所以艺术的灵魂真的是可以相通的。

这首歌CC只唱了一半，便唱不下去了，她放下词谱对罗本说道："不行，太压抑了，我唱不下去，就好像感觉在冬天吹着干涩的风，眼前灭绝了一切生机……这首歌叫什么名字？"

"《离开禁忌的游戏》。"

我拿起被CC放下的词谱看了起来，虽然还没有编曲，但是我已经在最后不断重叠的歌词中想象到了那沉重又密集的鼓点，然后将情感推到崩溃的边缘。这种崩溃可以让人在绝望中癫狂，在癫狂中重生，而这动人心魄的力量，竟被罗本用一种冬天里的干涩表达了出来，他真是个不折不扣的艺术家。

我对罗本说道："这首歌我来编曲吧，我有很多编曲上的想法。"

罗本点头同意了，而一直沉默的夏凡野终于开口说道："虽然只听了这首歌的前半部分，但是很有共鸣感，很期待完整的歌曲。"

我赶忙向罗本介绍道："这是咖啡店的老板夏凡野，是个画家，刚刚你看到的那幅画，就是他的作品，叫作《禁忌之城》。"又向夏凡野介绍道："这是我的兄弟罗本，是个自由音乐人，他应该很喜欢你的这幅画！"

罗本很少有地主动向一个人伸出了手，夏凡野随后握住，两人倒没有说什么互相恭维的话，但对彼此的欣赏已经从他们的眼神中流露了出来，而罗本更是送了一张音乐节的门票给夏凡野，近期他会去南京参加一个音乐节。

罗本和夏凡野的志趣相投，终于让这个充满分歧的冷雨夜有了一丝暖意，我相信他们一定会成为知己，然后在各自的领域里闪耀，因为他们身上都有真正艺术家的气质。

临离去时，米彩却不愿意开车回去，要我陪她走走，我求之不得，便将车钥匙给了夏凡野，让他明天将车子送到我的公司，正好将与旧城以西咖啡店合作的事情也确定下来。

出了小巷，CC 独自打车离去，韦蔓雯依旧坐着罗本的那辆机车呼啸而去，偌大的街头除了偶尔驶过的车子，便只剩下我和米彩。我们并没有打伞，雨下得也不算大，但有积水的地方依然倒映着我们的身影，一阵秋风吹过，身影便在那积水中飘摇不定起来，我赶忙握住了她的手，向对面那灯火通明的街道走去。

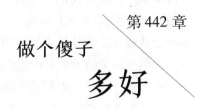

第 442 章

做个傻子

多好

穿过这条街区，我们走在一条幽静的小路上，秋天的凉意在这个雨夜表现得尤为明显，而米彩只穿着单薄的职业装，我便脱下了身上的外套，披在了她的肩上，然后搂住她。

一盏路灯下，一辆小吃车的锅里正在冒着热气，实际上今天晚上除了喝了点咖啡，我们并没有吃任何东西，而那熟悉的味道勾起了我的食欲，我对身边的米彩说道："前面的小摊是卖关东煮的，你要吃吗？"

"什么是关东煮？好吃吗？"

"呃……我也不知道这个小吃的来历，但很好吃，我大学时经常拿这个做下酒的菜，咸得很入味，食材也多，吃起来还是很爽的，要是能配上些煎饼吃，那就更好了，因为能填饱肚子，哈哈……"

米彩一脸疑惑地看着我，因为我刚刚的表述中，根本没有任何笑点，自己却放声大笑了，实际上我只是想起了大学里那些荒诞却自由的生活。

我拉着米彩来到了摊位前，要了两份关东煮、两张煎饼，然后将那些串串的竹签抽了出来，卷进了煎饼里，递给她，说道："这是我 DIY 出来的关东煎饼果，你尝尝。"

米彩从我手中接过，吃了一口，然后闭上了眼睛，好似在回味。

我面露期待之色地问道："怎么样，味道还行吗？"

"小煎饼，好味道！"

我又一次大笑道："哈哈……那是肯定的，大学时我们都爱吃！"

"我们？除了你之外还有谁？"

我猛然想起简薇，因为这关东煮在几年前对我们有特殊的意义，那时候我花钱从来没有节制，玩音乐、喝酒、泡吧、抽烟，样样都要花钱，每次没钱了，便去找简薇借……记得大三第一学期的某一个月，花费特别巨大，于是两人不得不计算着过日子，窘迫中意外发现校门外有一种叫关东煮的小吃，经济又实惠，于是我们差不多有半个月用煎饼卷着这个吃，还觉得是美味，哪怕后来简薇在经济上恢复了元气，两人也经常吃这个。所以关于关东煮，实际上就是一段我与简薇的旧事，只是这个旧事实在是过于旧了一些，只有借助这偶然碰见的关东煮才能想起。

我沉默一阵后，才笑了笑对米彩说道："宿舍里的舍友啊，每个月到了月底就靠这东西维持生命！等待着下个月的月初重生！"

"哦，我以为是你和简薇呢。"

我底气有些不足地回道："就算和简薇，也是好几年前的老陈醋，你吃得着吗？"

米彩不语，拿着那个煎饼边走边吃。我追上了她的脚步，向她问道："聊聊你在国内时的大学生活呗，我猜你当时一定是校花，追求你的人肯定都是成片儿的吧？"

"没有。"

"不可能，除非你们学校那帮人都不是地球上的生物！"

"不信拉倒……"

看她说得那么煞有介事，我不禁怀疑自己，将她拉住，然后打量着，却越看越漂亮，显然她在撒谎，又追问道："你大学的时候真没谈男朋友吗？谈了也不要紧，我不会介意的，毕竟人之常情嘛！"

"不想和你聊这些！"

我喋喋不休："那你肯定是谈了，毕竟长得闭月羞花的，我要是你们大学的，我肯定追求你，天昏地暗地追，不追出个可歌可泣来，都不算完……"

"你到底想通过这个话题掩饰什么？我现在是你女朋友，说这些有意思吗？"

我有些语塞，我的这些小伎俩在她面前根本不太行得通，有时如果女人太聪明，对男人而言也是一种压力……半晌，我笑了笑，说道："不是说恋爱中的女人智商为零吗，你怎么还保留得这么好？"

"我这是在吃醋，和智商完全没有关系，你的理解不对！"

"也就是说你的智商还是为零？"

米彩没有搭理我的无聊，继续向前走着，我紧随其后，伺机想聊一些让我们都感到轻松的话题，或者把她手中没有吃完的煎饼给弄过来，刚刚只顾着和她走，还没来得及给自己也买上一个，实际上我也很饿。

我几步走到她的身边，然后以迅雷不及掩耳之势从她手中将那个没有吃完的煎饼给抢了过来，然后以小人得志的模样逗着她："来追我啊，追到了还给你，追不到我就吃了，今天晚上你等着挨饿！"说完狠狠地咬了一大口煎饼，咬完后撒腿就跑，心中却有一种说不出的轻松畅快。我知道每每我把无聊当乐趣时，米彩多半是不会和我生气的。

果然她在我身后追着："昭阳，你怎么那么缺德？煎饼你不许全部吃完！"

"哈哈……"我跑了几步，又咬了一大口，然后回头望着她，我喜欢看她生气时的表情，更喜欢看她追逐的样子，可回过头时，却猛然发现自己跑偏了，前面便是一根路灯杆子！

米彩惊呼："昭阳，你前面……"

我连忙一侧身，可为时已晚，肩膀还是被重重地撞了一下，因为惯性，连手中的煎饼也飞了出去。这还不算，我跟跄了好几步，最后还是摔倒在地上，因为下雨的地面太湿滑了，而我穿的又是皮鞋，于是这一出乐极生悲的

戏就这么在我身上不光彩地发生了，饶是脸皮够厚，也有点不太好意思。

好在这时手机铃声在口袋里响了起来，我赶忙掏出，装模作样地咳嗽了两声，以掩饰自己的窘迫。这是一条信息，且是简薇发来的，她通知我后天的早上与她一起去周边的县城考察那个景区项目。米彩这时已经来到了我的身边，一脸无奈地看着我，又带着些许心疼问道："摔疼了没?"

"摔傻了才好，做一个傻子多么好！"

"我不明白，也不需要明白，就让我这样就很好……"

"你在说什么?"

"一首歌就是这么唱的嘛，做一个傻子多么好，我不明白，也不需要明白，就让我这样就很好……"

我做了个高冷的表情，说道："真冷！"

"我这是给你台阶下，好吗? 赶紧起来吧。"米彩说着向我伸出了手。我将手中的泥渍在身上抹干净后，拉住了她的手，触摸着她的柔软，终于在这一刻完全放松了下来。今晚这短暂的嬉闹，在我们的恋爱过程中实在是太珍贵了，所以，我希望这只是一个开始，以后的我们依然可以这么延续着，然后一不小心就陪着对方变老！

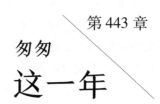

第 443 章

匆匆

这一年

米彩将我从地上拉起来后，又从自己的手提包里抽出纸巾，一点点地帮我擦掉身上的污渍。这一刻，我觉得自己是一个很幸福的男人，其实我想从她身上得到的并不多，偶尔的温柔和体贴，便足够我去回味很久。

米彩将擦完污渍的纸巾扔进了垃圾箱里，有些遗憾地看着落在地面上的煎饼，说道："还没吃完呢！"

"再回去买一份好了。"

"这个提议不错。"

我抬头看了看天，雨水虽然小了一些，但还是那么飘飘洒洒，这就意味着，我们还得在雨中原路返回，于是这个夜晚被我们弄得有些反复无常，却在这反复的过程中互相撩拨又相濡以沫……

回到那个关东煮的摊子，摊贩已经准备收摊，我们提出买两份关东煮时，他面露难色，因为所剩的分量已经不够，最后连底子都给了我们，也只够卷一个煎饼，这对我们来说真的是一件很遗憾的事情，因为以后我们也不会再像今天这么有闲情来这里吃上一份关东煮了。

摊贩已经推着小车离去，我和米彩依然站在那盏路灯下，她对我说道："你背我吧，我有点累了。"

我往她的脚上看了看，她穿的是一双高跟鞋，难怪会说累，便背过身蹲了下来，米彩趴在了我背上，我便将她背了起来。我身上并没有完全处理掉的污渍，很快将她那身价值不菲的职业装也弄得脏兮兮的，但她并不太在意，反倒是将煎饼放在了我的嘴边，说道："吃吧。"

"你呢？"

"一起吃。"

我笑了笑，随即轻咬了一口，米彩在我咬过的地方又咬了一口，咬出了一个彩虹的形状，然后问我这个形状是不是很有意思，我点头表示认同，她便像个孩子似的在我耳边笑着。她又将煎饼递给我，让我咬出个太阳的形状，我告诉她，只有将煎饼对折了，才有可能咬出太阳的形状，她又很认真地将煎饼对折，递给我咬。可我却没有掌握好力度，将煎饼咬成了两截，于是又被她责备着。我很认真地告诉她：煎饼太小，不要指望在一块煎饼上同时咬出彩虹和太阳的形状。于是，她又提议：哪天有时间，一定要再回到这里，买上两块煎饼，各自咬出彩虹和太阳的形状，以弥补今天的遗憾。我不禁佩服她的想象力，因为一块煎饼她都要试图咬出含义。

走得累了，两个脏兮兮的人也不在乎那长椅上尽是水渍，坐在上面，互相依偎着歇息。我抚摸着她被雨水淋湿的发，她搂住我的腰，然后在雨中听着彼此的呼吸声，世界安静得仿佛只剩下我们两个人。

这样的安静中，我好似产生了一种力量，向她问道："你喜欢我吗？"

这个问题让她有些诧异，她抬起头看着我……

"喜欢吗？"

"为什么要问出来？"

"因为爱情是在怀疑中开始的，我觉得现在这个时机适合我问出来。"

"喜欢，而我也一直被这种喜欢支配着，必须接受你的一切，不管是好的还是坏的……你呢，也喜欢我吗？"

"也喜欢，经常幻想着我们两个人能像现在这样，简单地过上一辈子。"

米彩看着我，温柔地笑了笑，然后挽住我的胳膊，与我靠得更紧了。我却忽然想抽上一支烟，因为心中有些消极的情绪，我希望能借助那些没有形状的烟雾排遣出去。可能下次我们再像此时这般没有距离时，我便会和她提出结婚的要求，但今天不行，因为她的理智和那些真实存在的禁忌，让我们的爱情很难去趁热打铁，而循序渐进也许才是最好的选择。

独自回到单身公寓的这个晚上，我洗了个热水澡，又抽了一支烟后，便安然陷入睡眠中，甚至连个梦都没有做，直到清晨醒来。

这个早晨，雨还没有停歇，但气温却下降了很多，我必须穿上一件毛衣来抵御这寒凉了。翻开日历看了看，去年的今天，乐瑶告诉我她怀上了我的孩子，也是今天，我在那个老屋子里遇到了我现在的女朋友米彩。原来时光是这么匆匆，不知不觉已经过去了一年，我却依然能够感觉到当初的气息，一样下着雨，一样充满了凉意。

想起一年前，我便又想起了乐瑶，也不知道这个女人在新加坡过得怎么样了，她说等身上的存款用完后就会回国，这让我很难去预计，有时候觉得下一秒她就会出现在我的面前，有时又觉得遥遥无期，因为我实在不知道她身上还有多少存款。想来，这个女人也挺神秘的，势单力孤却在娱乐圈一夜成名，成名后又毁掉了很多合约，毅然退出娱乐圈，却没有听到任何关于毁约赔偿的消息，这真的很不可思议，而又是谁帮她赔偿了违约金？这对外界来说也是个谜！

终于，我拿起手机给她发了一条信息，询问她的近况，又告诉她，她留给魏笑的那只叫金刚的茶杯狗，现在生活得很好，上次去看它的时候，好像还长大了一些……但愿这是幻觉，因为茶杯狗长大了，就不可爱了！

来到公司，我很快便进入工作状态中，一直忙碌到中午时分。当我准备去吃工作餐时，却接到了简薇的电话，她约我中午一起吃饭，因为今天杨从容来苏州了。我知道杨从容此行的目的一定是为了那个景区项目，这让我有些为难，因为否定一个对自己有恩的人，实在是难以启齿……所以，赴约之前，我叮嘱简薇，待会儿吃饭的时候帮我兜着一些，我真的对那个景区项目没有一丁点的兴趣。因为整个早上，我一直在等夏凡野来我的公司，与我落实关于"旧城以西"的合作计划，而这才是我真正想要的。简薇和杨从容或许懂我的想法，但他们始终是商人，最看重的还是这个项目的商业前景。

唉！只要活着，总会有这样那样的制约，而我这个小人物，也被折腾得没什么脾气了！

无奈地笑了笑，我夹着自己的公文包在街上拦了一辆出租车，终于向与简薇、杨从容约定的酒店赶去。

第 444 章

意见

相左

大约 20 分钟后，我终于到达了事先约好的地方，而简薇正在房檐下等待着，看样子杨从容也还没有到。我打开车门从车上走了下来，简薇向我招了招手，示意我走快点。

我几步来到她的身边，问道："这么急做什么？杨总到了吗？"

"我是烦你这磨磨蹭蹭的性格，我们约了几点钟见面的？"

我看了看手表，果然已经过了之前约定好的时间，于是说道："杨总不也没到嘛，你没必要针对我一个人。"

"我和杨叔叔约定的时间和你的不一样。"

"那你先把我弄来是有什么不可告人的企图吗？"

"我就是想问问你，关于那个旅游景区的项目，真的一点商量的余地都没有吗？"

我想也没想地回道："没有。"

简薇叹息道："杨叔叔对这个项目的期待真的很高，而这个项目一旦包装得好，可以为路酷开启一个崭新的时代。这么和你说吧，杨叔叔的意思是，等这个项目正式推出后，就开始以路酷这个品牌为牵引，正式建立生产线生产旅游产品，并进行下一轮融资，到时候几个项目一起推向市场，形成的效

应一定是轰动的，而路酷这个品牌，也就算初步在市场上形成知名度了！"

"你说的这些，也不妨以容易旅游网的名义去实现啊，反正大家都是做旅游产业的！"

"昭阳，你能不能有点战略意识？容易旅游网和路酷，这两者之间在性质上的区别你真的不清楚吗？是，容易旅游网确实可以做，但毕竟容易旅游网只是一个平台，没有那么强的操控性。而路酷不一样，这个项目由路酷这个公司启动，会有更强的后续生命力，而且话题效应会更多，同时会带给'文艺之路'这个项目更多的可能性……"

我不屑地笑道："多了什么可能性？是在那些有独立灵魂的咖啡馆和客栈里卖路酷生产的旅游用品吗？不好意思，我接受不了这种商业模式！"

也许是我的语气过于激烈，简薇竟有些无言以对。实际上是我偏激了，即便是快速拓展经营范围后，也不会把旅游用品放到"文艺之路"上的店里去卖。只是我真的不喜欢这种过于商业化的扩张，因为这会丢掉经营的个性，其后果便是透支一个品牌的生命力。现实中这样的案例就有很多，膨胀式的发展之后，带来的往往是后期的疲软。一个经久不衰的品牌，一定会有一个漫长的沉淀过程，而品牌文化就诞生于这个过程中，这点我深信。

沉默中，杨从容终于乘坐一辆黑色的奔驰轿车来到了我们的面前，简薇又看了看我，面露难色，显然夹在我和杨从容不同的经营理念中很是为难。

助理替杨从容打开了车门，他看上去精神奕奕，带着从容的笑容来到我面前，说道："昭阳，这次来苏州，我顺道去了徐州，参观了那边正在打造的客栈和酒吧，很有格调，尤其是你提出的那个水宿山行后的经营主题，很符合徐州这座城市的气质嘛，我相信这又会是'文艺之路'上的一个成功典范！"说完他轻拍着我的肩，以示鼓励。

我只是笑了笑，也不知道该以什么样的言语去回应，只是想着待会儿要怎么应付他的提议，而且简薇是认同他的经营理念的，尽管我是路酷的领导者，但两个最大的投资方有一致的反向需求，给我造成的压力还是很大的，不过他们提出的多元化发展模式，确实是当今一个比较流行的趋势，也更容易获得投资方的青睐，因为投资回报的效率高。

进了酒店之后，杨从容很快便切入了正题，将自己的想法提了出来，并征求我的意见。不等我回答，简薇赶忙将话接了过去，说道："杨叔叔，这个事情我和昭阳商量过，我们决定先去考察一下那个景区项目，然后再做决定，您认为呢?"

杨从容笑了笑,说道:"丫头,那个景区项目拿不拿只是一件小事,重要的是,昭阳是否认同我对路酷这个公司在发展上的一些想法。"

简薇看着我,毕竟话说到这个份上,她是不能帮我兜着些什么了,我必须要当着杨从容的面进行表态。

一阵沉默之后,我终于说道:"杨叔叔,在目前这个阶段我不能认同这种发展模式。"

我坚决否定的态度让杨从容有些意外,半晌他才说道:"那你说说不认同的理由。"

"这种富有侵略性的扩张,会丧失掉一个品牌的个性,不利于品牌文化的形成,后期可能会导致经营上的疲软,我希望路酷可以长久不衰地经营下去,而且会用自己独特的品牌文化,改变很多人的生活方式。您提出的发展模式,我觉得完全是从商业角度去考虑的,这点是我暂时不能接受的……"

杨从容从烟盒里抽出一支烟点燃,显然我的拒绝让他感到很不适应,而我也没有指望这番话会改变他的观点,毕竟他能在商场上纵横这么多年,岂是别人三言两语就能影响的?

两人的沉默中,简薇又说道:"杨叔叔,关于发展模式这个事情,等我和昭阳考察完那个景区项目,我们再做一次深入的交流,您看行吗?昭阳说的也不是完全没有道理,而这次的决定,直接关系到公司未来的走向,我觉得我们要慎重再慎重!"

杨从容终于点了点头,表情却带着些凝重,说道:"这个事情,我希望我们可以尽快达成一致,关于发展战略的制定,是最不能被耽误的,也是一个公司经营效率的体现……"稍稍停了停,他又说道:"路酷这个公司,是我近六年来,最寄予厚望的一家公司。所有的好资源,我都给了这个公司,我的商场生涯就快走到尽头了,这是我最后的期待,也真诚希望你们这些后辈能够成全!"

简薇表情复杂地看着我,而我也因为杨从容的这番话陷入挣扎中,我问自己,是否应该用自己的固执,去击碎别人最后的期待,而且这个人还是我的恩人?

第 445 章

想要

挣脱

　　午饭结束后，我和简薇站在屋檐下与杨从容道别。临别前，我们又进行了一番交流，在这短暂的交流中，我真切地感觉到了他对多元化发展路酷这个公司充满了期待，虽然这种期待是我的无奈，但我也没有再提出什么反对意见，如简薇所说，我该去那个景区看一看，然后再做定夺。

　　杨从容已经离开了，我和简薇依旧待在那个屋檐下，我抽着烟，她表情凝重，对于我们来说，这次碰面并不是一次成功的沟通。

　　"昭阳，我知道作为投资方不应该过多去干涉公司的经营，但是杨叔叔并没有要喧宾夺主的意思，只是他真的对这个公司充满了期待，他计划着进军实体旅游行业已经不是一两年了，正是你的'文艺之路'让他下定了决心，所以，我们都看得到，为了这个公司的发展，他倾注了多少心血！"

　　"这一点我从来没有否定过，对他我一直是心存感激的。"我说着猛吸了一口烟。

　　简薇带着歉意地看着我，许久才说道："我知道你一直想要的是什么，可是我更希望你能尽快崛起，在商界拥有自己的一席之地。你要相信我的判断，这是一次很好的机会，是多少人梦寐都求不来的。"

　　"那我该说自己是幸运还是可悲呢？"

　　"那要看你用什么心态去对待这件事情了。"

　　"我明白……对了，我想帮帮那间旧城以西咖啡店，我已经和店老板达成共识，店铺会挂在路酷名下经营，公司每个月会支付 15000 元的亏损补助费。"

　　"喝下那杯咖啡的第一口，我就知道你是多么喜欢那间咖啡店，我支持你的做法。"

　　我点了点头，然后将夹在手中的烟抽得只剩下了烟蒂，有些心烦地看着还在飘洒着雨水的天空。

　　"昭阳，你能和我说说旧城以西的故事吗？"

　　我看着她，半晌没有开口，因为在那个我充满梦想的时光里，一直祈祷着她会在自己身边，可惜我们分手了，然后眼睁睁地看着自己的梦想被打破。

这也没什么，顶多是有些遗憾，至少我们还健康地活着，而那个旧城以西里的女子，却带着未能实现的梦想，永远离开了这个需要反省的世界，把最痛的记忆留给了她的爱人。

"有机会再说吧，我先回公司了。"

简薇欲言又止，最终还是没有勉强我，只是说道："明天早上七点，我和你去那个县城，我已经约了那边的景区管理方了。"

"他们不公开招标吗？"

简薇笑道："他们现在是打算出售景区，不是联营，你觉得在江浙沪地区，有多少从事旅游行业的公司有这样的经济实力去购买一个亏损的中型景区？"

这番话让我意识到，自己是靠上了怎样的一棵大树，在创业的过程中，又是多么幸运，几乎没有遭遇什么挫折和为难。可是正因为走得太顺，我总是感觉缺少了点什么，而自己的激情也似乎在这样的顺风顺水中渐渐消散，因为享受不到那种在慢慢积累后得到的满足感。

回到公司后，正好遇到将车子送来的夏凡野，我当即领着他去了自己的办公室，给他泡了一杯茶后，便将早已准备好的合同递给他，说道："你看看这份合同，没有问题的话，我们的合作就正式开始吧。"

夏凡野从我手中接过，大略看了一下，便表示没有问题，然后在合同上签上了自己的姓名，而我也在合同上盖上了公司的印章，签上了姓名，然后向他伸出了手："谢谢你带给我们公司一家这么有故事的咖啡店，期待旧城以西在这条'文艺之路'上散发最人文的光芒！"

夏凡野握住了我的手，诚挚地说道："是我该谢谢你，尽管你总是把这家咖啡店摆在一个很高的位置，但我知道，帮助我实现梦想才是你最主要的目的，我需要这样的帮助，因为我还不想离开这座城市，离开她用自己生命去奉献过的梦想！"

"加油吧，总有一天你会用自己的成就，去宽慰她还在等待的灵魂！"

夏凡野笑了笑，随即看向落地窗外的世界，虽然这里离西面那片老城区很远，但依然能够看到那破败的轮廓，以及那轮廓之下埋葬着的一个个绝望的灵魂。

我轻轻推了推有些失神的他，然后递给他一支烟，又帮他点燃。他深吸了一口，拍了拍我的肩，说道："好好珍惜自己身边的人吧，因为我们活在这个世界里，真的太脆弱了！"

"嗯，一定会的。"

夏凡野离去时，我又让财务开了一张3万元的支票给他，让他暂时解决咖啡店在经营上的燃眉之急，而自己心中的一块石头也终于落了下来。这个时候，我真的发自肺腑地感谢杨从容和简薇，如果不是他们的入资，我哪里有这样的手笔，去做这件自己想做的事情，也许我真的应该学会感恩，成全杨从容在商业上的梦想。

可我又有些挣扎，感觉自己活在别人的成就之下，站在别人的肩膀上无度地挥霍着，这让我隐隐有些失落，更自我怀疑，我凭什么以这种高姿态去拒绝杨从容和简薇？而杨从容是否正在忍耐着我的古怪脾气，以他的德高望重又为什么要忍耐着我这个后生？恐怕是因为简薇吧，简薇的面子他不能不给，而促成我与杨从容合作，恐怕简薇也没少在背后出力，是简薇一直在背后帮我制造着梦想，又鞭策着我前进……可，这是不是有些不合时宜？

这个下午，我越想越多，越想越焦虑，于是整个人都惶惶不安起来，我不知道该怎么去处理此时的局面。而这种突然的醒悟，更让我感觉到了一种背离，我有些想要挣脱，可是自己整个人已经被捆绑在这艘商业战舰上。

我安慰自己：这不要紧，因为我还有机会和力量去调整，我会渐渐参悟在商场中生存下去的法则，更重要的是，我随时可以找简薇把自己心中的想法说清楚。

傍晚时分，天空依旧阴晦，而雨却停了，我正准备找罗本去空城里喝上几杯时，意外收到了米彩的短信。她让我去她住的那栋别墅，今晚她要亲自下厨，她的叔叔、婶婶及米澜都会去，又特别强调，除此之外没有其他人，就是一场纯家庭聚会！

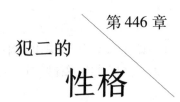

第446章

犯二的

性格

我放下了自己的公文包，随即给米彩回了信息，告诉她半个小时左右到她住的别墅。我很期待她会做出什么样的饭菜，不过米仲德一家也去做客，却让我有点不自在，因为我和这个家庭从来没有"兼容"过，虽然关系曾经得到一些缓解，但心里的芥蒂还是很难消除的。

此时正处于下班的高峰期，路上有些堵，我这一路开得不太顺畅，最后困在一个彻底陷入瘫痪的小道上一动不动。漫长的等待中，我打开了车窗，点上一支烟消解着这工作一天后的疲倦。手机铃声忽然又响了起来，我以为是米彩发来的催促信息，谁知是乐瑶发来的，我这才记起早上给她发了一条问候的信息，关心她最近的生活。

乐瑶的回信充满了攻击性："你少惦记我，还是想想怎么过好你自己那奇形怪状的生活吧！"

我有些无奈，半晌才回道："奇形怪状这个词用得很贴切啊，没想到你这么有语言天赋！"

"呵呵。"

"你丫犯病了！"

"装什么首都人呢！还丫啊丫的，再装也改变不了你城乡接合部的乡土气息！"

"你这是犯病了吧！"

"说我犯病？你不找个镜子瞅瞅自己那拧巴样儿，越活越抽抽，整个一嘎杂子琉璃球，成天逮谁跟谁扯皮不说吧，办事也没个准谱，你说我在国内整天教育你要好好做人，合着我那些唾沫星子全打了水漂儿了，我一不在，你就活得人五人六的，全靠那大嘴叉子一张，瞎掰活……"

我被乐瑶那纯正的京骂弄得有点犯迷糊，半晌也不知道该怎么回，只感觉自讨没趣，终于回道："我要再给你发信息，我就是孙子……"

"看把你给欠的，谁稀罕！"

"你这翻脸无情的嘴脸！你有能耐在我面前横一个看看……"

乐瑶没有再回我的信息，我却无比诧异，感觉这个人在我脑海中分裂了，她以前是这个样子的吗？该不会是不适应新加坡的水土，憋出个人格分裂出来了吧？我一哆嗦，不敢多想，一看前面的车子开始移动，赶忙挂上挡，继续顺着车流往米彩家驶去。

行驶了一段，眼前的道路渐渐宽阔起来，我将车窗合上了一些，那街上的霓虹便映照在了玻璃上，然后又不可避免地被我看见，我忽然就感觉到了孤独，因为自己的躯体正被城市的灯红酒绿折射着，却无法融入这片浮华中。

霓虹灯越来越密集，我本能地想到酒吧里那闪烁晃荡的灯光，又进而想起那无数个和乐瑶在酒吧喝酒鬼混的日子，那时候的她似乎从来没有像现在这般挤对我，想来很多东西终究是经不起岁月检验，经历了数年之后，现在的她也渐渐对我感到厌烦了……嘿，烦就烦吧，总比胡乱惦记着好，细想想她也挺烦的，所以，我要再胡乱惦记着，我就是孙子！

胡思乱想中，我终于来到了米彩住的那栋别墅。只见门是打开的，院落里停了一辆黑色的奔驰，还有一辆红色的R8，看来米仲德一家人已经到了。我的心情瞬间又起了微妙的变化，有时候真的感觉与米仲德碰上面后，连打个招呼都是一件很为难的事情，这个人给我的阴影实在是太重了。

我下了车，来到门前，按了门铃之后便等待着，帮我开门的是米彩，她穿着拖鞋，身上还系着围裙，果然是一副要自己搞定饭菜的模样。我看着她笑了笑，随即探着身子向屋内看去，米斓正坐在沙发上看电视，米仲德在看报纸，我小声地问道："你婶婶呢？"

"在厨房帮忙呢。"

我点了点头，此刻屋子里的气氛倒真的有了些家的感觉。米仲德这个时候也起了身，向我走来，笑了笑，说道："来了！"

"不好意思，让你们久等了。"

米仲德也不介意我没有喊他一声"叔叔"这样的尊称，示意我进屋，我点了点头，与他一起走了进去，却感觉他比从前要平和了许多，有点像个正在安度晚年的老人。实际上他并不老，也就50多岁，模样看上去更年轻，甚至没什么皱纹，除了有一些白头发。

进了屋子后，米斓依旧没搭理我，却主动给我让了个位置，我在她的身边坐了下来，米仲德给我倒了一杯普洱茶，向我问道："最近在忙什么？"

他的主动沟通，让我有些不太适应，我从他手中接过茶杯，干巴巴地说了声"谢谢"后才回道："就是忙一些公司里的事情。"

米仲德喝了一口茶，依然带着笑容说道："你的公司我关注过，杨从容和简博裕的女儿都参与了投资，这两个人在商界都是很有能量的，你的运气不错，好好做，你在旅游行业肯定会有一番作为的！"

我点了点头，并没有太多表示，因为现在我所拥有的一切，和自己的关系并不大，就像米仲德说的那样，我只是运气不错而已。

米仲德拍了拍我的肩，说道："小彩的眼光不错，以后你们结婚了，卓美交到你们手上，我也很放心！"

一直在旁边看电视没有说话的米斓，终于开了口："他呀？自己有多大的能耐自己最清楚，那个路酷旅游公司的成立，和他关系真不算大，业内谁不知道是他的前女友在后面顶着，我觉得倒不是姐姐的眼光不错，是他眼光不错，身边有一个这么有能量的前女友！"

我的面色当即难看起来，可竟无言反驳，因为米斓说的是实话，只是方式有些让人难以接受，而我与简薇的关系也确实很尴尬……

米仲德随即训斥道："业内任何一个投资方都是精英中的精英，他们做出这样的投资选择，一定是认同这个公司的发展前景，你自己也是一个集团的管理者，不要被这些闲言碎语影响，这很不成熟！"

米斓没有再言语，我也懒得与她计较，因为我深知她就是这么一个直来直去到有些犯二的性格！

第 447 章

幸福到
故事的结尾

接下来的时间，我和米仲德又喝了两小杯普洱茶，而米彩终于端着一盘做好的菜从厨房里走了出来。我仔细观察后，发现她所谓下厨，其实就是做做跑腿之类的活儿，真正掌勺的还是她那个一直待在厨房里不曾露面的婶婶。

米彩将菜放在桌子上后，便来到我身边，剥了两个蜜橘，分别递给了我和米仲德，又笑着向米仲德问道："叔叔，你前些日子去纳米比亚度假的照片，不拿出来分享一下吗？那个地方真的很不错呢！"

米斓接过话说道："相机在我的车子里，我去拿！"

米仲德笑了笑，然后又给米彩让出了位置，示意米彩在他身边坐下。

很快，米斓便拿着相机进了屋，然后递给了米彩。米彩招呼我坐到她那边一起看照片，实际上我对那些旅游照片也很感兴趣，尤其纳米比亚真的是一个风景很不错的旅游胜地。

我在米彩的身边坐了下来，她开始翻看相机里的照片，而米仲德则给我们讲解着景区里的一些特色，最后连米斓也凑了过来一起看。众人很快便沉浸在米仲德颇为生动又带着些许幽默的讲解中，好似自己也正在经历着这么一场旅行。

这个时候，米彩的婶婶终于将全部的饭菜端到了桌子上，解开围裙也来到了我们这边，饶有兴致地看着那些照片，并提议年后如果有时间的话，一家人可以一起去那边度假。

这个提议立即得到了米彩和米斓两姐妹的认同，而我自认为没自己什么事，便保持着沉默，米彩却挽着我的手臂，说道："昭阳，到时候和我们一起去吧，听说纳米比亚是最适合家庭度假的地方。"

"啊？"我有些惊讶，因为从不认为自己是这个上流家庭的成员之一。

米斓瞥了我一眼，说道："我姐让你和我们一起去度假，看样子这次她是真的打算嫁给你了啊，恭喜恭喜！"

我下意识地回望着米彩，她却将话题引到了米斓身上，开玩笑似的说道："小斓，你是不是也该考虑找一个男朋友了？以后咱们一家出去玩，也不能只辛苦了昭阳，搬行李的事情还是得多一个人分担！"

"我找一个男朋友就是给你们搬行李的啊？"

米彩笑了笑，搂住她的肩，说道："开玩笑的啦，不过你也该考虑自己的感情问题了，我相信这也是叔叔和婶婶这个阶段最期待的事情，是吧，叔叔婶婶？"

米仲德夫妇同时点了点头，然后看着米斓，眼中流露出的期待是真切的，毕竟米斓的年纪也不小了，而我也一样想知道答案，心中巴不得她能尽快找个可以结婚的对象，因为这会间接证明她和方圆是彻底了结了那一段孽缘。

米斓的语气有些不悦："你们干吗都这么看着我啊？该找的时候，我自然会找的，至少要找个自己喜欢的吧！"

米彩追问道："那你喜欢什么类型的？姐姐帮你留意着。"

米斓出乎意料地看了我一眼，不咸不淡地说道："肯定不是昭阳这样的！"

米彩面露尴尬之色，我则被她挤对得有些暴躁，恨不能一脚把她踹到门外去，让她看看秋天的夜色是多么晃荡！

晚餐正式开始，我以为在这张桌子上会聊很多关于卓美的事情，但似乎这个家庭里的成员在今天有一种天然的默契，谁都没有聊起，倒是聊了很多米彩和米斓的童年趣事，而她们的童年似乎也是米仲德的骄傲，他告诉我米彩和米斓在小时候是多么品学兼优，各自拿过多少类似钢琴、舞蹈的才艺奖项。

我看得出来，这种骄傲是发自内心的，也许我对这个豪门家庭是有误解的，米仲德也不像表面上看起来那么冷漠和势利！在这个家庭里也曾经发生过很多温馨的小故事，恰如那些寻常的家庭。

这个晚上米仲德似乎很高兴，他让我陪他喝了些白酒，喝酒过程中，又将自己在商场这些年的经验分享给我，渐渐地我也放下了心中的一些禁忌和他聊了起来。而米彩似乎很乐于看到这一幕，一直很专注地听我们聊天，只是偶尔会提醒我少喝一些，又给我倒上白开水，俨然一副妻子的模样。

一个小时后，我们才结束了这顿晚餐，我和米彩将喝得有些多的米仲德以及她婶婶送到屋外。临别时，她婶婶又分别给我和米彩送了一件礼物，这倒让我很是难为情，因为我是空手而来的，实际上他们是长辈，我更应该为他们准备礼物才对……也许，我真的应该尝试融入这个家庭了，因为我和米彩迟早是要结婚的，而米仲德一家是她唯一的亲人，如果我的融入能够给她带来家庭的温暖，那对于我而言也是一种莫大的幸福，因为爱一个人就要因为她的幸福而幸福！

米斓的车子和米仲德的车子相继从我的视线中消失，我看了看身边的米彩，说道："我喝酒了，你也送我回去吧。"

米彩犹豫了一下，说道："要不今晚就住在这里吧。"

我笑了笑，问道："你不怕我酒后乱性吗？"

米彩不语，我搂住她的肩，说道："你犹豫了，就说明你还没有做好准备，而且我也不急着做这件重大的事情，所以还是送我回去吧，最起码显得我正人君子一点！"

米彩看着我，有些哭笑不得地说道："你还真是大义凛然啊！"

我趁着醉意说道："哈哈，所以你这个小女子一定要惦记着我的好，我是多么喜欢你！"

"所以那些不喜欢的，你都把她们侵犯了？"

我有些语塞，发现女人的逻辑思维真是难以捉摸，米彩更是其中的佼佼者，半晌我才对她说道："我喝多了，不太跟得上你的思维，能别绕我吗？"

"那以后就少喝点酒……"她笑了笑，说道，"和你开玩笑的啦，我去开车，你在这儿等我，我送你回去。"

我点了点头，微醉中，顺着街灯的光亮向远处望去，只觉得这真是一个不错的晚上，如果真的可以这么平静地让我们把婚结了，幸福到故事的结尾，那该有多好！

第 448 章

她

回来了

送我回去的路上，我主动和米彩聊了起来，这次的话题却是围绕卓美进行的，我向她问道："卓美现在是什么情况？"

米彩一阵沉默之后才回道："集团本身的经营没什么问题，但上市的风险压力却越来越大！"

"什么意思，能明说吗？"

米彩笑了笑，说道："不用担心的，我相信自己可以应付好。"

我思虑了半晌之后，终于正色对她说道："上市的风险压力之所以大，肯定是因为投资方不够稳定，我觉得你应该尝试接受米澜，毕竟还是一家人，一旦你们之间达成共识，我相信卓美的根基是没有人能够撼动的。"

米彩若有所思，只是过了半晌，她也没有说什么，但面色平静的背后恐怕是内心的剧烈挣扎，因为面对卓美现在那暗潮涌动的局势，一旦有所选择，那牵扯到的必定是苦心经营着的大局。

我并不愿意太过影响米彩自己的判断，见她一直沉默，终于转移了话题说道："对了，明天我要和简薇去周边的县城考察一个景区项目。"

"去几天？"

"当天晚上应该就能回来了。"

"嗯，那晚上等你回来一起吃饭。"

我点了点头，也没有将这个话题继续下去，因为可能会触及我们之间的敏感。片刻后，米彩向我问道："昭阳，你上次借 CC 的钱还给她了吗？"

我想起在和米彩分手时，自己是和 CC 借了 100 多万还给米彩，随后摇了摇头，说道："还没有，打算年底还给她。"

"这笔钱不要拖着，CC 居无定所了这么多年，到现在也没有买房子，咱们赶紧把钱还给她，劝她买套房子吧，她应该把生活稳定下来的！"

"你考虑得周全，我后天就想办法把这笔钱还给她，让她在苏州买套房子……其实想想，她无依无靠地漂泊了这么多年，也挺不容易的，真希望她能遇上一个情投意合的男人。"

米彩点头表示认同，又说道："这笔钱我还吧，上次你还回来的卡，还原封不动地在办公室放着呢。"

我瞪大眼睛看着她，说道："那可是 200 多万，拿去存定期也能收不少利息了吧，你可真不会过日子！"

"这段时间忙。"

"你的世界我不懂！"

米彩放慢了车速，问道："你当时就那么急着和我划清界限吗？"

"分都分了，何必还让物质成为双方的拖累呢？反向思考一下，如果欠钱的是你，你会不想办法还掉吗？"

"这个……我还没细想过。"

"也对，你怎么可能欠我的钱呢？好像从我们认识以来，就一直是我在借你的钱花，真是不堪回首啊！"

米彩笑了笑，说道："话别说得太早，说不定以后我还要靠你生活呢，到时候你可别嫌弃。"

"不会啊，要不你现在就和我借点钱，几十块钱我还是借得起的！"

"我可不想陪你无聊。"

我笑了笑，随即向车窗外看了看，原来已经快到我住的地方了。

与米彩告别后，我晃悠着来到了自己的住处，掏出钥匙打开门时，却忽然发现门口边站着一个人，顿时心一阵阵怦怦乱跳，酒也醒了一大半，定睛一看，又被吓了一跳，此刻站在我面前的不是乐瑶是谁？

我结结巴巴地咋呼道："你这是什么技能？傍晚的时候我们还聊了天，这会儿你就回国了……你这技能，叫……叫瞬间移动吧？"

乐瑶的声音很阴冷："灵魂都是飘来荡去的，你不知道吗？"

冷清的声音在长廊里回荡着，我感觉头皮一阵阵发麻，以至于瞪大了眼睛看着她，嘴里却碎碎念……

乐瑶忽然"扑哧"一声笑了出来，说道："就你这胆量，平时怎么好意思以硬汉自居？笑死人了！"

我顿时察觉到自己被她给戏耍了，板着脸说道："有你这么惊悚的出场方式吗？得亏了我性格硬，要不然非被你给吓残了！"

"哈哈……早和你说过我的戏路宽，惊悚剧一样信手拈来！"

我故作镇定，问道："是不是我们聊天的那会儿，你就已经回来了？"

"没错，那个时候正和朋友一起吃饭呢。"

"你牛，神出鬼没的！"

"其实你心里是想说我阴魂不散吧？这三更半夜的还在你家门口等着你！"

我倒也不好奇她为什么知道我住在这里，毕竟我们两人有很多共同的朋友，稍稍打听就知道了。沉默了一会儿，我从口袋里摸出一支烟点上，给自己压惊，她天生就是个演员，刚刚那冷冰冰的语气真的太像电视剧里的鬼了！感觉自己的心绪平静了一些后，我终于向她问道："你这么晚来找我做什么，不会无聊到就是想吓吓我吧？"

"你能绅士一点让我进去坐坐吗？我都等这么久了，连一口水都没喝。"

"别了吧，楼下正好有个咖啡厅，你要真想喝水，咱们可以去那里坐坐。"

"哟，想做个正人君子啊，那赶紧把衣服弄板正了，要不然还真没有一个四平八稳的仪态，看上去像个扭曲的伪君子！"

我看了看自己的衣服，也没见有多不平整，便明白了她又在挤对我，这简直是旧恨添新仇，于是怒视着她……

乐瑶却忽然换了一副柔软的语气说道："你别这么看着我，行吗？我来找你其实是有事儿请你帮忙。"

我有点不太相信，又确认道："你有事儿请我帮忙？"

"嗯，你刚刚不是说楼下有咖啡店吗？咱们到那儿喝点东西，再聊聊吧。"

乐瑶说着便戴上了墨镜和帽子，回到国内的她依然要保护好自己的隐私，虽然她退出娱乐圈已有一段日子，但关于她的话题却一直有热度，最近都在猜测她会不会借电影节的颁奖典礼而复出，所以她仍是目前极具关注度的女影星！

只是，我有些想不到她到底有什么需要我帮助的，难道真的是身无分文，要我借钱给她吗？这好像也不至于，只要她开口，愿意给予她经济援助的人绝对数不胜数！

第 449 章

落魄的
乐瑶

我与乐瑶来到楼下那家复合式的咖啡店，虽然此时咖啡店里已经没有什么消费的人，但我还是要了一个小包间。每每这个时候，我总是能够理解乐瑶对寻常生活的向往，似乎从她一夜成名之后，她就基本不能享受那大庭广众之下的自由了，而这是得是失，谁也说不清楚。

我要了一杯茉莉茶，乐瑶在我之后点的单，也要了一杯茉莉茶，直到服务员拿走了单子，她才如释重负地摘掉了帽子和墨镜，感叹道："唉！这躲躲藏藏的日子真没意思，想想还是以前好，今天泡酒吧，明天去吃个路边摊，谁都不会管你，逍遥又自在！"

我挤对道："你又不是属猴的，就别怀念以前那上蹿下跳的生活了！"

"真想把你这张损嘴给撕了！"

我不屑地笑道："咱俩到底谁损？短信里挤对我，见面了装神弄鬼地吓我，我和你有那么大的仇恨吗？"

乐瑶冲我做了个鬼脸，而服务员这时也恰巧将我们点的东西送了过来，她便赶忙趴在桌子上，用头发遮住半边脸。看着她那狼狈的模样，我产生一阵笑意，却拼命忍着，一本正经地对服务员说了一声"谢谢"。服务员却被乐瑶这反常的举动弄得有点迷糊，不免多看了她几眼。

我解释道："来大姨妈了，正疼着呢！"

服务员恍然大悟，说了几句关切的话后才离开。

乐瑶直起身子，怒视着我，说道："说谁大姨妈呢？大姨妈来了，还陪你来咖啡店喝这些乱七八糟的东西？"

"是我陪你，好吗？行了，聊正事儿，你有什么需要我帮忙的？"

乐瑶端起那杯茉莉茶喝了一口，终于正色说道："你还记得我带着一个小女孩一起去了新加坡吗？"

"当然记得，是那个小山村的嘛，叫丫头……她怎么了？"

　　"她不太能适应新加坡那边的生活，上学也不方便，我觉得不能因为自己排斥国内的生活，就耽误了她的学业，所以想来想去，我还是回国了。"

　　我想想也是，一个在山村里长大的小丫头，突然去新加坡这样一个大都市，不能适应是肯定的，便对她说道："那你现在是什么意思，准备把她送回那个山村，自己再回新加坡吗？"

　　"我要是有这个打算，我还找你做什么？昭阳，你是不是巴不得我离你越远越好呢，说什么再回新加坡？我告诉你，我既然说过要把丫头带在身边就肯定不会食言，她在哪儿，我就在哪儿！"

　　"那你现在是什么意思？"

　　"我打算在苏州给她找一个学校，这个事情我就托你办了，帮忙找一个最靠谱的学校，别找什么私立的，那里面攀比风气重，我们家丫头不能沾染那些坏风气！"

　　"这事儿你去找韦蔓雯老师，不是更靠谱吗？她就是教育体制内的人！"

　　乐瑶看着我笑道："我还是觉得找你靠谱点，我早打听过了，现在公办学校都是按区域招生的，也就是说，好的学校必须要有当地的户口，还要在这区域内有住房，否则进不去。"

　　我想了想说道："托关系还是能进的，这事儿我帮你办吧。"

　　"托什么关系啊？你帮丫头买一套房，然后落个户口，这事儿不就自然而然地办好了吗？"

　　我不可思议地看着乐瑶……

　　"昭总，买一套房对现在的你来说很难吗？再说了，我和丫头待在苏州也不能这么居无定所吧？"

　　"天地良心，我自己到现在还是租的房呢！"

　　"你就一没生活品质的人，租房有什么好稀奇的……你别废话了，买还是不买，你给句痛快话！"

　　"姑奶奶，你别逗我了，行吗？你一个一线女星，你自己没有买套房子的钱吗？"

　　乐瑶也不和我废话，当即将自己的钱包拿了出来，然后底朝天地往下倒，除了几枚钢镚，什么都没有。偏偏这几枚钢镚还都滚落到桌底，乐瑶又不顾仪态地趴在地上将那几枚钢镚给扒拉了出来，简直要多惨有多惨！

乐瑶将那几枚钢镚在我面前晃了晃，说道："看到没，这就是我现在的全部身家，只够明天早上和丫头一人买一杯豆浆，吃油条的钱都没有！"

"坑我的吧？"

乐瑶学我的腔调说道："谁坑谁是孙子！"

我再次打量着她，只见她穿着一件羽绒背心，里面是一件长袖的米白色 T 恤，下身则是一件呢绒的运动裤，头发乱糟糟的，心想：她不会是故意把自己弄成这个模样坑我的吧？

我便问道："你怎么穿着这些地摊货？你以前那些衣服呢？我劝你真的别坑我，毕竟我还算是一个很精明的男人！"

乐瑶一脸的落寞，叹息道："唉！我没经济来源，以前那些衣服和包包，都卖给奢侈品回收店了，生存真难呐！亏了自己以前还信誓旦旦地说要帮那个村子修一条通往城镇的路呢，现在好了，连自己都养不活了，朋友也不愿意帮忙，世态炎凉、人心不古啊！"

在她这一番抱怨中，我顿时成了一个忘恩负义的小人，终于带着巨大的心理压力说道："我暂时接济你生活肯定没有问题，帮丫头找一个好学校也没有问题，但房子的事儿我真没办法帮你办，这不成了包小三了？而且我也真没多少钱，所有日常开支都是从公司领的……你要是靠谱，就赶紧复出，随便接一个商业代言，就够你买一幢别墅了，千万别和自己较劲儿，成吗？"

"昭阳，你不懂，那个圈子我真回不去了……现在自己身边也没什么能指望得上的人，你别因为一些世俗的眼光，就抛弃我这个陈年旧友，行吗？"

我望着她，一瞬间有了一种错觉，好似兜了一个大圈之后，她又活回去了……

我要真帮她买一套房，米彩知道了，不把我给休了，才见鬼！好在我足够清醒，没有倒在她的言语攻势中！而且她真的落魄到就只剩下几枚钢镚了？这不太可能，直到现在我都不知道当初是谁帮她偿还了那笔退出娱乐圈时产生的巨额违约金，但可以肯定的是，她背后一定有一个充满巨大能量的人！

所以今天她来找我，一半是真的需要帮助，比如丫头上学这样的小事情，一半是瓢我玩的，比如买房这种不靠谱的事情！

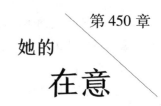

第 450 章

她的

在意

　　片刻之后，我和乐瑶都喝完了杯子里的茶，我看了看时间，已经快要十一点了，想起明天早上七点还要和简薇去县城考察那个景区，便说道："你放心吧，丫头上学的事情，我一个星期内一定办好。"说着又打开了自己的钱包，将里面大约 5000 元的现金全部抽了出来，放在她面前，说道："这些现金你先用着，回头你留个卡号给我，我再给你打几万块钱。"

　　乐瑶一点也不客气，当即将这些钱装进了自己的钱包里，然后又抽出一张银行卡，让我记卡号。

　　我白了她一眼，说道："真牛，借钱都能借成大爷！"

　　"谁像你那么清高，我就一弱女子，没钱用，我就想办法借……至于还不还，那得看心情！"

　　"果然很大爷！"

　　"呵呵，这是你上辈子欠我的，这辈子你就做牛做马地还吧。"

　　"有病吧，我上辈子欠你什么了？"

　　乐瑶一脸认真地说道："上辈子，你在我的心里埋了一颗种子，开了花、结了果，你却忘记收割了。"

　　"呵呵，那也是你欠我的吧？"

　　"对，是我欠你的，可是这辈子我带着这个果实来还给你，你却不肯要了，那因果关系就变了，懂吗？你这个乱扔垃圾的小流氓！"

　　"说得太玄了……我能信你吗？"

　　"人在做，天在看，信不信，随你。"乐瑶说着凑近了我，然后理了理自己乱糟糟的长发，那不施粉黛的面容便完全呈现在我的目光下，而天生丽质好似是她骨子里的东西，哪怕穿着地摊货，也掩盖不住这份美丽。

　　我往后仰了仰，问道："你这是要干吗？"

　　"用眼神杀死你！"说完她狠狠瞪了我一眼，随即拎起自己的手提包，戴上墨镜和帽子，独自向咖啡店外走去。

　　我有些心虚地嘀咕了一句"莫名其妙"，随即拿起杯子喝了一口，却发现里面早已空空如也，又双手捧起乐瑶那杯茶，一饮而尽，仍感觉口干舌燥，也许我真的被她那凶猛的眼神给杀伤了！

　　次日一早，我在手机铃声中惊醒，拿起看了看，是简薇打来的。我抹了抹脸，让自己清醒了一些后，才接通了电话。她问道："你起床了吗？"

　　"几点了啊？"

　　"马上七点了，你快点，我在你公司等你……对了，早餐我已经买好了。"

　　我"嗯"了一声便挂掉了电话，以最快的速度起床洗漱，以我对简薇的了解，她打电话过来催，多半已经等得有情绪了。

　　小片刻之后，我便夹着公文包离开了住处，下了电梯后，又直奔马路边，却意外地听到了一阵汽车的鸣笛声。我循声望去，原来是我的那辆奥迪A6，昨天晚上我因为喝得太多，就没开车回来，将车留在了米彩的那栋别墅的院落内，那么此时在车内的必是米彩无疑了。

　　果然，戴着墨镜的米彩打开了车窗，我连忙折回头向车子跑去，然后拉开车门坐了进去，冲她笑了笑，问道："来了怎么不给我打个电话？"

　　"我也刚到，准备打电话的时候，你已经下来了。"

　　我点了点头，米彩随即启动了车子，说道："要一起去吃个早饭吗？"

　　我实话实说，说道："不了，我赶时间，和她约好了七点。"

　　"哦。"米彩应了一声，随即加快了车速，好似也不想耽误了我的时间。

　　稍稍沉默了一会儿之后，我对她说道："对了，乐瑶从新加坡回来了……她昨天晚上找了我。"

　　米彩很平静地回道："嗯，然后呢？"

　　"呃……她上次去新加坡的时候带了一个小丫头，因为这个小丫头不太能适应那边的生活，所以她就回来了……找到我，就是希望能帮那个丫头找一所好一点的小学。"

　　"这个事情我来办吧。"

　　"那太好了啊，我省得操心了。这个事情你去办，更合适！"

　　米彩笑了笑。

　　我有些弄不清楚她笑容里的含义，又赶忙说道："等这个事情办成了，非得让乐瑶请你吃饭……"

　　"没事儿，大家都是朋友嘛，互相帮忙也是应该的。"

当米彩将自己与乐瑶的关系主动定位成朋友时，我忽然有些语塞，更是说不出的别扭，然后又盯着她看了好一会儿，不知道该说点什么。

片刻之后，米彩将我送到了公司。而简薇正提着早餐，在办公楼下等着我，见到车停下，她主动迎着我们走来。米彩也在同一时间解开了安全带，打开车门从车内走了出来，顿时让毫无准备的简薇一愣，但她转瞬又恢复了常态，笑了笑对米彩说道："早啊，米总。"

"早，简总。"

简薇看着走过来的我，又向米彩问道："你特地送他过来的？"

"不然呢？"

简薇笑了笑，没再说话。米彩则走到我身边，将我的领带理了理，又将西服抚平，说道："回来了给我打电话，等你一起吃晚饭。"

"嗯，我争取早点回来。"

米彩又对简薇说道："那简总，就预祝你们一路顺风了。"

"谢谢。"

米彩又看了看我，这才转身向我的车子走去，而我看着她的背影，第一次真切地感觉到她对我们这份感情的在意，否则她不会主动提出要帮乐瑶办丫头上学的事情，也不会亲自把我送到公司，然后带着些侵略性与简薇进行了一段虽简短却大有深意的对话。我一点也不反感她的这种在意，相反却觉得是一种幸福，于是再次反思现在的自己，到底要不要与简薇保持这种敏感的合作关系……总之，当初如果不是与米彩分手在先，我一定不会接受与简薇的合作，但生活就是这么无常，现在的我根本没有办法从这场商业合作中抽身而去，只能小心地避免发生一些误会。

简薇去停车场开自己的车，我则被早晨直面射来的阳光弄得有些恍惚，似乎自己的生活又因为爱情的回归而变得复杂起来。但我不觉得这种复杂能对我和米彩的爱情构成什么威胁，因为我们都已经在一次次受伤中，学会了用正确的态度去对待爱情，而今天我的各种坦诚和米彩表现出来的在意，便是最好的证明。

只是工作上的事情依旧让我感到烦心，我是否应该放弃自己一直以来的坚持，去成全杨从容在创业晚期的梦想呢？一声轻叹，我决定还是先去看看那个景区再做打算，也许这个景区会给我一些惊喜，让我产生新的想法，既可以保全自己的坚持，又能成全杨从容的梦想。